KATRIN RODEIT

Alles schläft, einer wacht!

VON DEN TOTEN AUFERSTANDEN? Wen hat Tobias Kohler auf dem Ulmer Weihnachtsmarkt gesehen? Er behauptet, es sei seine Frau Silvia, doch die ist vor einem halben Jahr bei einem Tauchunfall im Bodensee ums Leben gekommen. Jule macht sich auf die Suche nach der Frau. Es handelt sich offenbar um die Reinigungskraft Verena Retsch, die aber wie vom Erdboden verschluckt ist. War Silvias Tod wirklich ein Unfall? Oder steckt doch mehr dahinter? Eine erste Spur führt sie nach Wiesensteig, wo eine Frau in ihrem Haus grausam ermordet wurde. Dass in dem Mordfall ausgerechnet Kriminalkommissar Mark Heilig ermittelt, macht es für Jule nicht einfacher. Denn nach ihrem letzten Fall ist sie sich ihrer Gefühle nicht sicher. Nach einigen überraschenden Entdeckungen wird der Fall schließlich zu einer tödlichen Jagd nach dem Mörder. Aber als Jule die Zusammenhänge erkennt, ist es beinahe zu spät.

Katrin Rodeit wurde 1977 am Rande der Schwäbischen Alb in Ulm geboren und ist dort aufgewachsen. Nach dem Abitur mit Schwerpunkt BWL hat sie eine Ausbildung zur Diplombetriebswirtin Fachrichtung Bank (BA) gemacht. Bis 2008 arbeitete sie als Kundenberaterin bei Leasinggesellschaften. Mittlerweile lebt sie mit ihrer Familie in der Nähe von Ulm und arbeitet ausschließlich als freie Autorin. »Alles schläft, einer wacht!« ist bereits der vierte Band um die sympathische Ulmer Privatdetektivin Jule Flemming.

Bisherige Veröffentlichungen im Gmeiner-Verlag:
Mich sollst du fürchten (2015)
Gefährlicher Rausch (2014)
Mein wirst du sein (2013)

KATRIN RODEIT

Alles schläft, einer wacht!

Kriminalroman

GMEINER SPANNUNG

Besuchen Sie uns im Internet:
www.gmeiner-verlag.de

Im Ehnried 5, 88605 Meßkirch
Telefon 07575/2095-0
info@gmeiner-verlag.de

2. Auflage 2016

Lektorat: Claudia Senghaas, Kirchardt
Herstellung: Mirjam Hecht
Umschlaggestaltung: U.O.R.G. Lutz Eberle, Stuttgart
unter Verwendung eines Fotos von: © cyooh / photocase.de
Druck: CPI books GmbH, Leck
Printed in Germany
ISBN 978-3-8392-1918-8

VORBEMERKUNG

Die Geschichte sowie die handelnden Personen sind frei erfunden. Jegliche Übereinstimmung mit realen Personen ist zufällig und nicht gewollt. Die erwähnten Schauplätze in Ulm gibt es wirklich. Lediglich der ›Jazz-Keller‹ ist meiner Fantasie entsprungen.

PERSONENVERZEICHNIS

Jule Flemming (28): Vom Leben und der Liebe enttäuschte Privatdetektivin mit Anpassungsschwierigkeiten. Getrieben vom unbedingten Willen, den Mörder ihres Vaters zur Strecke zu bringen. Im Vorgängerband ›Mich sollst du fürchten‹ ist ihr das endlich gelungen.

Jules Familie

Elisabeth Flemming (47): Jules Mutter. Freischaffende Künstlerin mit Hang zu Übernatürlichem.

Fritz Flemming (vor 14 Jahren verstorben): Jules Vater. Entertainer und Hypnotiseur, Opfer eines Mörders, dessen Stimme Jule gehört hat. Sie sucht ihn noch immer.

Sebastian Flemming (23): Jules kleiner Bruder. Zieht Schwierigkeiten magisch an, aus denen Jule ihn ein ums andere Mal herauspauken muss, ist aber ein begnadetes Computergenie.

Jules Jazz-Familie

Gregor ›Lou‹ Falke (45): Hysterischer, übergewichtiger Besitzer des Jazz-Kellers, der mit seinen Smokings und Hüten wie eine zu klein geratene Kopie von Lou Bega daher kommt. Im Dauer-Liebes-Stress mit Freund Hannes.

Fanny Mahler (23): Bedienung im Jazz-Keller, die ihren Traum von der Ausbildung zur Kosmetikerin noch nicht begraben hat. Mit Jule verbindet sie mehr als nur das schlechte Verhältnis zu Cosima.

Cosima Ziegler (32): Singender Vamp im Jazz-Keller, der ständig seine Wirkung auf andere probt und dabei nicht nur bei Jule aneckt. Hat ein kleines wohlgehütetes Geheimnis.

Andreas (38): Schweigendes Geheimnis des Jazz-Kellers mit großer, ständig sabbernder rotbrauner Dänischen Dogge, die auf den zarten Namen ›Flocki‹ hört. Keiner weiß, wo er herkommt und was er macht, doch sein Blick verursacht Gänsehaut. Nur Jule kennt sein Geheimnis.

Jules Arbeit

Werner Simon (51): Jules Arbeitgeber und Inhaber der ›Privatdetektei Simon‹. Er hat sie in größter Not aufgefangen und ihr eine Zukunft gegeben. Gutmütiger Brummbär, der gefährlicher wird, je leiser seine Stimme wird.

Anna Jost (53): Einsame Herrscherin über das Chaos in der Detektei, die einen ständig pupsenden Dackel und einen Rocker mit Motorrad ihr Eigen nennt.

Wer sonst noch etwas mit Jule zu tun hat

Mark Heilig (30): Früher ein Weiberheld, jetzt Kriminalkommissar. Seinem Charme wäre Jule während ihrer gemeinsamen Ausbildung beinahe erlegen.

Jochen Eigner (30): Jules Ex-Kollege von der Polizei, der schon damals wusste, dass mehr hinter ihrer unnahbaren Art stecken muss. Sieht dem Geplänkel zwischen Jule und Mark amüsiert zu.

Conny Schmied (28): Jules beste Freundin, mit Mann, zwei Kindern und Haus. Conny sehnt sich manchmal nach Jules Freiheit, Jule wünscht sich insgeheim die Geborgenheit in Connys Familie.

Leon Master (8): Jules kleiner Freund, der mit seiner Mutter Barbara in die Wohnung unter Jule eingezogen ist. Er fällt nicht nur durch seine Intelligenz auf, sondern auch dadurch, dass er beinahe unheimlich viel sieht und hört.

DONNERSTAG

»Meine Frau ist tot, aber ich habe sie gesehen.« Er rutschte auf dem Stuhl hin und her und suchte meinen Blick. Sein Kaffee musste längst kalt geworden sein. »Das hört sich verrückt an, ich weiß. Aber Sie müssen mir glauben!« Er fuhr sich mit der Hand durch das Haar, in seinem Blick ein stummes Flehen.

Ich betrachtete mein Gegenüber genauer und versuchte, etwas in seinem Erscheinungsbild zu finden, das darauf hindeutete, dass er ein psychisches Problem hatte.

Tobias Kohler hatte dunkelbraunes, fast schwarzes Haar, das modisch zur Seite gekämmt und kurz geschnitten war. Ebenmäßige Gesichtszüge, eine fein geschwungene Nase. Er trug einen gut sitzenden Anzug, Hemd und Krawatte. Nur sein Gesicht passte nicht in das Erscheinungsbild. Falten hatten sich eingegraben, die zu tief für sein Alter waren. Die Augen wirkten wässrig und sein Kinn zierten Bartstoppeln, die nicht zu seinem gepflegten Äußeren passten.

Ich seufzte. Das fehlte noch, dass ich es mit einem Verrückten zu tun hatte. Ich hatte mit mir selbst genug zu tun und von Psychotherapeuten erst einmal die Nase voll.

»Bitte, Sie müssen mir helfen!«, unterbrach er die Stille.

Ich schenkte mir Kaffee nach, um Zeit zu gewinnen. »Okay, halten wir mal fest«, sagte ich und zückte meinen Stift. Wenn ich die Sache rational anging, merkte er vielleicht, dass das absurd war. »Ihre Frau ist tot.«

Er nickte und ich zweifelte keinen Moment, als ich ihm

ins Gesicht sah. »Sie ist bei einem Tauchunfall im Bodensee ums Leben gekommen. Anfang April.«

»Aber jetzt glauben Sie, dass Sie sie gesehen haben?«

»Ich glaube es nicht, ich weiß es!« Er beugte sich zu mir herüber und legte die Handflächen auf den Tisch. »Hier in Ulm auf dem Weihnachtsmarkt.«

Ich merkte, wie Mitleid in mir hochkroch. Die Verzweiflung, mit der er darauf pochte, zeigte mir, wie ernst es ihm war. Ich unterdrückte ein Seufzen.

»Sie kommen aus Köln?«

Wieder ein Nicken. »Meine Frau auch.«

»Und Sie sind sich wirklich sicher?«

Er sprang auf. »Natürlich bin ich sicher!« Wie ein Tiger im Käfig ging er einige Schritte auf und ab, bevor er stehen blieb und die Augen schloss. Dann setzte er sich wieder. »Entschuldigung, das nimmt mich alles ziemlich mit.«

»Das glaube ich Ihnen«, murmelte ich und versuchte, ruhig zu bleiben. Ich wusste, wie es war, jahrelang einem Hirngespinst nachzujagen. Trotzdem fragte ich mich, ob er bei einem Psychiater nicht besser aufgehoben war als bei einer Privatdetektivin.

»Fangen wir am Anfang an. Wie genau ist Ihre Frau ums Leben gekommen?«

Wieder fuhr er sich mit der Hand durch das Haar und warf sich im Stuhl zurück. »Himmel, Frau Flemming, wenn ich das nur wüsste«, brach es aus ihm heraus. »Sie musste ja unbedingt diesen verdammten Tauchschein machen. Wir wollten Urlaub in der Karibik machen.«

Als Leiter einer Bankfiliale verdiente man offenbar ganz gut. Vermutlich besser als ein angestellter Privatdetektiv, fuhr es mir durch den Kopf. Ich rief mich zur Ordnung. An den Gedanken, dass ich Geld hatte, hatte ich mich noch nicht gewöhnt. Vielleicht lag es daran, dass es mir nicht gehörte. Ich räusperte mich.

Kohler löste die Faust, die kurze Zeit über dem Tisch geschwebt hatte. Er atmete tief durch, ehe er ruhiger fortfuhr. »Silvia hatte sich in den Kopf gesetzt, im Urlaub zu tauchen. Hätte ich nur nie zugestimmt!«

Für einen Moment fürchtete ich, dass er in Tränen ausbrechen würde, aber er fing sich. »Sie hat den Tauchschein in Köln gemacht. Zehn Übungsstunden in Theorie und Praxis, dann hat sie noch zwei oder drei Tauchgänge in einem Baggersee absolviert, bevor sie den Schein gemacht hat. Um nicht aus der Übung zu kommen bis zum Urlaub, sind wir für ein paar Tage an den Bodensee gefahren. Meine Frau war als Kind oft mit ihren Eltern dort und kennt sich recht gut aus.«

Ein bisschen kannte ich mich auch aus. Der Bodensee war nicht weit weg von Ulm und ich wusste, dass er kein einfaches Tauchrevier war. Immer wieder hörte man von Unglücksfällen, bei denen Taucher ums Leben kamen.

»Wo waren Sie denn?«

»In Wallhausen. Sie wollte in der Katharinenschlucht tauchen.«

»Und was ist dort passiert?«

Jetzt lief doch eine Träne über seine Wange. Er schluchzte auf und kramte nach einem Taschentuch. »Entschuldigung.«

»Sie müssen sich für nichts entschuldigen.« Ich legte so viel Wärme in meine Stimme, wie ich konnte. Spontan beschloss ich, ihm zu helfen. Wie auch immer ich das anstellen wollte. Es war verrückt, weil ich an den Tatsachen nichts ändern konnte. »Möchten Sie lieber eine Pause machen?«

Er schüttelte den Kopf und schnäuzte sich. Erstaunlich gefasst sprach er weiter: »Sie hatte unter Wasser vermutlich eine Panikattacke. Und anstatt einfach dem Tauchlehrer Bescheid zu geben und aufzutauchen, ist sie immer tiefer getaucht.«

»Und der Tauchlehrer ist ihr nicht gefolgt?«

»Er konnte nicht. Er hatte etwas anderes in seiner Atemflasche. Er konnte damit nicht so tief tauchen.«

Ich runzelte die Stirn.

»Er hat sie gesehen, wie sie immer tiefer getaucht ist. Dann muss sie eine Art Tiefenrausch bekommen haben, zumindest vermutet das die Polizei. Sie ist nicht mehr aufgetaucht. Sie war weg. Einfach verschwunden. Im Bodensee.«

»Wie tief ist es an der Stelle?«

»Bis zu vierzig Meter.«

»Hat man nicht nach ihr gesucht?«

Sein Kopf zuckte hoch. »Natürlich! Wir haben Himmel und Hölle in Bewegung gesetzt, als der Tauchlehrer wieder oben war. Suchmannschaften waren den ganzen Tag unterwegs. Sie haben die Umgebung rund um die Unfallstelle abgesucht. Auch die Strömung haben sie mit einberechnet und das Gebiet in den nächsten Tagen erweitert. Aber sie haben sie nicht gefunden. Nur ihre Taucherbrille wurde später gefunden. Das Band war gerissen.«

Einen Menschen zu verlieren, war immer schrecklich. Aber es mitzuerleben, war furchtbar. Ich hatte mitansehen müssen, wie mein Vater ermordet worden war.

Ich schluckte und versuchte, mich von meinen eigenen Emotionen zu befreien. Ich beschloss, den Unfall vorerst nicht mehr anzurühren. Sicher gab es offizielle Berichte, die ich einsehen konnte. Den Rest musste ich mir irgendwie aneignen. Was das Thema Tauchen anbelangte, beschränkte sich mein Wissen auf Fische gucken unter Wasser. Ich hatte keine Ahnung von Atemgemischen und Tiefenrausch.

»Okay, und was ist dann passiert?«, wollte ich wissen, als ich mir sicher war, dass meine Stimme wieder gehorchte.

Einen Moment zögerte er und rührte mit dem Löffel in der Tasse, obwohl er zuvor weder Zucker noch Milch hineingegeben hatte. »Ich habe meine Frau in einem Fernsehbeitrag gesehen«, brach es schließlich aus ihm heraus. »Es kam ein Bericht in einem Kölner Regionalsender über Weihnachtsmärkte in Deutschland. Eine Woche lang wurde jeden Abend ein anderer vorgestellt. Sie haben sich dabei auf die kleineren Märkte konzentriert. Nicht immer nur Nürnberg und Aachen oder so. Und letzte Woche am Freitag war der Ulmer Weihnachtsmarkt dran. Weil er so schön liegt.«

Das stimmte. Ein überschaubarer kleiner Weihnachtsmarkt am Fuße des Ulmer Münsters. Mit seinen Düften nach Glühwein und gebrannten Mandeln beschwor er die richtige vorweihnachtliche Atmosphäre herauf. In diesem Jahr war ich noch nicht dort gewesen, weil ich mit so vielen Menschen an einem Ort noch meine Probleme hatte. Ich wusste, dass ich mich überwinden sollte, sonst war die Therapie umsonst gewesen. Aber heute musste ich damit nicht anfangen.

»Es war nur eine kurze Sequenz. Sie hatte einen Reinigungswagen bei sich und ist an einem der Stände vorbeigelaufen. Aber sie war es! Ganz bestimmt.«

»Haben Sie ein Band davon?«

»Das habe ich mir sofort nach dem Bericht besorgt. Zuerst dachte ich, dass sie es in der Mediathek hätten, aber es gibt keine. Also habe ich angerufen. Der Sender hat mir den Bericht freundlicherweise zur Verfügung gestellt.« Er fasste in die Innentasche seiner Anzugjacke und holte einen USB-Stick hervor. »Wenn wir an einen Computer können, zeige ich es Ihnen.«

Ansehen konnte ich mir das Tape. Was Kohler erzählte, klang mysteriös. Vermutlich gab es eine ganz einfache Erklärung dafür. Eine Verwechslung oder Wunschdenken.

Ich stand auf, um aus meinem Büro den Laptop zu holen. An der Tür drehte ich mich um. »Warum waren Sie nicht bei der Polizei?«, wollte ich wissen und merkte im selben Augenblick, dass ich mit meiner Frage in ein Wespennest gestochen hatte.

Kohler fuhr auf, sein Gesicht verfinsterte sich. »Hören Sie mir bloß mit denen auf! Die glauben mir nicht. Sie meinen, das Video sei nicht deutlich genug. Sie haben nichts gemacht. Überhaupt gar nichts.«

Das war seltsam. Normalerweise wurde so etwas aufgenommen und dann ermittelt. Ob das Video etwas zeigte oder nicht. Davon konnte ich mich gleich überzeugen. Ich nickte und verschwand in meinem Büro, um den Laptop aus der Dockingstation zu nehmen. Bis das Gerät hochfuhr, tranken wir schweigend unseren Kaffee, und ich machte mir ein paar Notizen zu unserem Gespräch. Schließlich war der PC betriebsbereit. Ich schob den Stick hinein, um den Media Player zu öffnen. Wie gebannt saß Kohler vor dem Bildschirm, und ich war nicht minder neugierig, als ich den Film startete. Es gab ein kurzes Intro, das im Schnelldurchlauf einige Weihnachtsmärkte, Glühweinstände und lächelnde Verkäufer zeigte. ›Leise rieselt der Schnee‹ dudelte im Hintergrund. Ich schauderte nur kurz. In Ulm hatte ich in diesem Jahr noch keine Flocke gesehen.

Die Musik wurde leiser und die Stimme eines Mannes ertönte. Er sprach im Plauderton von den Vorzügen des Ulmer Weihnachtsmarktes. Allein wegen des höchsten Kirchturmes der Welt sei der Markt einen Besuch wert.

Er wäre klein, aber in seiner heimeligen Idylle sehenswert. Die Stände seien hübsch, das Personal freundlich und die angebotenen Spezialitäten von kulinarischem Genuss. Es gäbe nicht nur die berühmten Maultaschen, sondern auch Käsespätzle.

Ich biss mir auf die Unterlippe beim Wort ›Käsespätzle‹. Nur ein Nicht-Schwabe brachte es fertig, ›Käsespätzle‹ mit der Betonung auf Käs*e* zu sagen. Bei uns waren das schlicht Kässpätzle, auf dem Land gern auch einmal Kässpatzen.

Einzelne Passanten kamen zu Wort, die mit freudestrahlendem Gesicht und vom Glühwein oder der mittlerweile obligatorischen Feuerzangenbowle geröteten Wangen erzählten, warum sie gern hier waren. Schwaben wie Touristen gleichermaßen.

»Da, sehen Sie!«, schrie Kohler plötzlich und sprang auf.

Ich zuckte zusammen.

»Da, da hinten!« Hektisch fuchtelte er mit dem ausgestreckten Zeigefinger herum. Die Kamera schwenkte schon wieder durch die vollen Gänge des Marktes.

»Setzen Sie sich erst mal«, bat ich. Mir war der Schreck in alle Glieder gefahren.

Es kostete ihn sichtlich Anstrengung, die Ruhe zurückzugewinnen, doch nach kurzem Zögern nahm er Platz.

»Spulen Sie zurück«, verlangte er zwischen zusammengebissenen Zähnen.

Gehorsam bewegte ich die Maus und ließ den Film an einer Stelle zwei Minuten vorher weiterlaufen. Diesmal war ich auf den Gefühlsausbruch vorbereitet, aber der Banker riss sich zusammen.

»Stopp!«, sagte er nur laut und blieb sitzen.

Ich hielt das Tape an und starrte auf den Bildschirm. Da war nichts zu erkennen.

»Da, im Hintergrund.«

Ich rückte näher an den PC und kniff die Augen zusammen, konnte aber nur den Umriss einer Person ausmachen, die einen Wagen vor sich herschob. Ich wagte nicht einmal zu sagen, ob es Mann oder Frau war. Er oder sie trug eine dicke Jacke, darüber einen grünen Kittel und eine dunkle Mütze auf dem Kopf. Wieder drückte ich den Startknopf und das Band lief weiter. Nun war zumindest auszumachen, dass es sich um eine Frau handeln könnte. Dann gab es einen Schnitt und die Kamera schwenkte um. Die Frau war höchstens zwei Sekunden im Bild gewesen. Noch dazu im Schatten des Marktstandes, an dem sie vorbeilief. Sie war der Jahreszeit entsprechend vermummt gewesen und wurde von der Kamera nur im Vorbeigleiten eingefangen.

Und darin wollte Kohler seine tote Frau erkannt haben? Bei allem Mitleid wunderte mich nicht, dass die Polizei ihm nicht glaubte.

»Haben Sie ein Bild von Ihrer Frau dabei?« Das war Blödsinn. Ich sollte ihm sagen, dass das verrückt war.

Erneut fasste er in die Jackentasche und reichte mir den Schnappschuss einer jungen Frau im Strandkorb. Sie hatte langes blondes Haar, das ihr Gesicht und die Schultern sanft umrahmte. Der Wind spielte darin. Obwohl sie saß, konnte ich erkennen, dass sie schlank, beinahe dürr war. Sie lächelte in die Kamera, aber ihre Augen wirkten abwesend. Als habe sie der Fotograf mit seiner Aufforderung zu lächeln aus tiefen Gedanken gerissen. Es musste kühl gewesen sein, sie trug eine langärmelige Bluse.

»Das ist vom August letztes Jahr. St. Peter Ording«, murmelte Kohler und betrachtete es traurig.

»Darf ich?«, fragte ich und zog das Bild näher zu mir heran. Die Frau darauf hatte mit der Putzfrau auf dem Weihnachtsmarkt so viel Ähnlichkeit wie ein Dackel mit einem Bernhardiner.

Ich speicherte den Film auf der Festplatte ab und klappte den Laptop zu. Schweigend sah ich Kohler an, der meinen Blick beinahe trotzig erwiderte.

»Und, was meinen Sie?«

Ich ließ mir Zeit mit meiner Antwort. Schlicht, weil ich nicht wusste, was ich ihm sagen sollte, ohne ihn zu verletzen. Schließlich räusperte ich mich. »Nun, Herr Kohler, ich bin mir nicht wirklich sicher, ob es sich da um Ihre Frau handelt«, sagte ich vorsichtig.

Mit einem Aufschnaufen ließ er sich zurückfallen. »Nicht Sie auch noch«, sagte er tonlos und starrte vor sich auf den Tisch.

»Herr Kohler, das Bild Ihrer Frau hat mit der Putzfrau nicht viel Ähnlichkeit«, wurde ich deutlicher. Ich scheute mich, ihm die grausame Wahrheit ins Gesicht zu sagen, weil er mir unendlich leidtat. »Außerdem war sie nur ganz kurz im Bild, und das auch nur im Hintergrund. Ein Vergleich ist unmöglich.«

»Niemand will mir glauben.« Seine Stimme war kaum mehr als ein Flüstern.

»Herr Kohler, Ihre Frau ist bei einem schrecklichen Unfall ums Leben gekommen, auch wenn ihre Leiche bis heute nicht gefunden wurde.«

»Aber es könnte doch sein. Vielleicht hat sie das Unglück überlebt und wir wissen nur nichts davon.«

»Und warum hat sie sich dann nicht längst bei Ihnen oder der Polizei gemeldet?«

»Sie konnte nicht. Sie ist in einer hilflosen Lage. Vielleicht hat sie das Gedächtnis verloren und erinnert sich nicht.«

»Herr Kohler, dann hätten Sie davon erfahren«, antwortete ich sanft. »Ganz bestimmt hätte man Sie informiert.«

Sein Gesicht gefror zu einer traurigen Maske. Er war noch eine Spur bleicher geworden und die Falten, wenn möglich, noch tiefer. »Bitte, ich glaube es nicht. Sie kann nicht tot sein. Sie darf es einfach nicht.«

Seine Stimme brach und ich wusste nicht, was ich noch sagen sollte.

Dann ging ein Aufbäumen durch seinen Körper und er sah mit der Verzweiflung eines Ertrinkenden, der sich an den letzten verfügbaren Halm klammerte, hoch. »Wenn Sie nichts unternehmen, wird meine Frau nächstes Jahr für tot erklärt werden. Bitte. Suchen Sie diese Frau.« Dann fuhr er leiser fort: »Auch wenn es nicht meine Frau ist.«

Zumindest zog er die Möglichkeit in Betracht. Vielleicht bestand Hoffnung.

»Bitte. Mir zuliebe. Ich zahle jeden Preis.«

Ich seufzte auf. »Waren Sie schon auf dem Weihnachtsmarkt?«, fragte ich.

Er nickte und sah beschämt zu Boden. »Sie war nicht da. Aber ich habe herausgefunden, welche Reinigungsfirma das ist. Ich bin auch dort gewesen. Aber die Frau aus der Personalabteilung hat mich weggeschickt. Sie hat gesagt, sie gibt keine Auskunft über ihre Angestellten. Sie war richtig pampig.«

Es war normal, dass Firmen keine Auskunft über ihr Personal gaben.

»Meine Frau als Putzfrau«, murmelte er und schüttelte den Kopf.

»Was war Ihre Frau von Beruf?«

»Sie war im Pflegedienst im Krankenhaus.«

Ich atmete tief durch und stand auf. Ich musste verrückt sein. »Okay, ich werde die Frau suchen.«

Kohler sprang auf und direkt auf mich zu. Er ergriff meine Hände und drückte sie. Verzweiflung lag noch immer in seinem Gesicht, aber auch Dankbarkeit. Und Hoffnung. »Ich danke Ihnen. Ich danke Ihnen so sehr. Sie wissen gar nicht, was mir das bedeutet.« Seine Stimme drohte wieder zu brechen.

»Ich tue mein Bestes. Aber Sie sollten sich darüber klar sein, dass das eine ganz andere Frau ist.«

»Ich bin Ihnen so dankbar«, wiederholte Kohler und ließ endlich meine Hand los. »Niemand glaubt mir. Nur Sie.«

Ich glaubte ihm auch nicht. Aber ich wusste, wie er sich fühlte. Ich verabschiedete mich und brachte ihn zur Tür, wo er mir noch einmal versicherte, wie froh er war, dass ich ihm half. Ich nickte und schob ihn hinaus.

»Wo er doch so froh ist«, frotzelte Anna Jost. Sie sah mich über den Rand ihrer Brille hinweg an, die an einer Kette um ihren Hals befestigt war.

Anna war unsere Sekretärin. Mit ihrem feuerroten Haar und der rauchigen Stimme erinnerte sie an Sophia Loren. Sie war alleinige Herrscherin über das Chaos in unserer Detektei und hatte einen Dackel, der auf den Namen Flapsi hörte und ein Problem mit seinem Verdauungsapparat hatte. Mit schöner Regelmäßigkeit verpestete er die Luft im Vorzimmer. Langsam fragte ich mich, ob Anna Eisbeulen an den Füßen hatte, weil sie das Fenster ständig öffnen musste.

»Interessanter Fall?« Sie unterbrach das stakkatoartige Geklapper auf ihrer Tastatur.

»Sehr interessant«, seufzte ich. »Er hat ein Gespenst gesehen. Das soll ich jetzt finden.«

»Oh, gehst du jetzt unter die Ghostbusters?«

Ich schnaubte.

»So kurz vor Weihnachten wäre das doch möglich. Da fliegen allerlei Engel durch die Lüfte.« Sie blinzelte mir zu und wandte sich ihrem PC zu. Gleich darauf setzte das Geklapper wieder ein.

*

Immer wieder blickte sie sich um, ob ihr jemand folgte. Sie konnte nichts entdecken. Von der alten Frau, die ihren Dackel Gassi führte und bestimmt keine Bedrohung darstellte, abgesehen. Es dunkelte bereits, leichter Nieselregen hatte eingesetzt. Obwohl sie am ganzen Körper zitterte, war sie froh über dieses Wetter. Es bedeutete, dass alle langsam nach Hause gingen und sich in ihren Wohnungen und Häusern verkrochen. Bei Kerzenlicht und einer Tasse Tee vielleicht. Auf jeden Fall im Kreis der Lieben. Während sie durch die Straßen lief und nicht wusste, wo sie hinsollte. Die Gegend war abgelegen und sie ging weiter über einen schmalen Weg, der zu einem Fluss führte. Zweige hingen über den Pfad, von denen es heruntertropfte. Wenigstens gab es hier keine Fußgänger mehr.

Sie wischte sich über das Gesicht. Die klamme Feuchtigkeit kroch ihr unter die Kleider. Langsam fühlte sie sich wohler, obwohl sie längst nicht in Sicherheit war. Sie traute sich nicht, das Auto weiter zu benutzen. Ohnehin war das Benzin alle. Und Geld zum Tanken hatte sie nicht. Sie musste ihr weniges Bares für Lebensmittel zurückbehalten. Jetzt, da sie kein Dach mehr über dem Kopf hatte, wurde alles noch schwieriger. In erster Linie brauchte sie einen Unterschlupf. Noch eine Nacht draußen würde sie nicht überleben. Es wurde immer kälter und der Regen ging sicher bald in Schnee über.

Wenn sie in diesen Tagen ein wenig Glück verdient hatte, dann war es jetzt an der Zeit. Sie biss die Zähne zusammen und bog von dem Fluss ab, der sich im Nebel in die Stadt schlängelte. Sie war sich nicht sicher, meinte aber, dass es sich um die ›Blau‹ handelte. Jenes Bächlein, das im Blautopf entsprang und in die Donau mündete. Sie war noch nicht lange genug in Ulm, um das mit Sicherheit sagen zu können. Sie wusste nur, dass sich Mythen und Geheimnisse darum rankten, und nahm sich fest vor, sich eingehender damit zu beschäftigen, wenn sich ihre Lage entspannt hatte. Falls sie überhaupt in Ulm blieb.

Ihr kamen beinahe die Tränen, als sie die Schrebergartensiedlung erblickte, die sie gesucht hatte. Sie war ihr schon aufgefallen, als sie das Auto abgestellt hatte. Sie hatte nicht gedacht, dass sie noch einmal hierher zurückkehren würde. Aber jetzt war es für ihre Zwecke der geeignete Ort. Nun musste sie nur ein geeignetes Objekt finden, dann konnte sie in Ruhe überlegen, wie es weiterging. Seit zwei Tagen hatte sie nicht mehr geschlafen und die letzte Nacht im Freien verbracht, nachdem man sie aus dem Bahnhof geworfen hatte. Sie konnte kaum mehr einen klaren Gedanken fassen, und das Einzige, was sie im Moment beherrschte, waren die Hoffnung auf ein Bett und Essen.

Sie streifte durch die Siedlung und suchte sie systematisch ab. Am Rand sollte sie nicht liegen und sie brauchte eine Hütte. Am besten mit einem Gaskocher und Nahrungsmitteln.

Sie wusste, dass das angesichts ihrer momentanen Situation fromme Wünsche waren. Ebenso hätte sie um ein Geschenk zu Weihnachten bitten können. Ein Dach über dem Kopf, das musste reichen.

Jetzt schlüpfte sie durch einen Zaun. Mittlerweile war es stockdunkel. Sie war nicht geübt im Aufbrechen von Gartenhäusern, aber die Hütte bot keinen Widerstand. Sie musste sich nur leicht gegen die Tür lehnen und mit der Schulter etwas Druck ausüben, schon gab sie nach.

Im Stillen beglückwünschte sie sich, dass sie die Taschenlampe aus dem Auto mitgenommen hatte. Jetzt ließ sie den Lichtstrahl zitternd durch die karge Behausung streifen und sah sich um. Ein Tisch, eine Eckbank. Sogar ein Sofa. Zwar war es nur knapp einen Meter fünfzig lang, aber sie würde sowieso nicht ausgestreckt schlafen, dafür war sie zu durchgefroren.

Sogar eine kleine Küchenzeile gab es. Sie hielt die Luft an, als sie das Schränkchen darunter öffnete. Da stand tatsächlich eine Gasflasche! Jetzt musste sie nur hoffen, dass sie nicht leer war. Bitte, bitte, flehte sie stumm mit einem Anflug von Verbitterung. Wie weit war es gekommen, dass sie um eine halbvolle Gasflasche bettelte!

Das Wichtigste hatte sie zurückgelassen. Dabei hatte sie geglaubt, es eingesteckt zu haben. Es musste ihr bei ihrer überstürzten Flucht aus der Tasche gefallen sein. Es war die letzte Verbindung zu ihrem alten Leben gewesen, jetzt war es weg. Vielleicht war es gut so, sie musste nach vorn blicken. Es half nicht, wenn sie der Vergangenheit hinterhertrauerte.

Wenig später saß sie auf dem Sofa in ihre Jacke eingemummelt und mit einer Decke, die herumgelegen hatte, und löffelte heiße Suppe aus dem Topf. Sie hatte tatsächlich Konserven und nach einigem Suchen auch einen Dosenöffner gefunden. Tränen der Erleichterung waren ihr über das Gesicht gelaufen, als sie die Dose geöffnet und den Inhalt in den Topf geschüttet hatte.

Sie merkte nicht, was sie aß, dazu war sie zu müde. Im Moment hätte sie alles gegessen, was warm und auffindbar war. Als der Topf leer war, stellte sie ihn auf den Boden und rollte sich auf dem Sofa zusammen. Sie hatte überlegen wollen, wie es weitergehen sollte. Doch ihre Augen fielen zu, bevor sie einen Gedanken fassen konnte, und sie glitt in einen tiefen, traumlosen Schlaf.

*

Als ich zu Hause ankam, war es bereits dunkel. Ich dachte noch immer über Tobias Kohler nach. Der Fall lag auf der Hand: Er konnte und wollte nicht akzeptieren, dass seine Frau tot war, deswegen projizierte er ihr Gesicht in einen Fernsehbeitrag hinein. Vermutlich hatte er sie schon früher irgendwo einmal gesehen. Wahrscheinlich träumte er oft von ihr.

Ich würde die Frau trotzdem ausfindig machen und ihm schonend beibringen, dass es nicht seine Ehefrau war, die ja nachweislich im Bodensee ertrunken war. Vielleicht würde er dann einsehen, dass er ein Problem hatte, dem man besser therapeutisch begegnete. Ich hatte jetzt wenigstens das Gefühl, dass es mir besser ging.

Ich kurvte fluchend um den Block und verschwendete zehn Minuten mit der Suche nach einem Parkplatz. Seit in der Karlstraße die Verkehrsführung beruhigt wurde, herrschte auch in den angrenzenden Nebenstraßen Chaos. Ich wollte erstens nicht nass werden, denn mittlerweile hatte es angefangen zu regnen, und zweitens wollte ich mein Baby in der Nähe wissen. Schließlich fand ich eine Lücke. Sie war denkbar knapp und ich überließ es dem Einparkassistenten, das Auto hineinzuquetschen.

Einen Moment blieb ich im Wagen sitzen und starrte hinaus. Es war gerade einmal halb fünf und trotzdem düster. Der hereinziehende Nebel, der sich wie eine klamme Decke auf die Stadt legte, trug nicht zur Besserung meiner Stimmung bei. Ich sollte die Vitamin-D-Tabletten endlich einmal wieder nehmen.

Seufzend kramte ich meine Einkäufe zusammen und stieg aus. Hastig zog ich den Kopf zwischen den Schultern ein. Es war nicht kalt, aber die Feuchtigkeit kroch mir in die Glieder. Ich rannte zum Eingang des Hauses und zog den Schlüssel aus meinem Umhängebeutel. Ich ging rasch nach oben. Ich hatte keine Lust auf ein Gespräch mit Leon, der wegen des bevorstehenden Weihnachtsfestes so aufgeregt war, dass er kaum an sich halten konnte. Außerdem hatte ich versucht, in den letzten Monaten ein bisschen Abstand zu ihm zu halten. Das war vermutlich auch seiner Mutter lieber.

Ich hatte gedacht, dass mich nichts so schnell mehr aus der Bahn werfen würde. Aber als ich die Treppe zum zweiten Stock hochging, blieb mir beinahe das Herz stehen. Ein altvertrauter Anblick bot sich mir: Auf dem obersten Treppenabsatz saß Mark. Er musterte mich mit unbeweglicher Miene, und ich widerstand dem Impuls, umzudrehen und zurück nach unten zu rennen. Mein Therapeut hatte mich darauf vorbereitet, dass ich wieder am Alltag teilnehmen musste. Aber musste das ausgerechnet heute sein?

Mark stand auf. Ich blieb noch einen Moment stehen, dann fügte ich mich in mein Schicksal und ging nach oben.

»Hallo«, sagte ich und lächelte ihn an. Ich hoffte, dass er mir meine Verunsicherung nicht anmerkte. Als ich an ihm vorbeiging, wehte der Duft seines Aftershaves zu mir herüber und rief vertraute Gefühle hervor, mit denen ich nicht gerechnet hatte.

»Wie geht es dir?«

Seine Stimme ging mir durch und durch. Wie lange hatten wir uns nicht gesehen? Vier Monate. Nicht genug Zeit, als dass es mich kaltließ, ihn in meiner Nähe zu wissen.

Mit wild klopfendem Herzen schloss ich die Wohnungstür auf und ärgerte mich darüber, dass mich das so in Aufruhr versetzte. »Ganz gut, denke ich. Möchtest du hereinkommen?« Ich spürte, wie dicht er hinter mir stand. Augenblicklich wurde mir warm im Bauch.

Natürlich wollte er. Ich ging in die Küche und stellte meine Einkaufstaschen auf dem Küchentisch ab. Dabei versuchte ich, möglichst cool zu sein. Mark folgte mir und blieb unschlüssig stehen.

»Jule, wir müssen reden.«

Ups. Ich hatte eine Ahnung. »Nimm Platz. Möchtest du einen Kaffee? Oder lieber ein Bier?«

Er setzte sich an den Tisch und schob meine Tüten ein Stück zur Seite. Sein Blick wanderte in dem kleinen Raum umher und blieb an dem nagelneuen Kaffeevollautomaten hängen. Er fixierte ihn mit gerunzelter Stirn und ich spürte, wie sich meine Nackenhaare aufstellten.

»Ich hätte gern einen Kaffee«, brachte er mühsam hervor.

»Gern«, antwortete ich mit liebenswürdiger Stimme und zwang mich, den Blickkontakt zu halten. »Du kannst auch einen Cappuccino haben. Oder einen Latte macchiato. Espresso?« Ich versuchte, die Provokation aus meiner Stimme herauszuhalten. Es gelang mir nicht ganz.

»Kaffee bitte.«

»Kein Bier heute?«

Er schnaubte und sah mir zu, wie ich die Maschine einschaltete. Sie blubberte leise vor sich hin und war sofort betriebsbereit. Während der Kaffee durchlief, ging ich zum Kühlschrank und nahm ein Bier heraus. Ich öffnete es am Küchentisch und fing den herunterfallenden Kronkorken auf. Dann reichte ich Mark seinen Kaffeebecher und stellte Milch und Zucker daneben, obwohl ich wusste, dass er seinen Kaffee schwarz trank. Aber es verschaffte mir Zeit und ich musste ihn nicht ansehen.

»Du hast ein neues Auto«, stellte er fest. Ein lauernder Blick traf mich, den ich eisern erwiderte.

»Ein Audi S3«, antwortete ich, obwohl ich wusste, dass er das längst herausgefunden hatte. »Mit allem Schnickschnack.« Ich gebe zu, ich war stolz darauf.

»Das weiß ich«, knurrte er. »Wo kommt er her?«

»Aus dem Autohaus. Falls du dich auch mit dem Gedanken tragen solltest, ich könnte dir ...«

»Herrgott noch mal, Jule!«

»Was? Mein altes ist kaputtgegangen. Schon vergessen?« Immerhin war er dabei gewesen, als sie mich aus dem Wrack gezogen hatten. Mir fiel die Erinnerung schwer. Ich hatte an dem alten Golf gehangen. Wie an meinem Leben. Ich schauderte, als ich daran dachte, wie knapp das gewesen war.

»Das meine ich nicht und das weißt du ganz genau.«

»Ich habe keine Ahnung, wovon du redest«, antwortete ich und presste die Lippen aufeinander.

»Du hast ein neues Auto und einen nagelneuen Kaffeeautomaten.« Er wurde immer lauter.

»Du weißt, wie gern ich Kaffee trinke.«

Er rollte mit den Augen. Fast hätte ich angefangen zu lachen. Ich sah ihm bei seinen Bemühungen zu, die Fassung nicht zu verlieren, und amüsierte mich zunehmend.

»Jule«, fuhr er betont ruhig fort und legte die Hände auf den Tisch. »Es ist nicht nur das Auto und die Kaffeemaschine. Kannst du mir erklären, wieso sämtliche karitativen Einrichtungen in Ulm und Umgebung plötzlich mit hohen anonymen Spenden beglückt werden? Der Weiße Ring, die Stiftung zugunsten leukämiekranker Kinder, ein Kinderhospiz und noch ein paar mehr?«

Ich schüttelte den Kopf und sah ihn an, obwohl es mich immer mehr Überwindung kostete. Pokerface war nur bis zu einem gewissen Grad meine Stärke. »Das ist doch erfreulich. Solche Institutionen brauchen immer Geld.«

Er schnaubte. »Das hängt nicht zufällig mit einem Koffer zusammen, der verschwunden ist? Der Martin Strohm gehört hat?«

Ich biss die Zähne zusammen und sah ihn einfach nur an. Stumm starrte er zurück, und ich fragte mich schon, wer zuerst aufgeben würde, als er seufzte und die Augen niederschlug.

»Okay. Lassen wir das vorerst.«

Nicht nur vorerst, dachte ich grimmig. Da gab es nichts zu reden.

»Im Ernst, wie geht es dir?«, wechselte er das Thema.

»Soweit okay.«

»Du hast dich ein bisschen rargemacht.«

Da hatte er recht. »Irrtum«, antwortete ich trotzdem. »Ich hatte nur zu tun. Und keine Berührungspunkte zur Polizei. Wo du es jetzt aber ansprichst, könnte ich vielleicht deine Hilfe brauchen.« Ich lächelte probehalber, um zu sehen, wie er reagierte. Dass er das Gesicht weder zu einem spöttischen Grinsen verzog, noch in die Luft ging, wertete ich als gutes Zeichen.

Mark und ich kannten uns von der Polizeischule. Er war ein stadtbekannter Schürzenjäger und hinter jedem Rock her, der nicht bei drei auf dem Baum war. Obwohl ich damals Marke graues Mäuschen gewesen war, hatte er mich nicht verschont. Ich hatte jedoch rechtzeitig die Reißleine gezogen, bevor ich etwas bereute. So war es bei einem Kuss geblieben, der mir aber nachhaltig in Erinnerung geblieben war.

Mark offenbar auch. Zumindest fand er ihn gut genug, dass er nach unserem Wiedersehen vor einem halben Jahr eine Neuauflage verlangte. Diesmal wankte ich nur kurz. Und ich hatte jede Minute genossen.

Aber die Ereignisse der letzten Zeit hatten dazu geführt, dass ich mich zurückgezogen hatte. Und Mark hatte bisher keine Anstalten gemacht, das zu ändern. Im Gegenteil, er hatte sich nicht mehr gerührt.

Dass er nun bei mir am Küchentisch saß, war seltsam. Kalt ließ es mich nicht. Aber so wie damals war es auch nicht.

»Möchtest du ein Bier?«, fragte ich noch einmal und hörte, wie unsicher meine Stimme klang.

Ein Lächeln streifte mich, er nickte. Ich reichte ihm eine Flasche aus dem Kühlschrank und setzte mich ihm gegenüber.

»Schieß los.« Er klang geschäftsmäßig und unverbindlich.

»Bei mir war heute ein Mann aus Köln, dessen Frau bei einem Tauchunfall im Bodensee ums Leben gekommen ist. Er schwört aber Stein und Bein, dass er sie erst kürzlich in einer Reportage über den Ulmer Weihnachtsmarkt im Fernsehen gesehen hat.«

Mark hob die Augenbrauen. »War er bei der Polizei?«

»War er. Aber er war nicht besonders gut auf euch zu sprechen. Warum, hat er mir nicht gesagt. Nur, dass ihm niemand glaubt.«

»Hast du dir das Video angesehen?«

Ich zuckte mit der Schulter. »Da war für mich nichts zu erkennen. Mit viel gutem Willen war es eine Putzfrau. Mehr kann ich dir nicht sagen.«

Er lächelte mich an. »Zumindest scheint das nichts Gefährliches zu sein«, meinte er mit einem Augenzwinkern.

Mark und ich waren uns in der jüngeren Vergangenheit

öfter in die Quere gekommen. Nicht nur privat. Als Kriminalkommissar hatte er jedoch andere Ermittlungsansätze als ich, was zwangläufig zu Spannungen führte.

Ich schnaubte, aber in seinem Blick lag nichts Boshaftes.

»Wenn du möchtest, kann ich mich mal umhören.«.

»Das wäre nett. Er heißt Tobias Kohler.«

Wir schwiegen.

»Woran arbeitest du gerade?« Die Frage war eine höfliche Fortsetzung des Small Talks in dem Bemühen, nicht wieder auf andere, brisante Themen abzurutschen.

»In der Nähe von Göppingen hat es einen Mordfall gegeben. Die Kollegen haben den Fall an uns abgeben. Ist eine komplizierte Geschichte.«

Ich erinnerte mich vage, in der Zeitung davon gelesen zu haben. Eine Frau war in ihrem Haus mit zahlreichen Messerstichen regelrecht abgeschlachtet worden.

»Habt ihr eine Spur?«

»Nein, nichts. Zuerst dachten wir an einen Raubmord. Das Auto des Opfers fehlt. Im Haus ist aber nichts weggekommen. Das und wie die Tat ausgeführt wurde, lässt eher den Schluss zu, dass es etwas Persönliches gewesen ist. Ich sage es nur ungern, aber wir tappen völlig im Dunkeln.«

Ein Schatten legte sich auf sein Gesicht, plötzlich wirkte er müde. Am liebsten hätte ich meine Hand ausgestreckt und über seine Wange gestreichelt. Ich traute mich nicht.

»Dann hast du sicher jede Menge zu tun«, versuchte ich, die nötige Distanz wiederherzustellen.

Er nickte und erhob sich.

»Hast du schon etwas gegessen?«, fragte ich, einem Impuls folgend, und biss mir gleich darauf auf die Unterlippe. Manchmal redete ich, bevor ich mir über die Konsequenzen klar war. Das war verdammt dünnes Eis.

»Nein«, antwortete er und zögerte. »Ich möchte dir keine Umstände machen.«

Ich schüttelte den Kopf. »Machst du nicht. Ich wollte mir nur einen Salat machen. Aber wenn du Lust hast, es reicht für zwei.«

Langsam setzte er sich wieder. »Ich kann dir helfen.«

»Nein, danke, lass mal.« Ich koche lieber allein. Da wusste ich, was ich tat und war im Zweifel selbst schuld, wenn etwas schiefging.

»Was machst du über die Feiertage?«, wollte Mark wissen.

Ich wandte mich um und begann, den Feldsalat von braunen Blättern zu befreien.

»Das Gleiche wie jedes Jahr. Ich werde mir Glühwein kaufen, die Tür abschließen und es mir mit meinen Lieblingsfilmen auf dem Sofa bequem machen.«

Das war nicht schön, aber ich hatte keine Ahnung, wo ich an Heiligabend hinsollte. Meine Mutter feierte in irgendeinem konspirativen Verein und mein Bruder mit seinen Kumpels. Die wiederholte Einladung meiner Freundin Conny, das Fest bei ihr und ihrer Familie in Blaustein zu verbringen, hatte ich schon ausgeschlagen. Ich käme mir vor wie das fünfte Rad am Wagen und wollte die traute Familienidylle nicht stören. Insgeheim hatte ich Angst, danach in ein Loch zu fallen. Dass es Filme wie ›Die Brücken am Fluss‹ oder ›Jenseits von Afrika‹ nicht besser machten, war mir auch klar.

Ich räusperte mich, um den Kloß im Hals loszuwerden. »Und du?« Ich sah nicht von meiner Arbeit auf, schnitt Zwiebeln und Pilze und briet alles zusammen mit Speckwürfeln in der Pfanne an.

»Ich weiß es noch nicht. Vermutlich bin ich bei meinen Eltern.«

Das Schweigen wurde unangenehm. Mark schien es zu

spüren und stand auf. Er trat hinter mich und sein Atem kitzelte mich am Ohr. Für einen Augenblick gestattete ich mir das wohlige Gefühl, das sich in mir ausbreitete, und schloss die Augen. Zu gern hätte ich mich zurückgelehnt und meinen Kopf auf seine Schulter gebettet.

»Das riecht lecker, was ist das?«

»Das wird Feldsalat mit Orangenvinaigrette und warmen Pilzen.« Meine Stimme klang belegt.

Auch wenn es Mark schwerfiel, das zu glauben, ich hatte mich verändert in den Jahren, als wir uns aus den Augen verloren hatten. Und war zu einer leidenschaftlichen Köchin geworden. Was ich konnte, hatte ich zum großen Teil bei meiner Oma gelernt, die mich mit ihrer Liebe zu gutem Essen angesteckt hatte. Mein Bruder und ich waren überwiegend bei ihr gewesen, wenn meine Mutter einmal wieder keine Zeit für uns gehabt hatte. Die Grundlagen hatte ich im Laufe der Jahre ausgebaut und mittlerweile traute ich mich auch an extravagantere Sachen heran und experimentierte viel.

Unter Marks neugierigem Blick schlug ich die Vinaigrette auf und gab frisch gepressten Orangensaft hinzu. Ich vermengte alles mit dem Salat, verteilte die warmen Pilze darauf und garnierte das Ergebnis mit ein paar Chiliflocken.

»Hier, du kannst Brot aufschneiden«, sagte ich und reichte ihm ein frisches Baguette. Während er sich mit einem Messer bewaffnete, deckte ich den Tisch.

»Wow, der hat es in sich«, meinte Mark nach dem ersten Bissen.

»Zu scharf?«, fragte ich und lächelte. »Nichts für weiche Männer?«

Er grinste zurück. »Das Essen muss erst noch erfunden werden, das nichts für mich ist. Im Ernst, ich könnte mich daran gewöhnen, dass du für mich kochst. Nicht, dass das etwas bedeutet«, fügte er schnell hinzu und merkte im selben Moment, dass das auch nicht das Richtige gewesen war. »Natürlich bedeutest du mir etwas. Aber …« Hilflos sah er mich an.

»Lass gut sein«, half ich ihm aus der Klemme. »Mit jedem Satz, den du hinzufügst, machst du es schlimmer.« Ich lächelte und hoffte, dass er das Thema wechselte. Ich war noch nicht bereit über das zu sprechen, was zwischen uns war. Wenn es da etwas gab.

Deshalb war ich froh, als Mark gleich nach dem Essen aufbrach.

»Vielleicht sollten wir uns bald mal auf ein Bier treffen«, sagte er an der Haustür und musterte mich mit durchdringendem Blick.

Ich nickte. »Ja, sollten wir«, antwortete ich und hoffte, dass es unbestimmt genug klang, um ihm keine Hoffnung zu machen. Ich konnte nicht einfach dort weitermachen, wo wir im Sommer aufgehört hatten. Ich wusste nicht, ob ich überhaupt für etwas bereit war.

Als ich die Tür hinter ihm schloss, war es merkwürdig still in der Wohnung. Ich ging zurück in die Küche und begann damit, den Tisch abzuräumen.

Wenig später klingelte das Telefon. Ich warf einen Blick auf das Display und überlegte einen Moment, ob ich das Gespräch annehmen sollte. Meine Mutter und ich hatten uns in jüngster Vergangenheit ein bisschen angenähert. Trotzdem war unser Verhältnis weit davon entfernt, normal oder gar gut zu sein. Aber es war besser, als in all den Jahren zuvor. Seit ich den Mörder meines Vaters gefasst hatte.

Ich seufzte und nahm ab. »Hallo, Mama.«

»Hallo Jule, mein Kind«, flötete sie aus dem Hörer. »Ich wollte mal hören, wie es dir geht. Du rufst ja nie an.«

Das hatte sie bisher nicht gestört. Früher hatte ich angenommen, dass es sie nicht interessierte. Mittlerweile wusste ich, dass die Sachlage komplizierter war.

»Ich lebe, das ist das Wichtigste.«

»Sollen wir uns mal treffen?«

Alarmiert schreckte ich auf. Die Tür des Kühlschranks entglitt mir, in dem ich eben die Milch verstaut hatte. So nah standen wir uns jetzt auch nicht, dass wir regelmäßige Kaffeekränzchen veranstalteten.

»Ich habe im Moment wenig Zeit.«

»Ein neuer Fall? Ich hoffe, es ist nicht wieder irgendetwas Gefährliches.«

Schon die Zweite heute, die darauf herumritt. Aber ich gab zu, dass ich ihre Geduld in den letzten Monaten ein wenig überstrapaziert hatte.

»Nein, nein. Der Fall ist ganz einfach. Ich muss nur eine Frau finden, die als Putzfrau auf dem Weihnachtsmarkt arbeitet.«

»Ist sie verschwunden?« Sie klang alarmiert.

»Nein«, versuchte ich, sie zu beruhigen. »Da liegt nur eine Verwechslung vor, das ist schnell geklärt.«

Sie atmete hörbar auf. »Dann ist ja gut.« Pause. »Weißt du, ich habe nachgedacht.«

Das war nicht gut. Wenn meine Mutter nachdachte, kam selten etwas Sinnvolles dabei heraus. Zumindest für mich. Aber sie ließ sich schon nicht mehr aufhalten.

»Mir ist klar geworden, wie kurz das Leben ist.«

Das war mir in letzter Zeit auch deutlich vor Augen geführt worden.

»Du solltest sesshaft werden, was meinst du?«

Sesshaft? Ich? Dazu fiel mir nichts ein. Die Wendung, die das Gespräch nahm, gefiel mir nicht. Ich schwieg.

»Ich komme langsam in ein Alter, in dem es schön wäre, mich um Enkelkinder zu kümmern.«

Ich hatte mich verhört. So musste es sein. Das hatte sie nicht gesagt.

»Möchtest du keine Kinder?«

Ich hatte mich nicht verhört. »Darüber habe ich nicht nachgedacht«, brachte ich hervor und versuchte, das Entsetzen aus meiner Stimme zu verbannen. Egal, was da in den letzten Monaten zwischen uns gewesen war, wir waren dabei, uns wieder voneinander zu entfernen.

»Du wärst bestimmt eine tolle Mutter.«

Auf jeden Fall wäre ich eine bessere als sie.

»Da gab es doch diesen Kommissar. Ist das dein Freund?«, hakte sie unerbittlich nach.

»Nein.«

»Es sah aber so aus.«

»Mutter, ich habe keine Ahnung, wie es ausgesehen hat. Wir haben keine Beziehung, falls du das meinst. Und ich möchte keine Kinder mit ihm.« Die hätten bei unserer Vorgeschichte einen Schaden, noch bevor sie auf der Welt wären. Das war das Absurdeste, was ich je gehört hatte. Mark und ich! Wie kam sie nur darauf?

»Mutter, ich muss aufhören. Ich habe zu tun.«

Bevor sie sich in weiteren Ergüssen über mein Liebesleben und meine Qualitäten als Mutter auslassen konnte, verabschiedete ich mich, ohne sie noch einmal zu Wort kommen zu lassen, und legte auf.

Ich konnte nicht mit Sicherheit sagen, was mein Therapeut damit gemeint hatte, dass es an der Zeit war, wieder am normalen Leben teilzunehmen. Das konnte er auf jeden Fall nicht gemeint haben. Weder Mark noch meiner Mutter fühlte ich mich gewachsen.

Plötzlich kam ich mir wie eine Gefangene in meiner eigenen Wohnung vor. Die Stille, die mich sonst nicht störte, war plötzlich so erdrückend, als lege sie sich um meinen Hals und drücke unbarmherzig zu.

Ich stopfte alles, was noch in den Einkaufstaschen war, in die Schränke, schnappte meine Umhängetasche und die Autoschlüssel und floh aus der Wohnung. Regen empfing mich. Mittlerweile war es empfindlich kalt geworden und ich sah zu, dass ich zum Auto kam.

Wenig später hielt ich vor dem ›Jazz-Keller‹. Ich blieb sitzen und starrte auf die dezente Leuchtreklame über dem Eingang. Das war einmal mein zweites Zuhause gewesen. Aber auch hier war ich länger nicht zu Gast gewesen. Es fühlte sich seltsam an. Vertraut und doch irgendwie fremd. Als habe sich in den letzten Monaten einiges verändert. Dabei hatte ich mich verändert. Vielleicht hatte mein Therapeut recht. Ich musste einen Anfang machen. Und hier war es besser als mit meiner Mutter oder Mark.

Warmes Licht hüllte mich ein und das Murmeln gedämpfter Stimmen empfing mich. Ich blieb stehen und sog die Einzelheiten wohlvertrauter Erinnerungen in mir auf. Das samtige Rot, in das der ›Jazz-Keller‹ gehüllt war, die Tische im Gastraum, um die gemütliche Sessel gruppiert waren. An einem davon saß Andreas, die Dänische Dogge Flocki zu seinen Füßen. Auf der Bühne stand Cosima in einem Schlauchkleid mit einem Ausschnitt, der zu tief war, um noch als schicklich zu gelten. Fanny wirbelte hinter der Bar und kreierte vermutlich neue Cocktails, und Lou wuselte zwischen seinen Gästen herum.

Es war, als wäre ich nie weg gewesen. Ich nickte hier und da jemandem zu und bahnte mir einen Weg zur Theke. Fanny hob den Kopf und ein erfreutes Lächeln huschte über ihr Gesicht, als sie mich sah. Sie stellte die Flasche ab, deren blauen Inhalt sie gerade in ein Cocktailglas hatte gießen wollen, und kam um den Tresen herum auf mich zu. Ohne ein Wort zu sagen, drückte sie mich herzlich an sich.

»Wie schön, dass du endlich wieder da bist!« Sie ließ mich los und musterte mich kurz, verlor aber kein Wort über mein Aussehen.

»Komm, setz dich zu mir. Lass uns ein bisschen lästern und Spaß haben.«

Ich grinste und folgte ihrem vielsagenden Blick, mit dem sie die fest angestellte Sängerin Cosima musterte.

»Seit du weg warst, ist es nicht mehr dasselbe«, sagte sie mit tiefem Bedauern in der Stimme. »Sogar Cosima hat ihren Hexenbesen eingepackt. Kommst du wieder öfter?«

Ich zuckte mit der Schulter und rutschte auf einen Barhocker. Dann drehte ich mich um und ließ den Blick über die Gäste schweifen. Es war ein vertrautes Gefühl und ich merkte, wie sehr mir all das gefehlt hatte.

Ich fing Andreas' Blick auf. Überraschung aber auch ehrliche Freude breiteten sich auf seinem Gesicht aus. In einer für ihn so typisch spartanischen Geste tippte er sich an die Stirn und ich nickte zurück. Zwar trug er wie immer eine schwarze Hose, aber sein Hemd war dunkelrot. Das hatte ich noch nie an ihm gesehen. Bisher war er ausnahmslos schwarz gekleidet gewesen. Ob auch er die Schatten seiner Vergangenheit besiegt hatte?

»Oh Gott, Jule, wie schön, dass du hier bist!« Lou kam mit ausgebreiteten Armen auf mich zu und riss mich förmlich an sich. Ich versank an seiner Schulter und ließ mich herzen. Es war ein schönes Gefühl.

»Gottchen, endlich! Ich dachte schon, ich sehe dich nie wieder.« Nur widerstrebend entließ er mich aus seiner Umarmung, hielt mich aber noch immer an den Oberarmen fest und unterzog mich einer kritischen Musterung. »Es ist so schön, dich zu sehen.«

Man sollte meinen, ich hätte die letzten Monate in Sibirien verbracht und nicht zu Hause, kaum ein paar Kilometer weg von hier. Alle hatten akzeptiert, dass ich Abstand brauchte nach dem letzten Sommer. Und es war schön zu sehen, wie sie sich freuten, dass ich zurück war.

»Du siehst gut aus«, fuhr Lou fort.

»Du lügst.«

Er wich meinem Blick für einen Moment aus, dann lachte er verlegen. »Ach, wir haben dir nur gefehlt, das ist alles.«

»Vermutlich hast du recht.« Ich lächelte. »Aber du siehst gut aus.«

Er strahlte mich an. Lou gehörte der ›Jazz-Keller‹. Er hieß eigentlich Gregor Falke. Seinen Spitznamen verdankte er seiner Garderobe, die verdächtig an Lou Bega erinnerte. Er trug meist weiße Anzüge, wahlweise mit Einstecktuch oder Krawatte, und Hüte mit gleichfarbigem Band. Da hörten die Gemeinsamkeiten aber auch schon auf, denn Lou wirkte wie eine verkleinerte und dabei deutlich in die Breite gezogene Kopie des Originals.

»Geht es dir gut?«

Er rollte mit den Augen und gab mich endgültig frei. »Ich habe mich von Hannes getrennt.«

Endlich, dachte ich und war zu höflich, das zu sagen. Die beiden hatten eine On-Off-Beziehung geführt, die nicht für Dauer geeignet gewesen war. »Das tut mir leid.«

»Jetzt lügst du.« Er grinste mich an. Der Trennungsschmerz schien sich in Grenzen zu halten.

Ich setzte mich zurück auf den Hocker, von dem Lou mich im Überschwang gezerrt hatte.

»Möchtest du einen Cocktail?«

Misstrauisch sah ich auf das Glas, das Fanny in der Hand hielt. »Ich glaube, vorläufig bleibe ich bei Bier.«

»Wir kriegen dich schon wieder hin. Was der Seelenklempner vermurkst hat, reparieren wir. Fanny, mach ihr mal so grünes Zeugs.«

»Das heißt ›Grüner Kobold‹.«

»Ist doch egal, wie es heißt. Es ist Medizin.«

Ich wurde gar nicht gefragt und dachte gerührt, dass ich wieder zu Hause war. Es fühlte sich gut an.

»Möchtest du singen?«

»Lou, jetzt lass sie doch erst einmal ankommen«, mischte sich Fanny ein und schüttelte den Kopf. »Sie war vier Monate weg.«

Ich nickte. »Heute vielleicht noch nicht unbedingt.«

Lou wirkte enttäuscht, aber er ließ mich in Ruhe.

»Jetzt erzähl schon«, verlangte Fanny und stellte den Cocktail vor mir ab. »Vertrau mir, der ist gut.«

»Was ist das?« Ich hatte nur gesehen, wie sie am Ende Sekt hineingeschüttet hatte. Das war nicht mein liebstes Getränk. Vorsichtig kostete ich. Wider Erwarten schmeckte es lecker. Fruchtig frisch, ein wenig herb.

»Der ist gesund. Da ist Orangensaft drin.«

Ich nickte.

»Wie ist es dir ergangen?«

Ich zuckte mit der Schulter und starrte in das Glas. »Ganz gut, denke ich.«

»Alles wieder okay?«

»Ich glaube schon.«

Im Sommer hatte ich den Mörder meines Vaters nach über vierzehn Jahren zur Strecke gebracht und war selbst fast ums Leben gekommen. Dabei waren Dinge aufgewühlt worden, von denen ich gedacht hatte, dass ich sie längst verarbeitet hatte. Ich hatte mich getäuscht. Als Jugendliche den Mord am eigenen Vater miterleben zu müssen, hatte nachhaltige Spuren hinterlassen.

»Wie geht es Mark?«

Ich sah auf. »Keine Ahnung.«

»Was? Ihr habt euch nicht mehr gesehen?«

Flüchtig schlich sich sein Gesicht in meine Gedanken und ich verspürte das vertraute Gefühl. »Seit damals nicht. Lustig, dass du fragst. Heute habe ich ihn zum ersten Mal wieder getroffen.«

Fanny nickte langsam. »Ich dachte, das mit euch sei etwas Ernstes.«

Das hatte ich auch gedacht. Bis wir uns wegen einer Kleinigkeit zerstritten hatten, die es im Nachhinein betrachtet nicht wert gewesen war.

»Puh, das muss ich erst einmal verdauen.« Fanny strich sich das Haar aus der Stirn.

Was sie wohl zu meinem Techtelmechtel mit Andreas sagen würde? Ich wollte es nicht wissen, das behielt ich lieber für mich.

Cosima beendete ihre Darbietung. Die Stille war wohltuend. Allerdings nur so lange, bis sie neben mir stand. Mir war nicht nach Streiten zumute.

»Hallo«, sagte sie und musterte mich mit schräg gelegtem Kopf.

Ich erwiderte den Gruß mit einem Kopfnicken und wartete darauf, dass sie mir eine Gemeinheit an den Kopf warf.

Aber sie sagte nichts und starrte mich nur an. Fanny hatte recht, Cosima war nicht mehr die Alte. Sie hatte abgenommen und das lila Schlauchkleid bildete einen unvorteilhaften Kontrast zu ihrer Blässe.

Unschlüssig stand sie neben mir, dann bat sie Fanny um ein Glas Wasser. Die warf mir einen vielsagenden Blick zu und reichte das Gewünschte mit einem Stirnrunzeln an Cosima weiter.

Plötzlich begann meine Kopfhaut zu kribbeln und ich hatte Gänsehaut am ganzen Körper. Ich brauchte mich nicht umzudrehen, um zu wissen, dass Andreas hinter mir stand. Eine feuchte Hundeschnauze an meiner Hand bestätigte meine Vermutung.

»Hallo, Prinzessin.« Seine Stimme war rau und dunkel und ging mir durch Mark und Bein.

Wenn Andreas mich ansah, hatte ich stets das Gefühl, nackt vor ihm zu stehen. Als könne er geradewegs auf den Grund meiner Seele blicken. Ich fühlte mich schutzlos, und gleichzeitig war da ein Kribbeln, das einen Vergleich suchte. Es war das Einlassen mit der dunklen Gefahr, die zugleich unheimlich und verlockend war.

Eines Tages war er im ›Jazz-Keller‹ aufgetaucht, hatte sich mit Flocki an einen der Tische gesetzt und war dortgeblieben. Ein Gestrandeter, wie viele andere hier auch. Die Faszination ging noch immer von ihm aus, obwohl ich längst hinter sein Geheimnis gekommen war.

Langsam drehte ich mich um und schenkte ihm ein Lächeln, das er ehrlich erwiderte. Früher hatte Andreas nie gelächelt oder gar gelacht. Das war auch erst im Sommer geschehen. Wir hatten nur eine Nacht miteinander verbracht, aber ich verstand ihn so viel besser als alle anderen. Wir trugen die gleichen Narben auf der Seele.

Ich war froh, dass er mich nicht fragte, wie es mir ging. Wir verstanden uns ohne Worte. Andreas nahm sein Bier und trollte sich wieder auf seinen Platz. Flocki ließ sich zu seinen Füßen fallen und legte den Kopf auf die überkreuzten Vorderpfoten. Die beiden boten ein Bild der Idylle. Fehlte nur das Feuer im Kamin. Der Schein trog, wie ich wusste. Andreas war im Krieg in Afghanistan im Einsatz gewesen und hatte Dinge gesehen, die wir uns nicht vorstellen konnten. Das hatte ihn geformt und zu einem gefährlichen Soldaten werden lassen. Doch bei aller Härte wusste ich, dass in seiner Brust ein weiches Herz schlug.

»Jule, kann ich dich kurz sprechen?« Cosima stand noch immer neben mir und trat von einem Bein auf das andere.

Erstaunt sah ich auf, ich hatte sie fast vergessen. Jetzt hatte sie meine Aufmerksamkeit. Ihr Blick hatte etwas Flehendes, dann schlug sie die Augen nieder und betrachtete ihre zum Kleid passenden Pumps. Wie sie damit laufen konnte, war mir ein Rätsel.

Es dauerte einen Moment, bis ich mich von meiner Überraschung erholt hatte. Wir redeten normalerweise nicht miteinander, es sei denn, wir stritten uns.

»Schieß los.«

Sie biss sich auf die Lippe und nagte daran herum. »Nicht hier«, sagte sie leise. »Kann ich dich unter vier Augen sprechen?«

Eindeutig hatte sie ihren Biss verloren. Damit steigerte sie meine Verwirrung. Was war passiert, als ich nicht hier gewesen war? Die Welt hatte sich offenbar doch verändert.

»Können wir rausgehen?«

»Klar, können wir. Fanny, ich nehme noch einen davon.« Ich deutete auf mein leeres Glas. Während ich darauf wartete, stolzierte Cosima bereits davon. Allerdings hatte ihr

Gang etwas von einem Stolzieren mit gebrochenem Bein. Ich schüttelte den Kopf. Die Sache wurde immer rätselhafter.

»Pass nur ja auf«, sagte Fanny und stellte mir den neuen Cocktail hin. »Vielleicht meuchelt sie dich vor der Tür hinterrücks. Wenn du in zehn Minuten nicht zurück bist, schicke ich den Suchtrupp los.«

Ich grinste. Mit Cosima würde ich allemal fertig werden.

Fanny hielt mich am Handgelenk fest, als ich nach meinem Glas greifen wollte. »Sag mal, was ist da zwischen dir und Andreas?« Sie sah mich mit gerunzelter Stirn an.

Ich erwiderte ihren Blick schweigend, dann machte ich mich los, nahm meinen Drink und drehte mich um, um Cosima nach draußen zu folgen. Ich fand sie auf dem Hof, ein paar Meter abseits der Eingangstür. Sie zog an einer Zigarette, die sie zwischen zittrigen Fingern hielt.

»Seit wann rauchst du?«

In ihren Augen lag nichts von der Boshaftigkeit, für die sie bekannt war.

»Ach, das habe ich mir in letzter Zeit angewöhnt. Das mindert den Stress.« Ihr gequälter Gesichtsausdruck sprach Bände.

»Und schadet der Stimme.« Nicht, dass mich das interessierte. Auf dem Gebiet waren wir Konkurrenten. Wenn auch keine ernsthaften, denn ich würde niemals eine Festanstellung bei Lou wollen, auch wenn er mir das schon angeboten hatte.

Cosima räusperte sich. Ich sah ihr zu, wie sie noch zwei nervöse Züge inhalierte, ehe sie die Kippe auf den Boden warf und austrat.

»Ts, ts«, konnte ich mir nicht verkneifen. »Das sieht Lou aber gar nicht gern.« Für seine rauchenden Gäste hatte er extra einen Aschenbecher neben dem Eingangsbereich unter einem Heizpilz aufgestellt.

»Ich brauche deine Hilfe.«

Das konnte nur bedeuten, dass es ernst war.

»Ich werde erpresst.«

Das wurde immer toller. »Du? Erpresst? Von wem?«

»Ich habe keine Ahnung. Aber ich brauche Hilfe.«

»Wieso gehst du nicht zur Polizei?«

Sie druckste herum, ehe sie antwortete. »Weil ich nicht möchte, dass unnötig Staub aufgewirbelt wird.«

Meine Verwirrung wuchs zunehmend. »Und was soll ich da tun?«

»Ich brauche jemanden, dem ich vertrauen kann und der verschwiegen ist.«

Ihre Not musste wirklich groß sein, wenn sie dabei an mich dachte.

»Die Sache ist ein wenig delikat. Hier, ich habe einen Brief bekommen.« Sie streckte mir ein Blatt entgegen. Ich faltete es auseinander und entdeckte auf den ersten Blick nichts Ungewöhnliches. Es war handelsübliches Papier mit Computer geschrieben und ausgedruckt.

»Du hast etwas, das mir gehört. Gib es zurück oder du wirst es bereuen.«

Ich drehte den Brief in den Händen und überlegte.

»Wo ist der Umschlag dazu?«

Cosima betrachtete wieder eingehend ihre Schuhspitzen. »Zu Hause.«

»Den brauche ich auch. Hast du noch mehr solche Briefe? Gab es Anrufe?«

Sie nickte. »Heute Morgen hat er angerufen. Ich habe seine Stimme nicht erkannt, aber es war eindeutig ein Mann.«

»Was zur Hölle hast du angestellt?«, brach es aus mir heraus.

Ihre Antwort war kaum zu hören, sie sah mich nicht an. »Ich habe nur jemandem einen Gefallen getan.«

Ich zog die Nase hoch. »Ich brauche den Briefumschlag. Und dann möchte ich haarklein wissen, was passiert ist.«

Sie sah gequält auf. Ein Zittern lief durch ihren Körper. Sie hatte noch immer nur das dünne Schlauchkleid an, das sie auf der Bühne getragen hatte, und trat auf ihren hohen Schuhen von einem Bein auf das andere.

»Ich muss wieder rein. Können wir später darüber reden?«

Ihr Blick war so flehend, dass ich unwillkürlich Mitleid bekam. Was war nur los? Die Welt stand kopf.

»Ich bleibe nicht lange.« So weit reichte mein Mitleid nicht, dass ich gleich an meinem ersten Abend im ›Jazz-Keller‹ versumpfen wollte.

»Dann komm morgen bei mir vorbei. Auf einen Kaffee.«

Cosima lud mich zu sich nach Hause ein. Ich schüttelte fassungslos den Kopf, ließ mir aber die Adresse geben, bevor sie nach drinnen auf die Bühne zurückging. Diesmal war ihr Gang nicht mehr ganz so gebrochen. Vielmehr sah sie nun aus, als sei ihr eine Zentnerlast von den Schultern genommen. Was zum Kuckuck hatte sie ausgefressen?

*

Er ging rastlos in seiner Wohnung auf und ab. Seit Tagen ging das so. Er kam nicht mehr zur Ruhe. Seit ES geschehen war. Er wagte nicht darüber nachzudenken, was ES war. Sonst könnte er gar nicht mehr schlafen.

Er hatte es nicht tun wollen. Das war nicht er. Aber ihm war keine andere Wahl geblieben. Auf dem Totenbett hatte er seinem Bruder versprochen, dass er ihn rächen würde. Und Versprechen, die man Sterbenden gab, musste man halten, oder?

Wenn er die Lider schloss, hatte er wieder ihr Gesicht vor sich. Die schreckgeweiteten Augen, ihr Schreien. Und dann hatte er einfach zugestochen. Wie von Sinnen. Immer und immer wieder. Sein Hass war ins Unermessliche gestiegen, seit er wusste, dass sie ihr Leben zerstört hatte. Sie trug Schuld daran, dass sein Bruder gestorben war.

Gestorben. Das war ein humanes Wort. Verendet war er! Krepiert. Verreckt wie ein Tier ohne Wasser in der Wüstensonne. Und er hatte hilflos danebengestanden und nichts für ihn tun können. Als er ihm erzählt hatte, was damals wirklich geschehen war, hatte er Rache geschworen. Fünfzehn Jahre war sie damit durchgekommen, jetzt war Schluss. Sie musste dafür bestraft werden.

Zuerst hatte er sich besser gefühlt, nachdem er ES getan hatte. Wie im Rausch war er ins Auto gestiegen und davongefahren. Es war so einfach gewesen! Doch je mehr Zeit verstrich, umso schwieriger wurde es für ihn. Verärgert schüttelte er den Kopf. Er hatte alles richtig gemacht. Er hätte gar nicht anders handeln können.

Er ging in die Küche und goss Milch in eine Tasse. Dann gab er einen großzügigen Löffel Honig hinein und stellte sie in die Mikrowelle. Vielleicht half ihm das, Ruhe und Schlaf zu finden.

FREITAG

Am nächsten Tag riss mich das Klingeln des Telefons aus dem Schlaf. Marks widerlich gut gelaunte Stimme drang aus dem Hörer, während ich den Kopf schüttelte und versuchte, wach zu werden.

»Hast du etwa noch geschlafen?«

Ich antwortete nicht und krabbelte stattdessen aus dem Bett.

»Nur der frühe Vogel fängt den Wurm.«

»Oder den Mörder«, erinnerte ich ihn an seinen Fall und ging in die Küche, um die Kaffeemaschine einzuschalten.

»Hast du deinen Kaffeeautomaten angemacht?«

»Jep.«

»Er macht guten Kaffee.«

Das wusste ich selbst.

»Willst du mir erzählen, wie du dazu gekommen bist?«

»Ich war im Laden und habe ihn gekauft.« Ha, und da sage noch einer, ich würde ohne Kaffee nicht funktionieren. Manchmal überraschte ich mich selbst.

»Wie das Auto«, fuhr Mark nach einem Moment des Schweigens fort.

Jedes Wort, das ich sagte, war zu viel. Also schwieg ich und erntete ein lang gezogenes Seufzen als Antwort.

»Darüber werden wir noch reden müssen.«

Ich hörte es nicht. »Was möchtest du?«

»Du hast mich um Hilfe gebeten, falls du dich erinnerst.«

Ach richtig, der Fall Silvia Kohler. »Und?«

»Dein Tobias Kohler war in den letzten Tagen dreimal auf der Wache und hat den Kollegen die Hölle heißgemacht.«

Den Hörer zwischen Ohr und Schulter eingeklemmt, gab ich Milch in den Becher und setzte mich an den Küchentisch.

»Wieso das?«

»Weil er steif und fest behauptet, dass seine tote Ehefrau als Reinigungskraft auf dem Weihnachtsmarkt arbeitet.«

So weit nichts Neues. Ich fröstelte, weil ich nur meinen Schlafanzug anhatte und keine Socken trug.

»Was habt ihr unternommen?«

»Wir haben bei der Reinigungsfirma angerufen. Eine Silvia Kohler arbeitet da nicht.«

Das hätte ich ihm auch sagen können, das hatte Kohler bereits herausgefunden.

»Er hat sich aufgeführt wie ein HB-Männchen. Ein Kollege hat daraufhin in Köln angerufen.«

»Und?« Ich wollte nicht betteln um die Uhrzeit und hoffte, dass er mit der Sprache herausrückte.

»Du hast auch schon mal mehr Spaß verstanden.«

»Aber nicht, wenn ich mit nackten Füßen in der Küche stehe und es draußen um die null Grad sind.«

»Frierst du?«

»Nein, was du klappern hörst, sind die Krücken meines altersschwachen Hundes.«

»Ui«, machte Mark nur. »Es hat einmal Zeiten gegeben, da habe ich dich morgens gewärmt.«

»Das stimmt nicht. Das war zu Zeiten, als wir um diese Uhrzeit schon sechsundzwanzig Grad hatten.«

»Trotzdem, ich würde dich wärmen. Soll ich vorbeikommen?«

Bloß nicht! Ich spürte Panik in mir aufkommen. »Nein.«

»Okay, das war deutlich. Ich verstehe.«

Er verstand gar nichts. Ich konnte nicht so tun, als sei nichts gewesen. Wir hatten eine Affäre gehabt. Mehr traute ich mich nicht, hineinzuinterpretieren, wenn ich auch insgeheim mit dem Gedanken geliebäugelt hatte. Aber dazu war ich zu schnell auf dem Boden der Tatsachen gelandet, als dass ich das Spiel von vorn beginnen wollte.

»Also?«, fragte ich, um auf das ursprüngliche Thema zurückzukommen. »Tobias Kohler. Ihr habt mit den Kollegen in Köln telefoniert.«

»Ach so, ja.« Mark war in Gedanken offenbar abgeschweift. Was hatte ihm unser Techtelmechtel bedeutet?

»Kohler. Seine Frau ist am achtzehnten April dieses Jahr im Bodensee ertrunken. Es gibt kaum einen Zweifel, wir haben uns die Unterlagen kommen lassen. Und jetzt halte dich fest: Seither hat er sie siebzehnmal gesehen! Teilweise in der Innenstadt von Köln in Cafés, beim Einkaufen oder abends in diversen Bars. Aber auch schon dreimal in irgendeinem Fernsehbeitrag. Er ist sogar einer Frau aufs Klo hinterhergegangen, weil er sie für seine Frau gehalten hat. Daraufhin ist er vorübergehend festgenommen worden. Das Missverständnis konnte aufgeklärt werden und die Betroffene hat von einer Anzeige abgesehen. Jule, ich sage es nur ungern, aber das ist kein neuer Fall. Der Mann gehört in psychologische Behandlung.«

Ich schwieg. Gedankenverloren trank ich meinen Kaffee. Ich hatte recht gehabt, Tobias Kohler hatte ein Problem mit der Wahrheit. Da war es kein Wunder, dass die Polizei nicht gut auf ihn zu sprechen war.

»Bist du noch da?«, unterbrach Mark meine Gedankengänge.

»Ja.«

»Du solltest ihm das schonend beibringen und ihm raten, ärztliche Hilfe in Anspruch zu nehmen.«

Ich biss mir auf die Lippe. Mittlerweile fror ich erbärmlich, auch der Kaffee half nicht. Ein Griff an den Heizkörper hinter der Bank bestätigte meine Vermutung. Ich drehte am Thermostat und lauschte dem Gluckern in den Leitungen.

»Okay«, seufzte ich. »Ich rede mit ihm.«

Es war an der Zeit, das Gespräch zu beenden. Doch ehe ich etwas sagen konnte, sprach Mark weiter.

»Jule, ich würde dich wirklich gern wärmen.«

Seine Stimme berührte mein Innerstes, und tatsächlich stellte sich ein wärmendes Gefühl in meiner Magengegend ein, dem ein Kribbeln folgte. Ich wollte das nicht, weil es hieß, die Kontrolle abzugeben, und konnte es doch nicht verhindern.

»Falls du das im Moment nicht möchtest, kann ich es verstehen. Aber wir können zumindest mal zusammen weggehen und ein Bier trinken.«

Ja, das könnten wir. Ich wusste, dass das Pflaster heiß war, weil ich keine Ahnung hatte, ob meine Selbstbeherrschung ausreichte, wenn ich ihm gegenübersaß und sein Aftershave einatmete.

»Könnten wir«, sagte ich und spürte den schneller werdenden Herzschlag in meiner Brust.

»Bald?«

»Von mir aus.«

Mark lachte befreit auf.

»Mark, kann ich die Akte haben?«

»Welche Akte?« Er klang verdutzt.

»Die von Kohlers Frau. Du hast gesagt, ihr habt sie euch kommen lassen.«

»Du weißt, dass ich das nicht darf.«

»Aber du kannst es.«

Schweigen.

»Komm schon, sie wird sowieso bald für tot erklärt. Wenn ein Jahr verstrichen ist und der Fall eindeutig ist, kann das schon nach einem Jahr passieren, auch wenn nie eine Leiche gefunden wurde. Ich habe im Verschollenheitsgesetz nachgesehen.«

Ursprünglich war ich davon ausgegangen, dass es länger dauerte, bis man für tot erklärt wurde. In der Regel waren es zehn Jahre, wenn man zum Zeitpunkt des Verschwindens noch keine achtzig war. Ich hatte mich gestern länger mit dem Thema beschäftigt und im Internet gestöbert, als ich vom ›Jazz-Keller‹ nach Hause gekommen war. Wenn man zum Zeitpunkt des Verschwindens in Lebensgefahr war, und das war Silvia Kohler eindeutig gewesen, wurde man schon ein Jahr danach für tot erklärt.

Mark brummelte Unverständliches in den Hörer. Ich wertete das als Zustimmung und verabschiedete mich. »Ich muss unter die Dusche, sonst hast du morgen einen neuen Todesfall. Den einer erfrorenen Privatdetektivin am Küchentisch.«

Einen Moment blieb ich noch sitzen, trank den Rest meines Kaffees und sann darüber nach, ob das ein Flirt gewesen war oder nicht. Was bedeutete ich Mark? Mehr, als ich gedacht hatte? Oder nur eine Affäre zur Befriedung urinstinktlicher Triebe? Wenn es für ihn mehr als nur eine unbedeutende Liebelei gewesen war, was passierte, wenn ich mich erneut darauf einließ? Mark und ich waren wie Hund und Katz. Wir konnten nicht miteinander, aber ohne ging es auch nicht. Nicht nur, weil sich unsere Wege beruflich kreuzten.

Verflixt, warum musste immer alles so kompliziert sein?

Bei einer ausgiebigen Dusche wärmte ich mich wieder auf. Als ich in die Küche zurückkam, war der Raum angenehm temperiert. So konnte ich arbeiten. So und mit einer weiteren Tasse heißen Kaffees. Ich trug einen Strickpulli und dicke Wollsocken. Meine Mutter hätte ihre Freude an meinem Outfit gehabt. Ich würde mich in diesen Klamotten niemals auf die Straße trauen.

Ich machte mir ein paar Notizen zum Fall Tobias Kohler und sah mir den Fernsehbeitrag ein weiteres Mal an. Die entsprechende Szene spulte ich vor und zurück und versuchte, im Standbild etwas zu erkennen. Ein Vergleich zwischen der Putzfrau und Kohlers Ehefrau war nicht möglich. Die Frau war nicht gut genug zu sehen.

Bevor ich Kohler das mitteilen wollte, rief ich bei der Fernsehgesellschaft an. Es dauerte, bis ich zur entsprechenden Redaktion durchgestellt wurde.

»Wissen Sie, im Moment sind wir schwach besetzt. Die Grippewelle«, teilte mir der Assistent mit. »Was kann ich für Sie tun?«

Ich schilderte mein Anliegen und entschuldigte mich anschließend beinahe für meine ungebührliche Frage. Natürlich war der Beitrag erst in diesem Jahr gedreht worden. Selbstverständlich wurde Wert auf Aktualität gelegt.

Meine Hoffnung, dass die Sendung eine ältere Aufzeichnung war, löste sich damit in Rauch auf. Das wäre die einfachste Möglichkeit gewesen, Kohler mitzuteilen, dass er einem Hirngespinst hinterherjagte.

Höflich bedankte ich mich für die Auskunft und versicherte noch einmal, dass es nicht meine Absicht gewesen war, den jungen Mann oder gar den Sender zu beleidigen.

So kam ich nicht weiter. Vermutlich sollte ich zu Kohler gehen und ihm die Wahrheit sagen. Aber ich wollte ihm einen handfesten Beweis liefern. Ich redete mir ein, dass er es damit besser verkraften würde. Und log mir dabei selbst in die Tasche. Denn in Wahrheit wollte ich nicht diejenige sein, die ihm die traurige Gewissheit übermittelte. Kurz zog ich in Erwägung, meinen Therapeuten um Hilfe zu bitten.

Verwarf den Gedanken aber, denn dieses Kapitel meines Lebens lag hinter mir. Symbolisch hatte ich seine Visitenkarte in den Mülleimer vor der Praxis geworfen, als ich sie zum letzten Mal verlassen hatte.

Wenn ich die Putzfrau ausfindig machte und sie dazu überreden konnte, mit zu Kohler zu kommen, könnte er sich selbst davon überzeugen, dass es nicht seine Ehefrau war.

*

Sie fuhr aus dem Schlaf hoch und hatte einen Moment Schwierigkeiten, sich zu orientieren. Die Klauen des Albtraumes hielten sie gefangen und ließen nur langsam von ihr ab. Obwohl der Traum regelmäßig wiederkehrte, war er jedes Mal aufs Neue grauenhaft und erschütterte sie bis in ihr tiefstes Inneres. Wieder und wieder musste sie miterleben, wie er wie von Sinnen auf sie einstach. Die Angst in ihren Augen. Das schreckliche Gurgeln, als er die Luftröhre getroffen hatte, klang noch immer in ihren Ohren. Und schließlich das Blut, das ihre Kleidung, die Wände und den Boden besudelt hatte. Auch er war voll damit gewesen, aber entweder hatte er es nicht bemerkt oder es störte ihn nicht.

Sie fuhr mit der Hand über das Gesicht und versuchte, die Gedanken an den schrecklichen Mord zu verdrängen. Es war sinnlos, sie bekam die Bilder nicht aus dem Kopf. Auch wenn sie die Ohren und die Augen zuhielt, die Ereignisse hatten sich tief eingebrannt, und sie ahnte, dass sie sie nie wieder loswerden würde. Sie waren zu einem weiteren grausamen Teil ihres Lebens geworden.

Die Decke, die sie um sich geschlungen hatte, war kalt, und obwohl sie dicke Sachen trug, fror sie erbärmlich. Sie würde sich zum Frühstück eine der Suppen machen, die sie gefunden hatte. Lange würde der Vorrat nicht reichen. Sie musste hinaus und zum Einkaufen gehen, auch wenn sie damit ein Risiko einging. Heute Abend vielleicht, wenn es dunkel war. Ihr Bargeldvorrat würde nicht mehr lange reichen. Im Auto hatte sie einen Geldbeutel mit Notmünzen zum Parken gefunden und an sich genommen. Das war es dann aber schon.

Nur mühsam gelang es ihr, die Erinnerungen in den Hintergrund zu drängen. Bei nächster Gelegenheit würden sie sie wieder überfallen, das wusste sie.

Sie seufzte und stand auf. Mit dem Feuerzeug entzündete sie die Flamme der Gasflasche und stellte zwei Töpfe auf den Herd. In einem erwärmte sie Wasser, das sie zum Waschen benötigte und später für Tee, in dem anderen heizte sie eine Suppe auf. Tomaten. Sie hasste Tomaten. Der Bewohner der Hütte schien sie zu lieben, denn das war neben einer Dose Hühnereintopf das Einzige, was sie vorgefunden hatte. Und den hatte sie gestern zum Abendessen verzehrt.

Wie sehr sehnte sie sich nach einer guten Tasse Kaffee und einem Stück Brot mit ordentlicher Wurst darauf! Oder einer Scheibe Käse. Aber das war im Moment nicht drin. Sie war blank und musste sich verstecken. Was sollte sie tun?

Komm schon, überleg! Du hast schon schwierigere Situationen gemeistert. Aber Nachdenken war gar nicht einfach, wenn man fror und Angst hatte. Eine Dusche wäre genau das Richtige. Eine volle Badewanne mit ätherischen Ölen noch besser. Dabei konnte sie entspannen und hatte immer tolle Ideen. Die beste Idee ihres Lebens hatte sie ebenfalls beim Baden gehabt. Niemand hatte ahnen können, dass sie sich zu einem Albtraum entwickeln würde.

Vielleicht sollte sie ins Schwimmbad gehen und heiß duschen. Aber auch das ging nicht. Erstens traute sie sich nicht hinaus, und zweitens hatte sie kein Geld. Das Benzin im Auto war fast alle und sie wagte nicht, es zu benutzen. Ohnehin war es fraglich, ob sie es aus dem Versteck herausbekam. Mittlerweile regnete es kräftig und vermutlich war der Untergrund nicht mehr befahrbar.

Gedankenverloren rührte sie in der Suppe und sah zu, wie sich erste Blasen bildeten. Sie zog den Löffel heraus und leckte ihn ab. Noch war die Suppe nicht heiß, aber sie hatte solchen Hunger, dass sie in Erwägung zog, sie lau zu essen.

Was war nur mit dem Wasser los? Es müsste längst kochen. Zwei Teebeutel waren noch übrig, wenigstens konnte sie heute noch etwas Warmes trinken. Sie runzelte die Stirn und warf einen Blick in den Suppentopf. Es blubberte nicht mehr. Ihr schwante Böses und ein Blick unter den Herd bestätigte ihre schlimmsten Befürchtungen: Die Flamme war erloschen.

Wütend stieß sie mit dem Fuß gegen die Flasche und schrie auf, weil ein stechender Schmerz in ihren großen Zeh fuhr und sich das Bein hinaufarbeitete. Tränen der Qualen, aber auch der Wut und Angst stiegen in ihr hoch. So oft hatte sie sie in den letzten Tagen zurückgedrängt. Aber etwas so Banales wie das Erlöschen eines kleinen Flämmchens, das für sie im Moment überlebensnotwendig war, sorgte dafür, dass ihre Augen überliefen.

Hemmungslos schluchzend sank sie vor dem Herd auf den Boden. Dieses verdammte Arschloch, das ihr das angetan hatte! Dabei war alles so gut gewesen, sie hatte es endlich geschafft. Und dann tauchte er auf und ermordete nicht nur ihre Freundin, sondern zerstörte auch ihr Leben.

Und plötzlich wusste sie, was sie zu tun hatte. Glasklar tauchte der Gedanke vor ihr auf. Sie setzte sich auf und wischte sich die Tränen vom Gesicht. Wenn er ihr Leben zerstört hatte, konnte sie es mit seiner Hilfe auch wieder aufbauen.

Sie rappelte sich auf und atmete tief durch. Jetzt musste sie ein bisschen recherchieren, dazu musste sie nach draußen. Aber sie würde es wagen, sie hatte nichts mehr zu verlieren.

Mit zusammengebissenen Zähnen zog sie den Topf mit der lauwarmen Suppe vom Herd und begann, den Inhalt zu verzehren.

*

Nach dem Frühstück machte ich mich mit einem grobkörnigen Ausdruck der Putzfrau auf zum ›Reinigungsservice Böller‹. Das Gebäude der Firma lag außerhalb Ulms im Gewerbegebiet an der B 311. Ich kannte mich dort mittelmäßig bis gar nicht aus und kurvte einige Zeit durch die Straßen, passierte ein Fitnessstudio, einen Table-Dance-Schuppen, Speditionsfirmen und sonstige Bürokomplexe, ehe ich versteckt in einem Hinterhof das unscheinbare Firmenschild der Reinigungsfirma ausmachte. Ich parkte auf dem Hof und sah mich um. Draußen war es still und aufziehende Wolken verdunkelten das bisschen Tageslicht, das durch den Nebel drang.

Ich zog den Schal enger um meinen Hals und verfluchte mich im Stillen, dass ich keine wärmere Hose angezogen hatte. Meine Mutter hätte vermutlich auf Strumpfhosen bestanden, aber die Dinger zog ich nicht einmal mit vorgehaltener Knarre an. Es sei denn, ich müsste mich wegen eines schicken Outfits in einen Rock werfen. Was nie passieren würde, weil ich keinen besaß.

Ich drückte die Eingangstür auf und fühlte die behagliche Wärme, die mich augenblicklich einhüllte. Im Empfangsbereich stand ein überdimensional großer Christbaum, der klassisch mit roten und goldenen Kugeln geschmückt war. Keine überladene Tanne mit Lametta und blinkenden Lichtern.

Eine junge Frau mit kurzen schwarzen Haaren und Brille saß an einem Schreibtisch und nickte mir freundlich zu. Ganz Geschäftsfrau trug sie ein blaues Kostüm und ein dazu passendes Tuch um den Hals. Forsch grüßte sie und fragte nach meinen Wünschen.

Ich zückte meine Karte und reichte sie über den Tresen. »Guten Tag, mein Name ist Jule Flemming. Ich benötige bitte ein paar Auskünfte über eine Angestellte, wenn das möglich ist.«

Ihr Kopf zuckte kurz, dann zwinkerte sie und sah mich an.

»Um was geht es denn, wenn ich fragen darf?« Sie verhaspelte sich und ihre Stimme hörte sich deutlich dünner an als noch zuvor.

»Ich suche nach einer Frau.«

Das Mädchen biss sich auf die Unterlippe. In Sekundenbruchteilen war ihre Fassade zusammengefallen. Vermutlich war sie nur eine Auszubildende, die hübsch aussah und ein bisschen Korrespondenz erledigen durfte.

»Ich darf keine Auskünfte über Mitarbeiter geben.«

»Könnte ich vielleicht jemanden von der Personalabteilung sprechen?«

Erleichtert über meinen Lösungsvorschlag griff sie zum Telefon, tippte darauf herum und verwählte sich zweimal, ehe sie jemanden in der Leitung hatte, dem sie ihr Anliegen vorbrachte. »Da ist eine Frau, eine Detektivin, die sucht jemanden.« Sie lauschte einige Sekunden, nickte und legte auf.

»Frau Sannwald wird Sie gern empfangen. Das ist die Leiterin der Personalabteilung. Ich bringe Sie zu ihr.«

So schnell, wie sie hinter dem Schreibtisch hervorgeschossen kam, konnte ich gar nicht schauen. »Wenn Sie mir bitte folgen.«

Sie brachte mich zum Aufzug. »Im ersten Stock, Frau Sannwald erwartet Sie dort.«

Die Türen schlossen sich geräuschlos und damit verschwand sie aus meinem Blickfeld. Frau Sannwald wartete in der Tat auf mich. Bei ihrem Anblick fühlte ich mich sofort an unsere Sekretärin Anna erinnert. Beide hatten in etwa das gleiche Alter und trugen die Lesebrille altmodisch an einer Kette um den Hals. Da hörten die Gemeinsamkeiten aber schon auf. Während Anna in löchrigen Jeans, mit High Heels und tief ausgeschnittenen Blusen zur Arbeit kam, schien Frau Sannwald der humorlose Typ zu sein. Es reichte nicht einmal für ein verkniffenes Lächeln, als sie mir die Hand reichte. Sie trug das gleiche Kostüm wie das Mädchen am Empfang. Ihr Haar war streng nach hinten gekämmt und zu einem Knoten gesteckt.

»Regine Sannwald, guten Tag. Was kann ich für Sie tun?«

Wollte sie mich auf dem Flur abfertigen? Im Hintergrund waren Kopiergeräusche zu hören, ein Mitarbeiter ging über den Flur, der eine Kaffeetasse in der Hand trug und uns einen neugierigen Blick zuwarf.

Gut, mir war das egal. Ich holte den grobkörnigen Ausdruck aus der Tasche und reichte ihn Frau Sannwald. »Ich bin auf der Suche nach dieser Frau.«

Sie sah ihn nur kurz an, ihrem Gesicht war nichts zu entnehmen. »Vielleicht sollten wir das besser in meinem Büro besprechen.«

Meine Rede. Ich folgte ihr den Flur entlang. Der Mitarbeiter mit der Kaffeetasse tuschelte mit der Kollegin am

Kopierer. Frau Sannwald beachtete beide nicht und ging in eines der angrenzenden Büros. Schon vor der Tür roch ich kalten Zigarettenrauch.

»Bitte, setzen Sie sich.« Sie verschwand hinter ihrem Schreibtisch.

Ich nahm Platz und sah mich neugierig um. Alles wirkte clean und steril, selbst die Topfpflanzen hatten kein Körnchen Staub auf den Blättern. Klar, das war eine Reinigungsfirma. Nur um den übervollen Aschenbecher auf ihrem Schreibtisch hatte sich ein Ring Asche gebildet.

»Kennen Sie die Frau?«, fragte ich und konzentrierte meine Aufmerksamkeit auf Frau Sannwald. Ich schob ihr das Bild über den Schreibtisch zu. Sie sah es nicht noch einmal an, dafür zuckte ihr linkes Auge.

»Selbst wenn, ich gebe keinerlei Auskünfte über Angestellte bei uns im Haus.«

»Frau Sannwald, das kann ich verstehen. Aber sehen Sie, dass die Frau bei Ihnen angestellt ist, weiß ich längst. Sie trägt einen Kittel, auf dem eindeutig das Logo Ihrer Firma zu erkennen ist.«

Mit unbewegter Miene starrte sie mich an.

Ich seufzte und entschloss mich zur Wahrheit. »Mein Mandant meint, in Ihrer Angestellten seine kürzlich verstorbene Ehefrau erkannt zu haben. Im Grunde ist das ein tragischer Fall. Wenn es möglich wäre, würde ich die Dame gern kurz sprechen, damit wir das Missverständnis aufklären können. Ich hoffe, dass ich meinen Mandanten davon überzeugen kann, ärztliche Hilfe in Anspruch zu nehmen. Ihm geht es nicht gut.«

Unverwandt sah ich sie an. Ihr Auge zuckte noch immer, sie biss die Zähne zusammen. Ich konnte die Räder hinter ihrer Stirn förmlich rotieren sehen.

»Vermutlich ist das Verena Retsch«, sagte sie dann und nahm das Foto noch einmal zur Hand. »Sie arbeitet erst seit Kurzem bei uns im Haus und auf dem Bild ist wirklich kaum etwas zu erkennen. Aber eine gewisse Ähnlichkeit besteht.«

Das war besser als nichts.

»Könnte ich Frau Retsch bitte kurz sprechen?«

Ihr Blick huschte im Zimmer hin und her. »Das ist leider nicht möglich, Frau Retsch ist krank, wie mir heute Morgen mitgeteilt wurde. Sie ist gestern Abend nicht zur Arbeit erschienen. Sehen Sie, die Grippewelle …« Sie hob in einer entschuldigenden Geste die Hand und schüttelte den Kopf.

»Die Grippewelle.« Schon wieder. Das war mühsam. »Könnte ich dann bitte eine Telefonnummer von Frau Retsch bekommen? Oder die Adresse?«

»Darf ich Ihnen nicht geben.« Sie kramte nach einer Schachtel Zigaretten, die sie der Schublade ihres Schreibtisches entnahm, und steckte sich eine an. Zweimal inhalierte sie tief.

»Hm«, machte ich und dachte nach. Irgendetwas war seltsam. »Frau Sannwald, wie viele Mitarbeiter haben Sie?«

Ihr Kopf ruckte herum, wieder zog sie an der Zigarette. »Warum wollen Sie das wissen?«

»Es interessiert mich einfach. Vermutlich ist es doch so, dass Sie an Tagen wie jetzt, wenn Weihnachtsmarkt ist und Sie Sonderaufträge annehmen, erhöhten Personalbedarf haben. Wenn ich die Grippewelle berücksichtige, sowieso. Bestimmt ist es nicht einfach, schnell neues Personal zu bekommen, auf das man sich verlassen kann«, dachte ich weiter laut nach. »Ich frage mich, wo Sie die Leute finden.«

Ich ließ die Frage wirken und beobachtete Frau Sannwalds Reaktion darauf. Sie rutschte auf ihrem Stuhl hin und her und sah mich nicht an. Immer wieder zog sie an dem Glimmstängel. Sie hatte ihn schon beinahe aufgeraucht.

Zeit, in die Vollen zu gehen. Ich beugte mich vor. »Frau Sannwald, mir ist es egal, wo Sie Ihre Mitarbeiter herhaben. Und es ist mir auch egal, ob mit deren Papieren alles in Ordnung ist. Ich bitte Sie nur um eine kleine Auskunft. Sehen Sie, ich möchte meinem Mandanten helfen. Nicht mehr und nicht weniger. Und wenn ich die Frau gefunden und mit ihr gesprochen habe, verschwinde ich wieder. Wenn nicht …« Ich beendete den Satz nicht.

Das war Erpressung. Aber wie es schien, hatte ich mit meiner Vermutung ins Schwarze getroffen. Es gab sicher die eine oder andere Kraft, die nicht angemeldet war. In dieser Branche keine Seltenheit.

Frau Sannwald gab sich einen Ruck. »Ich suche Ihnen die Unterlagen heraus.« Sie drückte die Zigarette zu den anderen in den Aschenbecher und stand auf, um eine Akte aus dem Schrank hinter ihr zu holen.

»Ich kann Ihnen nur eine Adresse geben.«

»Das reicht mir.« Ich zückte Block und Stift und notierte eine Anschrift in Neu-Ulm. »Sonst haben Sie nichts?«

Frau Sannwald schüttelte den Kopf. »Sie arbeitet erst seit Mitte November hier. Sie hat versprochen, die Papiere nachzureichen. Leider hat sie das bis jetzt nicht getan. Ich gebe zu, dass ich mich darum nicht gekümmert habe. Im Moment herrscht Engpass an allen Ecken und Enden und die Grippewelle tut ihr Übriges. Wir sind froh, wenn wir überhaupt noch jemanden haben, um die Aufträge abzuwickeln. Da sind wir über solche Mitarbeiter natürlich froh. Frau Retsch hat freiwillig angeboten, die unbeliebten Nachtschichten zu übernehmen. Dass sie auf dem Weihnachtsmarkt eingesetzt wurde, lag daran, dass jemand ausgefallen ist. Es war ihr nicht recht, aber schließlich hat sie doch dort gearbeitet. Es war nur für einen Tag. Sie ist unauffällig, hat sich nichts zuschulden kommen lassen und ist eine zuverlässige Arbeitskraft.«

So verstockt Frau Sannwald vorhin gewesen war, jetzt redete sie wie ein Wasserfall. Meine unausgesprochene Drohung, das Ordnungsamt einzuschalten, hatte die gewünschte Wirkung erzielt.

»Umso seltsamer ist es, dass sie vorgestern nicht zum Dienst erschienen ist. Sie kam einfach nicht. Hat sich weder krankgemeldet, noch sonst etwas. Wir haben natürlich versucht, sie zu erreichen. Aber die Telefonnummer, die Frau Retsch mir gegeben hat, existiert nicht. Vielleicht habe ich sie falsch notiert. Das ist natürlich sehr ärgerlich, ausgerechnet jetzt.« Sie seufzte. »Vermutlich habe ich mich doch in ihr getäuscht. Passiert selten.«

»Waren Sie bei Ihrer Wohnung?«

»Na, da hätte ich viel zu tun, wenn ich jeden zu Hause besuchen würde. Im Moment ist das sowieso nicht drin. Aber wenn Sie bei ihr sind, können Sie ihr gleich ausrichten, dass sie nicht mehr zu kommen braucht. Unzuverlässigkeit ist etwas, das ich überhaupt nicht ausstehen kann.«

Einer Eingebung folgend zog ich das Foto von Silvia Kohler aus der Tasche und reichte es Frau Sannwald. »Hat diese Frau zufällig Ähnlichkeit mit Frau Retsch?«

Die Personalerin hielt sich das Bild dicht vor die Nase, dann setzte sie ihre Brille auf und betrachtete es mit zusammengekniffenen Augen und gerunzelter Stirn. »Hm. Hm«, machte sie ein paarmal.

»Frau Retsch hat eine andere Frisur. Die Frau hier ist ja blond, Frau Retsch ist dunkelhaarig. Außerdem hat sie viel kürzere Haare. Ein bisschen molliger erscheint sie mir auch.

Nicht, dass Frau Retsch dick ist. Aber die Frau hier auf dem Foto ist ja nur ein Strich in der Landschaft.«

Wieder betrachtete sie das Foto, ehe sie es mir mit einem Zögern zurückgab. »Es ist seltsam, obwohl die Frau auf dem Bild ganz anders aussieht als Frau Retsch, würde ich sagen, dass eine gewisse Ähnlichkeit besteht. Ich kann nicht wirklich festmachen, woran das liegt, aber irgendwie ...« Sie wog den Kopf.

Wenn eine Ähnlichkeit vorhanden war, vielleicht die Gesichtszüge oder die Nase ähnlich geschnitten waren, war es kein Wunder, dass Kohler in Verena Retsch seine Frau gesehen haben wollte. Der arme Mann. Es würde schwierig werden, ihm das auszureden.

Ich sammelte die Bilder ein und erhob mich. Frau Sannwald sprang ebenfalls auf und sah mich aus rastlosen Augen an.

»Sie brauchen nicht mitzukommen, ich finde hinaus.«

»Frau Flemming ...«

»Ich suche nur nach Frau Retsch«, beruhigte ich sie. »Wenn ich sie gefunden habe, bin ich weg. Der Rest interessiert mich nicht.« Von Rechts wegen hätte es mich interessieren müssen. Ich war auch einmal bei der Polizei gewesen. Aber ich hatte, was ich brauchte. Um alles andere sollten sich die Behörden kümmern.

Ermattet ließ sich Frau Sannwald auf ihren Stuhl zurückfallen und griff nach der Schachtel Zigaretten auf ihrem Schreibtisch. Als ich die Tür hinter mir zuzog, hörte ich das Geräusch eines aufflammenden Feuerzeuges.

Ich fuhr ohne Umwege nach Neu-Ulm zur angegebenen Adresse. Die Wohngegend war nicht die beste und lag mitten in der Stadt. Mich deprimierte der Anblick der graubraunen Mietshäuser mit den alten Fenstern. Das Wetter tat sein Übriges. Am liebsten hätte ich mich im Bett verkrochen und mir die Decke über den Kopf gezogen.

Natürlich fand ich keinen Parkplatz vor dem Haus. Ich musste zwei Blocks weit laufen und fror erbärmlich. Mittlerweile hatte es zu regnen begonnen und die eiskalten Tropfen stachen wie kleine Nadeln in die Haut.

Ich suchte die Klingelschilder nach dem Namen Retsch ab und stellte fest, dass es den nicht gab. Auf gut Glück drückte ich Klingelknöpfe. Einen nach dem anderen. Beim vierten tat sich endlich etwas. Ein Knistern drang aus der Gegensprechanlage, dann eine undeutliche Stimme. Ich verstand nichts, nannte aber meinen Namen in der Hoffnung, dass mir jemand öffnete. Schließlich summte es an der Eingangstür und ich drückte sie erleichtert auf. Bei dem schlechten Wetter draußen störte mich noch nicht einmal der Geruch nach Essen und kaltem Zigarettenrauch. Ich ging den Flur entlang, passierte rostige Briefkästen, von denen drei offenstanden. Entweder hielten die Schlösser nicht mehr oder sie waren aufgebrochen worden.

Ich schüttelte mich innerlich und ging die Treppe nach oben. Im zweiten Stock war eine Tür nur angelehnt.

»Hallo?«, rief ich.

Die Frau, die öffnete, musste mindestens siebzig sein. Eine wahre Matrone mit schwarz gefärbtem, kurzem Haar stand vor mir. Die geblümte Kittelschürze, die sie trug, erinnerte mich an meine Oma. In meiner frühesten Kindheit hatte sie solche Dinger getragen, bis mein Bruder ihr in seiner kindlichen Unschuld unmissverständlich klargemacht hatte, dass das nach Kleidern aus Vorhangstoff aussähe. Daraufhin hatte sie sie gegen Stoffhosen und Pullover ausgetauscht und erschien mir damit selbst zufriedener.

»Was wolle Sie?«, fragte sie, nicht unhöflich, eher neugierig. Sie hatte eine harte Aussprache mit unverkennbar ausländischem Akzent. Osteuropa tippte ich.

»Mein Name ist Jule Flemming, ich bin auf der Suche nach Verena Retsch. Mir wurde diese Adresse genannt, aber ich habe kein Schild unten an der Tür gefunden.«

Sie überlegte einen Moment. Offenbar wog sie ab, ob ich in freundlicher Absicht kam. »Ich nix wissen. Kenne ich nicht. Vielleicht da driben?« Mit dem ausgestreckten Finger zeigte sie an mir vorbei auf die Tür gegenüber. »Da wohnt junge Frau.«

Ich nickte und bedankte mich. Vielleicht hatte ich Glück.

Den Blick der Alten spürte ich weiter auf mir ruhen. Sie hatte die Tür nicht richtig ins Schloss gedrückt und sah vermutlich durch den Spion. Mir war das egal. Neugier gab es überall. Wenn Frau Retsch öffnete, würde ich sie bitten, unter vier Augen in der Wohnung mit ihr sprechen zu dürfen.

Ich drückte den Knopf neben der Tür und lauschte dem schrillen Läuten im Wohnungsinneren. Nichts rührte sich. Weder hörte ich ein Radio oder den Fernseher, noch klapperte jemand mit Geschirr oder ging in der Wohnung umher. Seltsam. Vielleicht war sie doch kränker, als Frau Sannwald vermutet hatte. Ich klingelte noch einmal und klopfte schließlich an die Tür. Zuerst zaghaft, dann fester.

»Frau Retsch? Frau Retsch, sind Sie da? Geht es Ihnen gut? Kann ich Sie kurz sprechen? Frau Sannwald schickt mich.«

Auch diese Drohung nützte nichts, in der Wohnung blieb es still.

Ich zog mein Smartphone aus der Tasche und suchte im Telefonbuch. Es gab nur einen Eintrag mit dem Namen

Retsch. Vorname Manfred, er wohnte in Offenhausen, einem Teilort von Neu-Ulm. Ich probierte ein wenig herum, gab andere Suchkriterien ein und bemühte schließlich Google, in der Hoffnung, dort etwas zu finden. Schließlich musste ich der Wahrheit ins Gesicht sehen: Eine Verena Retsch in Neu-Ulm, Ulm oder der weiteren Umgebung gab es nicht. Zögernd läutete ich noch einmal, obwohl ich bereits wusste, dass das nichts brachte.

»Sie gestern Morgen gegangen«, erklärte mir die Alte in meinem Rücken.

Ich seufzte und drehte mich um. »Bitte, wissen Sie, wohin? Ich muss sie dringend sprechen.«

»Warum?« Mit gerunzelter Stirn musterte sie mich von oben bis unten.

Ich überlegte kurz und entschied mich, ihr die Wahrheit zu sagen. Ich drückte ihr meine Karte in die Hand. »Ich suche sie, weil eine Verwechslung vorliegt. Aber um das Missverständnis aufzuklären, sollte ich kurz mit ihr reden. Wohnt sie schon lange hier?«

»Nein, nicht lang. Paar Woochen.« Sie rollte das r, das o von Wochen zog sie in die Länge. Sicher wohnte sie schon länger in Deutschland, aber ihre Herkunft konnte sie nicht verleugnen.

»Sie sehr verschlossen. Redet nicht viel, guckt immer weg. Dabei sind wir hier alle freindlich. Gute Nachbarschaft.«

»Das bezweifle ich nicht«, murmelte ich. Zumindest wohnte hier jemand, der auf alles aufpasste und dem offenbar langweilig war. Für meinen Berufsstand eine günstige Kombination.

»Hat sie keine Freunde? Oder Verwandte?«

»Nein.«

»War nie jemand hier?«

»Ich nie etwas gesehen.«

»Und Sie meinen, dass sie gestern das Haus verlassen hat?«

»Hat sie. Hatte großen Rucksack und Tasche dabei.«

Wer mit Gepäck eine Wohnung verließ und nicht zurückkehrte, war nicht krank. Langsam wurde die Sache seltsam.

»Könnte es nicht sein, dass sie krank und vielleicht hilflos in der Wohnung liegt?«, versuchte ich es trotzdem.

Die Alte schüttelte heftig den Kopf. »Sie nicht krank ausgesehen. Und sie nicht zurickkommen. Die ganze Nacht nicht.«

»Woher wollen Sie das wissen?«

»Da läuft immer Fernseher in der Nacht. Außerdem ich here, wenn die Wohnungstir geht. Wände sind dinn, ich schlafe sehr leicht«, fügte sie mit einem verlegenen Lächeln hinzu.

»Sie sind sich also sicher, dass Frau Retsch nicht da ist.«

Sie nickte.

»Gibt es sonst eine Möglichkeit, wie ich sie erreichen kann?«

»Keine Ahnung.«

Sicherheitshalber zog ich die beiden Fotos aus meiner Tasche und reichte sie ihr. Den Ausdruck vom Weihnachtsmarkt erhielt ich postwendend zurück.

»Ich da nix erkennen. Augen nicht mehr gut.« Das Bild von Silvia Kohler sah sie lange an, dann drückte sie mir auch das mit einem bedauernden Kopfschütteln in die Hand. »Tut mir leid.«

Ich bedankte mich und verließ nachdenklich das Mietshaus. Silvia Kohler war tot, aber ihr Mann meinte, sie gesehen zu haben. Und die Frau, die er gesehen hatte, war verschwunden. Wie konnte ich sie finden, um Tobias Kohler zu helfen?

Mein Weg führte mich weiter nach Strass. Als ich über die B 10 fuhr und die Umgebung ländlicher wurde, wunderte ich mich, dass Cosima, die sich gern glamourös gab, ausgerechnet hier wohnte. Sie passte eher in die Stadt als in ein Dorf.

Eigentlich wusste ich nichts über Cosima. Nicht einmal ihren Nachnamen. Ich hatte sie im ›Jazz-Keller‹ kennengelernt, kurz nachdem ich zum ersten Mal dort gewesen war. Ihr hatte nicht gepasst, dass ich sang, weil sie Angst hatte, ich würde ihr den Job streitig machen. Ich konnte das sogar verstehen. Der ›Jazz-Keller‹ war ihr Reich, in dem sie uneingeschränkt über die Musik herrschte. Und dann kam ich und stahl ihr an einem Abend die Show. Dabei war das nicht meine Absicht gewesen. Ich hatte nach Zerstreuung gesucht. Nichts lag mir ferner, als in Lous Bar hauptberuflich zu arbeiten. Ein Wort gab das andere und mittlerweile gehörten unsere Streitereien dazu wie Flocki zu Andreas. Dass sie ausgerechnet mich um Hilfe bat, konnte nur bedeuten, dass sie in ernsthaften Schwierigkeiten steckte. Oder nicht mehr zurechnungsfähig war.

Meine Verwunderung wuchs zunehmend, als ich einen Bauernhof passierte. Vielleicht hatte ich mich in der Hausnummer geirrt, nebenan stand ein kleineres Mehrfamilienhaus.

Ich hatte mich nicht getäuscht. Also wendete ich und fuhr auf den Hof. Rechts lag das Wohnhaus, geradeaus waren eine Scheune und ein Stall, dessen Tür geöffnet war. Als ich ausstieg, hörte ich Kühe muhen. Der Mist dampfte in der Kälte auf einem Haufen davor.

Warum hatte sich Cosima ausgerechnet auf einem Bauernhof eingemietet? Ich kam aus dem Kopfschütteln nicht mehr heraus. Vielleicht ging es um Geld, die Miete war hier sicher günstiger als in der Stadt.

Ein Hund bellte, als ich mich dem Wohnhaus näherte.

Gleich darauf kam ein Spitz um die Ecke geschossen, baute sich vor mir auf und blickte hoch, um mich anzukläffen. Eine Frau in Jeans und grobem Holzfällerhemd tauchte in der Haustür auf.

»Caesar, komm sofort her«, verlangte sie mit herrischer Stimme.

Himmel noch mal, diese Stimme! Niemals hätte ich sie ohne ihr Wonderwoman-Outfit erkannt. Cosima trug tatsächlich Hosen in der Freizeit. Jeans. Kein Lackleder. Ich hatte sie bisher nur in gewagten Kleidern mit tiefem Ausschnitt und Hochhackigen gesehen.

»Cosima?«, fragte ich trotzdem und kniff die Augen zusammen.

Sie packte den Kläffer resolut am Halsband und zog ihn zurück.

»Komm rein. Ich bin froh, dass du da bist.«

Ich kam mir vor wie Alice im Wunderland, aber ich folgte ihr in das Bauernhaus. Im Vorbeigehen warf ich einen unauffälligen Blick auf das Namensschild. Die Bauersleute hießen Ziegler. Cosimas Namen vermisste ich.

Wie selbstverständlich marschierte sie in die Küche und begann, mit der Kaffeemaschine zu hantieren.

»Setz dich.« Sie deutete auf einen Tisch mit gemütlicher Eckbank. Nebenan blubberte ein Feuer im Ofen.

Dankbar sank ich auf die Bank unter dem Fenster und rieb die Hände. Bei aller Verwunderung war der Kachelofen das Beste, was mir heute passiert war.

Cosima klapperte mit Geschirr, hantierte mit Tassen und stellte einen Teller mit Muffins auf den Tisch. Ich wunderte mich, wie familiär es hier zuging. Nicht, dass ich in meinen vier Wänden einen Mieter unterbringen könnte, aber ich würde ihm niemals meine Küche überlassen.

Ich bekam eine Henkeltasse mit Kaffee und eine Tüte Milch dazu.

»Zucker?«

Ich schüttelte den Kopf und Cosima setzte sich zu mir.

»Möchtest du?« Sie schob mir den Teller mit den Muffins zu, die sich beim näheren Betrachten als gedeckte Apfelküchlein herausstellten. Die Bäuerin konnte backen, das sah ich auf den ersten Blick.

Ein Grummeln breitete sich in meinem Magen aus. Seit dem Frühstück hatte ich nichts gegessen und mittlerweile war die Mittagszeit schon vorüber. Ich nahm mir ein Küchlein und biss hinein. Der Geschmack hielt, was der Anblick versprochen hatte.

Cosima sah mich erwartungsvoll an und wartete, bis ich hinuntergeschluckt hatte. Aus der Nähe betrachtet sah sie erschreckend normal aus. Erschreckend deswegen, weil ich mich noch immer nicht damit abfinden konnte, dass ich nicht mehr den Vamp vor mir hatte. Nicht einmal viel Make-up trug sie. Ein bisschen Wimperntusche, das war alles. Kein Kajal, kein knallroter Lippenstift, kein Rouge.

Ich räusperte mich und sah sie an. »Du hast mich um Hilfe gebeten.«

Sie antwortete nicht und starrte auf die Tischplatte, nickte aber. »Wo fangen wir an?«

»Am besten am Anfang.«

Ich lehnte mich zurück und biss erneut in das Apfelküchlein. Es hatte eine tolle Mischung aus säuerlichen Äpfeln, die mit Puderzucker karamellisiert waren. Eine leichte Zimtnote und geröstete Mandelblättchen schafften es sogar bei mir, Gedanken an das bevorstehende Weihnachtsfest hervorzurufen.

»Du weißt, dass das nicht einfach für mich ist.«

Ich genoss es trotzdem. Mittlerweile wurde mir behaglich warm.

»Da möchte also jemand etwas zurückhaben. Hast du eine Ahnung, worum es geht?«

Wieder nickte sie. Zögernd diesmal, dann schüttelte sie den Kopf.

»Kannst du mir die restlichen Briefe geben? Mit den Umschlägen?«

Cosima stand schwerfällig auf. Plötzlich wirkte sie müde und um Jahre gealtert. Sie holte zwei weitere Briefe aus einer Küchenschublade und ich breitete sie sorgfältig vor mir aus. Um Fingerabdrücke brauchte ich mir wohl keine Sorgen zu machen. Erstens wollte Cosima aus mir noch nicht bekannten Gründen keine Polizei, und zweitens waren sie ohnehin verwischt, dass man darauf nichts mehr finden würde. Sie waren in Ulm abgestempelt und sicher durch mehrere Hände gegangen, ehe sie das Bauernhaus erreicht hatten. Verwundert starrte ich auf die Anschrift. Sie waren allesamt an Marianne Ziegler adressiert.

Und plötzlich fiel es mir wie Schuppen von den Augen: Cosima war keine Mieterin. Sie wohnte im Haus ihrer Eltern. Das erklärte auch, warum sie sich so vertraut benahm.

Aber Marianne? Ausgerechnet *Marianne*? Ich bemühte mich, das Lachen zu verbergen, das sich unweigerlich in mir aufbaute. Bisher hatte ich Cosima als singende Powerfrau kennengelernt. Jeden Abend spielte sie in gewagten Outfits ihr Programm im ›Jazz-Keller‹ ab, und dabei war sie nichts anderes als ein Bauernmädchen. Mit einem banalen, ein wenig altbackenen Namen. Das hatte sie bisher erfolgreich geheim gehalten. Ob sie sich ihrer Herkunft schämte?

»Ich weiß, was du jetzt denkst«, sagte sie und es klang wie ein Würgen.

Mir gelang es, den Kopf zu schütteln. »Du hast keine Ahnung davon, was ich denke.«

»Weißt du, ich bin hier aufgewachsen und zeit meines Lebens nie vom Hof gekommen. Meine Eltern wollen, dass ich ihn irgendwann übernehme. Aber das ist nichts für mich. Das war nie das, was ich wollte. Leider versteht das niemand.« Sie schlug die Augen nieder.

Ich wog sorgfältig ab, was ich sagen sollte. Ich hatte mich nie dafür geschämt, wo ich herkam. Warum auch? Das machte mich zu dem Menschen, der ich heute war. In meiner Vergangenheit war nicht alles perfekt gelaufen. Aber niemals wäre ich auf die Idee gekommen, mich zu verstecken oder etwas geheim zu halten. Okay, mit Ausnahme meiner Mutter.

Cosima seufzte. »Wie auch immer. Im Sommer habe ich jemanden kennengelernt. Sven Römer. Ich habe mich in ihn verliebt.«

Cosima? Verliebt? Pardon, Marianne. Ich kämpfte noch immer gegen den Lachreiz.

»Er war all das, was ich mir immer erträumt habe. Er war Gast im ›Jazz-Keller‹ und hat mich schließlich nach einem Date gefragt. Er hat mich zum Essen ausgeführt und mich wie eine Königin behandelt. Immer hat er bezahlt, er hat mich mit Aufmerksamkeiten überhäuft – und ich habe es einfach nur genossen. Er war weltgewandt und immer gut gekleidet. Ein Traum, ich konnte mein Glück kaum fassen.«

»Und was ist dann passiert?«, fragte ich, weil sie nicht weitersprach.

Cosima trank einen Schluck Kaffee und starrte in die Ferne. Sie hatte ihre Umgebung völlig vergessen. Warum hatte ich nichts davon mitbekommen? Es musste gewesen sein, nachdem ich mich zurückgezogen hatte.

»Er hat mich um einen Gefallen gebeten. Ich sollte etwas für ihn aufbewahren. Ein Paket.«

»Was war drin?«, fragte ich sofort.

»Ich habe keine Ahnung. Dann hat er sich nicht mehr bei mir gemeldet. Er war einfach weg, wie vom Erdboden verschluckt. Ich konnte ihn nicht mehr erreichen. Nicht auf dem Handy, und eine Festnetznummer hatte ich nicht. Ich wusste noch nicht einmal, wo er wohnte.« Sie klang bitter. »Ich komme mir so unglaublich dumm vor.«

Ich sagte nichts.

»Schließlich war die Polizei bei mir«, fuhr sie nach einem langen Moment des Schweigens fort. »Sven ist verhaftet worden. Stell dir vor, wegen eines Raubüberfalls auf eine Tankstelle! Ist es zu fassen! Und ich habe nichts gemerkt.«

»Und das Paket?«

»War immer noch hier. Was sollte ich denn tun? Hätte ich es der Polizei geben sollen?«

»Das wäre das Vernünftigste gewesen. Hast du aber nicht gemacht.« Ich hielt noch immer die Briefe in der Hand. Der letzte war eine unverhohlene Drohung, dass etwas Schlimmes passieren würde, wenn sie das Päckchen nicht herausrückte.

Sie schüttelte den Kopf. »Nein. Ich hatte Angst, dass ich Schwierigkeiten bekomme. Womöglich ist da die Beute drin. Außerdem habe ich mich so geschämt.«

Das konnte ich verstehen, aber in diesem Fall wäre es das Beste gewesen, ehrlich zu sein. Vermutlich hätte sie nicht einmal eine große Strafe erwartet, wenn sie mit den Behörden zusammengearbeitet hätte. Aber dazu war es jetzt zu spät. Unsinnig, noch darauf herumzureiten.

»Hast du es noch?«

Cosima nickte und rutschte auf dem Stuhl hin und her.

»Und du hast nicht reingesehen?«

Sie schüttelte den Kopf und wirkte plötzlich wie ein Schulmädchen, das wegen einer großen Dummheit zum Rektor zitiert worden war.

»Und wer hat dir die Briefe geschickt?«

»Ich weiß es nicht. Aber dem Wortlaut nach würde ich sagen, jemand, der Bescheid wusste. Oder sogar dabei war. Svens Komplize?«

Das wurde ja immer toller. Der eine Ganove beklaute den anderen, und der kam nun nicht mehr an seine Beute heran, weil einer verhaftet worden war.

»Wie wäre es, jetzt reinen Tisch zu machen?«, schlug ich vorsichtig vor. »Wir besorgen dir einen guten Anwalt und ihr geht zur Polizei.« Der Advokat musste ja nicht mein Exmann sein.

Aber Cosima schüttelte den Kopf, dass ihr Pferdeschwanz ruckartig von einer Seite zur anderen flog. »Niemals. Ich kann das nicht. Nicht jetzt.« Der letzte Satz war beinahe nicht mehr zu hören, so leise sprach sie.

»Warum nicht jetzt? Das verstehe ich nicht. Es wäre doch das Einfachste. Klar, Ärger bekommst du vermutlich, weil du dich damit an einer Straftat beteiligt hast. Auch wenn du nichts davon gewusst hast. Unwissenheit schützt aber bekanntlich vor Strafe nicht.«

»Niemals. Nicht jetzt. Ich habe mich in München beworben. Da startet in Kürze eine neue Revue, für die haben sie Sängerinnen gesucht. Ich habe vorgesungen und Aussicht auf eine gut bezahlte Stelle. Damit könnte ich das alles hinter mir lassen. Wenn ich vorbestraft bin, wird das nichts.« Unglücklich sah sie mich an. Sie steckte bis zum Hals im Mist.

Nachdenklich schwiegen wir. In meinem Kopf drehte sich alles. So viele Neuigkeiten auf einmal konnte ich nur schwer verarbeiten. Da glaubte man, jemanden zu kennen. Und doch war ich heute einem neuen Menschen begegnet. Fast empfand ich so etwas wie Mitleid. Eine Frage brannte mir trotzdem auf der Zunge.

»Warum das alles? Ich verstehe es nicht.«

Bitter sah sie mich an, ihre Augen glitzerten verdächtig. »Was? Warum ich auf ihn hereingefallen bin? Na ja …« Sie sah sich mit einem vielsagenden Blick in der Küche um – und plötzlich verstand ich.

Sie hatte ausbrechen wollen. Und dann war da ein Ritter auf einem weißen Ross aufgetaucht, hatte ihr die Hand gereicht und sie mit seiner glänzenden Rüstung geblendet. Mir war es mit meinem Exmann Dirk Heit nicht anders ergangen. Auf einmal hatte ich die Möglichkeit gesehen, alles hinter mir zu lassen. Und war mit Anlauf auf die Nase gefallen. Da machte es keinen Unterschied, ob man achtzehn oder über dreißig war.

Wir waren uns ähnlicher, als ich gedacht hatte. Spontan beschloss ich, Cosima zu helfen. Auch wenn ich das später vielleicht bereuen würde. Ich nahm mir ein weiteres Apfelküchlein und ließ mir Kaffee nachschenken.

Mutig geworden, fragte ich Cosima, wie sie aufgewachsen war, und sie erzählte von ihrem Leben auf dem Hof und den Träumen, als Sängerin durchzustarten. Verzweifelt hatte sie daran festgehalten, auch dann noch, als ihre Eltern ihr einen Ausbildungsplatz als Bäckereifachverkäuferin beschafft hatten.

Sie war ein biederes kleines Mädchen mit großen Wünschen gewesen. Und jetzt, da sie sich zu erfüllen begannen und sie all das hinter sich lassen konnte, kam jemand daher und demontierte ihren Traum Stück für Stück. Sie war wirklich in der Zwickmühle. Zur Polizei konnte sie nicht, auf der anderen Seite hatte sie aber Angst vor dem Ganoven. Wenn sie ihm jetzt gab, was er verlangte, konnte sie niemals sicher sein, dass er sie bei nächster Gelegenheit nicht wieder erpresste.

»Hilfst du mir?«, fragte sie mit banger Stimme, als ich aufstand.

Ich musste nicht darüber nachdenken. »Ich überlege mir etwas.«

Erleichterung breitete sich auf ihrem Gesicht aus.

»Jule, es tut mir leid, was zwischen uns gelaufen ist.«

Mir auch. Trotzdem mussten wir das jetzt nicht erörtern. Fehlte noch, dass sie mir am Ende um den Hals fiel.

»Lassen wir es dabei. Was ich dir übrigens schon lange sagen wollte: Deinen Job bei Lou will ich nicht. Habe ich nie gewollt.«

Sie sah mich an und nickte dann. »Und was machen wir jetzt?«

»Das Päckchen öffnen.«

Ihre Augen wurden groß, sie öffnete den Mund. Nur, um ihn gleich wieder zu schließen.

Ich konnte es nicht fassen. »Sag bloß, du bist selbst noch nicht auf den Gedanken gekommen. Immerhin wirst du deswegen erpresst. Gar nicht neugierig, was es ist? Ich hätte es längst geöffnet. Los, hol es her.«

Einen Augenblick sah sie mich unsicher an, dann setzte sie sich brav in Bewegung und kehrte kurze Zeit später mit einem Karton zurück. Der Größe nach zu urteilen, konnte nicht viel drin sein. Er war auch nicht besonders schwer. Seltsam, was konnte man bei einem Tankstellenraub erbeuten, das in diesen Karton passte?

Ich verlangte nach einem Messer und wollte den Klebestreifen aufschlitzen, als Cosima nach meinem Arm griff.

»Was ist, wenn etwas Gefährliches drin ist?«

»Was soll das schon sein?«

Sie zuckte mit der Schulter. »Gift?«, schlug sie vor. »Oder Sprengstoff.«

»Du siehst zu viele Krimis«, spöttelte ich. »Ist dein Sven Chemiker gewesen?«

»Er ist nicht mein Sven.« Sie funkelte mich an und für einen Moment hatte ich die Cosima vor mir, die ich kannte und mit der ich leidenschaftlich stritt. »Nein, ich glaube nicht. Ich weiß es nicht. Aber ich kann es mir nicht vorstellen.«

»Dann wird auch nichts passieren. Selbst eine Schlange wäre mittlerweile tot.«

Vorsichtig klappte ich den Deckel zur Seite. Cosimas Kopf berührte meinen beinahe und ihre Nasenspitze steckte schon im Verpackungsmaterial. Wir wühlten vorsichtig das Packpapier zur Seite. Darunter kamen Styroporchips zum Vorschein, in denen drei samtene Säckchen lagen. Ein bisschen war es wie Weihnachten. Nicht nur das Päckchenauspacken, sondern die Überraschung über das, was man darin fand.

Cosima öffnete das erste und sah hinein.

»Wahnsinn!«, flüsterte sie und atmete zischend aus.

»Was? Zeig her!« Weil es mir zu lange dauerte, nahm ich ihr das Säckchen kurzerhand ab und schüttete den Inhalt auf den Tisch. Es waren goldene Ringe mit Steinen, die sicher nicht aus dem Kaugummiautomaten um die Ecke stammten.

»Puh«, entfuhr es auch mir. »Raubüberfall sagtest du?«

Sie starrte mich mit offenem Mund an. Dann nickte sie. »Tankstelle.«

»Da gibt es Dosenbier und Würstchen. Vielleicht noch

eine Packung Chips oder Schokolade. Dass die so Zeugs verkaufen, ist mir neu.«

Entschlossen griff ich nach den beiden anderen Säckchen. Im ersten befanden sich Ketten und Uhren, die ich zu den Ringen auf den Küchentisch legte. Das zweite war nicht so prall gefüllt. Vorsichtig schüttelte ich den Inhalt heraus. In meine Hand plumpste ein großer blauer Anhänger, der in Silber gefasst war und an einem diamantbesetzten Collier hing.

»Boah«, entfuhr es Cosima. »Was ist das?«

»Die ›Blaue Träne‹«, antwortete ich tonlos. Mein Gehirn arbeitete fieberhaft und sortierte die Puzzleteilchen an die richtigen Stellen. »Im Sommer hat es einen Raubüberfall auf ein Juweliergeschäft in der Ulmer Altstadt gegeben. Dabei wurde irgendeine Leihgabe zum Tag der offenen Tür ausgestellt. Das war ein seltener blauer Stein aus Afrika, wenn ich mich richtig erinnere. Er heißt ›Blaue Träne‹, weil er geformt ist wie ein Tropfen. Von wegen Tankstelle.«

»Um Himmels willen! Und das war die ganze Zeit in meinem Schlafzimmer unter dem Bett. Wenn das jemand gewusst hätte.«

»Es weiß jemand«, erinnerte ich sie, während ich mein Smartphone zückte, um nach dem Stein zu suchen. »Hier. Das ist ein Tansanit. Benannt nach dem Land, aus dem er kommt: Tansania.«

Cosima starrte mich an. »Ups«, machte sie langgezogen.

»Ja, ups. Ich glaube, du hast ein ernsthaftes Problem. Und das ist nicht die Polizei. Dein Sven hat nicht nur eine Tankstelle überfallen. Wer auch immer dir den Brief geschickt und dich angerufen hat weiß, dass das Zeug bei dir ist. Und dieser Jemand schreckt sicher nicht davor zurück, dir den Karton nachts abzunehmen.«

»Scheiße.«

Das hätte ich nicht treffender formulieren können.

»Warum erst jetzt?«

»Ich nehme an, er hat erst jetzt davon erfahren, dass du mit diesem Sven liiert warst. Vermutlich hat er es ihm selbst gesagt.«

»Was soll ich jetzt machen?« Ihre Augen waren schreckgeweitet. Fehlte nicht viel und sie hätte sich an mir festgeklammert. Ich trat unauffällig einen Schritt zur Seite.

»Ich habe keine Ahnung, darüber muss ich erst in Ruhe nachdenken. Wenn er wieder anruft, sagst du ihm, dass du den Karton nicht mehr hast. Dass du ihn an einen sicheren Ort gebracht hast. Wann wollte er sich melden?«

»Bald.« Sie flüsterte nur noch.

»Hast du mit deinem Freund darüber geredet?«

Entgeistert starrte sie mich an. »Natürlich nicht. Ich rede nicht mehr mit ihm. Er ist nicht mein Freund.« Sie runzelte die Stirn und blitzte mich an.

»Vielleicht weiß er, wer der Typ ist. Ich gehe mal davon aus, dass es ein zweiter ist, denn ich glaube nicht, dass er im Gefängnis die Möglichkeit hat, Briefe zu schreiben.« Ich nahm mir ein weiteres Apfelküchlein und kaute gedankenverloren. Das Essen half mir, meine Gedanken zu sortieren. »Am Ende weiß er gar nicht, dass es jemanden gibt, der hinter dem Zeug her ist«, überlegte ich weiter.

Verständnislos sah Cosima mich an.

»Überleg mal. Wenn er wüsste, dass es da jemanden gibt, dann würde er nicht in aller Seelenruhe darauf warten, dass jemand dich anruft und das Diebesgut will. Das spricht doch wieder für ihn als Einzeltäter.«

»Sehr verworren«, murmelte Cosima.

»Okay, ich lasse mir etwas einfallen. Den hier«, ich griff nach dem Karton, »nehme ich mit.«

Cosima nickte nur.

»Was mir nicht in den Kopf geht, dieser Römer ist wegen eines Überfalls auf eine Tankstelle verhaftet worden?«

Sie nickte. »Dabei hat er einen Juwelier überfallen.«

Ich scrollte auf dem Smartphone weiter. »Aber hier steht, dass das ein Einzeltäter war. Zumindest war nur einer im Geschäft. Seltsam.« Ich überlegte. »Und dann ist ihm ausgerechnet der Überfall auf eine Tankstelle zum Verhängnis geworden.«

Ich schüttelte noch immer den Kopf, als ich ins Auto stieg. Noch vor Kurzem hätte ich mir nicht träumen lassen, Cosima jemals zu helfen. Marianne, erinnerte ich mich und gestattete mir ein Kichern, jetzt, da ich allein war. Der Name passte überhaupt nicht zu ihr! Und nun hatte ich einen Karton mit einem wertvollen Edelstein bei mir, den jemand unbedingt zurückhaben wollte.

Wie ich ihr helfen wollte, aus dem Schlamassel herauszukommen, wusste ich im Moment nicht.

*

Wie vom Donner gerührt starrte er den Hörer an. In seinen Ohren rauschte es, die Welt um ihn herum existierte nicht mehr. In seinem Mund breitete sich ein unangenehmer Geschmack aus, und für einen Moment meinte er, ihr Blut riechen zu können. Die Flüssigkeit, die ihn über und über besudelt hatte, als er auf sie eingestochen hatte. Er hatte es erst viel später bemerkt, als er das Haus längst verlassen hatte.

Die Erkenntnis traf ihn wie ein Schlag ins Gesicht: Er war beobachtet worden. Dabei hatte er jede Vorsichtsmaßnahme getroffen, die möglich war. Er war extra abends dorthin gefahren und hatte sich vergewissert, dass niemand sonst da war. Sie hatte allein gelebt, das hatte er vorher über das Einwohnermeldeamt ausgekundschaftet. Das nächste Haus war von dort aus kaum zu erkennen. Im Grunde war es einfach gewesen. Und doch hatte ihn jemand gesehen.

Was sollte er jetzt tun? Sie wusste, wer er war. Wie sonst hätte sie ihn auf seiner Arbeitsstelle finden sollen? Warum hatte sie hier angerufen und nicht bei ihm zu Hause? Um ihm zu zeigen, dass sie im Bilde war, dass sie alles über ihn wusste?

In seinem Magen bildete sich ein Knoten, der als schmerzhafter Klumpen immer größer wurde. Er musste sich zusammenreißen! Er würde sich nicht erpressen lassen. Nicht von so einem Miststück. Er hatte es einmal getan und würde es wieder tun. Er tat es nicht für sich, sondern in Gedenken an seinen Bruder. Er war übrig geblieben und musste dafür Sorge tragen, dass der Name der Familie nicht in den Schmutz gezogen wurde. Und wenn das bedeutete, dass er einen weiteren Mord begehen musste, würde er es tun. Niemand hatte das Recht, ihn zu verunglimpfen. Er hatte seinem Bruder alles zu verdanken. Das war er ihm schuldig.

Ein Geräusch ließ ihn herumfahren. Da stand Karin in ihrer jugendlichen Unschuld und lächelte ihn aus blauen Augen an. Ob sie Angst hätte, wenn sie wüsste, was er zu tun in der Lage war? Vermutlich. Sie würde es nie erfahren.

»Kommst du? Die Kinder warten auf dich, du sollst beim Singkreis unbedingt dabei sein. Wir haben so geübt für die Weihnachtsfeier und du bist unser Versuchskaninchen. Bei dir findet sozusagen die Generalprobe statt. Sie sind fürchterlich aufgeregt.« Ihre Augen blitzten ihn freudestrahlend an. Sie war klein und schlank und die neue Kurzhaarfrisur stand ihr ausgezeichnet.

Er war der einzige männliche Leiter einer Kindertagesstätte in der Umgebung. Und die Kinder liebten ihn. Weil er nicht nur bastelte und mit Puppen spielte, sondern mit den Jungs auch Fußball. Die Mädchen ermunterte er zum Klettern, wenn sie Angst vor der Höhe hatten, und unterstützte sie. Dabei strahlte er eine Ruhe aus, die signalisierte, dass mit Hilfe alles möglich war. Die Welt lag ihnen zu Füßen, sie mussten sie nur aufheben. Und das wurde er nicht müde, sie aufzufordern.

Die Aufgaben wurden schwieriger und vielfältiger. Die Kita befand sich nicht nur in einem sozialen Brennpunkt der Großstadt, sie hatten vermehrt auch mit Flüchtlingen zu tun, die es zu integrieren galt. Das war eine große Herausforderung, aber er würde sie bewältigen. Den Kindern zuliebe. Er hatte selbst Hilfe gebraucht und bekommen. Und war so unendlich dankbar dafür. Wer wusste, was sonst aus ihm geworden wäre.

Vielleicht kein Mörder, durchzuckte es ihn. Aber im Grunde sah er sich nicht als Verbrecher. Er war ein Wächter. Ein Wächter des guten Namens seines Bruders.

»Ich habe meinen Kaffee noch nicht getrunken«, murmelte er und sah Karin nicht an. Ihm wurde bewusst, dass er den Hörer noch immer in Händen hielt. Er legte ihn weg.

Sie kam ein paar Schritte auf ihn zu. »Geht es dir gut? Hast du schlechte Nachrichten erhalten?«

»Nein, nein, es ist alles okay«, murmelte er und sah auf. Er begegnete ihrem Blick und meinte, in die Augen eines seiner Schützlinge zu sehen. Im Grunde war sie das. Sie war ebenfalls aus schwierigen Verhältnissen geflohen. Er wusste, dass sie das älteste von sechs Geschwistern einer alleinerziehenden Mutter war. Aber sie hatte es geschafft. Sie war ausgebrochen und würde ihren Weg gehen, da war er sich ganz sicher.

»Vielleicht liegt es am Wetter.«

Der Blick, mit dem sie ihn bedachte, war besorgt und argwöhnisch zugleich. »Du wirst doch nicht etwa krank?«

Er lächelte. »Sicher nicht. Mach dir keine Sorgen.«

»Nimm dir doch ein paar Tage frei«, schlug sie vor. »Im Moment sind wir vollzählig und die Praktikantin kommt nächste Woche auch wieder. Gönn dir ein paar Tage Ruhe, nicht, dass du vor den Ferien schlappmachst. Kein Wunder bei allem, was du durchgemacht hast.«

Sie war so nett zu ihm, das hatte er nicht verdient. Bevor die Sache mit seinem Bruder passiert war, hatte er mit dem Gedanken gespielt, etwas mit ihr anzufangen. Das war unprofessionell, aber er konnte fast nicht anders. Sie war etwas Besonderes und hatte etwas so Liebevolles an sich, nach dem er sich sehnte.

Doch dann war sein Bruder gestorben und die Welt hatte kopfgestanden. Darüber hatte er sie aus den Augen verloren, obwohl es Zeiten gegeben hatte, in denen er sie begehrt hatte. Und jetzt, da Ruhe einkehrte, geschah das. Noch einmal würde ihm das nicht passieren.

Entschlossen drehte er sich um und ging in Richtung Küche. Dabei legte er wie selbstverständlich den Arm um Karins Schultern und zog sie mit sich.

»Vielleicht hast du recht. Wenn ihr das hinbekommt, schadet es sicher nicht, wenn ich mir ein paar Tage freinehme. Und ich bin sicher, ihr bekommt das auch ohne mich hin. Eigentlich braucht ihr mich doch gar nicht.« Sie erwiderte sein Zwinkern. Für den warmherzigen Ausdruck in ihren Augen hätte er sie am liebsten geküsst. Wenn das alles erledigt war, würde er sie nach einem Date fragen.

Er nahm seinen Kaffeebecher und trank einen Schluck. Augenblicklich verzog er das Gesicht. Die Tasse stand schon zu lange herum. Kurzerhand leerte er den Inhalt ins Spülbecken.

»Dann wollen wir mal. Auf zur Generalprobe unserer kleinen Racker.«

*

Ich fuhr auf direktem Weg nach Hause und verstaute den Karton mit der ›Blauen Träne‹ in meinem Kleiderschrank. Hier war er vorerst sicher, denn der Erpresser wusste nicht, dass Cosima ihn nicht mehr hatte. Dann fuhr ich weiter ins Büro.

Ich hatte Kohler nicht gesagt, was ich von ihm wollte, als ich ihn zu mir bestellt hatte. Als er zur Tür hereinkam, wirkte er aufgelöster als beim letzten Mal. Er trug Jeans und Pulli und von seiner gepflegten Erscheinung war nicht viel übrig.

Zwar war ich in Gedanken mit Cosima beschäftigt, aber mit Kohler musste ich trotzdem reden. Immerhin wurde ich dafür bezahlt. Cosima bedeutete vermutlich nur einen Haufen Ärger. Und jede Menge Gehirnschmalz. Ich hatte keine Ahnung, was ich tun sollte.

»Sie haben die Frau gefunden! Ist es meine Frau?«

»Nein.«

Meine Antwort ließ seinen Schritt merklich verlangsamen. Er sank vor meinem Schreibtisch auf den Besucherstuhl und fuhr sich mit der Hand durch das Haar.

»Es gibt aber neue Erkenntnisse?«

So würde ich das nicht unbedingt bezeichnen. Aber ich hatte Redebedarf.

»Herr Kohler, mich würde interessieren, wie genau Ihre Frau ums Leben gekommen ist.« Ich blieb bewusst bei dieser Formulierung, um keine Hoffnung zu wecken. »Möchten Sie Kaffee?« Anna hatte mir eine Kanne gebracht, als ich durchgefroren im Büro angekommen war.

Ohne eine Antwort abzuwarten, schenkte ich ihm eine Tasse ein. Er trank einen Schluck und stellte sie zurück.

»Wie kommen Sie darauf?«

»Ich möchte mir ein Bild machen«, erklärte ich und wusste selbst nicht genau, was ich mit meiner Frage bezweckte. Etwas war seltsam. »Fangen wir mit der Tauchschule an, bei der Ihre Frau diesen Tauchgang gemacht hat.«

Er wirkte zunehmend verwirrt, riss sich aber zusammen. »Sie heißt ›Underwater‹. Wir waren in einem kleinen Hotel in Wallhausen und die Schule war nicht weit entfernt. Der Tauchlehrer hieß Christian Looser.« Hilflos hob er die Schulter. »Auf mich hat das alles einen sehr seriösen Eindruck gemacht.«

»Und dann?«

»Meine Frau hat den Tauchgang von Köln aus gebucht. Sie wollte unbedingt in der Katharinenschlucht tauchen. Das schien ihr ein schöner Platz. Wir sind mit dem Boot rausgefahren.«

»Kann man nicht vom Land aus dorthin gelangen?« Ich machte mir Notizen auf meinem Block und versuchte, ihm zu folgen.

»Nein, das geht leider nicht. Die Schlucht geht an Land weiter. Da heißt sie Marienschlucht. Ziemlich unwegsames Gelände, wir waren am Tag zuvor dort, weil das Wetter schön war. Die Schlucht selbst ist wegen Steinbruchs gesperrt. Ich bin ja nicht so der Wanderer, aber meine Frau wollte sich alles genau ansehen. Also sind wir in der Nähe spazieren gegangen. Sie war fasziniert von der Idee, dass die Schlucht im Wasser weitergeht.« Einen Moment schwieg er und starrte zum Fenster hinaus. Mittlerweile schneite es richtig. »Ich war mit auf dem Boot. Es war ein grauenhafter Tag, ich werde das nie vergessen. Obwohl es am Tag davor so schön war, hat es in der Nacht ein Unwetter gegeben. Es war neblig und der Tauchlehrer hat sie gewarnt, dass sie nicht viel sehen wird. Er meinte, der Untergrund sei zu aufgewühlt. Aber sie wollte unbedingt in diese verdammte Schlucht hinunter.«

»Und dann sind sie dort getaucht?«

Er nickte und fuhr sich mit der Hand durch das Haar. »Sie sind vom Boot ins Wasser gesprungen. Sie hat mir noch einmal zugewunken und war weg.« Seine Stimme wurde immer leiser, er starrte vor sich auf den Tisch.

»Was ist dann passiert?«

Er sah auf, sein Gesicht war zu einer schmerzvollen Maske verzogen. »Lange Zeit gar nichts. Plötzlich ist der Tauchlehrer nach oben gekommen und hat geschrien, dass es einen Unglücksfall gegeben habe. Meine Frau sei weg, verschwunden, untergegangen. Ich wollte ins Wasser, aber sie haben mich nicht gelassen. Der Mann, mit dem ich an Bord gewartet habe, der das Boot gefahren hat, hat mit dem Funkgerät die Rettung am Ufer verständigt. Der Tauchlehrer ist wieder runter. Es waren die schrecklichsten Minuten meines Lebens. Ich musste auf dem Boot warten, bis sich irgendwas getan hat. Der Tauchlehrer war weg, und bis die Rettungskräfte eingetroffen sind, hat es ewig gedauert. Dann sind immer mehr Taucher ins Wasser, aber niemand hat sie gefunden.«

»Herr Kohler, ich weiß, wie schmerzhaft das für Sie sein muss. Aber ich möchte alles genau wissen. Was hat der Tauchlehrer erzählt, als er wieder auf dem Boot war?« Mein Stift flog über den Block. In meinem Magen breitete sich ein seltsames Gefühl aus. Für Kohler musste es der blanke Horror gewesen sein. Ich konnte mir nicht ansatzweise vorstellen, was er mitgemacht hatte. Eingepfercht auf wenigen Quadratmetern und nicht in der Lage, irgendetwas zu tun. Während für seine Frau jede Minute zählte.

Seine Stimme zitterte, als er weitersprach.

»Er hat sie aus den Augen verloren. Mir ist es schleierhaft, wie so etwas passieren kann. Im einen Moment ist sie noch da gewesen, im nächsten hat er sie nicht mehr gesehen. Schließlich hat er sie unter sich entdeckt. Sie hat herumgezappelt und ist immer tiefer gesunken.« Seine Stimme brach. Die folgende Stille wurde nur ab und zu von seinen Schluchzern unterbrochen. »Vermutlich hat sie einen Tiefenrausch bekommen. Irgendetwas war nicht in Ordnung.«

»Ich verstehe nicht, warum er nicht hinter ihr her ist.«

»Das habe ich auch nicht verstanden. Später hat er mir erklärt, dass er mit einem anderen Atemgemisch getaucht ist. In seiner Flasche war was anderes drin. Damit konnte er nicht so tief. Das Zeug heißt Nitrox. Warum, weiß ich nicht. Ich habe es nicht kapiert.«

»Wie ging es weiter?«

»Das Boot hat mich zurück an Land gebracht. Die Rettungstaucher sind draußen geblieben und haben den ganzen Tag nach meiner Frau gesucht. Sie haben sie nicht gefunden und die Suche am Abend abgebrochen. Am nächsten Tag sind sie in aller Frühe raus. Aber sie haben mir damals schon keine Hoffnung gemacht.« Er atmete tief durch. Seine Hand zitterte, als er nach der Kaffeetasse griff. »Tage später wurde eine Taucherbrille gefunden. Das Band war gerissen. Vermutlich war es schon vorher porös. Wobei ich mir das nicht erklären kann, meine Frau hat alles neu gekauft. Ein Materialfehler hat man mir gesagt.«

Einen Moment schwiegen wir.

»Frau Flemming, warum wollen Sie das alles wissen?«

»Ich möchte mir ein möglichst umfassendes Bild machen«, erklärte ich ausweichend. »Was können Sie mir zu der Tauchschule sagen, in der Ihre Frau den Tauchkurs gemacht hat?«

Er runzelte die Stirn. »Das war ›Barracuda Divers‹ in Köln. Der Tauchlehrer hieß Philip irgendwas. Ein seltsamer Typ. Ich hatte die Vermutung, dass er an meiner Frau interessiert war. Mir war es nicht recht, dass sie den Kurs bei ihm besucht hat. Aber dann hatte sie angefangen und wollte den Schein zu Ende machen.«

»Leben die Eltern Ihrer Frau noch?«

Wieder machte sich wegen des Themenwechsels Verwirrung auf seinem Gesicht breit.

»Ja. Aber wir haben keinen Kontakt. Meine Frau ist früh ausgezogen, sie hat sich nicht gut mit ihren Eltern verstanden. Wir waren ab und zu dort, aber das Verhältnis war nicht besonders. Mein Schwiegervater hatte einen kleinen Installationsbetrieb und ist damit pleitegegangen. Nach dem Unfall habe ich sie nur noch einmal gesehen. Sie können sich vorstellen, dass es nicht schön war, ihnen vom Unglück ihrer Tochter erzählen zu müssen.«

Das konnte ich. Trotzdem bat ich ihn um die Adresse und eine Telefonnummer. Er holte sein Handy hervor und diktierte mir die Daten.

»Frau Flemming, ich verstehe nicht, was das mit der Frau vom Weihnachtsmarkt zu tun hat. Haben Sie sie gefunden?«

»Nein, noch nicht.« Ich verschwieg, was ich bisher herausgefunden hatte. Dass mich das selbst ratlos zurückließ.

»Vielleicht, wenn Sie die Frau finden könnten?« Hoffnung lag in seiner Stimme. Er klammerte sich an jeden Strohhalm.

»Ich tue mein Bestes«, versprach ich. Eine Floskel, und doch entsprach sie der Wahrheit. Dass Verena Retsch verschwunden war, fand ich merkwürdig. Aber noch weigerte ich mich, einen Zusammenhang herzustellen. »Aber Sie haben Ihre Frau schon öfter gesehen, wenn mich nicht alles täuscht.«

Schuldbewusst sah er zu Boden. »Ich weiß, wie das auf Sie wirken muss.«

»Wie denn?«

»Sie denken, ich habe einen Knall.«

Ich antwortete nicht.

»Bitte, Frau Flemming, ich weiß, dass ich in der Vergangenheit Fehler gemacht habe. Möglicherweise habe ich mich da in etwas verrannt. Aber wenn Sie die Frau finden könnten, dann weiß ich ja, dass es nicht meine Frau ist.« Mit großen Augen sah er mich an.

Ich seufzte und versprach, dass wir in Kontakt bleiben würden. Ich schenkte mir eine weitere Tasse Kaffee ein, obwohl es schon Abend wurde. Mit dem Kugelschreiber tippte ich auf meinem Block herum und überlegte, was ich tun wollte.

Marks Anruf riss mich aus meinen Gedanken.

»Ich habe etwas für dich. Wollen wir uns treffen?«

»Hast du Lust, eine Runde über den Weihnachtsmarkt zu gehen?«, fragte ich und hoffte, dass er Ja sagen würde. Ich wollte ihm nicht in meiner Wohnung gegenübertreten. Außerdem hatte ich etwas vor auf dem Markt.

Die Zeit reichte gerade, um nach Hause zu gehen und mich umzuziehen. Deshalb hielt sich meine Begeisterung in Grenzen, als es an der Tür klingelte und ich Leons schwarzen Haarschopf durch den Spion erblickte. Trotzdem öffnete ich.

Etwas stob an mir vorbei, bevor ich erkennen konnte, was es war. Es war klein und flink und hatte Fell. Leon stand mit freudestrahlendem Gesicht vor mir.

»Das ist Hektor«, erklärte er den Blitz, der durch die Wohnung fegte, kläffte und heftig mit dem Schwanz wedelte.

»Was ist das?«, fragte ich entgeistert und vergaß für einen Moment, dass ich mit Mark auf dem Weihnachtsmarkt verabredet war.

»Mein Hund«, erklärte er und fing den tobenden Derwisch ein, um ihn mir zu reichen.

Bevor ich etwas sagen konnte, hatte ich einen Hund auf dem Arm und eine nasse Zunge im Gesicht. Ich schüttelte mich und reichte ihn Leon zurück. »Der ist aber sehr zutraulich«, stellte ich fest und wischte mir mit einem Taschentuch über das Gesicht.

»Ja, total süß.« Leon strahlte und hielt das zappelnde Bündel fest, damit ich es näher betrachten konnte.

Niedlich war er, ohne Frage. Klein und tapsig mit weißem Fell und braunen Flecken. Dazu Schlappohren und einen herzigen Gesichtsausdruck, wenn er den Kopf schief legte und sein Gegenüber betrachtete.

»Das ist ein Beagle«, erklärte Leon und setzte den Hund auf dem Boden ab. »Er ist noch ein Baby. Meine Mama hat ihn mir geschenkt. Sie hat gemeint, dann habe ich was zu tun und komme nicht auf dumme Gedanken.«

Ich nickte und stimmte ihr insgeheim zu. Mit Grauen dachte ich an seinen nächtlichen Ausflug im Sommer, als er mitten in meinen Fall geplatzt war und ihn mir beinahe vermasselt hatte. Mal abgesehen davon, dass uns das fast das Leben gekostet hatte.

Der Hund flitzte davon und kurze Zeit später war ein Krachen aus dem Wohnzimmer zu hören. Erschrocken sahen wir uns an und ich hechtete hinüber. Hektor saß inmitten meiner Zeitschriften, die aus dem Ständer gefallen waren, und wackelte mit dem Kopf.

»Er ist noch klein«, versuchte Leon, sein nicht vorhandenes Benehmen zu erklären, und blickte mich zerknirscht an.

»Auf die Benimmschule schickst du ihn aber noch, oder?«, fragte ich und klaubte die Zeitungen zusammen.

»Wir üben jeden Tag.«

»Das ist gut. Vielleicht möchtest du jetzt mit ihm üben? Ich muss nämlich gleich weg.«

»Oh, wo gehst du hin?«

»Du bist ganz schön neugierig«, sagte ich und zerstrubbelte ihm das Haar. Ich hatte ihn vermisst in letzter Zeit. Wir hatten uns kaum gesehen seit dem Sommer. Ob das damit zusammenhing, dass ich mich zurückgezogen hatte, oder damit, dass sich die Begeisterung seiner Mutter über Treffen mit mir in Grenzen hielt, wusste ich nicht. Fest stand, sein loses Mundwerk und der wache Verstand hatten mir gefehlt. Leon hatte die Gabe, unheimlich viel zu wissen. Über die Vorgänge im Haus war er stets im Bilde. Auch darüber, wer bei mir ein- und ausging.

»Auf den Weihnachtsmarkt«, antwortete ich trotzdem.

Ein Strahlen huschte über sein Gesicht. »Triffst du dich mit Mark?«

Da hatten wir es. Ich betrachtete sein Gesicht. Ein hoffnungsvolles Lächeln lag darauf. Leon vergötterte Mark und wollte ihm in allem nacheifern. Zuletzt hatte er sogar Polizist werden wollen. Dass wir uns zerstritten hatten und Andreas öfter hier gewesen war, hatte Leon überhaupt nicht gepasst. Er mochte Andreas nicht.

»Kann schon sein, du kleiner Naseweis«, antwortete ich und knuffte ihn in die Seite.

Zufrieden lächelte er vor sich hin. Ich fragte mich, wie weit es gekommen war, dass ich mein Liebesleben nach den Vorstellungen meines Nachbarjungen gestaltete.

»Freust du dich auf Weihnachten?«, wechselte ich das Thema.

»Aber logisch!«

»Was wünschst du dir denn vom Christkind?«

»Jule, gibt es das überhaupt?« Fragend sah er mich an.

Ich schwankte kurz, was die pädagogisch wertvollste Antwort war, und entschied mich zu einer Gegenfrage. »Was glaubst du denn?«

Er wackelte mit dem Kopf. »Die Jungs in der Schule sagen, dass es das nicht gibt. Das sind die Eltern, die den Kindern was schenken. Aber ich kann mir das nicht vorstellen. Mama muss doch so viel arbeiten. Dann hat sie dafür gar keine Zeit.«

»Siehst du, dann hat sich das ja schon geklärt.« Ich war zufrieden mit meiner eigenen Logik. Und Leon schien es auch.

»Ich wünsche mir Spielsachen für Hektor«, erklärte er. »Weil er sich doch selbst nichts wünschen kann.«

»Und du?«

»Hm, wenn ich noch einen Wunsch frei hätte, dann was von Star Wars«, fügte er hinzu und seine Augen begannen zu glänzen. Ob ich ihm eine Kleinigkeit schenken sollte?

»Du, ich muss jetzt los. Wo ist denn Hektor?« Im selben Moment fiel mir ein, dass es verdächtig still war im Wohnzimmer. Alarmiert sah ich auf. Wo war der Hund?

Auch Leon schien nichts Gutes zu ahnen, denn er stürzte noch vor mir durch die Tür und stieß zischend die Luft aus. Ich folgte ihm und sah die Bescherung sofort. Hektor hockte vor der Wand, um sich weiße Fetzen verteilt, ein paar davon hingen in seinem Fell und am Maul. Mit glänzenden Augen sah er uns Beifall heischend an, ehe er weiter an der Tapete herumnagte.

»Hektor, nicht!«, schrie ich auf und stürzte ins Zimmer, um mir die Bescherung genauer anzusehen. Der Hund sprang bei meinem Aufschrei erschrocken davon, direkt in Leons Arme.

Er hatte ganze Arbeit geleistet. Der Teil der Wand, der sich in seiner Reichweite befand, war zum größten Teil angenagt und die Tapete zerfetzt. Ich stöhnte auf.

»Das hat er nicht mit Absicht gemacht«, stammelte Leon und streichelte das Fellbündel. »Das ist der Kalkmangel. Das hat mir der Tierarzt gesagt. Er kriegt Tabletten dagegen. Die schmecken ganz lecker. Ein bisschen nach Schokolade.«

Ich starrte ihn und den Hund entgeistert an. »Vielleicht wäre es besser, wenn du ihm noch eine Tablette geben würdest«, sagte ich bemüht ruhig.

Als die beiden die Wohnung verließen, ging ich Schaufel und Besen holen und kehrte die Bescherung zusammen.

Eine Stunde später wartete ich bei der Krippe vor dem Ulmer Münster. Es schneite dicke Flocken, Lichter hüllten mich ein und Gerüche nach Gebratenem lagen in der Luft. Ich wusste nicht, ob ich es genießen oder lieber davonrennen sollte. Meine Gefühle diesbezüglich hielten sich die Waage. Ich konnte dem Fest und der Vorweihnachtszeit nichts abgewinnen, vielmehr erdrückte mich das ganz Plingpling.

Die Weihnachten meiner Kindheit waren schlicht gewesen. Mein Vater war selten zu Hause, weil er als Hypnotiseur Auftritte hatte, und meine Mutter war nicht der Typ, der mit Kindern bastelte oder Plätzchen buk. Entsprechend fielen die Festtage aus. Wenn sie daran dachte, einen Baum zu besorgen, war es ein Rechen, der aus den kargen Restbeständen der Verkäufer an Heiligabend übrig war. In der Eile wurde ein wenig Lametta darüber geworfen und am siebenundzwanzigsten Dezember schnaufte sie erleichtert auf und war froh, dass sie sich auf Silvester vorbereiten konnte. Das verbrachten mein Bruder Sebastian und ich bei den Großeltern. An die Jahreswechsel hatte ich die besseren Erinnerungen.

Ich seufzte leise vor mich hin und zog die Schultern hoch. Ich fror, obwohl ich mich sogar zu einer Strumpfhose hatte durchringen können. Aber ich fühlte, dass das eine Kälte war, die ihren Ursprung in meinem Inneren hatte.

Plötzlich fühlte ich warmen Atem an meinem Ohr und der Hauch eines mir bekannten Aftershaves ließ eine wohltuende Wärme in meinen Bauch strömen, gegen die ich mich nicht wehren konnte. Selbst dann nicht, wenn ich es gewollt hätte.

»Na, kalt?«

Ich nickte, weil mir für einen Moment die Worte fehlten.

»Dann habe ich eine Idee!« Mark trat vor mich und griff nach meinen Händen. Seine steckten in dicken Handschuhen und ich ließ nur zu gern geschehen, dass er sie zwischen seinen rieb.

»Und wie sieht die aus?«, fragte ich, als ich die Sprache wiedergefunden hatte.

Abschätzend sah er mich von oben bis unten an. »Jacke geht. Aber du brauchst dringend warme Handschuhe und eine Mütze.«

»Niemals!« Mützen hatte ich als Kind schon gehasst. Sie juckten auf der Kopfhaut und zerstörten das letzte bisschen Frisur, das da war.

»Okay, wir trinken zuerst ein Glas Feuerzangenbowle.«

Dieser Vorschlag hörte sich entschieden vernünftiger an. Wir gingen los und versuchten, unterwegs mit niemandem zusammenzustoßen. Viele nutzten den Feierabend, um den Arbeitstag auf dem Markt ausklingen zu lassen oder mit der Familie eine Runde darüber zu schlendern. Mark kämpfte sich zum Feuerzangenbowlestand durch, und ich schwamm in seinem Kielwasser mit und versuchte, die Eindrücke zuzulassen, die auf mich einströmten. Ich konnte mich nicht daran erinnern, wann ich zuletzt auf dem Weihnachtsmarkt gewesen war.

Schließlich hielt ich meine Tasse in den Händen. Der Löffel mit der Aussparung in Form eines Geistergesichts quer obendrüber, der Zucker lag darauf, Rum tropfte in den Becher. Mark zog ein Feuerzeug aus der Tasche und im Nu brannte der Zucker und tropfte zischend ins Getränk. Ich hielt meinen Becher umklammert, weil ich etwas brauchte, an dem ich mich festhalten konnte.

»Was wolltest du mir geben?«, fragte ich und sah ihn an. Es war Zeit, auf das Geschäftliche zurückzukommen. Der Rest verwirrte mich zu sehr.

Mark blies seine Flamme aus. »Die Akte von dem Tauchunfall.«

Ich sagte nichts.

»Es sieht alles nach einem ganz normalen Unfall aus, sofern man von normal in diesem Zusammenhang reden kann. Ein tragisches Unglück, bei dem mehrere Faktoren zusammengekommen sind. Ich weiß zwar nicht, was du damit anfangen willst, aber ich gebe sie dir nachher.«

Das wusste ich im Moment auch nicht. Es war mehr ein vages Gefühl, das mich leitete, auch wenn es irrsinnig war.

»Du weißt, dass ich das nicht darf.«

»Warum tust du es dann?«, fragte ich ruhig und trank

einen Schluck von der Feuerzangenbowle. Ich spürte die heiße Flüssigkeit die Kehle hinunterrinnen. Sie breitete sich in meinem Magen aus und verströmte ein angenehmes Gefühl. Ruhe breitete sich in mir aus.

»Keine Ahnung. Vermutlich, weil du sie dir sowieso irgendwie besorgt hättest. Deinen Bruder musst du deswegen nicht wieder bemühen.«

Ich hatte keine Ahnung, ob Sebastian in der Lage war, einen Polizeicomputer zu hacken. Zuzutrauen war es ihm. Schon bei meinem letzten Fall hatte er mir mit seinen Kenntnissen geholfen und entscheidend dazu beigetragen, den Mörder unseres Vaters zu finden. Sehr rücksichtsvoll von Mark, ihn da rauszuhalten.

»Und weil es kein Fall ist. Tobias Kohler braucht einen Seelenklempner.«

Ich zuckte zusammen bei diesem Wort.

Mark sah es und biss sich auf die Lippe. »Entschuldigung, das hätte ich nicht sagen sollen.«

»Nein, ist schon gut.« Ich konnte ihn nicht ansehen und trank einen weiteren Schluck. »Es ist nur das Wort. Es klingt so abwertend.«

»Tut mir leid.«

Ich winkte ab. »Ich weiß noch nicht, was ich mit der Akte anfange. Irgendetwas scheint mir komisch zu sein. Die Frau, die Kohler angeblich gesehen hat, ist wie vom Erdboden verschluckt. Ich möchte mir erst einmal einen Überblick verschaffen.«

»Jule, ich glaube nicht, dass da etwas dahintersteckt. Aber bitte, behalte sie. Es sind Kopien und ich weiß, dass ich mich auf dich verlassen kann.«

Mark wusste, dass ich sein Vertrauen nicht missbrauchen würde. Dafür verband uns zu viel.

»Wie sieht es aus? Noch eine Feuerzangenbowle? Oder lieber ein Würstchen? Oder Mütze und Handschuhe?« Unternehmungslustig sah er mich an und seine Augen blitzten fröhlich. Die Wärme breitete sich in meinem Körper aus und ich konnte nicht verhindern, dass sie mein Herz erreichte.

»Auf keinen Fall eine Mütze! Und trinken kann ich nichts mehr.« Ich hatte heute Abend etwas vor. Das allerdings musste ich Mark nicht auf die Nase binden. Er wäre sicher nicht begeistert.

»Bleibt nur das Würstchen. Über den Rest reden wir anschließend.«

Wir aßen beide eine Feuerwurst mit Kraut und Soße. Langsam begann ich, mich zu entspannen. Ich nahm die Eindrücke, die auf mich einströmten, in mir auf und fing an, die Stimmung zu genießen. Was sicher nicht zuletzt daran lag, dass Mark bei mir war. Ich gestand es mir nur ungern ein, aber es war ein Stück Sicherheit, das er mir bot. Etwas, das mir in der letzten Zeit abhandengekommen war. Ich ließ zu, dass er den Arm locker um meine Schulter legte, und gab schließlich nach, als er mich zu einem Stand mit albernen Pudelmützen zog. Wir lachten beide über die Modelle, die ich aufprobierte. Eine flauschig weiße betrachtete ich doch näher. Ich drehte mich zu Mark um und sah ihn fragend an.

Der Blick, mit dem er mich bedachte, war seltsam. Zögernd zupfte er ein paar Locken unter der Mütze hervor. Seine Finger streiften meine Wange und die Berührung fuhr mir durch die Glieder wie ein Stromstoß.

»Du siehst zauberhaft aus«, sagte er leise. Ich spürte, wie mir die Röte ins Gesicht schoss, aber diesmal sah ich nicht weg. Wir waren beide Gefangene im Blick des anderen. Lag es an der Vorweihnachtszeit, dass etwas in der Luft war?

»Möchten Sie die Mütze haben?«, drängte sich der Verkäufer mit lautstarker Stimme in diesen magischen Augenblick und zerstörte ihn damit.

Ich löste mich von Mark und räusperte mich. »Die kratzt nicht?«, fragte ich sicherheitshalber nach. Er schüttelte den Kopf. »Ich lasse sie den Rest vom Abend auf, und wenn sie anfängt zu jucken, bringe ich sie zurück und will mein Geld wiederhaben.«

Er nickte mürrisch und entfernte das Etikett, damit ich sie gleich aufsetzen konnte.

»Und die sieht nicht albern aus?«, fragte ich Mark und sah ihn von der Seite an.

»Gar nicht. Und sie wärmt, du wirst sehen.«

Wir erstanden außerdem ein paar Handschuhe für mich. Ich merkte gar nicht, wie die Zeit verging. Der Weihnachtsmarkt schloss um acht Uhr seine Pforten. Ein Gutes hatte es: So gerüstet könnte ich den Winter am Nordpol überleben. Vielleicht war er ja doch nicht so schlimm, wie ich gedacht hatte. Trotz des Schnees, der unaufhörlich rieselte und die Welt um uns herum langsam in weiße Stille tauchte.

Zeit, mich wieder um meine Arbeit zu kümmern. Zauberhaft hin oder her. Mir gefiel nicht, was gerade mit mir passierte. Ich hatte das Gefühl, dass ich weich wurde. Das war nicht ich. Also steuerte ich die Stelle am Stadthaus an, von der ich vermutete, dass dort die Putzfrauen am Werk waren. Die Gänge leerten sich, nur vor den Glühweinständen standen noch Grüppchen mit roten Nasen zusammen.

Und tatsächlich warteten dort fünf Reinigungskräfte mit drei Wägen. Sie alle trugen die grünen Kittel der Reinigungsfirma Böller. Auch die Karren hatten die gleiche Farbe. Ich näherte mich und sprach die Erste von ihnen an. Sie stand ein wenig abseits und zuckte kurz zusammen, dann wurde ihr Blick mürrisch.

»Hallo, mein Name ist Jule Flemming. Ich suche Verena Retsch.«

Einen langen Moment musterte sie mich von oben. Die Frau war groß. Groß und stämmig. Sie trug einen dicken Kittel über dem Reinigungsanzug, unter ihrer Mütze lugten lange schwarze Haare heraus. Schließlich öffnete sie den Mund. »Wenn Sie sie gefunden haben, richten Sie ihr bitte einen schönen Gruß aus, sie kann mich mal.« Sie sprach mit einer Stimme wie ein Bär.

»Ist sie denn nicht hier?«, stellte ich mich dumm und sah mich suchend um. Mein Blick streifte Mark, der im Hintergrund stehen geblieben war und uns beobachtete.

Ein abfälliges Prusten war die Antwort. »Sie ist nicht mehr aufgetaucht. Vorgestern. Hat mich einfach hängen lassen. Zum Kotzen ist das! Ausgerechnet jetzt, wo wir so viel Arbeit haben. Und der Kram bleibt komplett an mir hängen.«

»Ach, sie ist nicht mehr zum Arbeiten gekommen?«

Der Blick, mit dem sie mich streifte, zeigte mir deutlich, für wie einfältig sie mich hielt.

»Einfach nicht mehr aufgetaucht. Bloß, weil sie nicht mehr nachts ihre heißgeliebten Büros putzen konnte. Wahrscheinlich hat sie geklaut, weil sie allein war. Auf so einem Weihnachtsmarkt ist natürlich nicht viel zu holen, ist schon klar. Zu viele Leute.«

»Sie sollte noch mal auf dem Weihnachtsmarkt eingesetzt werden?«

»Ja. In dieser Jahreszeit ist das halt so. Die Arbeit wird so verteilt, dass sie gemacht werden kann. Da muss man durch. Aber der Verena hat das nicht gepasst. Sie hat ziemlich herumgemosert, weil sie hierher sollte. Dabei verstehe ich das gar nicht. Gut, es ist draußen. Aber hier ist man viel schneller fertig als in den Büros. Das ist einfacher verdientes Geld. Es sei denn, irgendwelche Säue haben zu viel gebechert und kotzen die Straße voll.« Sie begann, an ihrem Wagen zu hantieren. Es war eindeutig, dass sie mich loswerden wollte. Dann sah sie auf. »Was wollen Sie eigentlich von ihr? Sie sind schon die Zweite, die dämliche Fragen nach ihr stellt.«

»Wer denn noch?«

Sie zuckte mit der Schulter. »Irgend so ein Typ ist neulich aufgetaucht und wollte wissen, wo sie ist. Er meinte, er sei ein alter Schulfreund von ihr und hätte sie ewig nicht gesehen. Aber sie war an dem Tag nicht da. Ich habe ihm gesagt, dass ich ihr das ausrichte. Zuerst wollte er ihre Nummer und wissen, wo sie wohnt. Aber ich bin ja nicht blöd, das habe ich ihm nicht gesagt.«

»Wie hieß er denn?« Ich hatte eine Vermutung, erhielt auf meine Frage aber nur ein Kopfschütteln.

»Hat er nicht gesagt. Gerade das hat mich stutzig gemacht.«

»Wie sah er aus?«

Meine Vermutung bestätigte sich, als sie eine Beschreibung abgab, die auf Tobias Kohler passte.

»Verena ist richtig erschrocken. Sie kennt hier niemanden. Aber sie hatte mal Probleme mit einem Stalker. Zumindest hat sie mir das erzählt. Klar, dass sie Angst bekommen hat. Sie hat mir verboten, ihm irgendwas von ihr zu erzählen. Hätte ich sowieso nicht getan.«

»Und dann hat sie sich nicht mehr gemeldet?«

Wieder ein Blick von oben. »Nö.«

»Haben Sie versucht, sie anzurufen?«

»Pah, wie denn? Die hat niemandem ihre Telefonnummer gegeben. Nicht mal die Chefin hatte die richtige Nummer. Keine Ahnung, aber wenn Sie mich fragen, die hatte einen Knall. Ist vielleicht besser, dass sie nicht mehr aufgetaucht ist.«

Langsam wurde die Sache seltsam. Vielleicht hatte Verena Retsch kein Handy besessen? Und hatte aus Scham eine falsche Nummer angegeben. Oder war es Absicht gewesen?

»Ich muss los, die Arbeit ruft.« Die Frau griff nach ihrem Wagen und ging ohne ein Wort des Abschieds davon.

Ich sah ihr nach und zupfte an meiner Mütze. Ein ungewohntes Gefühl, aber sie wärmte.

»Na?«, fragte Mark. »Auf der Suche nach der großen Unbekannten?« Er hörte sich nachsichtig an und das ärgerte mich. Als wenn man einem kleinen Kind einen harmlosen Spleen zugestand. Sonst konnte es ja nichts anstellen.

»Exakt«, antwortete ich deshalb bissiger als beabsichtigt.

Aber Mark lachte nur. Gutmütig klang es in meinen Ohren und verschnupfte mich noch mehr. Nahm er mich nicht ernst? Oder meine Arbeit nicht? Ich dachte, ich hätte ihm in der Vergangenheit bewiesen, dass ich durchaus ernst zu nehmen war.

»Wir sollten zurückgehen«, sagte ich mit zusammengebissenen Zähnen. Am liebsten hätte ich ihm aus reiner Boshaftigkeit erzählt, dass ich vorhatte, heute Nacht in Verena Retschs Wohnung einzubrechen. Nur, damit die Verhältnisse geradegerückt waren.

Ich ging mit Mark zum Parkhaus, um die Akte vom Tauchunfall entgegenzunehmen. Und ließ mich überreden, dass er mich nach Hause brachte. Obwohl ich sauer war, war ich nicht dämlich. Es war kalt, und neue Handschuhe und Mütze hin oder her, ich fror. Außerdem hatte ich etwas vor. Also stieg ich ein und schnallte mich an. Die Fahrt war kurz, wir schwiegen.

»Du bist so still. Alles okay?«, wollte Mark wissen, als er vor meiner Haustür zum Stehen kam. Er stellte den Motor ab.

»Alles in Ordnung.« Ich sah stur geradeaus.

»Das hast du mindestens dreimal gesagt. Was ist los? Habe ich etwas falsch gemacht?«

Ich wandte ihm den Kopf zu und holte Luft. Doch bevor ich den Mut aufbrachte, klappte ich den Mund wieder zu. Mist, wegen eines Missverständnisses hatten wir uns schon einmal unnötig in die Wolle gekriegt. Das kam davon, wenn man nicht miteinander redete.

»Du nimmst mich nicht ernst«, warf ich ihm deshalb vor.

In seinem Blick sah ich Ungläubigkeit. »Wie kommst du darauf?«

»Dein gönnerhaftes ›Na, immer noch auf der Suche nach der großen Unbekannten?‹ war ein bisschen zu viel.« Ich hatte ihn nachgeäfft.

Um seine Mundwinkel zuckte es verräterisch. »Natürlich nehme ich dich ernst.«

»Ach so?«

»Du brauchst gar nicht so schnippisch zu sein. Hör mal, ich freue mich mit dir, dass es dir besser geht. Du wirst es vermutlich nicht glauben, aber ich habe gelitten in den letzten Wochen und Monaten, als ich dich nicht gesehen habe.«

»Du hättest anrufen können«, konterte ich.

»Ich hatte den Eindruck, dass du Zeit für dich brauchst. Und die wollte ich dir lassen.«

Er hatte recht. Die Worte standen zwischen uns. Seine Augen glänzten und in seinem Gesicht lag ein hungriger Ausdruck. »Ich habe dich vermisst, Jule.«

Langsam hob er die Hand und zupfte vorsichtig an meinen Haaren, die sich unter der Mütze hervorkringelten. Da war er wieder, dieser magische Moment. Küss mich!, wollte ich ihn anschreien. Und hatte gleichzeitig Angst, dass er es tat. Ich starrte ihn an wie das sprichwörtliche Kaninchen die Schlange. Sein Kopf näherte sich meinem und ich wusste nicht, ob ich ihm entgegenkommen oder zurückzucken sollte.

Als seine Lippen meine trafen, schoss die Berührung wie ein Stromschlag durch meinen Körper. Ich hatte mich so nach diesem Kuss gesehnt! Ich hatte ihn vermisst, mich nach ihm verzehrt. Seine Zunge suchte hungrig nach meiner, und für einen Augenblick schrie alles in mir danach, dem nachzugeben. Ehe mein Verstand anfing zu arbeiten.

Obwohl es mich Überwindung kostete, machte ich mich vorsichtig von ihm los. Sanft schob ich ihn weg.

»Jule, was tust du mir an?« Er keuchte, seine Stimme klang gequält. »Du machst mich wahnsinnig.«

Ich räusperte mich. Gegen eine Ausweitung des Kusses hätte ich nichts einzuwenden gehabt. Aber mein Verstand erinnerte mich daran, dass ich mich in einer Stunde mit Andreas treffen wollte. Um mich in Verena Retschs Wohnung umzusehen. Da konnte ich Mark wirklich nicht gebrauchen.

»Wir sollten das langsam angehen«, sagte ich und lächelte.

Er sah mich an, als hätte ich nicht alle Tassen im Schrank. »Ist das dein Ernst?«

Ich verstand ihn. Immerhin konnten wir genauso gut dort weitermachen, wo wir im Sommer aufgehört hatten.

»Es ist dein Ernst.« Er schluckte und sah nach vorn. »Okay, ich verstehe.«

Einen Moment fürchtete ich, dass er beleidigt war. Doch er atmete tief durch. »Dann lassen wir es langsam angehen.

In Ordnung. Darf ich dich um ein Date bitten? Ganz offiziell? Das macht man doch so, oder?«

Nun konnte ich mir ein Grinsen nicht verkneifen. »Darfst du«, sagte ich gönnerhaft und fasste nach dem Türgriff.

»Die Akte«, erinnerte mich Mark und griff nach hinten auf den Rücksitz. Aus einem Leinenbeutel auf dem Boden holte er einen Stapel Papiere hervor und streckte sie mir entgegen. Ich griff danach, aber er ließ nicht los. Unsere Blicke trafen sich.

»Jule, mir ist es verdammt ernst«, sagte er. Ich wusste auch so, was er meinte. Seine Worte verursachten Gänsehaut auf meinem ganzen Körper.

»Gute Nacht«, flüsterte ich.

Endlich ließ er die Akte los und ich stieg aus. Ich drehte mich nicht um und trat ins Haus. Sein Blick folgte mir, ich fühlte es. In diesem Moment musste ich mir eingestehen, wovor ich mich am meisten fürchtete: Ich hatte mich in Mark verliebt. Schon im Sommer, als wir uns wiedergetroffen hatten. Dabei hatte ich mir geschworen, dass mir das nie wieder passieren würde.

Ich parkte den Wagen vor dem ›Jazz-Keller‹ und versuchte, meine Gefühle in den Griff zu bekommen. Das war leichter gesagt als getan, weil ich nicht damit gerechnet hatte, dass sie mich so unvorbereitet überfielen. Ich atmete tief durch und zog den Schlüssel aus dem Schloss.

Drinnen umfingen mich heimelige Wärme und samtig rotes Licht. Cosima trällerte auf der Bühne und winkte mir sogar zu. Langsam fragte ich mich, ob das am bevorstehenden Weihnachtsfest lag.

Lou kam mit ausgebreiteten Armen auf mich zu. Er trug einen weißen Anzug mit schwarzer Krawatte und einen

Hut in der gleichen Kombination. »Jule, wie schön, dich zu sehen!« Er herzte mich ausgiebig und dirigierte mich in Richtung Bar, wo Fanny fröhlich ihre Flaschen schwenkte. »Wir müssen reden.«

Wenn Lou reden wollte, hatte er meist eine Schnapsidee geplant. Darin unterschied er sich nicht sehr von meiner Mutter.

»Was hältst du davon, wenn wir Weihnachten dieses Jahr hier feiern?«

»Hier? Weihnachten feiern?«, fragte ich gedehnt. Meine Weihnachtsfeste endeten meist mit einem Topf Glühwein vor dem Fernseher. Und dem großen Bereuen am nächsten Tag.

»Wer von uns hat denn schon etwas vor?«, hielt er mir entgegen. Er nicht, jetzt, wo er sich von Hannes getrennt hatte.

»Hallo, Jule. Was möchtest du trinken?«, mischte sich Fanny in unser Gespräch ein. »Einen ›Grünen Kobold‹?«

»Eine Cola«, antwortete ich und erntete einen entgeisterten Blick und eine hochgezogene Braue. »Was? Ich habe etwas vor heute Nacht.«

»So, so.« Fanny grinste anzüglich.

»Nicht, was du denkst. Ich arbeite.«

»Also, Weihnachten«, erinnerte mich Lou, während Fanny mir die Cola reichte.

»Und wie soll das aussehen?« Meine Begeisterung hielt sich in Grenzen.

»Wir schließen ab und bleiben für uns. Niemand muss arbeiten. Du nicht singen, Fanny nicht servieren. Wir lassen Essen kommen und machen es uns gemütlich. Was meinst du?«

Darüber wollte ich in Ruhe nachdenken. Und das konnte ich im Moment nicht, dafür ging mir zu viel durch den Kopf.

»Okay, ich überlege es mir«, gab ich nach. Lou grinste triumphierend. »Hey, das heißt nicht, dass ich komme.«

»Sehen wir dann.« Er ging davon und blieb gleich beim ersten Tisch stehen, um einige Worte mit dem älteren Paar zu wechseln, das dort saß.

Andreas trat hinter mich. Diesmal hatte ich nichts bemerkt. Meist spürte ich, dass er mich ansah, noch bevor ich überhaupt wusste, dass er im Raum war. Seltsame Dinge gingen vor.

»Prinzessin.« Er tippte sich an die Stirn, ich nickte ihm zu. »Wo soll es hingehen?«

Ich hatte ihm nicht gesagt, was ich vorhatte. Aber ich brauchte jemanden, der Schmiere stand für den Fall, dass wir Besuch bekamen. Von der Alten von gegenüber zum Beispiel. Dann musste Andreas sie ablenken.

Ich leerte die Cola in einem Zug und drehte mich zu ihm um. »Gehen wir.«

An der Tür fing Cosima mich ab.

»Und?«, fragte sie atemlos. Sie trug ihr gewohntes Bühnenoutfit, was mich erleichterte. Mit zu viel Veränderung auf einmal kam ich nicht klar.

»Ich bin noch nicht dazu gekommen«, gestand ich mit einem Anflug von schlechtem Gewissen. »Aber es ist das Nächste, um das ich mich kümmere, versprochen!«

Sie machte ein enttäuschtes Gesicht und sorgte dafür, dass ich mich noch unwohler fühlte.

»Alles okay?«, fragte Andreas auf dem Parkplatz. »Kein Streit ausnahmsweise?«

Ich schnaubte. »Du hast ja keine Ahnung!« Was würde er dazu sagen, wenn er wüsste, dass Cosima in Wirklichkeit Marianne hieß und bei ihren Eltern auf einem Bauernhof lebte?

Er musterte mich amüsiert und stieg ein. »Schickes Auto«, sagte er, mehr zu sich selbst.

»Vom Weihnachtsmann«, brummte ich und erhielt ein Nicken als Antwort. Andreas wusste Bescheid.

»Also, wo fahren wir hin?«, fragte er, als ich losfuhr. Ich musste langsam fahren, Schnee bedeckte die Fahrbahn und schluckte jedes Geräusch.

»Zu einer Wohnung. Ich brauche jemanden, der … aufpasst.«

»Aufpasst, soso. Und was ist mit der Wohnung?«

»Ich würde mich gern dort … umsehen.«

Einen Moment schwieg er. »Du möchtest einbrechen und ich soll Schmiere stehen«, resümierte er.

»Ich suche die Bewohnerin. Sie ist verschwunden«, korrigierte ich. »Zumindest sieht es danach aus. Auf jeden Fall würde ich mir gern einen Überblick verschaffen.«

Er seufzte. »Jule, Jule. Ich soll dir bei einer Straftat helfen. Du hast dich kein bisschen verändert.«

Ich warf einen Blick zu ihm hinüber und sah ihn im Scheinwerferlicht eines entgegenkommenden Wagens grinsen. »Dann bist du dabei?«

»Klar. Was sagt dein Kommissar dazu?«

Ich schnaubte. »Erstens ist das nicht *mein* Kommissar, und zweitens weiß er es nicht. Ich bin doch nicht bescheuert.«

»Ist zwischen euch wieder alles in Ordnung?«

»Keine Ahnung. Ist zwischen uns alles in Ordnung?« Die Frage brannte mir schon längere Zeit auf der Seele. Was wir im Sommer zusammen erlebt hatten, hatte uns beide heftig durchgeschüttelt. Ich wusste von seinem Geheimnis und es gab wohl kaum eines, das er von mir nicht kannte.

»Klar. Warum nicht?«

»Ich dachte nur.« Insgeheim war ich erleichtert.

»Jule, was wir durchgemacht haben, bleibt ewig unseres. Das schweißt zusammen. Du weißt, dass du dich auf mich verlassen kannst, wie ich dir auch blind vertraue. Wir sind Freunde fürs Leben.«

Das Gefühl, das mich durchströmte, war gleichermaßen Erleichterung wie Freude. Wenn man jemanden wie Andreas zur Seite hatte, konnte einem nichts passieren.

»Geht es dir auch besser?«, wollte ich wissen, denn auch er hatte ein Päckchen zu tragen.

Andreas nickte neben mir auf dem Beifahrersitz. »Ich habe meine Therapie abgeschlossen und werde mich niederlassen. Ich bleibe in Ulm, warum sollte ich weg? Ich habe beschlossen, mich selbständig zu machen. Ein bisschen Kohle ist noch da. Das ist das Startkapital für meinen eigenen Laden mit Sicherheitstechnik. Ich möchte nicht nur die nötige Hardware anbieten, sondern auch beratend zur Seite stehen. Ich will Seminare geben zur Einbruchsprävention. Vielleicht, wenn das gut läuft, später Selbstverteidigung. Für Kinder, für Frauen, wenn es sein muss auch für Senioren.«

Ich grinste in mich hinein und dachte an die Begegnung mit Frau Decker im vergangenen Fall. Sie war eine rüstige Seniorin und Andreas hatte es ihr sehr angetan.

»Das klingt gut. Das freut mich sehr für dich.« Ich meinte es ehrlich. Den Rest würde die Zeit bringen. Und davon hatte er jede Menge. Wie ich auch.

»Wie ich an dem Wagen sehe, hast du die Kohle behalten?«

»Nein, habe ich nicht«, antwortete ich wie aus der Pistole geschossen. »Ich habe das ersetzt, was Strohm mir genommen hat. Das war ein Auto. Mehr nicht.«

Der Koffer. Andreas hatte ihn an sich genommen, als Strohm in Flammen gestanden hatte und die Halle von der Polizei gestürmt worden war. Ich hatte bis heute keine Ahnung, wie er das geschafft hatte, aber später hatte er den Koffer in meiner Wohnung abgestellt, weil er meinte, das Geld gehöre mir. Ich hatte es nicht haben wollen und mich geweigert, es anzunehmen. Als er den Koffer bei mir zurückließ, war er zu meinem Problem geworden. Aber ich war der Meinung, es anständig gelöst zu haben.

Andreas nickte langsam.

»Und eine Kaffeemaschine. Ich finde, dafür, dass er meinen Vater umgebracht hat, ist das nichts.«

»Das kann dir kein Geld der Welt ersetzen.«

»Eben. Den Rest habe ich … verteilt.«

Andreas schmunzelte, was mir positiv auffiel. Er lachte viel öfter als früher. Vielleicht hatte auch er seine Dämonen endlich überwunden. »Ich habe gehört, dass einige karitative Einrichtungen in den Genuss großzügiger Spenden gekommen sind. Die Zeitung hat darüber berichtet.«

»Ich konnte das Geld nicht behalten. Es war schmutziges Geld und dort kann es wenigstens etwas Positives bewirken.«

Einen kleinen Rest hatte ich behalten und auf ein Sparkonto eingezahlt. Man konnte nie wissen, aber im Moment beabsichtigte ich nicht, es anzurühren. Für mich war das Kapitel Martin Strohm abgeschlossen.

»Okay, wir sind da«, sagte ich und hielt eine Querstraße weiter. »Die Wohnung ist im zweiten Stock. Wir müssen leise sein, die Wände sind dünn, und gegenüber wohnt eine alte Frau, die nachts dem Gras beim Wachsen zuhört.« Ich drückte die Tür auf und setzte die Füße in den Schnee. »Oder den Flocken beim Fallen.«

»Und was soll ich tun?«

»Am besten vor der Tür warten und lauschen, ob jemand kommt.« Ich zog die Kapuze meines Anoraks über den Kopf und griff nach der Maglite, die unter meinem Sitz lag. Sie war mein ständiger Begleiter. Nicht ausschließlich des Lichtes wegen. Natürlich auch. Aber in erster Linie war sie wunderbar zur Selbstverteidigung geeignet, wenn es sein musste.

»Okay, geht klar.«

In stummer Übereinkunft gingen wir nebeneinander her. Die Straßen waren leer. Nur unsere Schritte knirschten leise auf der dünnen Schneedecke, die sich auf der Straße und dem Bürgersteig gebildet hatte.

Vor dem Mietshaus hielt ich an und deutete nach oben. Andreas nickte und sah mir zu, wie ich das Schloss der Eingangstür öffnete. Es war ein Kinderspiel und wir schlüpften hinein. Ohne ein Geräusch zu verursachen, wischten wir uns den Schnee von den Kleidern, dann zogen wir die Schuhe aus und schlichen auf Strümpfen in der Dunkelheit nach oben. Aus der Wohnung der alten Frau hörten wir Stimmen. Vermutlich lief der Fernseher. In Verena Retschs Wohnung war es still. Ich reichte Andreas Latexhandschuhe und streifte mir ebenfalls welche über. Ich wollte nicht riskieren zu klingeln und Aufmerksamkeit zu erregen, also machte ich mich auch an dieser Tür zu schaffen. Mein Pulsschlag stieg, ein Gefühl der Spannung breitete sich in mir aus. Ich brach nicht jeden Tag in Wohnungen ein. Aber in diesem Fall erforderten besondere Umstände besondere Maßnahmen. Ich wusste nicht, wie ich sonst weitere Informationen über Verena Retsch zusammentragen sollte. Wenn es auch unwahrscheinlich war, dass sie da war, so bestand zumindest die Möglichkeit. In dem Fall mussten wir verschwinden, ehe sie uns bemerkte und Alarm schlug.

Es gab ein leises Klicken und die Tür schwang auf. Andreas zog anerkennend die Augenbrauen nach oben. Drinnen war es dunkel, wir schlichen hinein und schlossen die Tür hinter uns. Ich zog die Mag aus der Tasche und knipste sie an. Vor uns lag ein kleiner Flur, rechts die Garderobe, geradeaus zwei Türen, von denen die rechte geschlossen war und die linke den Blick in einen Wohnraum freigab.

Andreas ging an mir vorbei und spähte in das Wohnzimmer. Dann bedeutete er mir, dass er in den Raum rechts sehen wollte. Vorsichtig drückte er die Klinke. Ich hielt die Taschenlampe so, dass ich in den Raum hineinleuchten konnte, und hielt den Atem an. Doch wieder empfing uns nur Dunkelheit. Eine Duschkabine, die auf den ersten Blick eng aussah, die Toilette und ein Waschbecken, über dem ein Alibert mit blinden Spiegeln hing. Auf dem Rand des Waschbeckens lag nichts, außer einer Zahnpasta-Tube, die leer schien. Auch sonst lag nichts herum, das darauf hindeutete, dass hier jemand wohnte. Ich öffnete das Schränkchen, doch auch hier gähnte mich Leere an.

Keine Frage, wer immer hier gewohnt hatte, war ausgezogen. Trotzdem leuchtete ich auch den letzten Winkel aus, fand jedoch nur etwas Staub und eine Spinne, die ich aufschreckte.

Wir gingen zurück in den Flur. Keine Jacken, keine Schuhe, nichts. Nicht einmal eine Plastiktüte vom letzten Einkauf. Auch das Wohnzimmer lag im Dunkeln. Es roch muffig, und die Kälte, die mich umfing, war trotz des Anoraks spürbar. Hier war seit Längerem nicht gelüftet, aber auch nicht geheizt worden. Verena Retsch war ausgezogen.

Trotzdem gingen wir weiter in den Wohnraum. Er war voll möbliert, durch einen Vorhang abgetrennt stand in der Ecke ein Bett. Es war bezogen und nicht gemacht. Vorsichtig hob ich die Decke, darunter kam im Licht der Lampe ein T-Shirt zum Vorschein. Ich leuchtete in die Ecken und öffnete den Schrank. Auch hier Fehlanzeige. Zwei Kleiderbügel baumelten im Luftzug an der Kleiderstange.

Ratlos drehte ich mich zu Andreas um.

»Ausgeflogen«, sagte er im Flüsterton und sprach damit aus, was ich dachte.

»In Eile«, fügte ich hinzu und deutete auf das Bett und den Wohnzimmertisch, auf dem sich ein Buch und ein paar leere Pappschachteln vom Lieferdienst befanden. Auf dem Sofa lag eine zerknautschte Decke.

Wir gingen langsam weiter. Hinten links war eine Küchenzeile. Auf der Arbeitsplatte lagen Krümel, im Kühlschrank eine angebrochene Packung Milch, Marmelade, etwas Käse und Butter. Ein Blick in den Mülleimer zeigte, dass er voll war. Niemand, der auszog, hinterließ Lebensmittel im Kühlschrank und einen vollen Mülleimer.

In mir machte sich Unbehagen breit. Wohin war Verena Retsch verschwunden? Und warum? Wie hing das mit Tobias Kohler zusammen? Noch weigerte ich mich, bizarre Vermutungen anzustellen.

Ich hob die Decke auf dem Sofa an, doch darunter kam nichts zum Vorschein. Ein Kissen fiel zu Boden und ich bückte mich, um es aufzuheben. Im Schein der Taschenlampe sah ich unter dem Sofa ein weiteres Stück Papier. Mit spitzen Fingern zog ich es hervor und erkannte, dass es ein Foto war, das mit dem Bild nach unten dort gelegen hatte. Ich drehte es um. Es war kein gewöhnlicher Schnappschuss, es war ein Gruppenbild junger Menschen, die in die Kamera strahlten. Es musste im Sommer aufgenommen sein, sie trugen T-Shirts und kurze Hosen. Zwei Mädchen standen Arm in Arm in der hinteren Reihe. Um die Köpfe der beiden hatte jemand mit schwarzem Filzstift ein Herz gemalt und ›secrecy and love forever‹ daneben geschrieben.

Ich zeigte es Andreas, der es mit gerunzelter Stirn anblickte und mit der Schulter zuckte. Er gab es mir zurück und ich steckte es ein.

»Lass uns gehen, hier finden wir nichts mehr«, flüsterte er.

Ich nickte. Leise schlichen wir zurück. Ich konnte der Versuchung nicht widerstehen und öffnete den Schuhschrank im Flur. Leere. In der Schublade darüber lag jedoch ein Autoschlüssel, der an einem silbernen Bär befestigt war. Ich steckte ihn in die Tasche, dann zogen wir die Tür hinter uns zu und schlichen strumpfsockig die Treppe hinunter. Wir sprachen kein Wort, schlüpften unten in unsere Schuhe und traten auf die Straße.

»Wer auch immer da gewohnt hat, ist ausgezogen«, stellte Andreas fest, als wir im Auto saßen.

Weil er mit normaler Lautstärke sprach, zuckte ich kurz zusammen, nickte aber.

»Was haben wir?«

Ich holte das Foto und den Bärenanhänger hervor. »Das ist alles.«

»Hm, ein Autoschlüssel. Audi. Älteres Modell, dem Schlüssel nach zu urteilen. Die sehen doch heute ganz anders aus.«

Ich nickte und warf einen weiteren Blick auf das Bild. Es sah nach einem Klassenfoto aus. Links und rechts standen Erwachsene, zwischen ihnen um die zwanzig Jugendliche. Wider Willen musste ich über den Spruch schmunzeln. ›secrecy and love forever‹. Meine Freundinnen und ich hatten früher sogar Sprüchebücher gehabt, in die wir geschrieben hatten, was Jugendliche so bewegte. Noch heute erinnerte ich mich an meinen Lieblingsspruch: ›I need 3 things in my life. The sun, my teddy and you. The sun for the day, my teddy for the night and you forever.‹ Das hatte ich in einem Anflug von pubertärer Verliebtheit in mein Heft gekritzelt und war mir dabei unsagbar romantisch vorgekommen. Die Liebe war nicht erwidert worden und ich hatte zwei Jahre lang Liebeskummer gehabt.

Ich drehte das Bild um. ›26. Juli 1999, Fotostudio Dreiseitel, Köln‹ stand hinten drauf.

Ein unangenehmes Ziehen breitete sich in meinem Magen aus.

SAMSTAG

Der Kaffee dampfte in der Tasse, als ich einen vorsichtigen Schluck nahm. Ich war früh wach geworden, weil das ungewohnte Geräusch von über den Asphalt kratzenden Schneeschippen bis in den zweiten Stock zu mir gedrungen war. Ein Blick aus dem Fenster genügte: Es schneite noch immer. Und irgendwie konnte ich der Pracht langsam etwas abgewinnen. Das Bild der weißen Straßen hatte etwas Friedvolles an sich. Allerdings nur so lange, bis die ersten rutschenden Autos sie in ein Chaos verwandelten und ihr Hupen mich aus dem Bett trieb.

Ich seufzte und wandte mich der kargen Ausbeute der letzten Nacht zu. Ein Autoschlüssel und das Klassenfoto. Im Internet hatte ich nach dem Schlüssel recherchiert, dazu aber nur gefunden, was ich ohnehin wusste. Es war ein älteres Modell, wie man es Ende der 90er, Anfang der 2000er verwendet hatte. Der Bart war nicht zum Einklappen und fest mit dem Kopf verbunden. Elektronik fehlte.

Solange ich nicht wusste, was Verena Retsch für ein Auto fuhr, half mir das nicht weiter. Also wandte ich mich dem Foto zu. Ich untersuchte es nach Hinweisen auf einen Ort, an dem es aufgenommen worden war, fand aber nichts. Ein Blick bei Google zeigte mir, dass es das Fotostudio Dreiseitel in Köln nicht mehr gab. Dennoch war es der einzige Anhaltspunkt, den ich hatte, um die verschwundene Putzfrau zu finden.

Kurzentschlossen rief ich im Polizeirevier an und verlangte nach Jochen Eigner. Er war nicht nur ein früherer

Kollege, sondern auch Freund und Vertrauter und erster Ansprechpartner, wenn ich Informationen brauchte. Ich konnte mich nicht mit allem an Mark wenden.

»Jule, wie schön, von dir zu hören! Wir haben uns lange nicht gesehen.«

Da hatte er zweifelsohne recht. Wir tauschten ein paar Höflichkeiten aus und ich erkundigte mich, wie es seiner Frau und den Kindern ging.

»Jochen, ich brauche deine Hilfe.«

Ein dröhnendes Lachen war die Antwort. »Das dachte ich mir schon. Schieß los, was kann ich für dich tun?«

»Das weiß ich nicht so ganz. Ich suche nach jemandem, der verschwunden ist. Verena Retsch. Sie hat als Putzfrau bei der Gebäudereinigung Böller gearbeitet, ist aber nicht mehr zum Dienst erschienen. Eine Handynummer habe ich nicht und zu Hause ist sie auch nicht.«

»Hm. Vielleicht ist sie krank und kann die Tür nicht aufmachen?«

»Nein.«

»Was macht dich da so sicher?«

Ich antwortete nicht und lauschte den Geräuschen, die aus dem Hörer drangen. Zunächst war da Stille, dann sog Jochen scharf die Luft ein. »Okay, ich will es gar nicht so genau wissen.«

»Ist vielleicht besser«, antwortete ich liebenswürdig. »Pass auf, ich brauche alles an Informationen, was du über die Frau finden kannst.« Ich buchstabierte den Namen und gab ihm die Adresse in Neu-Ulm. »Zuletzt war sie dort gemeldet. Wenn auch noch nicht lange. Sie fährt vermutlich einen Audi, älteres Modell. Ich weiß, das ist wenig, aber mehr habe ich nicht. Vielleicht liegt etwas gegen sie vor. Vom Strafzettel bis zum Banküberfall möchte ich alles wissen, wenn es geht.«

»Puh, was ist denn da los?«

»Ganz ehrlich, ich habe keine Ahnung. Es ist mehr ein Gefühl, das ich habe.«

»Scheint aber ziemlich konkret zu sein.«

»Sie ist wie vom Erdboden verschluckt. Und dabei bräuchte ich sie nur, um einem Mann zu beweisen, dass seine Ehefrau nicht mehr lebt.«

»Das hört sich verrückt an.«

»Ich habe nicht gesagt, dass es einfach ist.«

»Das war es doch bei dir noch nie.« Er seufzte. »Okay, ich tue, was ich kann.«

Ich bedankte mich und legte auf.

Als Nächstes durchforstete ich das Internet nach Informationen über das Fotostudio Dreiseitel. Ich fand einige Hinweise, die aber alle die Vergangenheit betrafen. In dem Haus, in dem das Fotostudio allerdings gewesen war, wohnte eine Johanna Dreiseitel.

Nach langem Tuten in der Leitung wollte ich schon aufgeben, als endlich jemand den Hörer abnahm. Die Stimme war leise, dennoch war ich mir sicher, dass sie »Dreiseitel« gesagt hatte. Ich stellte mich vor und erkundigte mich, ob die fraglos ältere Dame in irgendeiner Verbindung zum Fotostudio stand.

Als sie das hörte, blühte sie auf. »Aber sischer. Dat wor minge Mann, dä Norbert.«

Ich hatte meine liebe Mühe, ihr zu folgen und gluckste vor mich hin. Ich liebe diesen Dialekt!

»Frau Dreiseitel, ich habe ein Foto, das aus Ihrem Studio stammen muss. Hinten steht Ihr Name drauf. Es ist aus dem Jahr 1999 und zeigt eine Schulklasse. Zumindest glaube ich das. Es sind mehrere Jugendliche, die sich zum Gruppenbild aufgestellt haben. Zwei Erwachsene, ein Mann und eine Frau, stehen links und rechts daneben. Wie Lehrer.«

»Jeht dat noch jet jenauer?«

»Wie bitte?«

»Jenauer. Haben Sie noch mehr Informationen?«

»Das Datum. Es ist der 26. Juli 1999.«

»Dat dauert jetzt natürlisch.«

Natürlisch. »Wie lange denn?«

»Nun, dafür muss isch innet Arschiv.«

Wohin?

»Dat is im Keller. Isch bin nit mih so flink.«

»Lassen Sie sich Zeit«, antwortete ich lahm. Immerhin hatte ich Glück gehabt, überhaupt etwas zu finden.

»Mir han ja alles uffjehoben. Is alles noch do. Nur eben im Keller. Als der Norbert jestorben is, han ich es nit übers Hätz jebracht, dat janze Zeugs wegzujeben oder wegzuwerfen.«

Frau Dreiseitel erklärte noch, ich verstand aber nicht einmal die Hälfte davon. Schließlich versprach sie mir, sich am Nachmittag zu melden. Wenn sie aus dem Arschiv zurück war. Erleichtert legte ich auf.

Anschließend machte ich mich über die Akte her, die Mark mir gegeben hatte. Ich las sie aufmerksam und versuchte zu verstehen, was an jenem verhängnisvollen Tag am Bodensee geschehen war. Mir war noch immer ein Rätsel, warum der Tauchlehrer nicht hinter Silvia hergetaucht war, als er gesehen hatte, dass sie in Schwierigkeiten steckte. Des Rätsels Lösung lag in dem Atemgemisch Nitrox, mit dem der Tauchlehrer Christian Looser getaucht war.

Dabei wurde mir klar, dass ich vom Tauchen keine Ahnung hatte. Ich wusste natürlich, dass es Tauchanzüge gab und kompliziert aussehende Apparaturen, mit denen man sich in die Tiefe wagte. Aber wie genau das funktionierte und welche Gefahren dabei lauerten, wusste ich nicht.

In den kommenden Stunden setzte ich mich intensiv mit dem Sport auseinander und verstand zunehmend, warum es wichtig war, dabei Vorsicht und Disziplin walten zu lassen. Ich las vom Tiefenrausch, bei dem es schon vorgekommen war, dass ein Taucher sein Mundstück mit der lebensnotwendigen Atemluft einem vorbeischwimmenden Fisch angeboten hatte, aber auch von vereisten Lungenautomaten, die zu folgenschweren Unfällen geführt hatten.

Vereinfacht ausgedrückt konnte man sagen, dass sich beim Tauchen mit zunehmender Tiefe und damit steigendem Druck der Stickstoffanteil in der Atemluft löste und an das Gewebe abgegeben wurde. Wenn man wieder auftauchte, kehrte sich dieser Prozess um. Tauchte man zu schnell auf, konnten die dadurch entstehenden Stickstoffbläschen in den Blutkreislauf gelangen und Arterien verstopfen.

Diese Taucherkrankheit hatte unterschiedliche Ausprägungen. In der leichten Form trat sie als Müdigkeit oder Hautjucken auf, bei schweren Formen konnte es zu Lähmungen, Atembeschwerden und Bewusstseinsverlust kommen, die zum Tod führen konnten. Um das zu vermeiden, musste der Taucher beim Auftauchen in regelmäßigen Abständen Stopps einlegen. Die errechneten sich nach Tabellen, die die Tiefe und die Länge des Tauchganges berücksichtigten.

So weit, so gut. Aber was hatte das alles mit diesem Nitrox zu tun? Ich verbiss mich weiter in das Thema und erhielt immer mehr Einblick. Der mir zeigte, dass ich besser beim Schnorcheln blieb und das Tauchen den Physikprofis überließ.

Das Tauchen mit Nitrox verlangsamte die Anreicherung

des Gewebes mit Stickstoff, sodass die Taucherkrankheit seltener auftrat. Gleichzeitig bestand beim Tauchen in größeren Tiefen die Gefahr einer Sauerstoffvergiftung. Die führte zu ähnlichen Beschwerden, allerdings unter Wasser. Übelkeit und Flimmern vor den Augen war das Harmloseste. Muskelkrämpfe und Bewusstlosigkeit führten unter Wasser jedoch zum sicheren Tod, da das Mundstück nicht mehr gehalten werden konnte.

Trotzdem tauchten gerade Tauchlehrer mit Nitrox, um die Anreicherung von Stickstoff auf Dauer und bei der Masse der zu bewältigenden Tauchgänge im Gewebe zu verhindern.

Nun hatte ich zumindest halbwegs verstanden, warum der Tauchlehrer Silvia Kohler nicht hatte folgen können. Nur, was hatte überhaupt zu diesem Unfall geführt? War sie bewusstlos geworden? Hatte sie einen Tiefenrausch bekommen?

Silvia war keine geübte Taucherin gewesen, sie hatte ihren Tauchschein erst kurz zuvor in Köln im Tauchclub ›Baracuda Divers‹ gemacht. Um mir ein Bild von ihren Kenntnissen zu machen, war es das Einfachste, dort anzufangen, bevor ich mich der Tauchschule am Bodensee zuwenden wollte.

Ich hatte Glück und musste nur einmal verbunden werden, um Silvias Tauchlehrer Philip Weinzer an den Apparat zu bekommen. Ich stellte mich vor und erklärte ihm mein Anliegen.

»Natürlich erinnere ich mich an Silvia!« Er klang beinahe entrüstet. »Jammerschade, was da passiert ist am Bodensee.«

»Herr Weinzer, ich würde gern mehr über Silvia erfahren.«

»Warum wollen Sie das wissen?« Er war misstrauisch.

»Vermutlich handelt es sich um ein Missverständnis«, erklärte ich, blieb dabei aber vage. »Ich würde ihrem Mann gern helfen, das Unglück zu verarbeiten.«

»Pah, dem!« Was aus dem Hörer drang, klang alles andere als freundlich und ließ sämtliche Alarmglocken bei mir schrillen.

»Wie meinen Sie das?«

Einer weiteren Aufforderung bedurfte es nicht, aus Philip Weinzer sprudelte es förmlich heraus. »Der hat nicht mehr alle Tassen im Schrank, wenn Sie mich fragen. Einen kompletten Knall. Eifersüchtig und brutal ist er.«

Den Eindruck hatte er auf mich nicht gemacht. »Wie kommen Sie darauf?«

»Er hat mir aus dem Nichts heraus unterstellt, dass ich hinter seiner Frau her wäre. Gedroht hat er mir, dass er mich zusammenschlagen würde, wenn ich nicht die Finger von ihr lasse.«

»Und?«

»Was und?« Nun war es der Tauchlehrer, der eindeutig aggressiv reagierte.

»Wollten Sie etwas von seiner Frau?«

»Natürlich nicht.« Einen Moment schwieg er. »Natürlich war sie hübsch. Und nett. Aber sie war verheiratet.«

Das war ein Grund, aber selten ein Hindernis. Ich bohrte nicht weiter, weil es mich nichts anging. Auch wenn ich den Eindruck hatte, dass er durchaus Interesse an Silvia gehabt haben könnte.

»Lassen wir das. Können Sie mir mehr über das Tauchen mit Silvia erzählen?«

»Himmel, wo soll ich beginnen?«

»Am Anfang am besten«, erwiderte ich trocken.

Er schnaubte wieder. »Ich weiß immer noch nicht, warum

Sie das alles wissen möchten. Die Polizei hat mich damals schon ausgequetscht.«

Das wusste ich, ich hatte das entsprechende Protokoll in der Akte gefunden. Trotzdem hatte ich mit ihm persönlich sprechen wollen. Und es hatte sich gelohnt, anders hätte ich nicht erfahren, dass Tobias Kohler unter Umständen auch ein paar dunkle Flecken auf seiner weißen Businessweste hatte.

»Vielleicht könnten Sie es für einen Laien wie mich noch einmal zusammenfassen«, bat ich und ließ durchscheinen, dass ich seine Hilfe benötigte. Offenbar hatte ich damit den richtigen Knopf gedrückt. Zwar brummte er vor sich hin, begann dann aber zu erzählen.

»Silvia war ein netter Mensch«, sagte er und klang traurig. Ging ihm ihr Tod doch näher, als ich vermutet hatte? »Sie war ruhig und ausgeglichen. Eigentlich genau die richtigen Voraussetzungen für diesen Sport. Er ist nicht ungefährlich und man muss außerordentlich konzentriert sein, um keine Fehler zu machen. Das alles hat sie mitgebracht. Sie hatte sich mit dem Thema im Vorfeld auseinandergesetzt und kannte sich mit der Theorie ganz gut aus. Sie war außerdem eine fleißige Schülerin und hat alles wie ein Schwamm aufgesogen.«

»Und wie war es in der Praxis mit ihr?«

»Im Grunde genau das Gleiche. Ruhig und besonnen. Sie hat beim Aufbau nie auch nur den kleinsten Fehler gemacht.«

»Aber?«, hakte ich nach, weil er nicht weitersprach.

Philip Weinzer seufzte. »Sie hatte einen ausgeprägten Wasser-Nasen-Reflex.«

»Einen was? Das müssen Sie mir erklären.«

»Der Wasser-Nasen-Reflex tritt ein, wenn die Nasenschleimhäute mit Wasser in Kontakt treten.«

Ich scrollte das Bild eines Tauchers auf dem Bildschirm herunter und sah ihn mit gerunzelter Stirn an. »Aber man trägt doch eine Taucherbrille. Damit kommt doch gar kein Wasser an die Nase, oder?«

»Im Grunde nicht. Aber was passiert, wenn man die Maske verliert? Zum Beispiel, wenn ein anderer Taucher sie versehentlich vom Gesicht tritt?«

»Oder man sie wegen eines gerissenen Bandes verliert«, murmelte ich vor mich hin.

»Genau. Dann passiert nämlich genau das. Nicht alle Taucher können kontrollieren, dass sie nur noch mit dem Mund atmen. In der aufsteigenden Panik versuchen sie, Luft zu holen, und atmen ein, wie man es an Land macht. Durch Mund und Nase gleichzeitig.«

»Damit schluckt man Wasser und gerät vermutlich noch mehr in Panik«, ergänzte ich. Langsam konnte ich mir vorstellen, was vorgefallen war, als Silvia ertrank.

»Richtig. Diesen Reflex kann man abtrainieren. Eigentlich hatte ich gedacht, dass das bei Silvia gelungen sei. Aber in der Realität sah es wohl doch anders aus.« Er wurde leiser.

»Sie haben sie gemocht«, riet ich aufs Geratewohl.

»Sehr«, flüsterte er. »Wenn da nur nicht dieses Arschloch von ihrem Mann gewesen wäre. Ich glaube, sie hat mich auch gemocht. Aber sie hatte Angst vor ihm.«

Ich nickte langsam und kaute auf meiner Unterlippe. Der Block vor mir war vollgekritzelt mit Informationen über das Tauchen. Ich musste das alles erst einmal sacken lassen. Ich verabschiedete mich von Philip Weinzer und schob eine Pizza in den Ofen. Mittlerweile war es Mittag geworden und ich hatte Hunger.

Wo sollte ich weitermachen? War Tobias Kohler wirklich ein eifersüchtiger Mensch? Oder waren ihm die Pferde durchgegangen, als er gemerkt hatte, dass ein anderer Mann Interesse an seiner Frau bekundet hatte?

Kurzentschlossen wählte ich die Nummer von Silvias Eltern. Ihre Mutter war fast sofort am Apparat und meldete sich mit Flüsterstimme. Im Hörer rauschte es, dann knackte es, und schließlich war sie deutlicher zu verstehen.

»Entschuldigen Sie bitte, aber mein Mann schläft, ich möchte ihn nicht aufwecken.«

Ich warf einen Blick auf die Uhr. Es war fast halb zwei. Ob er im Schichtdienst arbeitete?

Ich stellte mich kurz vor, ehe ich mein Anliegen vorbrachte. »Frau Mader, Ihr Schwiegersohn war bei mir.«

Sie antwortete nicht.

»Er meint, dass er Ihre Tochter in Ulm auf dem Weihnachtsmarkt gesehen hat.«

Ein ersticktes Schluchzen war alles, was aus dem Hörer drang.

»Frau Mader, ich weiß, dass das schwer für Sie sein muss«, fuhr ich sanft fort. »Es tut mir leid, was Ihnen geschehen ist, der Verlust muss fürchterlich sein. Trotzdem möchte ich mehr über das Verhältnis zwischen Ihrer Tochter und Ihrem Schwiegersohn erfahren.«

Sie schnäuzte sich geräuschvoll. Ich ließ ihr die Zeit, die sie brauchte, um zu antworten.

»Er war nicht gut zu ihr«, flüsterte sie.

»Inwiefern?«

»Er war kein guter Ehemann.«

Was für mich die Frage aufwarf, was einen guten Ehemann ausmachte. Sicher nicht, dass er nur treu war. Es gehört mehr dazu. Aber was war dann ein schlechter?

»Er war ziemlich eifersüchtig.«

»Gab es Handgreiflichkeiten?«

Frau Mader antwortete nicht. Ich wartete und räusperte mich. »Frau Mader, ist etwas vorgefallen?«

»Ich möchte nicht mit Ihnen reden.« Das klang erstaunlich kräftig dafür, dass sie zu Beginn unseres Telefonats geflüstert hatte.

Ich setzte zu einer Erwiderung an, wollte meinen Charme spielen lassen, um mehr Informationen zu bekommen. Da erklang das Freizeichen aus der Leitung. Verdutzt starrte ich das Telefon an. Einen Moment erwog ich, noch einmal zu wählen. Ich ließ es bleiben, sie wollte nicht. Zumindest im Moment nicht.

Es war an der Zeit für frische Luft. Mir rauchte der Kopf von lauter theoretischem Tauchwissen. Ich brauchte eine andere Umgebung.

Okay, wenn ich ehrlich zu mir selbst war, war das eine Ausrede dafür, um zu dieser Uhrzeit in den ›Jazz-Keller‹ zu gehen. Ich hatte meine Freunde vermisst. Außerdem interessierte mich brennend, ob ich es noch konnte.

Ich ging zum Auto und wollte gerade aufschließen, als mich jemand am Ärmel zurückhielt.

»Frau Flemming, haben Sie einen Moment?«

Erschrocken drehte ich mich um. Ich reagiere äußerst allergisch darauf, wenn man mich ungefragt anfasst.

Vor mir stand Tobias Kohler. Er hatte eine rote Nase, gerötete Wangen und den Kopf zwischen den Schultern eingezogen. Er steckte die Hände in die Taschen und trat von einem Bein auf das andere. Wie lange stand er hier schon?

»Haben Sie mich erschreckt!«

»Das tut mir leid.« Er sah zur Seite. »Ich wollte nur … Gibt es neue Erkenntnisse?«

Einen langen Moment sah ich ihn an. »Nein. Und wenn, dann rufe ich Sie an. Ich habe ja Ihre Telefonnummer.«

Verlegen sah er auf seine Schuhspitzen. »Haben Sie die Frau gefunden?«

»Nein. Auch dann werde ich Sie anrufen.« Ich wandte mich um und schloss den Wagen auf.

»Wissen Sie, es ist nicht so leicht für mich.«

»Das glaube ich Ihnen gern. Aber Sie machen es nicht besser, wenn Sie mich meine Arbeit nicht tun lassen.« Ich stieg ein.

Was glaubte er? Dass ich Sachen wusste, von denen er keine Ahnung hatte? Vielleicht hatte er recht. Das war trotzdem kein Grund, mir aufzulauern und mich zu erschrecken. Langsam bekam ich ein neues Bild von ihm. Es gefiel mir nicht.

Ich schluckte meinen Ärger hinunter und fuhr nach Neu-Ulm. Im ›Jazz-Keller‹ war es angenehm warm, aber das heimelig rote Licht, das ihm seine Atmosphäre verlieh, war noch nicht an. An der Decke brannte eine Neonröhre.

Fanny sortierte Flaschen. Zumindest daran hatte sich nichts verändert.

»Machst du mir bitte einen Kaffee?«

Während Fanny an der Maschine hantierte, kam Cosima auf mich zugestürmt. In der Hand eine Zigarette, die Augen weit aufgerissen, dazwischen eine tiefe Falte.

»Jule, komm schnell mit!« Sie zerrte an meinem Arm. »Ich muss mit dir reden. Dringend.«

Ich warf Fanny einen vielsagenden Blick zu, die uns anstarrte, als seien wir von allen guten Geistern verlassen. Natürlich folgte ich Cosima nach draußen. Ich hatte mir die halbe Nacht den Kopf zerbrochen, was ich für sie tun könnte. Und wenn ich ehrlich war, verbesserte es meinen

Nachtschlaf nicht, dass ich Hehlerware in meinem Kleiderschrank aufbewahrte. Am sinnvollsten wäre es, zur Polizei zu gehen. Wenn ich es nicht tat, machte ich mich ebenfalls strafbar. Jetzt, da ich Kenntnis davon erlangt hatte.

Ich wusste nicht, was über Nacht mit mir geschehen war, aber Cosima tat mir leid, und ich konnte ihren Wunsch, das kleine Dorf und den elterlichen Bauernhof zu verlassen, nur zu gut verstehen. Wir waren uns doch ähnlicher, als ich gedacht hatte.

Die begangene Straftat schob ich erst einmal hintenan. Mit der Polizei konnten wir immer noch zusammenarbeiten, wenn uns nichts anderes einfiel. Aber vielleicht gelang es mir, den Mann ausfindig zu machen, der offenbar an der Straftat beteiligt war. Dann konnten wir die Sache immer noch der Polizei übergeben und er würde für seine Tat zur Rechenschaft gezogen. Wenn ich Glück hatte, gelang das, ohne dass Cosimas Name in dem Zusammenhang fiel.

Die Sache hatte nur einen Haken: Im Moment wusste ich nicht, wie ich das anstellen sollte. Der Fall Kohler wurde immer seltsamer und beanspruchte mehr Zeit, als ich anfangs für möglich gehalten hatte. Ich hatte ein ungutes Gefühl bei der Sache und die Ahnung, dass ich bisher nur die Spitze des Eisberges gefunden hatte.

Cosima stand ungeduldig wartend vor der Tür. Hastig zog sie an der Zigarette, die zwischen ihren Fingern zitterte.

»Er hat mir eine E-Mail geschickt«, sagte sie. Nicht nur ihre Hand bebte.

»Was für ein Idiot!«, entfuhr es mir und beinahe hätte ich begonnen zu lachen. Wenn die Sache nicht so ernst gewesen wäre. Hatte der Verfasser keine Ahnung, dass man Spuren im Internet fast noch schneller zurückverfolgen konnte, als wenn er uns seine DNA hinterlassen hätte?

»Was stand drin?«

»Dass er das Paket oder den Inhalt am Montag zurückhaben möchte. Andernfalls wird meiner Familie etwas Schlimmes passieren. ›Bauernhäuser fangen schnell mal an zu brennen‹, stand da. ›Besonders um die Weihnachtszeit.‹ Jule, was soll ich jetzt tun? Du musst mir helfen!«

»Puh«, machte ich. »Mach erst mal die Kippe aus. Das hilft dir auch nicht weiter.« Ich nahm ihr die Zigarette aus der Hand und trat sie am Boden aus.

Ich war davon ausgegangen, dass wir ein wenig mehr Zeit zur Verfügung hätten. Ich rieb mir mit der Hand über die Stirn, als Andreas mit Flocki an der Leine angeschlendert kam.

»Na ihr beiden? Was steht ihr denn draußen in der Kälte?«

Flocki begann umgehend, unsere Beine zu beschnuppern.

»Konspirative Sitzung«, murmelte ich. Cosima starrte ihn nur an. »Und du?«

»Ich brauche einen Kaffee«, erklärte er und ließ Flocki noch einen Moment gewähren. Mir wäre es lieber gewesen, er hätte sie weggenommen. Ich wollte keinen Hundesabber am Bein haben. Doch Flocki schnüffelte eifrig weiter. Ob ich nach Hektor roch?

»Ich habe ein geeignetes Objekt für meinen Laden gefunden. Ich finde, das darf ich feiern.«

»Ach ja, der Sicherheitsladen«, murmelte ich, war in Gedanken aber mit Cosima beschäftigt. Warum nicht?

Jetzt war ich die, die ihn am Ärmel festhielt. Und bevor ich es mir anders überlegen konnte, plapperte ich schon los. Ohne Zeitdruck hätte ich das auch hinbekommen, aber jetzt war die Zeit, über den eigenen Schatten zu springen. Andreas um Hilfe zu bitten, war keine Schande.

»Andreas, wir haben ein Problem. Kannst du uns helfen?«

»Bist du verrückt geworden?«, zischte Cosima in meinem Rücken. Verschwunden war die Sorgenfalte zwischen ihren Brauen. Sie runzelte die Stirn und blitzte mich verärgert an. »Du hast mir versprochen, dass das unter uns bleibt.«

»Warum? Er kann uns helfen«, gab ich zurück.

»Das ist gegen die Abmachung.«

»Ist mir egal. Wir haben ein Problem und Andreas ist ein Fachmann auf dem Gebiet.«

»Jule, bitte nicht. Ich will nicht …«

»Was willst du nicht? Du willst am Leben bleiben, oder? Oder möchtest du als Grillgut den Weihnachtsbraten mimen?«

Das brachte sie vorübergehend zum Verstummen. Mit hängenden Schultern sah sie mich an. Ich ahnte, dass ihr nicht passte, noch jemandem ihren Namen und ihre Verhältnisse erklären zu müssen. Schon gar nicht Andreas. Dessen Blick wanderte interessiert zwischen uns hin und her, als verfolge er ein hochdramatisches Tennismatch.

»Wenn ihr euch einig seid, ich warte drin«, sagte er, als klar war, dass wir vorläufig nicht weiterreden würden. »Ich helfe übrigens gern, wenn ich kann. Würdest du bitte meinen Arm loslassen?«

»Entschuldigung«, murmelte ich und sah ihm nach, wie er im ›Jazz-Keller‹ verschwand.

»Da ist das letzte Wort noch nicht gesprochen«, zischte Cosima.

Sie erinnerte mich an früher und irgendwie war das beruhigend. Aus der Hosentasche zog sie ein Päckchen Zigaretten hervor und steckte sich die nächste an.

»Wenn du so weitermachst, brauchen wir den Typ nicht mehr suchen, dann hast du dich vorher umgebracht.«

»Das geht dich nichts an.«

Das Kätzchen hatte seine Krallen wieder. Prima.

»Hör mal«, begann ich versöhnlich. »Andreas hat mir auch geholfen. Du kannst dich auf ihn verlassen. Und darauf, dass er garantiert die Klappe hält. Wenn jemand verschwiegen ist, dann er.«

Ihre Stirn war noch immer gerunzelt, aber ich merkte, wie der Widerstand bröckelte. Ich hatte sie fast.

»Außerdem habe ich im Moment einen verzwickten Fall, um den ich mich kümmern muss. Und Andreas hat sicher die technischen Möglichkeiten, sich mit den Mails auseinanderzusetzen.«

Ich verschwieg, dass ich die auch hatte. Mein Bruder Sebastian war ein Genie am Rechner und förderte Dinge zutage, von denen der Normalsterbliche nicht einmal wusste, dass sie existierten. Nicht alles war legal, aber ich hatte mich seiner Hilfe schon öfter bedient. Hier war aber auch der Haken an der Geschichte. Sein letzter Einsatz für mich hatte beinahe in einem Fiasko geendet. Auf eine Wiederholung legte nicht nur ich keinen Wert.

»Meinst du wirklich?«, fragte sie und ihr Zweifeln war nur noch pro forma.

»Ja, meine ich. Ich regel das. Rauch du in Ruhe fertig, ich setze Andreas ins Bild.«

Ehe sie es sich anders überlegen konnte, war ich auf dem Weg nach drinnen. Andreas saß allein an einem Tisch, zwei Tassen Kaffee vor sich, Flocki zu seinen Füßen. Er winkte mir zu und deutete auf die zweite Tasse.

»Ich war so frei und habe sie hierher gestellt. Ich dachte mir, dass du kommen würdest. Habt ihr euch geeinigt?« Mit hochgezogenen Brauen und zuckenden Mundwinkeln sah er mich an. »Ich wusste gar nicht, dass ihr euch plötzlich so gut versteht.«

»Das täuscht«, beschwichtigte ich und versuchte, den entstandenen Eindruck zu korrigieren. Schließlich hatte ich einen Ruf zu verlieren. »Cosima braucht Hilfe.«

»Und da fragt sie ausgerechnet dich? Sie muss ganz schön verzweifelt sein.«

Ich zuckte mit der Schulter. »Ich kann nichts dafür, ich bin halt ein netter Mensch. Auf meine Umwelt wirke ich oft wie Mutter Teresa.«

Nun prustete Andreas laut los. Ich beobachtete ihn mit schief gelegtem Kopf und lächelte in mich hinein. So befreit hatte ich ihn noch nie lachen sehen. Sein Hemd war dunkelgrün. Nur seine Augen leuchteten noch immer wie schwarze Kohlestücke.

Langsam beruhigte er sich. »Warum siehst du mich so seltsam an?«

»Es ist schön, dass du lachst«, sagte ich leise und lächelte.

»Vielleicht war es für uns beide an der Zeit, die alten Geschichten hinter uns zu lassen.«

Ich nickte.

»Das mit dir hat mir gutgetan«, fuhr er fort. »Es ist schön zu wissen, dass es Menschen gibt, auf die man sich bedingungslos verlassen kann.«

»Gleichfalls«, murmelte ich. Wir schwiegen und hingen unseren Gedanken nach.

»Aber jetzt schieß los, bevor ich vor Rührseligkeit anfange zu heulen.«

Ich lachte und erzählte, was Cosima geschehen war. Inklusive der ›Blauen Träne‹ und Sven Röder.

»Mir läuft die Zeit davon und ich stecke in meinem eigenen Fall fest. Der ist verzwickter, als ich dachte. Und ich fürchte, da kommt noch eine Überraschung auf mich zu. Kannst du ihr nicht helfen?«

Zweifelnd sah er mich an.

»Es gibt ein Geheimnis zu entdecken«, lockte ich ihn. »Eines, auf das du nie gekommen wärst. Und es betrifft Cosima.«

Er seufzte. »Ich bin unbestechlich.«

»Aber neugierig«, grinste ich. »Vielleicht solltet ihr euch gleich zusammensetzen.« Ich stand auf und drückte ihm einen Kuss auf die Wange. »Bist ein Schatz, danke. Du hast was gut bei mir.«

Der Blick, den er mir zuwarf, verursachte mir Gänsehaut. Schnell wandte ich mich ab und ging mit der leeren Tasse zu Fanny an die Bar zurück.

»Was war denn das?«, zischte sie. »Gibt es da etwas, das ich wissen sollte?«

»Nö.« Mir gelang es, ihrem Blick standzuhalten. »Gib mir lieber das Mikro und mach Musik an.«

Als die ersten Töne von Melanie Thorntons ›Wonderful Dream‹, dem Coca-Cola-Weihnachtslied, erklangen, runzelte ich die Stirn und warf einen empörten Blick zu Fanny hinüber. Sie zuckte entschuldigend mit der Schulter und sah mich mit bittendem Blick an. Ich wusste, dass es eines ihrer Lieblingslieder war.

Es war kein schlechtes Lied, es war sogar ziemlich gut. Aber mit Weihnachten stand ich auf Kriegsfuß. Trotzdem riss ich mich zusammen und versuchte, mich in den Song fallen zu lassen. Ich schloss die Augen und beschwor das Bild der beleuchteten Sattelzugmaschinen und des Nikolauses herauf.

Die Musik hüllte mich ein wie ein wärmender Mantel. Wie von selbst verließen die ersten Worte meine Lippen, und ich spürte die Last, die mir von den Schultern fiel. Ich wusste selbst nicht, warum ich so lange nicht mehr gesungen hatte. Fest stand, ich hatte es vermisst. Es tat so gut! Mit Gesang und Melodie konnte man mehr ausdrücken als mit allen Worten der Welt.

Ein wundervoller Traum von Liebe und Frieden. Ob es den auch für Kohler geben würde? Ich lauschte den letzten Tönen nach, als das Lied verklang, und öffnete die Augen. Ich würde alles dafür tun, dass er seinen Frieden fand. Und dazu musste ich Verena Retsch finden.

»Danke«, flüsterte Fanny, als ich ihr das Mikrofon zurückgab, und wischte sich über die Augen. »Das ist so schön. Wenn ich denke, dass sie tot ist …«

Das war Silvia Kohler auch. Oder nicht?

*

Sie brauchte nur eine neue Gasflasche, beruhigte sie sich. Das konnte inmitten einer Schrebergartensiedlung nicht so schwer sein.

Nachdem sie den Anruf hinter sich gebracht hatte, war ihr leichter zumute. Es hatte sie nicht viel Mühe gekostet herauszufinden, wer er war. Sie hatte ein bisschen geflunkert, dass sie den Namen des Halters unbedingt bräuchte, weil sie einen Kratzer in seine Seitentür gemacht hatte. Sie hatte wegfahren müssen, weil sie ihr Kind von der Schule abholen musste, und seit sie von ihrem Mann getrennt lebte, war es nicht einfacher geworden, Arbeit und Kind unter einen Hut zu bringen.

Die Lüge war ihr glatt von den Lippen gegangen, und sie hatte Glück gehabt, dass am anderen Ende der Leitung eine Frau saß, die ihr erfundenes Schicksal teilte. Auf ihr gehauchtes Flehen »Aber zeigen Sie mich jetzt bitte nicht wegen Fahrerflucht an. Nicht so kurz vor Weihnachten.

Bitte. Ich möchte den Schaden unbedingt begleichen«, hatte sie ein mitleidiges »Natürlich nicht!« erhalten. Dazu einen Namen, dem das Fahrzeug zugeordnet wurde. Vor Überraschung wäre ihr beinahe der Hörer aus der Hand gefallen. Das konnte kein Zufall sein!

Jetzt, da sie wusste, mit wem sie es zu tun hatte, fiel es ihr leichter, ihn anzurufen. Sie würde ihn bluten lassen. Nicht nur dafür, sondern auch für das, was früher geschehen war. Dieses Schwein! Dabei musste sie vorsichtig vorgehen. Er durfte unter keinen Umständen erfahren, wer sie war. Denn wenn das Motiv für den Mord an ihrer Freundin in der Vergangenheit lag, würde er auch sie töten wollen. Ob er nach ihr suchte?

Sie grinste bei dem Gedanken. Zum ersten Mal seit … Ja, seit wann überhaupt? Es schien eine Ewigkeit her zu sein.

Von einem öffentlichen Münzfernsprecher hatte sie den Anruf getätigt. Es war gar nicht einfach gewesen, einen aufzutreiben. Kein Mensch telefonierte im Zeitalter von Handys von einer Telefonzelle aus. Kinder wussten heutzutage gar nicht mehr, was das war.

Ihre Hand hatte schließlich doch gezittert, als sie ihn am anderen Ende der Leitung hatte. Sie hatte tief Luft geholt und sich gezwungen, ihr Anliegen vorzubringen. Ein Glück, dass sie es vorher auf einen Zettel geschrieben hatte und nur abzulesen brauchte.

Sie hatte mehr verlangt, als sie ursprünglich vorgehabt hatte. Erstens wusste sie, dass er es sich leisten konnte, und zweitens würde er alles tun, um den Namen reinzuwaschen. Ihre Stimme hatte nicht mehr gebebt, als sie die Summe nannte.

Dann hatte sie aufgelegt. Sie würde ihn schmoren lassen. Ein paar Tage vielleicht und noch einmal anrufen. Wenn sie ihn richtig einschätzte, hatte sie ihn bis dahin kleingekocht, und er würde jeden Preis der Welt zahlen.

Es ging wieder aufwärts. Bei allem Unglück hatte sie nun das Recht, dass sich das Blatt wendete. Sie brauchte nur eine neue Gasflasche. Und die würde sie jetzt suchen.

*

Auf dem Rückweg klingelte ›Aquarius‹ aus der Handtasche. Nicht schon wieder. Mutter schien es mit ihrem Vorhaben, mich sehen zu wollen, ernst zu sein. Dabei wartete ich auf den Rückruf von Frau Dreiseitel.

»Jule«, flötete sie in den Hörer. »Ich habe gerade mit deinem Bruder telefoniert. Ich möchte euch gern zum Adventstee einladen. Und stell dir vor, er hat zugesagt.«

Verräter.

»Möchtest du nicht auch kommen? Wir haben uns so lange nicht gesehen.«

Ich schluckte trocken. »Ich habe doch den neuen Fall«, warf ich lahm ein.

»Aber der kann doch mal für eine Stunde am Wochenende warten, oder? Hast du die Frau gefunden?«

»Nein.« Und wenn sie mich weiter störte, würde ich sie nie finden.

»Na, komm. Wir feiern ein bisschen, trinken Tee und Glühwein und essen Plätzchen.«

Plätzchen von meiner Mutter? Ich war kein Kanarienvogel. Was sie buk, konnte man locker in einen Vogelkäfig hängen. Beim Tee war ich auch vorsichtig. Ich hatte keine Ahnung, mit welchen Kräutern sie derzeit experimentierte.

Mutter hatte sich irgendwann als Schamanin ausbilden lassen und war über die Gothic-Schiene zur Esoterikerin geworden. Von jedem ihrer Spleens war etwas hängen geblieben und die Mischung mitunter explosiv. Als ich sie das letzte Mal besucht hatte, musste ich auf dem Boden sitzen, weil sie keine Möbel mehr hatte und sich der Erde verbunden fühlen wollte. Außerdem hatte ich beinahe eine Rauchvergiftung erlitten, weil sie Räucherstäbchen in der Wohnung entzündet hatte.

»Vielleicht möchtest du den Kommissar mitbringen.«

»Nein!« Ich konnte das Entsetzen in meiner Stimme nicht unterdrücken und schloss die Augen. »Mutter, ich komme. Ich komme sogar gern.« Das war zwar eine Lüge, würde sie aber hoffentlich von dem Hirngespinst mit meiner Zukunft ablenken. »Aber bitte, lass Mark da raus.«

Sie schwieg. Ich wusste, dass ich sie gekränkt hatte, aber darauf konnte ich keine Rücksicht nehmen. Wenn das mit mir und Mark je etwas werden sollte, musste sie im Hintergrund bleiben. Ihr einziges Aufeinandertreffen hatte darin geendet, dass sie ihm erklärt hatte, welche Kräuter eine aphrodisierende Wirkung hatten. Am Ende rannte er schneller davon, als ich bis drei zählen konnte.

»Bitte«, fügte ich schwach hinzu.

»Du kommst also?« In ihrer Stimme lag etwas Lauerndes.

»Ja, ich mache alles, was du sagst.« Na ja, fast.

»Gut, dann bist du morgen um zwei da.«

Yes, ma'am. Ich verkniff es mir, das auszusprechen, und lauschte stattdessen dem Tuten, das aus dem Hörer klang. Das Telefon rutschte mir aus der Hand und purzelte in den Fußraum.

Als ich in meiner Wohnung ankam, klingelte es erneut. Wenigstens kein ›Aquarius‹.

Ich streifte mir die Mütze vom Kopf und nahm das Gespräch entgegen.

»Dreiseitel.« Sie klang kräftiger als heute Morgen. »Isch habe dat komplette Arschiv uff de Kopp jestellt. Aber isch han jefunde, was Sie jesöök haben.«

Noch mit der Jacke bekleidet ging ich in die Küche und setzte mich an den Tisch zu meinem aufgeschlagenen Notizbuch.

»Dat wor'n ein Foto vum Jugendlager«, erklärte sie mir.

»Keine Schulklasse?«

»Ne, die han Ende Juli ja schon Ferien jehabt. Ne, dat wor dat Ferienlager vom Jugendverein. Mir han jedes Jahr die Fotos am Anfang jemaat.«

»Haben Sie eine Adresse von dem Veranstalter? Gibt es den überhaupt noch?« Wenn ich Glück hatte, hatten sie die Teilnehmerlisten archiviert.

»Ich han wat viel Besseres für Sie«, erklärte sie und konnte das Frohlocken in ihrer Stimme nicht unterdrücken. »Sie sind doch 'ne Privatdetektivin, oder? Sischer brauchen Sie die Namen der Lück.«

Der was? »Ja?«, fragte ich gedehnt.

»Nun, wenn Sie mich nicht verroote, kriejen Sie die von mir.«

»Sie haben die Namen der Teilnehmer vom Ferienlager?« Ich konnte mein Glück kaum fassen.

»Sischer dat! Mir han die doch immer notiert, weil ja Einzelfotos uch noch jemaat und dann nachbestellt wurden. Damals war dat noch nit so 'n Jedöns mit den Datenschutz. Ich han sojar die Adressen. Allerdings die von domols.« Es hörte sich an wie eine Entschuldigung.

»Frau Dreiseitel, Sie sind klasse! Wenn ich mal Hilfe brauche, stelle ich Sie sofort ein.« Das kam aus tiefstem Herzen. Sie ersparte mir einen Haufen Arbeit. »Mir geht es speziell um zwei Mädchen. Die stehen in der hinteren Reihe Arm in

Arm.« Das waren die beiden, um deren Köpfe mit schwarzem Edding ein Herz gezogen war.

»Wartens, ich bruch ming Brill.« Frau Dreiseitel klang aufgeregt. Vermutlich bot der heutige Tag mehr Abwechslung, als sie im ganzen letzten Jahr gehabt hatte.

Es dauerte, bis sie die Brille gefunden und aufgesetzt hatte. Mittlerweile war ich auch hibbelig. Ich hatte keine Ahnung, was mich erwartete, aber ich ahnte, dass ich einen Schritt weiterkommen könnte.

»So, Aujenblick. Dat han mir jlich.«

Es raschelte.

»Ah da! Moment. Dat link Mädsche is dat Natascha Schramm und die rääts … ah, dat is et Silvia Mader.«

Das Blut rauschte in meinen Ohren, und wenn ich nicht bereits auf dem Stuhl gesessen hätte, hätte ich Platz nehmen müssen. Meine Knie fühlten sich an wie Pudding. Mit viel hatte ich gerechnet. Damit nicht.

»Hät es Ihnen de Sprooch verschlon? Sie sagen ja jar nichts mih.«

»Ja, danke. Das ist großartig«, murmelte ich, während die Gedanken in meinem Gehirn Purzelbäume schlugen. Ein Bild von Silvia Kohler hatte bei Verena Retsch in der Wohnung gelegen. Silvia war tot und Verena verschwunden. Eine Leiche von Silvia war jedoch nie gefunden worden.

Ich bekam Gänsehaut am ganzen Körper. Hieß das am Ende …?

Ich wagte nicht, den Gedanken zu Ende zu denken, so unglaublich war er.

Wer war Natascha Schramm?

»Haben Sie auch die Adressen der beiden Mädchen?« Meine Stimme klang schrill in meinen Ohren.

»Sischer dat. Kriejen Sie. Ach, wissen Se wat? Ich maile Ihnen die janze Liste. Dann han Se direkt alles.«

»Das ist eine hervorragende Idee!« Man konnte nie wissen, was ich noch für Überraschungen entdeckte. Ich gab meine E-Mail-Adresse durch und verabschiedete mich von Frau Dreiseitel. Nicht, ohne ihr überschwänglich für ihre Hilfe zu danken.

Kaum hatte ich aufgelegt, klingelte es erneut.

»Bei dir ist ständig besetzt«, klagte Jochen.

»Ich bin schwer beschäftigt«, gab ich zurück. Am liebsten hätte ich ihn aus der Leitung geworfen. Ich musste nachdenken.

»Dann ist es nicht schlimm, wenn ich nichts für dich habe?«

»Wie bitte?«

»Die Infos, die du wolltest. Schon vergessen? Verena Retsch.«

Ach, das meinte er. Allerdings konnte ich mir vorstellen, was er für Neuigkeiten für mich hatte.

»Du hast nichts gefunden«, riet ich.

»Wenn du es schon weißt, hätte ich mir dafür nicht den halben Tag um die Ohren schlagen müssen.« Er klang enttäuscht.

»Entschuldigung«, sagte ich schnell. »Aber ich habe gerade selbst neue Infos bekommen, die nur diesen Schluss zugelassen haben.«

Er seufzte. »Du treibst mich manchmal an den Rand der Verzweiflung.«

»Wenn es dich beruhigt, nicht nur dich«, gab ich zurück und dachte an Mark. Wie oft hatte er diesen Satz schon zu mir gesagt?

»Die nächste Verena Retsch wohnt über achtzig Kilometer entfernt und ist sechsundsiebzig Jahre alt.«

»Das ist nicht meine Verena Retsch.« Meine gab es nicht.

»Das dachte ich mir.«

Einen Moment herrschte Schweigen.

»Und jetzt?«

»Darüber muss ich in Ruhe nachdenken.«

Jochen verabschiedete sich und ich warf einen Blick auf die Uhr. Kurz nach fünf. Ich wog ab, ob ich bei den aktuellen Wetterverhältnissen an den Bodensee fahren sollte oder nicht. Aber ich musste etwas tun. Hier herumzusitzen und auf die Mail von Frau Dreiseitel zu warten, würde mich wahnsinnig machen.

Kurz entschlossen zog ich die Mütze auf und warf das Notizbuch in meine Umhängetasche. Dann suchte ich auf meinem Smartphone die Adresse der Tauchschule am Bodensee, bei der Silvia Kohler angeblich ums Leben gekommen war, und gab sie in mein Navi ein. Zwar begann es draußen zu dämmern, aber der Schneefall hatte zum Glück nachgelassen.

Im Stillen verfluchte ich mich für diese Schnapsidee. Mittlerweile war es dunkel und schneite wieder. Außerdem war ich aus mir unerfindlichen Gründen nicht die Einzige, die auf den Straßen unterwegs war. Aber offenbar eine der wenigen mit Winterreifen und Allrad.

Was wollte ich hier überhaupt? Ich wusste doch längst, dass Silvia nicht tot war. Dass Silvia als Verena in Ulm gelebt hatte. Im Grunde hatte ich es schon geahnt, als ich mit Andreas in ihrer Wohnung gewesen war. Nur die Ungeheuerlichkeit hatte ich nicht wahrhaben wollen.

Warum hatte sie ihren Tod fingiert? Und warum war sie ausgerechnet in Ulm untergetaucht? Ich war mir nicht sicher, ob ich Antworten dazu am Bodensee finden würde. Aber mehr hatte ich nicht. Der ganze Fall hatte sich verschoben. Wenn Silvia ihren Tod nur vorgetäuscht hatte, stellte sich mir nicht nur die Frage nach dem Warum, sondern auch nach dem Wie. Sie hatte eine Straftat begangen. Da waren die Motive zunächst zweitrangig.

Was war geschehen, dass sie ihrem Mann das angetan hatte? Es verschwanden immer wieder Menschen spurlos. Viele von ihnen tauchten nie wieder auf, anderen gelang es, sich eine neue Existenz aufzubauen. Den Tsunami 2004 hatten einige genutzt, ihr Ableben vorzutäuschen. Meist steckten Schulden dahinter, es gab aber durchaus komplexere Ursachen.

Das aufzurollen war meine Aufgabe. Und Silvia zu finden. Sie war überstürzt aus Ulm aufgebrochen. Vermutlich hatte sie von ihrer Kollegin erfahren, dass ihr Mann sie suchte. Deswegen hatte ich Tobias Kohler bisher nichts von meinem Verdacht erzählt. War er der Grund für ihr Verschwinden? Für einen Moment spürte ich seine Hand wieder auf meinem Arm und den Schreck, den er mir eingejagt hatte, als er unvermittelt vor mir gestanden hatte.

Das Telefon klingelte. Es war Mark. Ein Kribbeln lief durch meinen Körper, als ich das Gespräch entgegennahm.

»Jule, wie geht es dir?«

Hatte er nur angerufen, um mich zu fragen, wie es mir ging? Er hörte sich müde an.

»Gut, danke. Du klingst aber nicht besonders toll.«

»Schönen Dank«, murmelte er. »Genau deswegen habe ich dich angerufen. Weil du so hemmungslos ehrlich bist.«

»Entschuldigung«, gab ich zurück. »Ich dachte, du schätzt Ehrlichkeit.«

Mark seufzte und in dem Moment tat er mir leid. »Tue ich ja. Im Grunde. Aber lassen wir das.«

»Dein Fall?«, riet ich aufs Geratewohl.

»Ja, ich komme und komme nicht weiter. Es ist wie verhext.«

»Möchtest du darüber reden?« Ich wusste aus Erfahrung, dass es gut war, wenn man vertrackte Fälle Kollegen erzählte. Es half, Knoten im Kopf zu entwirren. Die Lösung lag meist auf der Hand, man hatte sie nur zuvor nicht gesehen.

»Nein, ich hatte eine andere Idee.«

Misstrauisch geworden, wartete ich ab.

»Ich muss auf andere Gedanken kommen. Außerdem wollte ich dich hochoffiziell um ein Date bitten.«

»Mich? Um ein Date?« In dem Moment, als ich es sagte, wusste ich, dass sich das dämlich anhörte. Aber etwas Intelligenteres fiel mir beim besten Willen nicht ein.

»Ja, was hältst du von Kino heute Abend?«

Die Vorstellung, mit Mark in einem dunklen Kino zu sitzen und dicht bei ihm einen Film zu sehen, löste Fieberschübe in meinem Bauch aus.

»Nicht schlecht, die Idee«, gab ich zu. »Die Sache hat nur einen Haken: Ich bin nicht in Ulm und weiß nicht, wann ich heute Abend zurückkomme.«

»Wo bist du denn?«

»Auf dem Weg an den Bodensee.«

Einen Moment schwieg er. »Schade«, sagte er dann leise und kurz zog ich in Erwägung, umzudrehen. Nur für einen Augenblick. Aber ich hatte zu tun. Das Kino musste warten.

»Das verschieben wir einfach, ja?«

»Versprochen?« Jetzt klang er wie ein kleiner Junge, dem man sein liebstes Spielzeug wegnahm.

»Hoch und heilig«, gab ich zurück.

Ich wollte das Gespräch schon beenden. Mit einem miesen Gefühl. Da drang seine Stimme an mein Ohr.

»Was machst du am Bodensee?« Er klang lauernd, mein Unbehagen verschwand so schnell, wie es gekommen war.

»Ermittlungen.«

»Die tote Taucherin?«

Die gar nicht tot war. »Ja.«

»Hast du neue Ansätze?« Wenn er wüsste, dass ich eine Straftat aufgedeckt hatte, würde er den Fall an sich reißen und an die entsprechende Stelle weiterleiten.

»Ich brauche nur ein rundes Bild«, wich ich aus. Die Lüge ging mir glatt über die Lippen. Und irgendwie machte es fast Spaß. Um der guten alten Zeiten willen schlichen wir wieder wie Hund und Katz umeinander herum. Wobei die verschwundene Silvia Kohler gegen die früheren Fälle harmlos war. Der Serienmörder war eine andere Hausnummer gewesen.

»Aha«, sagte er nur und ich wusste, dass er mehr dahinter vermutete. Für diesmal ließ er es dabei bewenden. »Schade, dass das nichts wird heute.«

Diese Meinung teilte ich von ganzem Herzen. »Ich kann leider nichts machen.«

»Dann fahr vorsichtig, die Straßen sollen glatt werden.«

Sorgte er sich um mich? Ich lächelte vor mich hin. »Mach ich. Danke«, fügte ich leise hinzu und war mir nicht sicher, ob er es noch hörte.

Der Rest der Fahrt verging wie im Flug. Ich grübelte darüber nach, was Silvia veranlasst hatte, ihren Tod vorzutäuschen. Was hatte sie in der Zeit getan, bis sie in Ulm aufgetaucht war? Man verschwand nicht mal eben so von der Bildfläche. Das bedurfte einiger Vorbereitungszeit. Sicher hatte sie jemanden gehabt, der ihr geholfen hatte. Sie brauchte Geld, eine Bleibe, Kleidung. Sie war mit praktisch nichts am Leib außer einem Neoprenanzug untergetaucht. Wer war der Helfer gewesen? Der Tauchlehrer? Das würde ein interessantes Gespräch werden.

Als ich vor der Tauchschule ›Underwater‹ in Wallhausen anhielt, fielen dicke Flocken. Die Fahrbahn war weiß und zeichnete sich von der Umgebung nur dadurch ab, dass an der Straße Pfosten standen, die den Fahrbahnrand markierten. Das konnte heiter werden, wenn ich an die bevorstehende Rückfahrt dachte.

Natürlich war um diese Uhrzeit niemand mehr hier. Es war kurz vor halb sieben. Hinter mir rauschte ein Schneepflug vorbei, das orangeblinkende Licht auf dem Dach erhellte den Eingang der Tauchschule für einen Sekundenbruchteil. Ich klingelte noch einmal und trat unschlüssig einen Schritt zurück.

Im Haus nebenan ging eine Tür auf. Ein Mann mit Schneeschippe über der Schulter trat auf die Straße. Im Mundwinkel hing eine Zigarette, hinter ihm schoss ein Schäferhund durch die Tür.

»Arco, bleib«, forderte er mit befehlsgewohnter Stimme.

Der Hund gehorchte und blickte sich nach seinem Herrchen um. Dann sprang er wie toll durch die Nacht, um Schneeflocken aus der Luft zu fangen. Ich hätte ihm gern noch ein wenig zugesehen, aber wenn es so weiterschneite, war es sinnvoller, Christian Looser zu suchen und den Rückweg anzutreten.

Der Mann stützte sich auf seiner Schaufel ab und sah zu mir herüber.

»Da werden Sie kein Glück haben«, erklärte er mir und zog an der Zigarette.

Der Hund unterbrach für einen Moment sein Spiel in der nächtlichen Stille und sah zu uns herüber. Ehe er weiter voller Freude die Straße auf und ab jagte.

»Wo kann ich Herrn Looser denn finden?«

»Wo er immer ist um die Uhrzeit: in der Kneipe da unten. Dem ›Ochsen‹.« Er deutete ein Stück den Weg hinunter. In seiner Stimme schwang eine Mischung aus Verachtung und Mitleid, aber auch Resignation. »Wenn Sie mit ihm reden wollen, müssen Sie sich beeilen.«

Ich sah ihn fragend an.

»Na, spätestens um neun kippt er vom Hocker«, erläuterte er und begann, ohne Gruß zu schippen. Das Kratzen der Schaufel auf dem Asphalt tönte überlaut durch die Nacht.

Einen Moment sah ich ihm und dem Hund zu, dann drehte ich mich um und ging die Straße hinunter. Der ›Ochsen‹ war hell erleuchtet und nicht zu verfehlen.

Als ich die Tür aufdrückte, schlugen mir alkoholgeschwängerte Luft und stickige Hitze entgegen. Ich sah mich um und ließ mich von dem Stimmengewirr einhüllen. Hinter dem Tresen stand ein junges Ding mit kurzem Haar und allerlei Metall im Gesicht und den Ohren. Bis zur Halskrause schien sie tätowiert, sogar ihre Hände und Finger zierten Tattoos. Beeindruckend.

»Kann ich dir helfen?«, fragte sie und lächelte mich mit blitzenden Zähnen an. Auch im Mund steckten Ringe und Knöpfe.

Ich lächelte zurück. »Bekomme ich was zu essen?«

»Aber klar! Setz dich an den Tisch. Dahinten ist noch Platz. Ich bringe dir die Karte.«

Ich nickte und ging hinüber. Im Laufen zog ich Mütze und Handschuhe aus und sah mich um. Eine Männerrunde am Stammtisch spielte Karten, drei weitere starrten in den Fernseher über der Theke, wo ein Snooker-Spiel übertragen wurde. Sie hingen über ihren Bierkrügen und tauschten lauthals ihre Meinung über die Spieler aus. Ein einzelner Mann am Spielautomaten und einer, der am Tisch neben mir saß und vor sich hin auf die Tischplatte starrte, während er einen Kurzen kippte und mit Bier nachspülte. Ohne zu wissen, wie er aussah, vermutete ich, dass es sich um Christian Looser handelte.

Die Bedienung kam mit der Karte.

»Kannst du mir was empfehlen?«

Ein abschätzender Blick traf mich. »Kommt darauf an.«

»Worauf?«

»Ob du Vegetarierin bist.«

»Bin ich nicht.«

Ein Grinsen zog sich über ihr Gesicht. »Na, dann empfehle ich den Hirschbraten mit hausgemachten Spätzle und Salat.«

»Klingt prima, den nehme ich. Und eine Halbe dazu.«

Sie nickte und nahm die Karte an sich.

»Ich bin auf der Suche nach Christian Looser«, fuhr ich fort.

Sie richtete sich auf, das Lächeln verschwand von ihrem Gesicht. »Presse? Dann verschwinde.« Die Kälte in ihrer Stimme reichte aus, die Temperatur im Raum um ein paar Grad zu senken.

»Nein«, sagte ich und hob beschwichtigend die Hand. »Im Grunde möchte ich ihm helfen.«

»Helfen?« Sie sah mich an, als hätte ich nicht alle Tassen im Schrank.

»Ehrlich. Ich kann mir denken, dass es seit dem Unfall nicht einfach war. Aber vielleicht kann ich wirklich was machen. Ich müsste nur mal mit ihm reden. Ich bin weder von der Presse noch von der Polizei. Ehrenwort.«

»Was dann?«

Ich antwortete nicht.

»Wir passen auf unsere auf.«

Ich nickte. »Das ist toll und ehrt euch. Mit ihm reden muss ich trotzdem.«

Sie sah mich mit gerunzelter Stirn an. Vermutlich überlegte sie, ob sie mir trauen konnte oder nicht. Dann nickte sie in Richtung des Mannes, der am Tisch hinter mir saß.

»Ich habe dich im Blick«, sagte sie frostig. »Und ein Fingerschnippen von mir genügt und du fliegst hochkant raus. Und der Hirsch bleibt hier.«

Ich hatte verstanden.

Sie ging zurück an die Theke und sprach mit dem Wirt, der aus der Küche gekommen war. Keinen Moment wandte sie ihren Blick von mir ab und auch ihr Chef sah zu mir herüber. Keine Frage, sie würden ernst machen und mich des Hauses verweisen, wenn ich Looser auch nur krumm ansah.

Ich fand diese Einstellung bewundernswert. In Zeiten zunehmenden Egoismus war das nicht selbstverständlich. Aber an diesem Bespiel zeigte sich, was Zusammenhalt war. In diesem Ort war keiner dem anderen egal.

Langsam erhob ich mich und ging an den Nebentisch. Er sah nicht einmal auf, kippte stattdessen einen weiteren Kurzen.

»Hallo«, sagte ich, erhielt aber keine Antwort. »Darf ich mich setzen?«

Ich war mir nicht sicher, ob er mich überhaupt bemerkt hatte. Er sah nicht auf und zeigte auch sonst keine Reaktion. Ich legte das optimistisch als Zustimmung aus und ließ mich auf dem Stuhl neben ihm nieder.

»Sie sind Christian Looser.«

»Warum interessiert Sie das?« Er blickte stur vor sich hin.

»Ich muss mit Ihnen reden.«

Die Bedienung kam, betrachtete mich mit Argusaugen und knallte die Halbe vor mir auf einen Bierdeckel, dass ein guter Schluck herausschwappte. Empört sah ich auf, sagte aber nichts. Die Verhältnisse waren zu offensichtlich und ich das kleinste Rädchen in der Maschine.

»Alles klar, Chris?«

Er sah hoch, der Frau direkt in die Augen. Mich überging er.

»Denke schon.«

Sie ging wieder. Nicht jedoch, ohne mir einen weiteren warnenden Blick zuzuwerfen.

»Herr Looser, ich möchte mit Ihnen reden. Vielleicht kann ich Ihnen helfen.«

Jetzt sah er mich wenigstens an. Seine Augen waren leer, das Gesicht von roten Äderchen durchzogen. Fraglos hatte er mit dem Leben abgeschlossen. »Sie wollen mir helfen? Da bin ich ja mal gespannt.« Er lachte freudlos. »Wenn Sie von der Presse sind, können Sie gleich wieder gehen. Und wenn Sie von der Polizei sind, wenden Sie sich an meinen Anwalt.« Es war erstaunlich, wie wenig er lallte. Vermutlich die Gewohnheit.

Ich schwieg einen Moment. »Weder noch«, sagte ich schließlich und überlegte, wie viel ich ihm erzählen wollte. Dass Silvia lebte, musste ich für mich behalten. Zumindest so lange, bis ich absolut sicher war, und bis ich wusste, warum sie all das veranstaltet hatte. Looser würde in seiner Situation nach jedem Strohhalm greifen, der sich ihm bot, und damit mehr Staub aufwirbeln als mir lieb war. Ich konnte mir nicht vorstellen, dass er ihr geholfen hatte. Nicht der Mann, der vor mir saß. Sein Leid war echt.

»Was wollen Sie dann?« Zum ersten Mal kehrte etwas

Leben in sein Gesicht zurück, seine Augen wurden für einen Moment klarer.

»Ich bin Privatermittlerin und nichts liegt mir ferner, als Ihnen an den Karren zu fahren«, fügte ich hinzu, als ich sein Stirnrunzeln bemerkte. »Vielleicht gibt es neue Erkenntnisse.«

Ein Flackern im Blick.

»Ich bin mir selbst nicht sicher, aber ich möchte mir die Vorkommnisse von Ihnen schildern lassen.«

Er schwieg und ich ließ ihn brüten. Ich lehnte mich zurück und sah mich um. Die Bedienung und der Wirt beobachteten mich noch immer feindselig. Dann wurde das Essen aus der Küche gereicht und kurze Zeit später vor mir auf den Tisch geknallt, dass die Spätzle auf dem Teller hüpften. Ich ignorierte es und konzentrierte mich stattdessen auf meine Mahlzeit, die ausgezeichnet war. Das Fleisch war zart, die Soße ohne unnatürliche Zutaten und die Preiselbeeren garantiert selbst eingekocht. Respekt, das hatte ich nicht erwartet.

Looser hatte noch immer keinen Ton von sich gegeben, was ich bis jetzt nicht schlimm fand, so konnte ich dem Essen die Aufmerksamkeit schenken, die es verdient hatte. Als ich jedoch die letzten Spätzle durch die Soße schob, wurde ich nervös. Ich wollte gerade resigniert aufstehen, da seufzte er. Ich innerlich ebenfalls, als er zu sprechen begann.

»Ich habe keine Ahnung, warum ich mit Ihnen reden sollte.«

Ich schon.

»Eine Frau ist bei mir ertrunken und alle geben mir die Schuld. Meine Tauchschule ist dichtgemacht worden, meine Frau ist mit den Kindern davon, und ich sitze hier und warte, bis es vorbei ist.«

Ich schwieg betroffen.

»Aber Sie machen mir nicht den Eindruck, als würden Sie mich auch noch anscheißen wollen.«

»Hatte ich nicht vor. Schildern Sie mir bitte aus Ihrer Sicht, was passiert ist.«

Er trank einen Schluck und holte tief Luft.

Im Grunde erfuhr ich nichts Neues. Außer, dass er sich nicht erklären konnte, was vorgefallen war. Sie waren zusammen abgetaucht und Silvia hatte einen ruhigen Eindruck gemacht. Sie freute sich auf den Tauchgang, obwohl Looser ihr erklärt hatte, dass sie nicht viel sehen würden, weil der Untergrund wegen des Unwetters zu aufgewühlt sei. Ihr hatte das nichts ausgemacht, sie hatte darauf bestanden zu tauchen.

Zwanzig Minuten war alles gut gegangen, Silvia war zwar keine routinierte Taucherin, aber sie beherrschte das Austarieren perfekt und war auch sonst besonnen.

Plötzlich verschwand sie jedoch aus seinem Blickfeld. Er erzählte, dass das manchmal passierte. Vor allem Anfängern, weil der Mensch vergaß, dass es unter Wasser auch ein Darüber und Darunter gab. Er hatte alles nach ihr abgesucht. Schließlich hatte er sie weiter unten an einem Felsen entdeckt.

»War sie hinter dem Felsen?«, hakte ich ein.

Looser hob die Schultern. »Ich kann es mir nur so erklären. Sie war wie vom Erdboden verschluckt, ich habe überall geschaut, sie war nicht mehr da. Und dann taucht sie plötzlich viel weiter unten an dem Felsen wieder auf. Mir ist schleierhaft, wie sie dort hingekommen ist. Es war wirklich nur ein Bruchteil, den ich sie aus den Augen verloren habe, aber sie war weg. Als wenn sie absichtlich verschwunden wäre.«

Ich schwieg und machte mir meine eigenen Gedanken.

»Ich bin runter, so weit ich konnte. Ich tauche ja mit Nitrox, da geht es nicht so tief. Wissen Sie, was das ist?« Je länger er sprach, desto klarer wurde seine Aussprache und wacher sein Blick.

Ich nickte.

»Ich bin noch weiter runter. Aber sie auch.« Die Verzweiflung von damals lag in seiner Stimme. »Sie hatte keine Maske mehr auf. Die Polizei sagte, dass sie beim Tauchschein schon Schwierigkeiten mit dem Wasser-Nasen-Reflex hatte. Das verstehe ich aber nicht, weil man den abtrainieren kann. Und der Tauchlehrer, bei dem sie den Schein gemacht hat, hat das sicherlich gemacht. Sie muss einen Tiefenrausch bekommen haben, anders kann ich mir das nicht erklären. Sie ist immer weiter abgetaucht und ich konnte nicht mehr hinterher. Dann war sie weg.« Er wurde leiser und ich atmete tief durch.

Der Wirt kam an den Tisch. Im denkbar ungünstigsten Moment, Looser zog ein Taschentuch aus der Hose und schnäuzte sich geräuschvoll.

»Chris, soll ich sie rauswerfen?« Er deutete mit dem Finger auf mich, dass ich ihm am liebsten auf die ausgestreckte Hand geklopft hätte.

»Nein.« Er räusperte sich mehrmals und trank einen Schluck. »Alles okay. Ich komme klar.«

Erleichterung breitete sich in mir aus, ich hatte mich bereits auf der Straße sitzen sehen. Der Wirt trollte sich, sein argwöhnischer Blick blieb jedoch an mir kleben.

»Es tut mir leid«, sagte ich und hoffte, dass er mir glaubte.

Er zuckte freudlos mit der Schulter und verfiel in dumpfes Brüten. »Wollen Sie mir jetzt sagen, worum es geht?«

Spontan griff ich über den Tisch nach seiner Hand. »Kann ich nicht. Noch nicht. Aber Sie werden der Erste sein, dem ich es erzähle, okay?« Ich erhob mich, seine Augen waren schmerzerfüllt.

»Wenn es nicht unmöglich wäre, würde ich sagen, sie lebt noch.«

Schreck durchzuckte mich und ich musste mich zusammenreißen. »Ich melde mich bei Ihnen.«

Schnell wandte ich mich um und warf einen Schein und ein paar Münzen auf die Theke. Dann ging ich nach draußen und atmete durch. Wie hatte Silvia so egoistisch sein können? Wie viele Menschen hatte sie ins Unglück gestürzt? Ihren Mann, die Eltern, Freunde, Christian Looser. Was war vorgefallen, dass das der einzige Ausweg war, der ihr blieb? Sie musste verdammt verzweifelt gewesen sein.

Es sei denn …

Ich zog das Handy aus der Tasche und suchte in meinen Kontakten nach der Nummer in Köln. Während ich auf mein Auto zusteuerte, nahm Regine Mader das Gespräch entgegen.

»Sie schon wieder.« Sie hörte sich müde an.

»Kann es sein, dass Ihre Tochter den Unfall nur vorgetäuscht hat?«, fragte ich, ehe sie auf die Idee kam, das Telefonat zu beenden.

Ein erstickter Laut drang aus dem Hörer. »Er hat mir verboten, mit Ihnen zu reden.«

»Wer er?«

»Mein Mann.«

»Und wo ist er jetzt?«

»Nicht da.«

»Frau Mader, dann bitte ich Sie, mit mir zu reden. Hat Ihre Tochter den Unfall vorgetäuscht?«

»Wie kommen Sie darauf? Was soll das alles?«, flüsterte sie. Es lag so viel Entsetzen in ihrer Stimme, dass ich ihr auf Anhieb glaubte, dass zumindest sie nichts davon wusste. »Wie können Sie uns das nur antun?«

»Sie haben früher oft am Bodensee Urlaub gemacht. Können Sie mir sagen, wo? In welchem Hotel? Frau Mader, bitte. Ich sage Ihrem Mann nichts.«

Sie schluchzte leise.

»In der Pension Burger in Bodmann. Und jetzt lassen Sie mich endlich in Ruhe. Bitte.«

Ich legte auf und sah auf die Uhr. Ich hatte keine Ahnung, wie weit es bis Bodmann war. Aber ich war schon hier, dann konnte ich auch noch dort vorbeifahren. Auf dem Smartphone suchte ich nach der Adresse der Pension Burger. Gerade, als ich sie ins Navi eingeben wollte, klopfte es an das Fenster. Ich schrak zusammen und starrte hinaus. Da stand ein Mann, auf dem Kopf eine Pudelmütze, im Mundwinkel eine Zigarette. Er lehnte sich auf seine Schneeschippe, im Hintergrund hüpfte der Schäferhund nach den fallenden Schneeflocken.

Als mein Herzschlag sich einigermaßen beruhigt hatte, ließ ich die Scheibe herunter. »Ja bitte?« Meine Stimme zitterte.

»Haben Sie ihn gefunden?«

Ich starrte ihn verständnislos an.

»Na, Christian Looser.«

Was wurde das? Wollte er mich aushorchen? »Ja«, antwortete ich.

»Armer Teufel. Jetzt haben sie ihm auch noch die Tauchschule zugemacht«, murmelte er.

Ich stieg aus und warf die Tür hinter mir ins Schloss. »Warum eigentlich?«

Ein Leuchten trat in seine Augen. Er hatte Informationen und brannte darauf, sie loszuwerden. Solche Menschen verabscheute ich privat, für meinen Beruf waren sie die beste Informationsquelle, die es gab.

»Schlampige Wartung. Ich habe es ja schon immer gesagt, dass er zu viel trinkt.«

»Er trinkt nicht erst seit dem Unfall?« Ich hatte angenommen, dass das der Auslöser gewesen war.

»Ach wo. Der hat schon immer gesoffen. Nur halt nicht so viel.« Er drehte sich um, als ob ihn jemand belauschte.

Ich brauchte ihn nicht zu ermuntern, er redete weiter und ich hörte zu.

»Nach dem Unfall war der TÜV da und hat den Laden auseinandergenommen. Die haben festgestellt, dass die Automaten irgendwie nicht sauber waren.«

»Die Automaten?«

»Na, das Zeugs, in das Luft gefüllt wird.«

»Die Atemgeräte«, schlug ich vor.

Er wedelte mit der Hand, als müsse er eine Fliege verscheuchen. »Von mir aus. Auf jeden Fall war das verunreinigt.«

Ich sog die Luft ein. Unreine Atemgemische in den Flaschen konnten tödlich enden, das hatte ich bei meinen Recherchen am Vormittag gelernt. Falls Silvia doch einen Unfall gehabt hatte und ums Leben gekommen war, könnte es daran gelegen haben, dass Looser seinen Laden nicht im Griff gehabt und schlampig gewartet hatte. Der Rest wäre dann ein, wenn auch unglaublicher, Zufall.

Ich kaute auf meiner Unterlippe und dachte angestrengt nach. Trug am Ende doch der Tauchlehrer schuld an dem Unfall?

»Und was machen Sie nun?«, riss er mich aus meinen

Gedanken. Er nahm die Kippe aus dem Mund, warf sie auf die Straße und trat sie aus.

»Wie, was mache ich nun?«, fragte ich zurück. In Gedanken war ich ganz woanders.

»Na, kriege ich jetzt was für die Info?«

»Wie bitte?« Ich kniff die Augen zusammen.

»Gibt es dafür nichts?«

»Hä?«

»Sie sind doch Privatermittlerin.« Es war eine Feststellung, keine Frage. Stand mir das auf die Stirn getackert?

»Und wenn?«, fragte ich zurück.

»Dafür gibt es doch Kohle.«

Ich sah ihn von oben bis unten an und wandte mich um, um ins Auto zu steigen.

»Nicht für Dinge, die ich selbst herausfinden kann«, murmelte ich, aber das ging im Anlassen des Motors unter.

Er starrte mir mit offenem Mund hinterher und sah dabei reichlich dämlich aus. Hatte er das ernst gemeint, dass er Geld dafür wollte? So viel zur Gemeinschaft. Kaum sah man nicht hin, fielen die eigenen einem in den Rücken. Das rückte mein Weltbild zurecht und ich wusste wieder, warum ich in der Stadt lebte.

Ich hatte eine Ahnung, der ich heute Abend noch nachgehen wollte. Ich stand sozusagen an einer Kreuzung. Ich wusste schon, in welche Richtung es ging, aber ich brauchte eine Bestätigung. Und wenn ich mich irrte, brauchte ich einen Plan B.

Aber zuerst würde ich Plan A nachgehen.

Unter normalen Umständen hätte ich für die Strecke nach Bodmann keine halbe Stunde gebraucht. Aber heute war nichts normal. Es schneite ohne Unterlass und ich konnte nicht schneller als vierzig Stundenkilometer fahren. Immer wieder kreuzten Schneepflüge meinen Weg in dem sinnlosen Bemühen, die Straßen freizuräumen. Hinter ihnen schloss sich die Schneedecke schneller, als sie um die nächste Ecke gebogen waren. Ich konnte nur hoffen, dass ich auf dem Weg blieb. Insgeheim dankte ich dem netten Autoverkäufer, der mir weniger aus Uneigennützigkeit als vielmehr mit Dollarzeichen in den Augen ein Fahrzeug mit Allradantrieb aufgeschwatzt hatte.

Knappe eineinhalb Stunden nach meinem Gespräch mit Christian Looser erreichte ich Bodmann. Gefühlt hatte ich sämtliche Weihnachtsklassiker gehört, die es gab. Von Wham! über Chris Rea, mein persönliches Weihnachts-Anti-Lied, bis hin zu Boney M. war alles dabei gewesen. Genervt hatte ich weitergeschaltet, aber es schien nur zwei Möglichkeiten zu geben: Eine CD einzulegen oder das Radio auszuschalten. Mangels Material hatte ich mich für Letzteres entschieden, was meine Laune nicht verbesserte. Meine Glieder fühlten sich steif an von der Fahrt. Ich hatte angespannt im Auto gesessen und krampfhaft versucht, den Wagen auf der Straße zu halten. Da halfen auch die Sportsitze nur wenig. Es war eine Schnapsidee gewesen, bei diesem Wetter nach Bodmann weiterzufahren. Aber nun hatte ich mich in den Fall verbissen und wusste genau, dass ich nicht ruhen konnte, bis ich wusste, was dahintersteckte.

Ich streckte mich und ging auf das alte Bauernhaus zu. Es war nicht besonders groß, aber über der Tür stand deutlich sichtbar ›Pension Burger‹. Ich zögerte, dann läutete ich. Im Inneren tönte eine altmodische Klingel, sonst blieb es still. Mich fröstelte und ich zog den Mantel enger um mich, während ich mich umsah. Das Häuschen lag etwas außerhalb, in der Ferne blitzte die Weihnachtsbeleuchtung von

Christbäumen auf. Ein Bild der Ruhe und des Friedens. Fehlten nur Ochs und Esel im angrenzenden Stall, dachte ich mit einem Anflug von Sarkasmus.

Wenn ich es darauf anlegen müsste, wäre dieser Ort perfekt.

Endlich rumpelte es im Inneren des Hauses, dann öffnete sich die Tür. Auf einen Stock gestützt, stand eine gebeugte Frau mit weißem Haarknoten vor mir. Himmel, sie musste mindestens neunzig sein.

»Guten Abend«, sagte ich laut in der Annahme, dass sie nicht besonders gut hörte, und setzte ein entschuldigendes Lächeln auf. »Es tut mir leid, dass ich Sie so spät störe. Aber ich habe einige Fragen, vielleicht können Sie mir weiterhelfen?«

Sie sah mich von unten an, die Stirn gerunzelt, die Augen wach. Der Moment schien mir wie eine Ewigkeit und ich wollte enttäuscht umdrehen, als sie zu sprechen begann. »Und warum zum Teufel schreien Sie so? Ich bin vielleicht alt, aber nicht schwerhörig.«

Ich schluckte trocken.

»Wer sind Sie?«

»Jule Flemming.«

»Sind Sie von der Polizei oder so? Ausweis!« Ihre Stimme war erstaunlich kräftig.

»Nein, ich bin Privatermittlerin.«

»Detektiv oder so ein neumodisches Zeug?«

Ich nickte und fragte mich, warum ich mir plötzlich so klein vorkam, obwohl mir die alte Frau gerade bis zum Kinn reichte.

»Dann haben Sie sicher trotzdem einen Ausweis. Herzeigen!«

Ich kam gar nicht auf die Idee zu widersprechen und

kramte stattdessen brav nach einer Visitenkarte und meinem Personalausweis. Beides reichte ich ihr schweigend und sah zu, wie sie ihre Brille, die sie an einer Kette um den Hals trug, aufsetzte und die Dokumente studierte.

Endlich erhielt ich beides zurück und steckte die Papiere mit klammen Fingern ein. Die Kälte kroch meine Beine hoch und breitete sich langsam den Rücken hinauf aus.

»Und was wollen Sie von mir?«

Ich musste meinen ganzen Mut zusammennehmen. »Ist es unhöflich, wenn ich frage, ob wir reingehen können? Ich friere jämmerlich.«

Die Alte drehte sich wortlos um und ich beschloss, ihr zu folgen. Ich drückte die Tür hinter mir ins Schloss und meinte, sie etwas murmeln zu hören, das sich anhörte wie »Jugend von heute, lieber schön als warm« und »Alte Zeiten, Wollunterhosen«. Mich schauderte und ich beschloss, das Gesagte zu überhören. Ohnehin schien es nicht für mich bestimmt gewesen zu sein.

Ich betrat hinter ihr eine behagliche Wohnstube. Ein Kachelofen verbreitete angenehme Wärme. Es war mir egal, was sie über meine Unterwäsche dachte, ich blieb davor stehen und wärmte meine Hände, während sie sich in einen altmodischen Schaukelstuhl fallen ließ und ihr Strickzeug zur Hand nahm.

Neugierig sah ich mich um. Es herrschte schummriges Licht und die Einrichtung sah nicht nur alt aus, sie roch auch so. Eine Eckbank aus Holz mit bestickten Kissen stand rechts an der Wand, daneben eine Kommode mit altmodischen Beschlägen und Spitzendeckchen. Darüber ein Bord mit Geschirr, das aussah, als würde es vom Antiquitätenhändler stammen. Gegenüberliegend der Kachelofen, daneben eine Tür, die vermutlich in die Küche führte. Ich fühlte mich an meine Oma erinnert und schluckte den Kloß, der mir unwillkürlich im Hals aufstieg, nur mit Mühe hinunter.

Das Quietschen des Stuhls unterbrach die rührseligen Erinnerungen. Frau Burger schaukelte vor und zurück und klapperte unentwegt mit den Nadeln. Die Brille trug sie auf der Nase und machte einen hochkonzentrierten Eindruck. Warum wurde ich das Gefühl nicht los, dass ich unter Beobachtung stand?

»Also, warum sind Sie hier?« Sie sah auf und musterte mich durchdringend über den Rand ihrer Brille hinweg.

Ich räusperte mich. »Silvia Kohler«, sagte ich und beobachtete sie, während ich mir die Jacke auszog. »Silvia Mader«, versuchte ich es erneut, weil sie nicht reagierte.

Diesmal verstummte das Quietschen für einen Moment. Auch die Nadeln hielten inne, ehe sie mit doppelter Geschwindigkeit fortfuhren.

»Was ist mit ihr?«, brummte die Alte und sah mich argwöhnisch an. »Mein Gott, das ist ja nicht auszuhalten, wie Sie da mit dem Hintern am Ofen kleben.« Mühsam stemmte sie sich aus dem Stuhl hoch und legte das Wollknäuel zur Seite. »Ich weiß, was Ihnen aufhilft.«

Sie ging zur Anrichte, beugte sich mit einer Hand im Kreuz hinunter und kam erstaunlich flink hoch. In der einen Hand hielt sie zwei Schnapsgläser, in der anderen eine Flasche ohne Etikett. Ohne Umschweife stellte sie beides auf den Tisch und goss großzügig ein.

»Zwetschge. Selbstgebrannt. Trinken Sie.«

Sie reichte mir eines der Gläser und kippte ihres hinunter, ehe ich meines an die Lippen gesetzt hatte. Ich hasse Schnaps, aber ich kam nicht auf die Idee, mich zu weigern, und nippte an der klaren Flüssigkeit. Sie brannte nur ein klein wenig, als sie durch meine Kehle rann. Dafür breitete sich in meinem Magen ein überraschend warmes Gefühl aus. Ich kostete noch einmal, diesmal großzügiger. Es schmeckte nicht schlecht. Warum hatte ich bisher keinen Schnaps getrunken? Ich kippte das Glas und stellte es zurück auf den Tisch.

Ehe ich protestieren konnte, war es wieder voll und das von Frau Burger gleich wieder leer. Sie setzte sich auf die Eckbank und bedeutete mir, ihr gegenüber Platz zu nehmen.

»Nun trinken Sie schon«, wies sie mich an. »Sonst wird Ihnen ja nie warm, Kindchen.«

»Ich muss doch noch Auto fahren«, protestierte ich und erinnerte mich an die Halbe, die ich im ›Ochsen‹ getrunken hatte. Dazu bereits ein Schnaps und der Winter. Keine gute Kombination. Anstandshalber nickte ich, tauchte aber nur die Zunge in das Glas.

»Also, Silvia Mader«, sprach ich weiter, in dem Versuch, sie von meinem vollen Glas abzulenken. Vielleicht musste sie irgendwann auf die Toilette. Hinter mir stand ein prachtvoller Weihnachtsstern, der in sattem Rot blühte. Sicher hatte er noch nie Alkohol gekostet.

»Was ist mit ihr?« Wieder der argwöhnische Blick. Ihr etwas vorzuflunkern war sicher verdammt schwer. Mit ihrem Enkel wollte ich nicht tauschen.

»Sie war als Kind mit ihren Eltern oft bei Ihnen.« Ich seufzte leise. Der Schnaps wärmte tatsächlich.

»In jedem Jahr, jeden Sommer«, bestätigte sie. »Trinken Sie das mal aus, ich habe noch etwas Feines.«

Sie stand auf. Jetzt oder nie, dachte ich in einem Anflug von Panik und nahm das Glas hoch. Ich bat die Pflanze innerlich um Verzeihung, obwohl ich Weihnachtssterne nicht mochte, und goss den Inhalt hinein. Dann leckte ich mir über die Lippen. Gerade rechtzeitig, Frau Burger stand mit einer neuen Flasche vor mir.

»Mirabelle. Auch selbstgebrannt«, kommentierte sie und schon war mein Glas wieder voll. Sie hob ihres und prostete mir zu. Anstandshalber nippte ich an meinem und stellte zu meiner Verwunderung fest, dass es mir besser schmeckte als der Zwetschgenschnaps.

»Frau Burger, um auf Frau Mader zurückzukommen …«

»Ich habe mich so gefreut, als sie mich im Frühjahr besucht hat.« Die Stimme der alten Frau wurde leise.

Ich hielt den Atem an.

»Wissen Sie, so alte Leute wie mich vergisst man schnell. Umso schöner fand ich es, als sie mich Anfang des Jahres angerufen und ein Zimmer reserviert hat.«

»Für wann?«, fragte ich mit krächzender Stimme. Ich kämpfte gegen den Frosch in meinem Hals und zögerte nur kurz, dann trank ich mein Glas aus und fühlte der brennenden Spur nach, die sich einen Weg durch meine Kehle in meinem Magen bahnte und dort ein weiteres wohliges Glimmen verursachte.

»Ach, irgendwann im April.«

»War irgendetwas komisch?«

Sie runzelte die Stirn.

Ich war nicht schnell genug und mein Glas schon wieder gefüllt. Ich protestierte, aber sie gebot mir mit erhobener Hand zu schweigen. Das konnte heiter werden, der Weg bis Ulm war weit. Und mir schon verdächtig warm.

»Komisch?«

Ich bewegte mich auf dünnem Eis. Ich hatte keine Ahnung, was Frau Burger wusste. Sie mochte alt sein, aber senil war sie nicht.

»Na ja, hat sie allein gebucht? Oder für eine weitere Person?« Offenbar wusste Frau Burger nicht, dass Silvia verheiratet war, mit dem Namen Kohler hatte sie nichts anfangen können.

Ich nutzte einen weiteren unbeobachteten Moment und kippte den Inhalt meines Schnapsglases schweren Herzens in den Weihnachtsstern. Er hatte köstlich geschmeckt.

Frau Burger hielt eine neue Flasche in der Hand, diesmal mit dunkelrotem Inhalt. »Brombeerlikör, selbst gemacht«, sagte sie und goss unter meinem nur mehr gemurmelten Protest das Glas voll. Er brannte nicht gar so arg und hatte ein herrlich sommerliches Aroma.

»Noch mal zurück«, sagte ich und drehte mein Glas in den Händen. »Wo war ich stehen geblieben?«

»Die Silvia hat ein Einzelzimmer gebucht.«

»Ach ja, richtig.« Langsam fiel es mir schwer, mich zu konzentrieren. In mir hatte sich nicht nur Wärme, sondern auch bleierne Müdigkeit ausgebreitet.

»Aber sie hat eine große Kiste herschicken lassen, bevor sie gekommen ist.«

»Eine Kiste?« Die Worte wollten mir nicht mehr gehorchen. Sie kamen wie durch Watte.

»Ja. Die kam ein paar Tage vor ihr. Ich habe mich gefragt, was sie damit macht. Aber das war ja ihre Sache.«

»Wissen Sie, was drin war?« War mein Glas schon wieder voll? Oder hatte ich es noch nicht ausgetrunken? Langsam verlor ich den Überblick.

»Keine Ahnung. Ich habe nicht gefragt. Silvia war nur eine Nacht da. Sie wollte gleich weiter. Hat mir aber nicht gesagt, wohin. Nur, dass sie auf der Durchreise ist.«

»Was hat sie für einen Eindruck auf Sie gemacht?«

Frau Burger runzelte die Stirn und holte die nächste Flasche. Der Inhalt war hellrot. Ich wollte gar nicht mehr wissen, was drin war, und hielt mein Glas zu. Sie gab mir einen erstaunlich resoluten Klaps auf die Finger und goss es trotzdem voll.

»Sie war müde. Und irgendwie traurig. Nein, das trifft es nicht ganz. Nachdenklich eher. Ich kannte sie so nicht. Sie war so ein lebhaftes Kind und nun war sie plötzlich still und in sich gekehrt.«

»Hat sie etwas vom Tauchen erzählt?« Das Sprechen fiel mir schwer. Kaum zu glauben, dass ich gefroren hatte, als ich hergekommen war. Ich zog den dicken Pulli aus.

»Vom Tauchen? Iwo! Wir waren uns einig, dass das nichts ist. Ich erinnere mich noch, dass wir beim Frühstück saßen und im Radio die Meldung kam, dass am Tag zuvor ein Taucher bei einem Unglück ums Leben gekommen ist. Sie wurde vor Schreck ganz blass. Fast so, als hätte es einen Angehörigen getroffen.«

Oder sie selbst.

Ich biss mir auf die Unterlippe. Insgeheim gratulierte ich mir zum richtigen Riecher. Silvia hatte eine Anlaufstelle gebraucht, auf die sie sich verlassen konnte. Was lag da näher, als sich an die Pension zu erinnern, die man schon als Kind gekannt hatte?

»Und wann ist sie gegangen?«

»Gleich nach dem Frühstück. Sie war leichenblass und ich hatte den Eindruck, dass es ihr nicht gutging.«

»Wo ist sie hin?«

»Keine Ahnung. Ich habe ihr ein Taxi gerufen, sie sagte, sie wollte zum Bahnhof.« Sie runzelte die Stirn. »Jetzt, wo Sie es sagen, fällt mir ein, dass ich gar nicht weiß, wie sie hergekommen ist. Nicht mit dem Auto. Sie stand einfach da am frühen Abend und hat geklingelt. Dann ist sie gleich auf ihr Zimmer und ich habe sie erst am nächsten Morgen wiedergesehen.«

Der Rest des Abends verging in einem Kaleidoskop aus Flaschen mit buntem Inhalt. Der Weihnachtsstern stand bereits in einer rosaroten Pfütze, ich selbst konnte mich nicht mehr hochhieven.

Irgendwann wurde es dunkel.

SONNTAG

Mein Hals kratzte und meine Zunge fühlte sich an, als habe sie über Nacht Gesellschaft von ihrem Zwilling bekommen. Es fiel mir schwer zu schlucken.

Einen Moment blieb ich mit geschlossenen Augen liegen und lauschte. Etwas scharrte und der Geruch von Kaffee zog an mir vorbei. Ich lag. Nicht in meinem Bett, dafür war der Untergrund zu hart. Wo, zum Kuckuck, war ich?

Ich drückte mich hoch und öffnete die Augen. Das Erste, was ich sah, waren Flaschen, die auf einem Holztisch standen. Viele Flaschen. Und sie waren alle nicht mehr voll. Dafür mit farbenfrohem Inhalt.

Unwillkürlich fasste ich mir an den Kopf, der schmerzhaft pochte. Von draußen fiel Sonnenlicht durch das Fenster über der Eckbank herein, auf der ich gelegen hatte. Etwa die ganze Nacht? Das durfte nicht wahr sein! Frau Burger, die dem Alter nach meine Großmutter hätte sein können, hatte mich nach allen Regeln der Kunst abgefüllt.

Ich stöhnte und schloss die Augen wieder.

»Na, Kindchen? Wach?«

Unter halb geschlossenen Lidern sah ich Frau Burger auf ihren Stock gestützt ins Esszimmer huschen. In der Hand eine Kanne. Hoffentlich war Kaffee drin, betete ich innerlich.

»Sie brauchen jetzt ein ordentliches Frühstück.«

Allein bei dem Wort begann mein Magen, sich unangenehm zu winden. Wie machte sie das nur? Sie hatte mindestens die doppelte Menge Alkohol getrunken und war trotzdem fit für einen Marathon. Na ja, für einen halben, korrigierte ich mich mit Blick auf ihren gebeugten Rücken. Ich musste der Tatsache ins Auge sehen: Sie hatte mich nicht nur abgefüllt, sondern unter den Tisch gesoffen. Mein Blick fiel auf den Weihnachtsstern hinter mir. Über Nacht hatte er seine rote Pracht verloren, die Blätter lagen allesamt daneben in einer rosaroten Überschwemmung. Nur die mageren Äste ragten anklagend in die Luft.

Mit einem Scheppern landete Porzellan mit Blümchen vor mir auf dem Tisch und ich zuckte zusammen. Der Schmerz fuhr mir direkt in den Kopf. Mühsam setzte ich mich auf.

»Na, nun essen Sie erst mal, dann sind Sie gleich wieder fit. Sie vertragen aber nicht viel, oder?« Sie schüttelte den Kopf und ignorierte mein Stöhnen. »Kippen mir einfach so auf die Bank«, murmelte sie und verschwand in der Küche. »Ich dachte mir, es ist das Einfachste, Sie liegenzulassen«, rief sie herüber.

Ich nickte nur. Vermutlich war es das.

Vor mir landete ein Teller mit geräuchertem Schinken. Der scharfe Geruch von kräftigem Käse stieg mir in die Nase. Ein Korb dunklen Brotes, das dick geschnitten war, gesellte sich dazu.

Der Kaffee erweckte Tote zum Leben, so stark war er. Ich schüttelte mich, zwang mich aber, ihn zu trinken. Als die erste Tasse leer war, konnte ich etwas essen. Das Brot war frisch und schmeckte köstlich. Bestrichen mit Butter und Schinken und Käse dazu, weckte es die totgeglaubten Lebensgeister in mir.

Wenig später ging ich zu Frau Burger in die Küche und bedankte mich für das Frühstück. Sie begleitete mich zur Tür und zog einen Umschlag aus ihrer Schürze, den sie mir ohne Umschweife überreichte.

»Die Rechnung«, erklärte sie, ohne mit der Wimper zu zucken, und fügte auf meinen fragenden Blick hinzu: »Sie haben immerhin eine Nacht bei mir geschlafen und hatten das große Frühstück. Allerdings ist es der halbe Preis«, setzte sie großzügig hinzu. Ihre Mundwinkel zuckten noch nicht einmal. »Sie waren ja nicht auf einem Zimmer. Den Weihnachtsstern habe ich aber draufgesetzt.«

Ich schluckte, als ich an das kümmerliche Etwas dachte, das ich auf dem Gewissen hatte, und schwieg.

»Am liebsten wäre es mir, Sie bezahlen bar.«

Ich sah sie an und zückte wortlos den Geldbeutel, als ich merkte, dass es ihr ernst war. Ich reichte ihr dreißig Euro, dann drehte ich mich um und ging zu meinem Auto, das unter einer dicken Schicht Schnee verborgen stand. Ich betrachtete es eine Weile und überlegte, was eben geschehen war.

Mit der bloßen Hand schippte ich ein wenig der weißen Pracht zur Seite, um wenigstens die Tür öffnen und einen Eiskratzer herausnehmen zu können.

Ich wäre jede Wette eingegangen, dass Frau Burger hinter ihrem Küchenfenster stand und mich beobachtete. Ich verkniff mir ein Grinsen und schüttelte den Kopf.

Als ich endlich im Auto saß, suchte ich in meiner Handtasche nach Aspirin und spülte sie mit kaltem Wasser aus einer Flasche, die die Nacht im Auto verbracht hatte, hinunter. Dann startete ich den Motor und trat den Rückweg in gleißender Helligkeit an. Der Schneefall hatte aufgehört, die Welt um mich herum war verzaubert und erinnerte an die Landschaft aus ›Drei Haselnüsse für Aschenbrödel‹.

Ich gestattete mir einen Moment der Rührseligkeit, dann versuchte ich zu sortieren, was ich gestern erfahren hatte. Wohin war Silvia verschwunden? Und mit wessen Hilfe? Sie schien in Ulm wieder aufgetaucht zu sein. Was für ein

Zufall, dass ihr Mann ausgerechnet den Fernsehbericht gesehen hatte, in dem sie für kurze Zeit durch das Bild gelaufen war. Wo sie doch so sehr darauf bedacht gewesen war, nur nachts in Büros zu arbeiten. Eine Verkettung unglücklicher Umstände hatte dazu geführt, dass er sie gesehen hatte. Wie bitter musste die Erkenntnis gewesen sein?

Und damit hatte ich plötzlich das Motiv für ihren vorgetäuschten Unfall vor Augen: Sie hatte ihren Mann verlassen wollen. Aber wie verzweifelt musste sie gewesen sein, dass eine einfache Scheidung nicht ausgereicht hatte? Was war er für ein Mann?

Ich grübelte die halbe Heimfahrt darüber nach, was geschehen war. Und was ich mir zusammenreimte, gefiel mir nicht. Ich öffnete das Fenster und ließ mir frische Luft um die Nase wehen. Heute störte mich noch nicht einmal Wham! im Radio. Ich wurde tatsächlich weich auf meine alten Tage. Zum Glück war niemand hier, der mich sah. So summte ich vergnügt vor mich hin.

Die drängendste Frage blieb aber: Wo war Silvia jetzt?

Zu Hause grübelte ich noch immer darüber nach. Ich ging zunächst duschen und wunderte mich, warum ich keine Kopfschmerzen mehr hatte. Vermutlich lag es an Frau Burgers Selbstgebrannten. Ich nahm mir fest vor, sie bald zu besuchen. Vielleicht gewann ich dem Schnaps doch noch etwas ab. Und wenn nicht, ich brauchte das eine oder andere Weihnachtsgeschenk. Es widerstrebte mir zwar, mich den kommerziellen Bedürfnissen des Festes anzupassen, aber vieles änderte sich gerade zu meinem großen Erstaunen.

Etwas musste ich erledigen, bevor ich an meinem Fall weiterarbeiten konnte. Mit einem Kaffee machte ich es mir am Küchentisch bequem und rief Andreas an.

»Prinzessin«, tönte seine dunkle Stimme aus dem Hörer.

»Ich wollte mal hören, wie es so läuft.«

Einen Moment schwieg er. »Könnte nicht besser.«

»Kommst du voran?«

»Sicher. Der Vollidiot hat sich nicht einmal die Mühe gegeben, seine Spur im Netz zu verschleiern. Hat mich nur einen Anruf gekostet.«

»Du weißt, wer es ist?«

»Jep.« Andreas war kein Freund großer Worte.

»Kriegst du das hin?«

Er lachte leise. »Das ist nicht dein Ernst, oder?«

»Entschuldigung.«

»Dabei kannst du mir nicht helfen.«

Ich hatte keine Ahnung, was es mit dieser kryptischen Bemerkung auf sich hatte. Da er aber gelassen und zufrieden klang, beließ ich es dabei. Fast hatte es den Anschein, als schien er Spaß bei der Sache zu haben. Ein weiterer Schritt zurück zur Normalität. Und Cosima wurde auch geholfen. Es konnte nicht besser sein.

Frau Dreiseitel hatte wie versprochen am gestrigen Abend die E-Mail mit den Teilnehmern vom Ferienlager geschickt. Besonders interessierte ich mich für Natascha Schramm und Silvia Kohler.

Bevor ich mich intensiv damit auseinandersetzen konnte, klingelte mein Handy.

»Werner, einen wunderschönen guten Morgen!«, grüßte ich aufgeräumt und fragte mich, was mein Chef von mir wollte. Einen neuen Fall konnte ich im Moment nicht annehmen. Dazu war der, an dem ich gerade arbeitete, zu komplex und undurchsichtig.

»Du solltest mal vorbeikommen«, sagte er und ich vermisste den befehlsgewohnten Ton in seiner Stimme. Sie klang dünn, er sprach leise.

»Was ist denn los?« Ich konnte Neugier und Verwunderung nicht verbergen.

»Das sage ich dir lieber, wenn du hier bist.«

Ich überlegte nicht lange, schnappte Kaffeetasse und Lederbeutel und verbarg meine nassen Haare unter der Mütze, die ich mit Mark gekauft hatte. Einen Moment fragte ich mich, ob er das mit dem Date ernst gemeint hatte. Ich sollte ihn später anrufen. Pizzaessen, ins Kino gehen, ungezwungen sein. Ein bisschen herumknutschen. Ich grinste in mich hinein. Ganz wie in den alten Zeiten.

Auf direktem Weg fuhr ich nach Blaustein, wo das Büro der Detektei Simon lag, und ging durch den Flur nach oben in den dritten Stock. Wie immer wurde ich von orientalischen Gerüchen begleitet, die durch das Treppenhaus waberten. Die türkische Mama im Haus bekochte ihre Kinder jeden Tag frisch. Ich schnupperte. Das Frühstück lag geraume Zeit zurück und ich bekam langsam Hunger.

Im Büro unterbrach Anna ihr hektisches Geklapper auf der Tastatur, um mir einen vielsagenden Blick über den Rand ihrer Brille hinweg zuzuwerfen. Flapsi schoss mit atemberaubender Geschwindigkeit hinter dem Tresen hervor und begrüßte mich lautstark. Eingehüllt in einen Nebel unangenehmer Gerüche. Ich rümpfte die Nase und Anna fuhr mit dem Schreibtischstuhl nach hinten, um das Fenster zu öffnen. Längst entschuldigte sie sich nicht mehr für den Verdauungsapparat ihres Lieblings.

»Was ist los?«, fragte ich und versuchte, den Dackel loszuwerden. »Ist ja gut, Flapsi.« Ohne Streicheleinheit ging er nicht freiwillig zurück auf seinen Platz.

»Eine Frau ist aufgetaucht«, sagte sie mit Grabesstimme.

»Und? Ist sie ihm an die Wäsche?«

Einen Moment zuckte es um ihre Mundwinkel und ich konnte mir das Grinsen kaum verkneifen.

»Musst du selbst sehen. Vielleicht solltest du ihm zur Seite stehen.«

Ich konnte meine Neugier kaum bezähmen und ging auf direktem Weg in Werners Büro. Die Tür war nur angelehnt. Das Bild, das sich mir bot, überraschte mich gleichermaßen, wie es mich amüsierte. Werner saß zusammengesunken hinter seinem Schreibtisch. Was bei seiner Größe und der Körperfülle ein Kunststück war. Vor ihm hatte sich eine Frau aufgebaut, die ihm maximal bis zur Brust reichen konnte. Sie war schlank und trug ein edel aussehendes braunes Kostüm mit Minirock und hohen Stiefeln. Offenbar war sie es gewohnt, den Ton anzugeben. Sie hatte die Hände auf dem Tisch abgestützt und beugte sich nach vorn. Vermutlich bot sie ihm einen hervorragenden Blick in das üppige Dekolleté. Das störte sie aber nicht, vielmehr war ihre Stirn gerunzelt, der Mund zu einem Strich zusammengepresst.

Was niemand sonst je geschafft hatte, war ihr gelungen: Werner hatte Angst. Als er mich sah, drückte er sich vom Stuhl hoch und wich nach hinten an die Wand.

»Jule, dich schickt der Himmel!« Er hauchte mehr, als dass er redete, und kam um den Schreibtisch herum auf mich zu. Dabei ließ er die Frau, die sich jetzt aufrichtete, keinen Moment aus den Augen und achtete darauf, so viel Abstand wie möglich zwischen sich und sie zu bringen.

»Hallo«, grüßte ich und versuchte, mir die Überraschung nicht anmerken zu lassen.

»Ist sie das?«, fragte sie mit einer Stimme, mit der man problemlos Glas schneiden konnte.

Er nickte schwach. »Das ist Jule Flemming.«

Ich ging auf sie zu und streckte ihr die Hand entgegen. »Und Sie sind?«

Sie schüttelte meine Hand und ich kam mir vor, als sei ich in einem Schraubstock gefangen. Ich biss die Zähne zusammen und drückte ebenfalls kräftig zu.

»Juliane Nusser.« Sie gab meine Hand frei und ich versuchte, mir die Erleichterung nicht anmerken zu lassen.

Da Werner offenbar nicht in der Lage war, einen normalen Satz vorzubringen, musste ich die Sache in die Hand nehmen. Vielleicht arbeitete sie als Domina und war diesen Ton gewöhnt. Ich nicht, und ich hatte nicht die Absicht, mich von ihr einschüchtern zu lassen.

Beide sahen mich einen Moment entgeistert an. Ich schaute wohl ähnlich intelligent zurück. »Was?«, fragte ich schließlich.

»Das ist Juliane Nusser.«

»Ja. Und?«

Einen Moment herrschte betretenes Schweigen, dann brach Frau Nusser in schallendes Gelächter aus. Ich vermutete, dass ich den Grund für ihre Erheiterung darstellte, hatte aber keine Ahnung, warum. Wenn ich einen Witz machte, wusste ich das gern, ich kam mir sonst so dumm vor.

»Die Schauspielerin«, erklärte Werner weiter.

Ich grub in meinem Gehirn, fand aber nichts. Ich hatte weder eine Ahnung, wo sie mitgespielt haben könnte, noch was sie derzeit für Filme drehte. Insofern war mir Werners Respekt egal. Ohnehin sah ich nicht ein, Menschen danach zu beurteilen, was sie von Beruf waren. Schauspieler oder Sänger zauberten mir längst kein ehrfürchtiges »Oh« mehr auf die Lippen. Schlussendlich waren sie Menschen, die irgendwann zu Staub zerfielen wie jeder andere auch.

»Tut mir leid, wenn ich Sie nicht kenne«, fuhr ich fort. »Aber das ist vermutlich nicht der Grund, warum Sie hier sind. Also? Was kann ich für Sie tun?«

Sie erholte sich nur langsam von ihrem Lachflash und schüttelte immer wieder ungläubig den Kopf. Ich biss mir auf die Wange und konnte ein genervtes Aufstöhnen nur mit Mühe unterdrücken.

»Hören Sie, ich habe zu tun«, sagte ich schließlich. »Wenn Sie zum Lachen gekommen sind, können Sie das auf der Straße tun.«

Jetzt grinste sie mich an. Ihre Augen blitzten und um ihre Mundwinkel zuckte es verdächtig. Sie hatte ein ebenmäßiges Gesicht, leicht schräg stehende Augen, die ihr etwas Geheimnisvolles verliehen, und blondes Haar. Ich konnte sie mir gut als Schauspielerin vorstellen.

Werner sah mich an, als hätte ich nicht alle Tassen im Schrank, und ich wusste genau, dass er sich für meine Respektlosigkeit schämte. Aber gerade das stachelte mich noch mehr an. Er wusste, dass ich es nicht leiden konnte, wenn Menschen aufgrund irgendeines fadenscheinigen Status anders behandelt wurden als ein Bettler auf der Straße.

Frau Nusser hatte exakt zwanzig Sekunden, dann war ich zur Tür hinaus und würde meiner Arbeit nachgehen. Ich wollte Silvia Kohler finden.

Offenbar deutete sie meinen Gesichtsausdruck richtig, denn das Lachen verschwand von ihren Lippen. »Ich bin die Freundin von Silvia Kohler.«

Sieh an, vielleicht sollten wir doch miteinander reden. Ich räusperte mich, und sie sah mich abwartend an.

»Wir sollten ins Besprechungszimmer gehen. Möchten Sie einen Kaffee?«

Werner nickte erleichtert, als ich mich umdrehte und sein Büro verließ. Frau Nusser folgte mir, ihre Absätze bohrten sich energisch in den Boden. Werners schwerer Schritt blieb aus. Feigling.

Im Vorbeigehen bat ich Anna um Kaffee und schloss die Tür des Besprechungsraums hinter uns. Ohne Umschweife ließ ich mich auf einem der Besucherstühle um den runden Tisch nieder.

»Noch mal auf Anfang«, schlug ich vor und reichte die Hand über den Tisch. Diesmal drückte sie nicht so erbarmungslos zu. »Ich heiße Jule Flemming.«

»Juliane Nusser«, murmelte sie.

»Es tut mir ehrlich leid, dass ich Sie nicht kenne.« Ich konnte mir nicht verkneifen, die Verhältnisse von Anfang an zurechtzurücken.

»Das macht nichts. Kommt nur nicht häufig vor.«

Ich zuckte mit der Schulter und grinste. Auch Frau Nusser konnte sich ein Lachen nicht verkneifen. Warum nur hatte ich das Gefühl, dass sie in Werners Büro vorhin ein Schauspiel abgezogen hatte?

Anna brachte ein Tablett mit Kaffee und Geschirr und einem Teller mit Keksen. Ich schenkte ein und schob ihr den Teller zu. Bedauernd schüttelte Frau Nusser den Kopf. Vermutlich musste sie auf ihre Linie achten. Ihre Schuld, blieb mir mehr. Ich nahm mir einen Keks mit Schokolade und Nusssplittern und biss genüsslich hinein.

»Also, Sie sind eine Freundin von Silvia Kohler.«

Sie nickte und sah mir zu, wie ich den Keks verspeiste. Eisern klammerte sie sich an ihrer Tasse fest. Sie trank den Kaffee schwarz.

»Frau Mader hat mich angerufen.«

»Silvias Mutter.«

Sie nickte. »Sie sagte mir, dass Sie mehrfach bei ihr angerufen hätten, um sie über Silvia auszufragen.«

Ich überlegte, ob zweimal schon als mehrfach galt, und wartete ab.

»Sie hat gesagt, Sie hätten sie gefragt, ob Silvia den Unfall vorgetäuscht haben könnte.«

Ich erwiderte nichts. Bevor Silvia nicht vor mir stand und ich mich nicht mit eigenen Augen davon überzeugen konnte, dass sie noch lebte, war es sinnlos, sich mit Fremden in Spekulationen zu ergehen. Ohnehin musste ich dann die Behörden einschalten. Denn das Vortäuschen des eigenen Todes war eine Straftat. Und ich konnte mir nur vorstellen, dass eine akute Amnesie ausreichte, um glaubhaft zu machen, warum sie ohne einen Hinweis verschwunden war.

»Ich will Ihnen mal was sagen.« Da war er wieder, dieser herrische Ton, von dem Werner sich hatte einschüchtern lassen. Ich gebe zu, sie beherrschte das perfekt. Ihre blauen Augen waren von eisiger Kälte und sie verschoss Blitze, die ihrem Gegenüber Angst machen konnten. Nur bei mir erreichte sie damit nichts. Sie war Schauspielerin, das hatte sie geübt.

»Ich höre?«, fragte ich mit nach oben gezogenen Brauen und hielt ihrem Blick stand.

»Silvia war eine verdammt gute Freundin von mir. Wahrscheinlich die Einzige, die ich je hatte. Dass sie bei diesem Unglück ums Leben gekommen ist, war für uns alle schrecklich. Für mich ebenso wie für ihre Eltern.«

»Und ihren Mann«, warf ich ein, erntete aber nur ein Schnauben.

»Wir haben keinen Kontakt mehr. Wenn ich gekonnt hätte, hätte ich sie damals vom Altar weggeschleift, bevor sie Ja sagen konnte.«

»Haben Sie aber nicht.«

Sie wedelte unwirsch mit der Hand. »Wir haben alle eine schwere Zeit durchgemacht und ich fühle mich Frau Mader verbunden. Lassen Sie sie mit diesem Blödsinn in Ruhe! Und wecken Sie nicht Hoffnungen, die nicht da sein dürfen. Soll die arme Frau alles noch einmal durchmachen? Nächstes Jahr wird Silvia endgültig für tot erklärt und dann kann auch sie in Ruhe trauern.«

»Und nur, um mir das zu sagen, haben Sie den weiten Weg von Köln hierher auf sich genommen?«

Wieder schnaubte sie. »Ich habe mehrere Wohnungen und war gerade in Stuttgart für einen Dreh. So weit war es also nicht für mich.«

»Wenn Sie schon da sind, können Sie mir sicher ein paar Fragen beantworten.«

»Warum sollte ich das tun?« Wieder die Schauspielerin.

»Weil Silvia, wie Sie behaupten, Ihre beste Freundin war. Und weil ich mittlerweile auf einige, sagen wir, Ungereimtheiten gestoßen bin.«

»Wie sehen die aus?«

»Ihre Fragen gegen meine.«

Sie funkelte mich an, ich blitzte zurück.

»Okay.«

Ging doch. »Also, Frau Nusser, woher kennen Sie Silvia?«

»Aus der Realschule.«

»Und Sie kennen auch die Eltern. Was hatte Silvia für ein Verhältnis zu ihnen?«

Sie rutschte auf ihrem Stuhl hin und her und senkte den Blick. »Ich glaube, dass es Silvia nicht leicht hatte in ihrer Kindheit. Ihre Eltern hatten kaum Geld. Ihre Mutter war Hausfrau, ihr Vater hatte einen Installationsbetrieb. Er ist pleitegegangen.«

Täuschte ich mich oder schwang in ihrer Stimme leise Verachtung mit?

»Weil er zu oft in der Kneipe war, statt sich um Betrieb und Familie zu kümmern«, fuhr sie fort und sah mich trotzig an. »Deswegen ist sie auf diesen Scheißkerl Kohler hereingefallen. Kam mit seinem teuren Anzug und dem dicken Geldbeutel daher, hat ein bisschen damit herumgewedelt – und sie ist ihm verfallen. Ich habe immer wieder gesagt, dass sie die Finger von ihm lassen soll. Aber sie wollte nicht auf mich hören. Er hat ihr einen Ausweg geboten und den wollte sie lieber gehen, als auf meine Ratschläge zu hören.«

Warum nur kam mir das so bekannt vor?

»Was ist dann passiert?«

»Am Anfang sah alles bestens aus. Aber schon kurz nach der Hochzeit hat er angefangen, sie zu kontrollieren. Er hat ihr Handy durchsucht und ihr nachspioniert. Es wurde immer schlimmer. Sogar den Kontakt zu mir wollte er ihr verbieten. Ich sei nicht gut für seine Frau! Pah! Können Sie sich das vorstellen?« Empörung spiegelte sich auf ihrem Gesicht. »Es wurde immer schlimmer. Jedes Mal, wenn auch nur der Postbote geklingelt hat, hat er darin einen vermeintlichen Liebhaber gesehen.«

»Hat er sie geschlagen?«, fragte ich aufs Geratewohl.

Sie zuckte mit der Schulter. »Zugegeben hat sie es nicht. Aber ich vermute schon. Sie hatte oft blaue Flecken und wollte manchmal nicht mit ins Schwimmbad. Sie hat ihn immer in Schutz genommen. Als sie letztes Jahr im Krankhaus war, hat sie behauptet, sie sei die Treppe hinuntergefallen. Wie kann man nur so dumm sein?« In ihrer Stimme lag Verzweiflung. »Dabei hätte sie es doch von ihren Eltern besser wissen müssen.«

»Gab es da auch häusliche Gewalt?« Das erklärte zumindest Frau Maders Angst vor ihrem Mann.

Frau Nusser nickte. »Da weiß ich es. Er hat seine Frau im Suff oft verprügelt. Insgeheim hat er wohl ein Ventil gesucht. Jemanden, dem er die Schuld an seiner Situation geben konnte, damit er sich seine eigene nicht eingestehen musste.«

»Was ist dann passiert?«

»Silvia hat sich verändert. Sie wurde immer verschlossener und hat sich schließlich in die Sache mit dem Tauchschein hineingesteigert.«

»War das vor oder nach ihrem Krankenhausaufenthalt?«, bohrte ich nach. Der Kaffee war längst kalt geworden, die Kekse lagen unangetastet auf dem Teller.

Falten traten auf ihre Stirn, als sie die Augen zusammenkniff und zum Fenster hinausstarrte. Sie sah süß aus, dachte ich unwillkürlich, und ich konnte mir gut vorstellen, dass sie in ihrem Beruf erfolgreich war.

»Das muss danach gewesen sein«, murmelte sie. Sie sah hoch. »Ja, das war danach! Das war kurz vor Weihnachten, als sie mir das gesagt hat. Im Krankenhaus ist sie im Sommer gewesen.«

Hier war das Motiv. Sie hatte die Gewalt ihres Mannes nicht mehr ausgehalten und beschlossen, glaubhaft von der Bildfläche zu verschwinden. Das war ihr gelungen. Mit Pauken und Trompeten. Spektakulärer konnte ich mir meinen eigenen Abgang nicht vorstellen. Warum aber hatte sie alle, selbst ihre Eltern und die beste Freundin, darüber im Unklaren gelassen und alle Brücken hinter sich abgebrochen? Vermutlich, weil Kohler weiter nach ihr gesucht hätte, wenn er auch nur geahnt hätte, dass etwas nicht mit rechten Dingen zugegangen war. Er war besessen von seiner Frau.

Das erklärte auch, warum er sie schon so oft gesehen haben wollte. Dass es nun tatsächlich geschehen war, war einer jener Zufälle, die man nicht planen konnte.

»Jetzt Sie«, verlangte Frau Nusser und stützte ihre Hände auf den Schreibtisch. »Warum bohren Sie in der Sache herum und bombardieren die arme Frau Mader mit Fragen?«

Ich beschloss, ihr die halbe Wahrheit zu sagen. »Herr Kohler war bei mir. Er meint, er hat seine Frau auf dem Ulmer Weihnachtsmarkt gesehen.«

Sie sah mich entgeistert an. »Und deswegen der ganze Aufwasch? Haben Sie eine Ahnung, wie oft er sie schon irgendwo gesehen hat?«

Hatte ich. Aber ich spielte die Ahnungslose und hob in gespielter Überraschung die Augenbrauen.

»Der hat sie nicht mehr alle! Die Bullen waren schon so weit, ihn in die Klapse einliefern zu lassen. Vermutlich wäre er da besser aufgehoben.«

»Tja«, sagte ich unbestimmt.

Frau Nusser stürzte den Rest ihres Kaffees hinunter und stand auf. »Sie verschwenden Ihre Zeit.« Sie klang mitleidig. »Wenn Sie meinen, machen Sie weiter. Aber lassen Sie bitte Frau Mader raus. Ihr Leben ist schwer genug, da braucht sie keine blödsinnigen Hirngespinste.«

»Kann ich Sie irgendwo erreichen, falls ich Fragen habe?«

Sie wog ab. Dann zog sie eine Karte aus ihrer Handtasche und warf sie auf meinen Schreibtisch. »Wenn Sie meinen.«

Ich meinte. Und folgte ihr nach draußen. Vor Werners Büro blieb sie stehen und öffnete ohne Umschweife die Tür. Ich erhaschte rechtzeitig einen Blick hinein, um ihn zusammenzucken zu sehen.

Frau Nusser reckte sich in gleichem Maße, wie mein Chef zu schrumpfen schien. »Ich komme wieder, wenn es sein muss«, peitschte ihre Stimme durch den Raum. Sie warf ihm einen letzten Blick zu, dann drehte sie auf ihren hochhackigen Absätzen um und stöckelte hinaus.

»Ist er immer so schreckhaft?«, fragte sie mit Neugier in der Stimme.

Ich zuckte mit der Schulter. »Kommt ganz darauf an«, gab ich vage zurück.

An der Tür reichte sie mir die Hand. »Und Sie wissen wirklich nicht, wer ich bin?« In ihrer Stimme lag Misstrauen.

»Sorry, aber ich habe keinen blassen Schimmer«, gab ich ehrlich zurück.

Sie nickte langsam. »Das ist cool. Irgendwie.«

Das war irgendwie sehr cool, dachte ich. Und gar nicht anstrengend.

*

Eine neue Gasflasche aufzutreiben, war nicht einfach gewesen. Da sollte man meinen, dass die Schrebergartenbesitzer sie in den Hütten überwinterten. Aber offenbar hatten viele Angst vor Diebstahl und nahmen die Sachen mit. Wie recht sie damit hatten, dachte sie bitter.

Aber jetzt, da sie ein Ziel vor Augen hatte, hatte sie sich davon nicht beirren lassen und so lange eine neue Bleibe gesucht, bis sie ein geeignetes Objekt gefunden hatte.

Diese Hütte war sogar besser als die alte, weil sie an die Gasflasche einen portablen Heizkörper anschließen konnte, den sie unter der Bank gefunden hatte. Nur Lebensmittel waren keine da gewesen.

Aber das war angesichts der Tatsache, dass sie bald über viel Geld verfügte, nicht schlimm. Sie hatte ihre Barschaft überflogen und war auf knapp zwanzig Euro gekommen. Nicht viel. Aber auch nicht wenig. Sie hatte beschlossen, am Abend zum Supermarkt zu gehen. Dort gab es immer Kisten mit billigen Lebensmitteln, die kurz vor dem Verfallsdatum waren. Vielleicht konnte sie sich sogar etwas unter die Manteltasche schieben. Und wenn sie lange genug wartete, entsorgten die Supermärkte Verderbliches nach Ladenschluss in großen Containern. Das hatte sie einmal in einem Bericht im Fernsehen gesehen. Damals, in ihrem anderen Leben. Das war zwar verboten, bot aber eine reichhaltige Nahrungsquelle. Und in den wenigsten Fällen war die Ware wirklich verdorben.

Ihre Zuversicht wuchs. Jetzt, da sie einen Plan hatte, wusste sie, dass alles gut werden würde. Sie zog sogar in Erwägung, in ein Schwimmbad zu gehen und zu duschen. Mittlerweile merkte sie selbst, dass sie stank. Die klamme Kleidung machte es nicht besser. Und in Schwimmbädern konnte man in Momenten, in denen Menschen unvorsichtig wurden, vielleicht sogar an eine Geldbörse kommen.

Sie hatte längst keine Skrupel mehr angesichts ihrer prekären Situation. Die hatte sie sich nicht ausgesucht. Sie wusste aber, dass das nur vorübergehend war. Wenn er bezahlt hatte, konnte sie in Ruhe darüber nachdenken, wie sie ihr nächstes Leben gestalten wollte. Und vor allem wo. Sie hatte den Schnee und die Kälte so satt. Außerdem hatte sie das Gefühl, dass es in Ulm ständig neblig war. Wussten die Einwohner überhaupt, wie die Sonne aussah?

Vielleicht würde sie sich ein Flugticket kaufen und in den Süden oder nach Übersee verschwinden. Bestimmt konnte man dort billiger leben als hier. Dazu allerdings bräuchte sie einen Ausweis. Aber auch das ließ sich bewerkstelligen. Sie musste nur eine Frau suchen, die ihr grob ähnelte. Und dann den Ausweis an sich bringen. Ehe die das bemerkte, saß sie längst im Flugzeug. Auf dem Weg in ein neues Leben. Vielleicht würde sie sogar einen Mann kennenlernen und eine Familie gründen.

Sie zog die Jacke enger um sich und kuschelte sich in die Decke, die sie aus der ersten Hütte mitgenommen hatte. Langsam verbreitete der Heizkörper eine angenehme Wärme. Und über den Gedanken über ihre rosigere Zukunft schlief sie schließlich ein.

*

Nachdem die Angelegenheit mit Frau Nusser geklärt schien, fuhr ich mit einem Umweg über meinen Lieblingskebabstand in Söflingen zurück nach Hause. Ich hatte den Wagen noch nicht geparkt, da klingelte das Handy. Ich biss die Zähne zusammen, als ich das Gespräch annahm.

»Herr Kohler, was kann ich für Sie tun?«

»Was haben Sie herausgefunden?«, kam er ohne Umschweife zum Thema.

»Nicht viel«, log ich. Solange ich nicht wusste, warum Silvia verschwunden war, würde ich einen Teufel tun, ihm zu erklären, wie weit ich mit meinem Ermittlungen war.

»Das kann doch nicht sein«, entrüstete er sich. »Was macht die Nusser hier?«

Woher wusste er, dass Frau Nusser in Ulm war? Ich zog den Schlüssel aus dem Schloss, blieb aber im Auto sitzen.

»Herr Kohler, was soll die Frage?«

»Sie haben etwas herausgefunden. Das weiß ich doch. Wo ist meine Frau?«

»Ihre Frau ist tot.« Die Zeit der Schonung angesichts seines seltsamen Verhaltens war vorbei. Von meinem anfänglichen Mitleid war nichts mehr übrig. Auch wenn er Recht mit seiner Vermutung hatte.

»Wo ist meine Frau?« Sein Ton wurde knurrender.

»Herr Kohler, beruhigen Sie sich. Ihre Frau ist tot. Ertrunken im Bodensee. Und die Frau, mit der Sie sie verwechselt haben, suche ich gerade. Sobald ich sie gefunden habe, dürfen Sie mit ihr reden – und alles wird sich als ein Missverständnis herausstellen.«

»Was macht dann die Nusser hier?« Er wurde zunehmend lauter.

Ich atmete durch. »Frau Nusser ist im Rahmen meiner Ermittlungen hierhergekommen. Ich habe mit Ihren Schwiegereltern telefoniert und da wollte sie sich ein Bild vor Ort machen.«

»Sie ist nicht gut. Das habe ich meiner Frau schon gesagt. Sie ist eine Schlampe und nicht gut.«

Kohler hörte sich zunehmend hysterisch an. Es hatte keinen Zweck, vernünftig mit ihm zu reden.

»Ich suche die Frau weiter. Aber vielleicht sollten Sie in Erwägung ziehen, sich psychiatrische Hilfe bei der Trauerbewältigung zu suchen.«

Ein Zischen kam aus dem Hörer. »Wenn Sie meine Frau gefunden haben und es mir nicht sagen, werden Sie etwas erleben.«

Ich brach das Telefonat ab und stieg aus. Ich sah nach links, ehe ich die Straße überquerte. Gut fünfzig Meter entfernt von mir stand ein Mann am Straßenrand. Ein Smartphone am Ohr blickte er zu mir herüber.

War das Kohler? Ich kniff die Augen zusammen, beschleunigte meinen Schritt und ging über die Straße. Im Laufschritt rannte ich beinahe zur Haustür und öffnete sie. Drinnen lehnte ich mich dagegen und schloss die Augen. Ich musste meine verdammte Angst in den Griff kriegen! Eine Privatdetektivin, die eine Panikattacke erlitt, weil ein Mann mit

Handy am Ohr auf der Straße stand. Die Ereignisse der vergangenen Zeit hatten mehr Eindruck hinterlassen, als mir lieb war.

Reiß dich zusammen, herrschte ich mich selbst an und ging mit zitternden Knien nach oben. Bestimmt gab es eine ganz normale Erklärung dafür. Das war nicht Kohler gewesen.

Noch mit Winterjacke bekleidet ging ich in die Küche und sah durch das Fenster nach draußen auf die Straße. Sie war belebt, Kinder mit Schulranzen spielten mit Schneebrocken, Frauen mit Einkaufstaschen gingen vorüber und Bauarbeiter standen herum, die in ein gebuddeltes Loch starrten. Keine Spur von einem Mann mit Smartphone am Ohr.

Ich wurde schon wieder paranoid. Das durfte ich nicht zulassen, sonst war die ganze Therapie umsonst gewesen. Ich hatte einen Fall und um den musste ich mich kümmern. Kohler konnte mich mal!

Trotzig setzte ich mich mit meinem Fladenbrot an den Tisch und las die Mail von Frau Dreiseitel. Sie hatte ganze Arbeit geleistet und eine Auflistung aller Teilnehmer geschickt, die am Ferienlager teilgenommen hatten. Inklusive der beiden Betreuer Katja Sonder und Carsten Heimbs, die die Gruppe links und rechts flankierten. Juliane Nussers Namen suchte ich vergeblich. Entweder sie und Silvia hatten sich noch nicht gekannt, oder sie war nicht bei dieser Freizeit dabei gewesen.

Die Adresse von Silvia, die damals Mader mit Nachnamen geheißen hatte, deckte sich mit der, wo heute ihre Eltern wohnten. Natascha Schramm musste ganz in der Nähe gewohnt haben, wie mir ein Blick auf die Karte bei Google zeigte. Einen entsprechenden Eintrag im Telefonbuch suchte ich jedoch vergeblich. Das wäre zu schön gewesen.

Nachdenklich biss ich von meinem Kebab ab. Ich konnte jetzt mühsam einen Tag mit Herumtelefonieren, ein bisschen Flunkern und Hoffen vertrödeln oder die Abkürzung nehmen und hoffen, dass ich Glück hatte.

Ich entschied mich für Letzteres und holte die Visitenkarte von Juliane Nusser aus meiner Tasche. Sie nahm nach dem ersten Läuten ab. Vermutlich ging sie ohne Telefon nicht einmal ins Bett, weil sie ständig in der Hoffnung auf einen neuen Film lebte. Ich hatte mich ein bisschen schlaugemacht und festgestellt, dass ich tatsächlich keine Ahnung hatte. Juliane Nusser war die derzeit angesagteste Schauspielerin Deutschlands. Sie hatte sich von einer Seifenoperndarstellerin hochgearbeitet und eine eigene Vorabendserie erhalten. Dann folgten mehrere Buchverfilmungen mit ernsteren Rollen. Böse Zungen hatten behauptet, dass das dem Zustand geschuldet war, dass sie mit einem bekannten Regisseur ein Verhältnis gehabt hatte. Die Kritiker waren ob der gebotenen Leistung jedoch schnell verstummt.

Eines der Bilder kam mir bekannt vor. Möglich, dass ich schon einen Film mit ihr gesehen hatte, beschwören wollte ich es nicht.

»Sie sagten, ich könnte Sie anrufen, falls ich Fragen hätte«, begann ich.

»Und?«

»Ich habe Fragen.« Ich grinste in mich hinein. Ob jede Schauspielerin eine Diva war? Weil sie nicht antwortete, fuhr ich fort. »Ich suche Natascha Schramm.«

Lange Zeit schwieg sie.

»Kennen Sie sie?«

Sie prustete wieder, was, wie ich mittlerweile wusste, ihre Art war, Verachtung zu zeigen.

»Sie und Silvia waren mal ganz dicke.«

»Waren?«

»Keine Ahnung, sie ist weggezogen. In irgend so ein Kaff auf der Schwäbischen Alb. Ich fahre immer an der Ausfahrt vorbei. Na ja, eine richtige Ausfahrt ist es nicht.«

»Sie mögen sie nicht«, stellte ich fest und schob mir den Rest vom Kebab in den Mund.

»Doofe Pute.«

Ich schluckte runter, bevor ich antwortete. »Ist irgendetwas vorgefallen?«

Wieder das Prusten. »Nein. Ich mag sie einfach nicht. Das war so eine Tussi. Eine, die immer die besten Noten hatte und nie jemanden abschreiben ließ. Die gut ausgesehen und in der Schülerband gespielt hat. Und sich mächtig was darauf eingebildet hat. Und natürlich hat sie die ganzen Jungs abgekriegt. Klar.«

Dafür war Juliane heute eine gefragte Schauspielerin, die mit einem Film mehr verdiente, als ich in meinem ganzen Leben. Worüber regte sie sich auf?

»Und sie war mit Silvia befreundet?«

»Ja«, brummte sie. »Bis sie weggezogen ist. Das war im Herbst '99. Ab da haben Silvia und ich uns immer besser verstanden und sind schließlich gute Freundinnen geworden.«

»Hatten die beiden noch Kontakt?«, wollte ich wissen und wischte mir den Mund mit der Serviette ab.

»Keine Ahnung. Wir haben nie mehr über Natascha gesprochen. Silvia wusste, dass ich sie nicht ausstehen konnte.«

»Dann waren Sie deswegen nicht im Ferienlager«, murmelte ich vor mich hin.

»Ferienlager? Niemals wäre ich da freiwillig hingegangen! Das war nur für die Kinder, die in den Ferien abgeschoben wurden. Wir sind in den Urlaub gefahren.«

Die Geringschätzigkeit, mit der sie das sagte, ärgerte mich. Nicht jede Familie war so privilegiert, dass sie sich im Sommer einen Urlaub leisten konnte. Und die Ferienprogramme hatten durchaus ihren Reiz. Ich wusste, wovon ich redete.

»Was ist an einem Ferienlager so schlimm?«

»War halt nicht meins«, brummte sie. »Und im Nachhinein bin ich froh. Wenn man so hört, was da alles passiert. Im letzten Sommer hat es einen Betreuer erwischt, der vom Dach gestürzt ist. Querschnittsgelähmt.«

Das war tragisch, aber dafür konnten die Kinder nichts.

»Das war hart für die Teilnehmer. Sie haben wohl alles miterlebt. Silvia war ziemlich durch den Wind, wollte aber nie darüber reden. Natascha war noch schlimmer. Sie war danach richtig aggressiv und ist auf andere losgegangen. Zum Glück ist sie bald weggezogen.«

Ich ging nicht darauf ein. Dass sie Natascha nicht leiden konnte, hatte ich begriffen, darauf musste sie nicht weiter herumreiten. »Welcher Ort ist das denn? Der mit der Autobahnausfahrt?«

»Wiesen irgendwas. Hohenheim oder so ist die Ausfahrt.«

Ich grübelte. »Meinen Sie vielleicht Hohenstadt?« Es gab eine Behelfsausfahrt auf der A 8 Richtung Stuttgart mit diesem Namen. Allerdings kannte ich sie nur vom Vorbeifahren, gehalten hatte ich dort noch nie. Geschweige denn war ich jemals in ›Wiesen irgendwas‹ gewesen.

»Ja, kann sein.« Sie klang mürrisch.

Ich bedankte mich für die Auskunft und legte auf. Sicher hatten wir nicht zum letzten Mal miteinander telefoniert.

Google schien derzeit mein bester Freund zu sein. Ich suchte nach Natascha Schramm in der näheren Umgebung von Hohenstadt und wurde in Wiesensteig fündig. Entweder hatte sie nicht geheiratet oder ihren Namen behalten.

Oder sie war geschieden, dachte ich grimmig mit Gedanken an meinen eigenen Lebenslauf.

Ich wählte die angegebene Nummer, doch mich verließ das Glück. Natascha Schramm war nicht zu Hause. Ich überlegte nur kurz, ob ich den Adventskaffee bei meiner Mutter sausen lassen sollte, und entschied mich dagegen. Wenn ich das tat, stand sie morgen bei mir vor der Tür. Und so hatte ich wenigstens eine Ausrede, dass ich etwas vorhatte, und konnte früher verschwinden.

Wenig später fuhr ich auf der Suche nach einem Parkplatz durch Neu-Ulm. Das war kein einfaches Unterfangen, denn erste Panikkäufer auf der Suche nach dem passenden Weihnachtsgeschenk waren unterwegs. Dazu gesellten sich Weihnachtsmarktbesucher und die, die vom Mittagessen dort zurückkamen und schon den einen oder anderen Glühwein intus hatten.

Mit schlechtem Gewissen dachte ich daran, dass ich noch keine Weihnachtsgeschenke besorgt hatte. Es war jedes Jahr das Gleiche. Jeder beteuerte, er wolle kein Geschenk, die Anwesenheit und Aufmerksamkeit anderer sei wertvoller als das schönste Präsent. Und wenn man mit leeren Händen und strahlendem Lächeln zu einer Feier erschien, gab es lange Gesichter.

Ich hatte Glück. Gerade, als ich das zweite Mal am Donaucenter vorbeikam, fuhr ein Auto weg, und ich quetschte mich in die Lücke. Ich schlug den Mantelkragen hoch und überlegte, wann ich gehen konnte, ohne dass meine Mutter ernsthaft böse war. Meine Schritte wurden langsamer und schwerer, je näher ich ihrer Wohnung im dritten Stock kam. Im Flur roch es nach dem typischen Mief der 60er Jahre, und so sah es auch aus. Was tat ich hier?

Meine Mutter öffnete beinahe sofort, als ich geklingelt hatte. Sie riss die Tür auf und mich an ihre mütterliche Brust.

»Jule, wie schön, dass du es einrichten konntest. Komm rein. Dein Bruder ist schon da. Außerdem habe ich eine Überraschung.« Verschwörerisch blinzelte sie mir zu und verschwand mit wehendem Kaftan, diesmal in blau mit goldenen Stickereien, in der Wohnung.

Die Erfahrung hatte mich gelehrt, in höchstem Maße alarmiert zu sein, wenn meine Mutter mit Überraschungen auf mich wartete. Doch meine kühnste Vorstellung reichte nicht aus, mich auf Marks Anblick vorzubereiten, der mich mit breitem Grinsen im Wohnzimmer erwartete. Ich blieb an der Tür stehen und unterdrückte den Impuls, auf der Stelle umzukehren und die Wohnung zu verlassen. Nicht jedoch, ohne meine Mutter in der Küche vorher zu erschießen.

»Jule, wie schön«, sagte er, sichtlich amüsiert über meinen dummen Gesichtsausdruck.

»Mark«, brachte ich schwach hervor und drehte mich mit zusammengebissenen Zähnen zu meiner Mutter um. Ich könnte sie erwürgen!

»Ich habe ihn auch eingeladen«, verkündete sie das Offensichtliche.

Ich warf ihr einen bitterbösen Blick zu. Jahrelang hatte sie sich nicht für mich interessiert. Woher kam dieser Sinneswandel? Offenbar war es ihr ernst damit, mich unter die Haube zu bringen.

Mein Bruder Sebastian lehnte in einer Ecke, um Unsichtbarkeit bemüht, und sah mich an. Ihm war unwohl. Wie immer, wenn er auf meine Mutter traf.

Ob Sebastian und ich wirklich Geschwister waren, wusste vermutlich nicht einmal sie mit Sicherheit zu sagen. Unsere

Fragen diesbezüglich hatte sie stets abgeblockt. Irgendwann hatten wir es aufgegeben.

Mein Bruder war immer ein wenig verpeilt, am Computer aber ein Genie. Das änderte aber nichts an der Tatsache, dass er verstummte wie ein Fisch, wenn er auf meine Mutter traf. Das konnte ein heiterer Nachmittag werden.

Ich umarmte Sebastian. »Ich bringe sie um«, zischte ich ihm zu.

Er murmelte etwas, das sich wie »der Welt einen Dienst erweisen« anhörte und tätschelte mit mitleidigem Blick meinen Rücken.

Dann folgte ich meiner Mutter in die Küche. Sie plapperte unentwegt auf mich ein. »Wie schön, dass ihr alle da seid.«

»Mama, was macht er hier?«

»Wer?«, stellte sie sich dumm und hantierte mit Tellern und Tassen.

»Mark, wer sonst?« Ich konnte mich kaum beherrschen.

»Ich habe ihn eingeladen. Ich dachte, es ist nett, wenn wir alle zusammensitzen. Irgendwie gehört er ja zur Familie.«

»Gehört er nicht.«

»Jule, jetzt sei nicht so bockig. Ihr kennt euch schon so lange. Und ich war der Meinung gewesen, dass ihr euch … gut kennt.«

Bevor wir vertiefen konnten, *wie* gut wir uns kannten, drückte sie mir einen Teller mit braunen Batzen in die Hand.

»Was ist das?« Es sah aus wie kleine Hundehaufen.

»Plätzchen. Ich habe gebacken.«

Was immer es war, ich würde es nicht essen. Ich trug den Teller ins Wohnzimmer, wo Sebastian im Gespräch mit Mark langsam auftaute. Als ich zurückkehrte, starrten mich beide an und verstummten. Mark grinste mich schief an.

»Warum bist du gekommen?«, zischte ich ihm zu.

»Sie hat mich eingeladen«, erwiderte er ebenso leise und deutete mit dem Kopf auf meine Mutter, die gerade mit einer Kanne und ihren selbstgetöpferten Bechern aus der Küche kam.

»Du weißt genau, was ich meine. Du hättest nicht kommen sollen. Woher hat sie überhaupt deine Telefonnummer?«

Er zuckte mit der Schulter und lächelte entschuldigend.

Meine Mutter stellte das Geschirr auf dem Tisch ab. Wenigstens hatte sie wieder einen. Bei meinen letzten Besuchen hatte sie mich genötigt, auf Kissen am Boden Platz zu nehmen. Weil man sich der Erde näher fühlte und sich auf das Wesentliche besann. Das Wesentliche hatte offenbar auch vor ihrem Alter nicht Halt gemacht, und ihren Rückenproblemen war die Nähe zur Erde nicht bekommen. Auf dem Flohmarkt hatte sie ein Sammelsurium nicht zusammenpassender Stühle erstanden und in die Wohnung geschafft. Jetzt zündete sie Kerzen an und irgendein Kraut in einer Schale, das erbärmlich stank. Ich hustete demonstrativ, Sebastian räusperte sich. Lediglich Mark schien jeden Spleen meiner Mutter mit stoischer Ruhe zu ertragen. Kunststück, er kannte sie nicht so lange wie wir.

»Setzt euch doch«, verlangte meine Mutter und deutete zum Tisch. Sie ging zur Stereoanlage. Kurz darauf erfüllten sphärische Klänge den Raum.

»Ich trinke nur eine schnelle Tasse Kaffee, ich muss noch arbeiten.«

Ein strafender Blick traf mich, der mich im Stuhl schrumpfen ließ.

»Ich habe nur Tee. Grünen Tee«, verkündete sie. »Kaffee schadet dem Teint.«

Und kein Kaffee meinen Nerven. Ich betrachtete ihren faltigen Ausschnitt und hielt die Klappe.

»Ich habe gebacken, nehmt euch doch.«

Wir beäugten das Backwerk auf dem Teller. Todesmutig griff Mark als Erster zu. Ich musterte ihn mit einer Mischung aus Skepsis und Interesse. Wenn er nicht vom Stuhl kippte oder in Kürze durch die Wohnung tanzte, schmeckten sie im Zweifel nur schlecht. Gefährlich waren sie dann nicht. Allerdings konnte man bei meiner Mutter nie wissen, ob die Wirkung nicht mit Verzögerung einsetzte.

Sie sah ihm zufrieden zu und schob mir nachdrücklich den Teller zu. Ich nahm einen und biss tapfer hinein. Sie schmeckten in keiner Weise weihnachtlich. Was sie verbacken hatte, konnte ich nicht identifizieren. Es mussten Gewürze sein, die ich in meinem Leben zum ersten Mal aß. Ein Vergleich fehlte mir. Körner waren enthalten. Ganz oder geschrotet, auf jeden Fall knirschte es in meinem Mund. Unmöglich, das Zeug trocken hinunterzuschlucken. Ich griff nach dem Becher, dessen Henkel einen Sprung hatte und der demzufolge am seidenen Faden hing. Prompt verbrannte ich mir am Tee die Zunge. Ich hustete.

Meine Mutter strahlte uns einen nach dem anderen an. »Erzählt, wie geht es euch?«

»Ganz gut«, sagte Sebastian schließlich, weil niemand Anstalten machte, etwas zu sagen.

»Und ihr beiden?« Ein lauernder Blick flog zwischen Mark und mir hin und her.

Ich war froh, dass er anfing, Belanglosigkeiten zu erzählen. Er lenkte meine Mutter gekonnt ab. Insgeheim bewunderte ich ihn für die Taktik und wie sie darauf hereinfiel. Er wickelte sie mit seinem Charme um den Finger und führte das Gespräch auf weniger gefährliches Terrain. Ich nahm mir vor, ihm zu danken, dass das Gespräch nicht auf Enkelkinder kam, und nahm mir stattdessen noch einen Keks.

Hauptsächlich deswegen, weil ich meine Hände mit etwas beschäftigen musste. Lecker war anders und ich bereute es nach dem ersten Bissen.

In mir breitete sich eine eigentümliche Hitze aus. Hatte meine Mutter den Heizkörper auf Hochtouren laufen? Ich fing Marks Blick auf und erschrak. Ein Blitzen lag in seinen Augen, seine Wangen waren gerötet. Ich hätte schwören können, dass er über mich hergefallen wäre, wenn wir allein gewesen wären. Was mich noch mehr verstörte, war die Tatsache, dass ich es genauso wollte. Was war in mich gefahren? Wo blieben meine guten Vorsätze?

Nach einer guten Stunde fand ich, dass der töchterlichen Aufmerksamkeit Genüge getan war, und stand auf. »Entschuldigt mich bitte, aber ich muss arbeiten.«

Mark warf mir einen vielsagenden Blick zu und zwinkerte. Mir wurde heiß. Warum sah er mich so an? Er sollte mich nicht so ansehen. Schnell wandte ich mich ab, ehe alle die verräterische Röte bemerkten, die mir untypischerweise ins Gesicht geschossen war. Ich hatte doch nur Tee getrunken. Dabei fühlte ich mich, als hätte ich zu viel Glühwein gehabt. Ich nahm alles nur noch wie durch einen Nebel wahr. War Alkohol im Tee gewesen? Das hätte ich geschmeckt. Oder lag es an den Resten meines Besäufnisses von gestern Abend?

Meine Mutter beobachtete mich interessiert und mit zufriedenem Lächeln, schwieg aber. Zeit, zu verschwinden.

»Ich muss auch los«, sagte Mark und erhob sich.

Meine Mutter grinste und Sebastian sah fragend von einem zum anderen.

Fluchtartig verließ ich die Wohnung. Nicht jedoch, ohne eine Tüte mit Keksen zu bekommen. Gefolgt von Mutters »Das war jetzt aber nett, das wiederholen wir bald. Was machst du nächstes Wochenende?«

Da war ich im Urlaub. Ganz weit weg. Ohne Telefon und Internet. Auf einer einsamen Insel im Pazifik.

Im Aufzug schloss ich die Augen und lehnte mich an die Wand. Ich musste tief durchatmen und zog in Erwägung, bei meinem Therapeuten anzurufen. Etwas war passiert bei meiner Mutter. Ob das an den Räucherstäbchen gelegen hatte? Oder den Plätzchen? Mir war flau im Magen, und Marks Anblick hatte plötzlich etwas in mir ausgelöst, das meine Mutter sicher begrüßt hätte. Vermutlich hätte sie sich schon über die Auswahl meines Brautkleides Gedanken gemacht.

Ich schüttelte den Kopf. Verwirrt darüber, was in meinem Inneren vor sich ging. Ich wollte das nicht. Aber ich konnte es auch nicht verhindern. Was war nur los?

Die Aufzugtüren öffneten sich wieder, bevor sie ganz zu waren. Mark sah mich mit schief gelegtem Kopf und einem seltsamen Lächeln an. Konnte er nicht zu Fuß gehen, flehte ich stumm.

Er trat ein. Schweigend. Die Türen schlossen sich. Mein Herz klopfte wie verrückt. Der Duft seines Aftershaves wehte zu mir herüber, augenblicklich wurden meine Knie weich. Sein Blick hatte etwas Raubtierhaftes. Als würde er gleich hier und jetzt über mich herfallen. Nichts wollte ich lieber, aber ein Rest Verstand in meinem Hirn sagte mir, dass das nicht sein durfte. Nicht im Wohnhaus meiner Mutter im Aufzug.

»Mark, ich weiß nicht …«

Er atmete schwer und trat einen Schritt auf mich zu.

»Das ist keine gute Idee«, brachte ich heraus, bevor er näher kommen konnte. Panik kroch mir über den Rücken. Ich hatte keine Ahnung, wo sie herkam. Das war widersinnig.

Ein Glück, dass wir nur drei Stockwerke nach unten fuhren und sich die Türen gleich öffneten.

»Man sieht sich«, stammelte ich und stürmte an ihm vorbei. Ich konnte nur hoffen, dass er mir nicht folgte. Die Tüte mit dem Gebäck warf ich in den nächsten Mülleimer am Wegesrand.

Bevor ich den Weg nach Wiesensteig antrat, holte ich mir bei Mc Donald's einen großen Kaffee. Ich brauchte dringend Koffein. Um meine Blutbahnen von den unguten Dämpfen zu reinigen. Und um den grünen Tee aus dem Körper zu spülen.

Bei optimalen Bedingungen benötigte ich höchstens eine halbe Stunde. Allerdings beinhalteten optimale Bedingungen weder Schnee noch den Ausbau der Autobahn zum Projekt Stuttgart 21. Mit gerunzelter Stirn betrachtete ich die Wolken, die sich vor dem blauen Himmel am Horizont zusammenschoben. Aber jetzt war ich unterwegs und noch hielt das Wetter.

Ich brauchte knapp vierzig Minuten. Es dämmerte bereits, ehe ich Hohenstadt erreichte. Es war tatsächlich nur eine Behelfsausfahrt. Eine Landstraße führte in engen Serpentinen ins Tal hinunter nach Wiesensteig.

Glücklicherweise fühlte ich mich etwas besser. Vielleicht hatte ich mir auch nur eingebildet, dass etwas nicht stimmte. In der Wohnung meiner Mutter konnte man schon mal Halluzinationen bekommen. Langsam beruhigte ich mich.

Der Ort schien nicht besonders groß, aber er war hübsch anzusehen mit den alten Fachwerkhäusern und den geschmückten Tannen überall. Die Straßen waren eng, und ehe ich mich versah, hatte mich das Navi hindurchgelotst. Am Ende des Ortes fanden sich weitläufig entfernt drei Bauernhäuser. Vor einem hielt ich nun an. Falls es ein Ende der Welt gab, war ich dort gelandet.

Unschlüssig sah ich mich um und stieg aus. Auf dem Hof war es ruhig. Eine klamme Stille erfasste mich. Im Haus brannte kein Licht und auch Weihnachtsbeleuchtung gab es nicht. Aus den angrenzenden Stallungen hörte ich keinen Laut, ein Auto war nirgends zu sehen. Es war, als sei der Hof unbewohnt.

Trotzdem ging ich auf den Eingang zu und kniff die Augen zusammen, als ich an die Haustür trat. Zwar klingelte ich einem Impuls folgend, doch als ich den Aufkleber der Polizei erkannte, mit dem die Tür versiegelt war, wusste ich, dass mir niemand öffnen würde. Wenn die Polizei Türen auf diese Art verschloss, konnte man davon ausgehen, dass der Bewohner verstorben war. Entweder wurde zur Nachlasssicherung versiegelt oder aber wegen einer Tatortsicherung.

Was war geschehen? Ob Natascha Schramm verstorben war? Oder jemand anderes? Stand ich vor einem Tatort? Ich spürte, wie mir Gänsehaut über den Rücken kroch, und trat von einem Bein auf das andere. Mir war kalt, was nicht nur am Wetter lag. Ob ich bei den Nachbarn etwas erfahren würde?

Ich stieg ins Auto und fuhr den nächsten Hof an. Der war einladend beleuchtet. Weihnachten sprang mich vor der Tür in Form eines blinkenden Rentiers samt Schlitten an. Auch die Fenster waren mit Sternen und Lichterketten verziert. Der Baum im Vorgarten, von dem nur traurige Äste in die Luft ragten, war kurzerhand zweckentfremdet und zum Weihnachtsbaum umfunktioniert worden. Blinkende Lichter, die ständig die Farben wechselten, waren daran angebracht. Aus dem Stall hörte ich lautes Muhen und ein Bellen aus dem Inneren des Wohnhauses.

Was für ein Gegensatz zu dem Hof, von dem ich eben kam.

Ich drückte den Klingelknopf und wartete. Schritte näherten sich, dann ging die Tür auf und eine Frau um die Vierzig mit ausgeleiertem Pulli und einer Jogginghose sah mich mit gerunzelter Stirn an.

»Ja, bitte?«

»Hallo«, grüßte ich zurückhaltend. »Ich suche Natascha Schramm, sie scheint aber nicht zu Hause zu sein.«

Die Falten auf der Stirn vertieften sich. »Do weret Se koi Glück hau.«

»Und warum nicht?«

»Dui isch dod.«

Ich hatte es geahnt. Ein unangenehmes Ziehen breitete sich in der Magengegend aus.

»Können Sie mir sagen, was passiert ist?«

»Wer sin Sia iberhaubd?«

»Jule Flemming.« Ich zückte eine Visitenkarte und reichte sie ihr.

»Privatdetektivin? Wieso des?«

»Wie gesagt, ich suche Frau Schramm. Ich hätte ein paar Fragen an sie gehabt. Was ist denn passiert?«

»Ha, dui isch ombrocht worra.«

Das Ziehen in meinem Magen wurde stärker. Die Dame redete unterdessen weiter. Die Sensationsgier und ihr Mitteilungsbedürfnis hatten über das Misstrauen gesiegt.

»Vor a baar Wocha. Mit'm Messer. Wie abg'schlachded. Und des ausgerechnet bei os dohanna.«

Ich kramte im Hinterstübchen und stellte Zusammenhänge her, die mir noch viel weniger gefielen.

»Hat Frau Schramm allein hier gelebt?«

»Noi, des hoißt, eigendlich scho.«

»Wie jetzt?«

Wir wurden unterbrochen, weil ein kleines pummeliges

Mädchen mit roten Wangen und zwei geflochtenen Zöpfen an die Tür trat. Sie maß mich mit einem abschätzenden Blick, dann wandte sie sich an ihre Mutter. »Mama, wenn kommsch? Mir hen Honger.«

»Glei, Sina. I be glei do. I muss bloß mit dera Frau no g'schwend was schwätza.«

Sina motzte vor sich hin, trat aber artig den Rückzug an.

»Sie hot scho alloi g'läbt. Aber im Frihjohr isch oina eizoga.«

Die Worte kamen geringschätzig über ihre Lippen.

»Ha, i glaub, die sen lesbisch g'wea.«

Da war es heraus. Ich zog eine Braue nach oben. Und es stand ihr zu, darüber zu urteilen? Meine Nackenhaare stellten sich auf.

»Wissen Sie das? Oder war die andere Frau einfach nur eine Besucherin?«

»Ha, die isch ja do eizoga. Die war ja immer do.«

»Haben Sie sie kennengelernt? Wissen Sie, wie die Frau hieß?«

Sie sah mich verdutzt an. Verwundert darüber, dass es auch eine andere Möglichkeit als diese gab.

»Mir hen älle koi Ahnung g'hedt. Die war auf oimol do. Koim hot se's vorg'schdellt. Die hen ihr oigens Ding g'macht. Nie hosch se g'sea. Ed amol in d' Kirch sin se ganga.«

Ja, klar. In der Kirche musste man sein, aber über die Sexualität anderer konnte man sich das Maul zerreißen.

Ich kürzte das Gespräch ab, zumal sich Sina im Hintergrund zu Wort meldete. Sie klang wie ein Schaf, als ein lang gezogenes »Mamaaaaaä« durch das Haus schallte.

»Glei, i komm doch glei!«, brüllte das Mutterschaf zurück.

Ich hielt ihr das Foto von Silvia Kohler unter die Nase. »Ist das die Frau, die mit Frau Schramm hier gewohnt hat?«

Sie sah es unschlüssig und mit zusammengekniffenen Augen an. »Ha, ja, noi, ka scho sei. Mir hen se ja au net richtig g'sea.«

»Aber dass sie lesbisch war, das haben Sie gesehen?« Ich konnte mich nicht länger zurückhalten.

»Ha, was sollet se sonsch g'wea sei? Sie, des isch fei a aschdändig's Dorf, gell.«

Ja, klar, gell.

»Wo ist die Frau denn jetzt?«, fragte ich. Es hatte keinen Sinn, sich darüber aufzuregen. Ändern würde ich damit nichts.

»Koi Ahnung, dui isch weg. Verschwonda an dem Dag, wo de and'r ombrocht worra isch.«

Prima, das hörte sich ganz wunderbar an. Ich hatte genug erfahren und trat den Rückzug an. Was für ein Mist! Ich stieg ein und fuhr langsam am Haus von Natascha Schramm vorbei. Das Ziehen in meinem Magen wurde stärker und der Gedanke an Mark hatte plötzlich etwas Erschreckendes.

Ein Auto ohne Licht kam mir entgegen. Wie konnte man so verantwortungslos sein bei diesem Wetter? Es war dunkel und der alte Passat schwarz. Er verschwamm förmlich mit der Umgebung. Aber jeden Sonntag in die Kirche rennen und laut singen, fluchte ich stumm vor mich hin. Hinter dem Steuer saß ein Mann, ich konnte ihn deutlich erkennen, weil ich nicht geblendet war.

Gleichzeitig musste ich Abbitte tun, der Fahrer war dem Kennzeichen nach ortsfremd. Trotzdem gab ich mehrfach Lichthupe. In Gedanken war ich bei der Nachbarin von

Natascha Schramm. Sie schien der Inbegriff ländlichen Spießbürgertums. Vorne hui und hinten selbst jede Menge Dreck unter dem Teppich.

Der Autofahrer schaltete brav das Licht ein und ich brummte vor mich hin. Es hatte wieder angefangen zu schneien und die Straßen waren von einer Schneeschicht bedeckt. Es war zum Verzweifeln! Alle Welt wollte weiße Weihnachten, jetzt lag Schnee und schon war es zu viel.

Ich rutschte mehr, als dass ich fuhr, durch die Ortschaft und dachte mit Grauen an die Serpentinen, die ich hinauffahren musste. Ganz zu schweigen von der Autobahn. Bloß nicht bremsen, dachte ich. Ja nicht anhalten!

Von oben kam mir ein Auto entgegen. Wenn einer von uns auf eine Eisplatte geriet, rutschten wir entweder in den Graben oder ineinander hinein. Ich klammerte mich am Lenkrad fest und hoffte, dass mein Gegenüber das auch tat.

Tat er nicht. Plötzlich bremste er aus mir unverständlichen Gründen. Nicht sanft, wie es dem Wetter angemessen war. Er stieg voll in die Eisen. Sein Wagen drehte sich und kam quer vor meinem zum Stehen.

»Vollpfosten!«, schrie ich und hatte gleichzeitig alle Hände voll zu tun, den Wagen auf der Straße zu halten, als ich ebenfalls bremste. Es fehlten nur Zentimeter und es hätte gekracht. Der Abgrund war bedenklich nahegekommen.

Meine Hände hatten sich um das Lenkrad gekrallt, und obwohl der Wagen längst stand, starrte ich wie versteinert hinaus. Mein Herz klopfte zum Zerspringen. Ich war unfähig, mich zu rühren. Das war knapp gewesen, es hätte nicht viel gefehlt und wir wären beide im Graben gelandet.

Im Scheinwerferlicht meines Autos tauchte ein Mann auf. Meine Augen wurden noch größer, als ich erkannte, dass dieser Mann Mark war. Wie zum Kuckuck kam er hierher? Und was wollte er?

Meine Knie zitterten, ich ließ das Fenster herunter und streckte den Kopf hinaus. Er kam auf mich zu und sah mich so ungläubig an, dass ich das Gefühl hatte, in einen Spiegel zu sehen.

»Jule?« Er trat näher.

Ich öffnete die Tür und stieg langsam aus. »Mark«, sagte ich und hasste mich dafür, dass ich so schwach klang. Das Adrenalin waberte in meinen Blutbahnen. Und etwas anderes auch. Das seltsame Gefühl vom Mittag breitete sich wieder in mir aus. Entschlossen drängte ich es zurück.

»Wir wären fast zusammengekracht. Warum hast du gebremst?« Meine Überraschung legte sich und wich Verärgerung. Der schöne neue Wagen! Nicht auszudenken, wenn er in mich reingefahren wäre. Seit ich den Führerschein hatte, fuhr ich unfallfrei Auto. Und jetzt hätte ich binnen eines halben Jahres fast den zweiten Crash gehabt. Mal abgesehen davon, dass ich es vermutlich nicht überlebt hätte, wenn mein Wagen Bekanntschaft mit dem Abgrund gemacht hätte.

»Ich war überrascht, dich hier zu sehen.« Mit großen Augen sah er mich an und kam näher. Der Duft seines Aftershaves drang an meine Nase. Wie selbstverständlich nahm er mich in den Arm. Erfreut offensichtlich. Er schien sich besser in der Gewalt zu haben als ich mich. »Was machst du hier?«

Ich ließ mich drücken, gleichzeitig überschlugen sich meine Gedanken. Mein schlechtes Gewissen wuchs. Und das seltsame Gefühl begann, die Oberhand zu gewinnen.

»Was für ein Zufall, dass wir uns hier treffen«, sprach er weiter und strahlte mich an. »Ich bin beruflich hier. Mein

Fall …« Jetzt runzelte er die Stirn und trat einen Schritt zurück. Dann kniff er die Augen zusammen und sah mich mit schräg gelegtem Kopf an.

Ich konnte ihm nicht länger in die Augen sehen.

»Du bist deswegen hier«, stellte er fest und klang resigniert. Er seufzte. »Okay, hätte diesmal ja einfach sein können.«

Wider Willen musste ich lächeln. »Ja, hätte es …«

»Jule, bevor wieder Missverständnisse aufkommen, sollten wir reden.«

Ich nickte langsam. Wohl wissend, dass das nicht einfach werden würde.

»Gehen wir etwas essen?«, schlug er vor. »Ein Stück die Straße runter gibt es einen Gasthof, in dem man ordentlich essen kann. Ich war schon ein paarmal da. Soll ich dir den Wagen wenden?« Er klang fürsorglich.

Das war ein schlechter Witz! Wollte er mich auf den Arm nehmen?

»Das ist jetzt nicht dein Ernst, oder?« Meine Einwilligung, mit ihm jetzt und hier essen zu gehen, setzte er offenbar voraus.

Er hob die Hände. »War nur eine Frage.«

Ich schnaubte und kam mir vor wie Juliane Nusser, als ich einstieg. Eine Minute später biss ich die Zähne zusammen und bereute, dass ich nicht Mark den Wagen hatte wenden lassen. Dann wäre es nicht meine Schuld gewesen, wäre er im Graben gelandet.

*

War sie es? Fieberhaft überlegte er, was er tun sollte.

Er hatte gewusst, dass es ein Risiko war, noch einmal bei

dem Haus vorzufahren. Ihm war nicht wohl gewesen. Die Ereignisse von damals waren mit aller Macht über ihn hereingebrochen. Alle Bilder waren so präsent gewesen, als geschehe es erneut. Er fragte sich, wie er je wieder Schlaf finden sollte. Ohnehin schlief er kaum noch. Die Sorgen fraßen ihn auf.

Und jetzt war ihm auch noch ein Auto entgegengekommen. Eine Frau hatte darin gesessen, die von dem Bauernhaus gekommen war. Das hatte er genau gesehen. Er war extra ohne Licht hingefahren, weil er nicht entdeckt werden wollte. Und gerade damit hatte er ihre Aufmerksamkeit erregt. Sie hatte ihm Lichthupe gegeben. Als er an ihr vorbeigefahren war, hatte er ihr direkt in die Augen geblickt und den wütenden Gesichtsausdruck gesehen.

War sie die Frau, die ihn erpresste? Hatte sie ihn beobachtet? Wer sollte es sonst sein? Von der Polizei war sie bestimmt nicht.

Er kaute auf dem Fingernagel des Zeigefingers und biss ein Stück ab. Er spuckte es ins Wageninnere und presste sich die Hand auf den Magen. Der Knoten in seinem Inneren war auf eine schmerzhafte Größe angewachsen. Er war kaum in der Lage, etwas zu essen. Nur in kleinen Bissen brachte er die Mahlzeiten hinunter, sonst hätte er sich unweigerlich übergeben.

Er musste herausfinden, wer sie war. Also hatte er nicht nur ihre Autonummer notiert, er wollte ihr auch hinterherfahren. Das gestaltete sich allerdings schwieriger, als er gedacht hatte. Die Straßen waren kaum befahrbar. Er war nicht an solche Schneemassen gewöhnt, er kam aus dem Rheinland. Wenn es dort tatsächlich einmal zwei Zentimeter Schnee gab, brach alle Welt in Panik aus.

Zum Glück war er umsichtig genug gewesen, Winterreifen aufzuziehen, bevor er losgefahren war. Fehlte noch, dass er im Süden mit Sommerreifen einen Unfall verursachte. Viele aus seinem Bekanntenkreis besaßen keine, weil sie der Meinung waren, sie nicht zu brauchen.

Gerade, als er meinte, sein Glück habe ihn endgültig verlassen, schien es zurückzukehren. Er hatte sie den Berg hinauffahren sehen, dann war sie aus seinem Blickfeld verschwunden. Er hatte den Fehler gemacht, am Berg zu bremsen, bevor er den Aufstieg gewagt hatte. Ihm hatte der Schwung gefehlt, ihr zu folgen. Also hatte er den Wagen fluchend rückwärts rollen lassen und kam auf dem Parkplatz eines Gasthofes zum Stehen. Er blieb im Wagen sitzen und dachte über die nächsten Schritte nach, die er unternehmen wollte. Zuallererst musste er herausfinden, wer sie war und was sie wusste.

Und nun sah er, dass sie die Straße zurückkam und den Parkplatz des Restaurants ansteuerte. Instinktiv duckte er sich in seinem Wagen, aber sie beachtete ihn nicht. Stieg einfach aus, sah weder nach links, noch nach rechts und ging auf die Eingangstür zu. Sie war nicht besonders groß und in ihre Jacke eingemummelt. Unter der weißen Bommelmütze lugten dunkelbraune Locken heraus. Ein bisschen wackelig war sie auf den Beinen. Hatte sie einen Unfall gehabt?

Er warf einen Blick auf ihren Wagen. Ein schönes Auto! Wie sie sich das leisten konnte? Klar, wenn sie andere erpresste, dachte er bitter.

Ihr Wagen schien unversehrt. Nur eine Menge Schnee lag auf dem Dach. Wie auf seinem vermutlich auch. Er nagte auf seiner Unterlippe und schmeckte Blut, ehe er zur Tür des Gasthofes sah. Gerade verschwand sie darin.

Wer, zum Kuckuck, war sie? Und was wusste sie?

*

Da sind Hände auf ihrem Körper. Überall. Unter ihrem Shirt, auf ihrer Brust, am Hals, zwischen den Beinen. Sie will das nicht, ihr Herz klopft zum Zerspringen. Sie fühlt seinen Atem an ihrem Hals, dann Lippen auf ihren, eine Zunge, die in ihren Mund dringt. Sie bekommt keine Luft, kann sich nicht bewegen. Etwas drückt sie nach unten auf die Unterlage. Sie kann den Kopf nicht wegdrehen, obwohl sie es versucht.

Panik steigt in ihr auf, weil sie sich nicht rühren kann. Immer wilder schlägt ihr Herz, während die Zunge in ihrem Mund steckt, dass sie würgen muss. Die Hände werden gröber und begrapschen ihren kleinen Busen, dass es wehtut.

Sie will das nicht! Weg, weg mit ihm! Sie schlägt mit den Fäusten auf seinen Rücken, aber er lacht nur und hält ihr die Hand auf den Mund. Jetzt drängt er mit dem Knie zwischen ihre Beine und drückt sie auseinander. Im gleichen Moment hat er die Hand in ihrer Hose und …

Plötzlich ist er weg. Sie keucht, weil sie endlich Luft bekommt. Und würgt gleichzeitig. Wo ist er hin? Kommt er zurück?

Zitternd presst sie die Beine zusammen und versucht mit Fingern, die ihr nicht gehorchen, ihr Schlafshirt nach unten zu ziehen.

Dann gibt es einen dumpfen Knall, jemand schreit. Ruckartig fährt sie hoch und hat Schwierigkeiten, sich zu orientieren …

Ihre Atmung ging schnell und unregelmäßig. Sie zwang sich zur Ruhe. Sie war erwachsen, keine dreizehn mehr. Und sie war nicht im Ferienlager auf dem Heuboden. Wenn auch die Wirklichkeit nicht viel besser war.

Sie ließ ihren Blick durch den kleinen Raum schweifen. Fahles Mondlicht fiel von draußen herein, der Schneefall hatte aufgehört, die Wolken waren verschwunden. Sterne blitzten am Himmel und ihr Atem bildete Wölkchen. Einen Moment konzentrierte sie sich darauf, ihnen nachzusehen und zur Ruhe zu kommen.

Sie hatte die Heizung über Nacht ausgeschaltet, aus Angst, zu viel Gas zu verbrauchen, einen Brand zu verursachen oder eine Kohlenmonoxidvergiftung zu erleiden. Sie kannte sich zwar nicht aus, wollte aber kein Risiko eingehen.

Jetzt fror sie erbärmlich. Mit wackeligen Knien stand sie auf und entzündete die Flamme. Sie brauchte drei Anläufe, bis sie endlich brannte. Ein Blick auf die Uhr zeigte ihr, dass es mitten in der Nacht war. Doch an Schlaf war nicht mehr zu denken.

Sie fuhr sich mit den Fingern durch das Haar und war einen Moment überrascht, dass es sich so weich anfühlte. Klar, sie war duschen gewesen. Gestern Abend im Schwimmbad. Sie hatte es gewagt und war eine Ortschaft weiter nach Blaustein gefahren. Mit dem Bus, schwarz. Die Fahrt war nicht lang gewesen, nur zwei Haltestellen. Das hatte sie in Kauf genommen. Schweren Herzens hatte sie eine Karte gekauft und das Bad betreten. Es roch so frisch! Sie wartete einen günstigen Moment ab und nahm in einem unbeobachteten Augenblick ein Handtuch aus einer Umkleidekabine. Dann zog sie sich in der am weitesten entfernte Kabine, die sie finden konnte, aus.

Duschgel zu organisieren war einfach gewesen. Das lag unbeaufsichtigt in den Fächern im Vorraum der Dusche. Sie legte das Handtuch ab und betrat den Duschraum. Sogar eine Kabine mit Tür gab es. Die betrat sie und schaltete den Wasserhahn an. Warmes Wasser rieselte von oben herunter und sie fing beinahe an zu weinen, als erste Tropfen auf ihren

Körper fielen. Sie trat darunter, schloss die Augen und ließ das Wasser rauschen.

Sie hatte keine Ahnung, wie viel Zeit verging, in der sie einfach nur warmes Wasser auf ihrer Haut genoss. Sie verlor jegliches Gefühl und erst, als ihre Haut schrumpelig wurde, griff sie nach Shampoo und Duschgel.

Auf dem Rückweg ergab sich in Form eines offenen Schrankes ein unglaublicher Zufall. Sie zögerte nur einen Moment, in dem sie sich umsah. Niemand zu sehen. Zwar klopfte ihr Herz wie verrückt, aber sie ging mit erhobenem Kopf hinüber und griff hinein. Ein Glücksfall! Frische Unterwäsche, sie konnte es kaum glauben. Und eine geöffnete Handtasche mit einer Geldbörse darin.

Ohne zu überlegen, nahm sie alles an sich, floh in eine Umkleide und zog sich in fliegender Hast an. Dann verbarg sie ihr nasses Haar unter ihrer Mütze und verließ das Schwimmbad. Erst im Bus wagte sie, einen Blick in den Geldbeutel zu werfen. Siebzig Euro in Scheinen und ein paar Münzen. Wieder kämpfte sie mit den Tränen.

Ihr nächster Weg führte sie in den Supermarkt. Sie erstand ein Netz Mandarinen, mehrere Dosen Eintopf und schob sich außerdem einige Tüten unter die Jacke. An der Kasse glaubte sie bereits, dass man ihr ansah, was sie tat. Aus Verlegenheit hatte sie nach einer Tafel Schokolade gegriffen und sie demonstrativ auf das Band gelegt.

Und jetzt saß sie in ihrer Hütte, wärmte sich langsam auf und dachte über den Traum nach, den sie schon lange nicht mehr gehabt hatte. Einmal im letzten halben Jahr, als das Gespräch auf jene verhängnisvolle Nacht vor fünfzehn Jahren gekommen war. Sie hatte geglaubt, das hinter sich gelassen zu haben. Und dann hatte sie die Vergangenheit mit einem Keulenschlag eingeholt.

Das Papier knisterte, als sie die Schokolade öffnete und sich ein Stück in den Mund schob. Sie hatte gar nicht mehr gewusst, wie köstlich das schmeckte!

Und jetzt würde sie zurückschlagen. Sie wollte nicht mehr geschehen lassen und konnte sich längst nicht mehr darauf verlassen, dass andere ihr halfen. Wie damals, vor fünfzehn Jahren.

*

Als ich das Auto endlich vor dem Gasthof parkte, zitterten meine Knie. Ich atmete ein paarmal durch, ehe ich ausstieg. Erst jetzt merkte ich, dass ich vor Anspannung schwitzte. Trotzdem fror ich in der Kälte.

Das bevorstehende Gespräch machte es nicht einfacher. Die Sache mit Mark und mir war kompliziert. Beruflich kreuzten sich unsere Wege immer wieder. Das Problem dabei war nur, dass wir auf unterschiedlichen Seiten standen. Zwar wollten wir letztlich das gleiche Ergebnis, aber unsere Ermittlungsansätze waren unterschiedlich. Dazu kam, dass Mark, ganz Macho, immer Angst hatte, dass ich dabei etwas tat, das mich den Kopf kostete. Er hatte damit nicht ganz unrecht, aber ich hatte im Gegensatz zu ihm Freiheiten in meinen Ermittlungsmethoden. Und die nutzte ich aus.

Das alles wäre nicht schlimm, wenn wir uns nicht zueinander hingezogen fühlten. Mark war der Inbegriff der fleischgewordenen Versuchung. Schlank, drahtig, knapp einen Meter achtzig groß, dunkles Haar, das kurzgeschnitten war, sich aber trotzdem weich anfühlte. Und den knackigsten Hintern, den ich bei einem Mann je gesehen hatte.

Ich war das einzige Mädchen, das er in seiner Jugend nicht herumgekriegt hatte. Und irgendwie war ich noch heute stolz darauf. Marke Mauerblümchen, das ich früher gewesen war, hatte mein Verstand angefangen zu arbeiten, ehe sein Kuss mich gänzlich benebelt hatte. Ich hatte abgebrochen, was er angefangen hatte.

Was mich jedoch nicht davon abhielt, Jahre später sabbernd zusammenzubrechen, als er dort weitermachte, wo es damals abrupt geendet hatte. Das hatte mir deutlich gezeigt, dass es um meine Selbstbeherrschung mit den Jahren nicht besser geworden war.

Eine kurze Zeit war alles gut gegangen. Bis ich den Mörder meines Vaters wiedergetroffen hatte. Dann war alles aus dem Ruder gelaufen und ich hatte schweren Herzens eingesehen, dass das mit ihm und mir nicht gutging.

Doch neulich, als er auf meiner Treppe gesessen hatte, hatte ich mir eingestehen müssen, dass ich mich noch immer zu ihm hingezogen fühlte. Und dass der Kopf sehr wohl Nein sagen konnte. Exakt so lange, bis er mir zu nahe kam und ich sein Aftershave roch. Dann übernahm mein Herz die Regie – und das war selten einer Meinung mit meinem Kopf. Zumindest, was mein Liebesleben anbelangte.

Mark wartete bereits auf mich. Er saß an einem Tisch im hinteren Bereich mit Blick auf die Tür. Auf dem Gesicht ein aufgeräumtes Grinsen. Ich lächelte unwillkürlich zurück und fühlte, wie sich wohlige Wärme in meinem Bauch ausbreitete. Auch wenn ich wusste, dass das bevorstehende Gespräch nicht einfach werden würde.

»Setz dich zu mir«, verlangte er.

Er maß mich mit einem fast zärtlichen Ausdruck in den Augen. Meine Knie wurden für einen Moment schwach. Dankbar ließ ich mich auf den Stuhl ihm gegenüber sinken.

»Hunger?« Er schien bemüht, die bestmögliche Atmosphäre für unser Gespräch zu schaffen. Ich war ihm dankbar dafür, wenn das auch ungewohnt war. Wer gab sich sonst Mühe mit mir?

Wir blätterten in der Karte und entschieden uns schnell. Klassisch um diese Jahreszeit wollten wir Ente mit Rotkohl und Knödeln essen. Dazu eine Apfelschorle, ich hatte ja keine Ahnung, wann ich nach Hause fahren würde und wie die Straßenverhältnisse waren.

»Schnaps zum Aufwärmen?«, fragte Mark.

Ich dachte mit Entsetzen an den gestrigen Abend und den Morgen danach und schüttelte den Kopf.

»Das solltest du dir nicht entgehen lassen«, fuhr er fort. »Hier auf der Alb brennen sie die besten Schnäpse. Und gerade in solchen Gastwirtschaften gibt es wahre Geheimvorräte.«

»Die gibt es am Bodensee auch«, murmelte ich und erntete dafür einen fragenden Blick. Ich winkte ab. »Vergiss es. Schnäpse sind nicht so meins.« Seit gestern war ich mir sicher.

»Okay, du wolltest reden«, nahm ich den Faden auf, als die Bedienung unsere Bestellung entgegengenommen hatte. Es war nicht einfach, aber wenn wir es aufschoben, wurde es nicht besser.

Mark seufzte und blickte auf seine Hände hinunter, bevor er mich ansah. »Ich habe keine Ahnung, wie wir das geschafft haben. Man sollte meinen, dass es in Ulm und Umgebung genug Verbrechen für die ganze Kripo gibt. Ausreichend auf jeden Fall für uns beide. Aber wir sind wieder am gleichen Fall dran.«

Ich dachte einen Moment darüber nach, ob ich ihm vom Raub der ›Blauen Träne‹ erzählen sollte. Nur, um ihm zu beweisen, dass wir nicht immer am selben Fall arbeiteten. Doch ich hielt den Mund. Vermutlich war es keine gute Idee, ihn draufzulupfen. Außerdem hatte ich den Fall an Andreas abgegeben. Streng genommen war er damit nicht mehr meiner. Und Andreas hatte sich ausgesprochen vergnügt angehört. Jederzeit Herr der Lage.

Mark fasste über den Tisch nach meiner Hand. »Jule, ich habe dir neulich schon gesagt, dass du mir mehr bedeutest. Die letzten Monate, als ich nichts von dir gehört habe, sind die Hölle gewesen.«

Ich wollte protestieren, aber er hob die Hand.

»Wir sollten das nicht wieder vergeigen. Wir müssen einen Weg finden, wie wir das vereinbaren können, ohne uns ständig in die Quere zu kommen oder an die Gurgel zu gehen.«

Das warme Gefühl in meinem Magen breitete sich weiter aus, ohne dass ich es verhindern konnte. Sprach er von einer Beziehung? Oder was sollte das werden? Wenn er so weiterredete, garantierte ich für nichts mehr.

»Ich erzähle dir, was ich weiß«, fuhr er fort. »Im Gegenzug möchte ich wissen, was du weißt.«

Ich überlegte, ob das fair war. Vermutlich wusste ich mehr als er. Andererseits konnte ich nicht wissen, was genau er wusste. Und er durfte mir eigentlich gar nichts erzählen. Zwar war ich früher bei der Polizei gewesen, aber mit meinem Ausscheiden hatte ich solche Privilegien verspielt.

Langsam nickte ich und Mark atmete erleichtert auf. Noch immer hielt er meine Hand und ich genoss das Gefühl, wie sein Daumen leicht über meinen Handrücken strich.

»Okay. Am 11. November ging morgens ein Notruf bei der örtlichen Polizeidienststelle ein. Ein Postbote stand vor einem Bauernhaus, dessen Tür offen stand. Er hat Beine am Boden gesehen und die Tür aufgestoßen. Drinnen lag eine Frau in einer Blutlache.«

»Natascha Schramm«, warf ich ein. Er nickte.

»Genau. Die Beamten waren schnell vor Ort, und was sich ihnen geboten hat, war fürchterlich. Die Frau ist regelrecht abgeschlachtet worden. Da waren Unmengen von Blut am Boden und auf den Wänden. Der oder die Täter müssen mit Brachialgewalt auf sie eingestochen haben. Sie hatte keine Chance.«

Ich überlegte, sagte aber nichts.

»Die Kollegen haben uns hinzugezogen und wir haben den Fall übernommen. Zunächst hat alles recht einfach ausgesehen. Wir hatten schnell einen Verdacht. Die Nachbarn haben ausgesagt, dass im letzten halben Jahr eine Frau bei Frau Schramm gewohnt hat. Es stand im Raum, dass sie ein Paar waren und es eine Beziehungstat gewesen sein könnte. Wir haben jede Menge Fingerabdrücke im ganzen Haus gefunden und DNA-Material gesichert. Leider gibt die Datenbank nichts her.«

Ich konnte ein empörtes Aufschnauben nicht unterdrücken, als er von einem Eifersuchtsdrama sprach. Da hatte die Nachbarshexe ihm einen schönen Floh ins Ohr gesetzt.

»Was ist los?« Mit hochgezogenen Brauen sah er mich an. Und ließ zu meinem Bedauern meine Hand los.

Im gleichen Moment brachte die Bedienung unsere Teller. Es duftete herrlich nach gebratener Ente mit einer leichten Nelkennote. Der Knödel dampfte verlockend auf dem Teller. Mein Magen begann, bei dem Anblick leise zu grummeln.

»Die beiden waren kein Paar!«, sagte ich im Brustton der Überzeugung und erntete dafür einen überraschten Blick.

»Du weißt, wer die andere Frau ist?«

Ich nickte vorsichtig. »Zuerst du«, verlangte ich trotzdem und widmete mich meinem Essen. Es schmeckte, wie es roch. Einfach köstlich.

»Meine Geschichte ist schnell zu Ende. Wir tappen völlig im Dunkeln. Wir wissen nicht, wer die Frau ist, obwohl wir mit Hochdruck nach ihr gesucht haben. Sie ist wie ein Phantom. Wir werden an die Öffentlichkeit gehen müssen. Bisher haben wir das unter Verschluss gehalten. Aber wir suchen nach ihr, zumindest als Zeugin. Wenn nicht gar als Täterin.« Er hörte sich schroff an, als wolle er meine Einwände gar nicht erst gelten lassen. »Das Auto von Natascha Schramm ist verschwunden und auf dem Hof waren Reifenspuren, die nicht zu ihrem Wagen gehörten. Wir gehen davon aus, dass an dem Abend zumindest eine weitere Person im Haus gewesen ist.«

Ich zuckte mit der Schulter und grinste in mich hinein. Er hatte definitiv ein Problem damit, dass ich mehr wusste.

»Sie fährt einen Audi, älteres Baujahr«, konnte ich mir nicht verkneifen zu sagen. Ich behielt für mich, dass sich der Autoschlüssel in meiner Wohnung befand.

»Okay, jetzt du«, verlangte er.

Ich nickte langsam und erzählte, während ich weiteraß. Dass ich an einer völlig anderen Stelle einsetzte, irritierte Mark. Mehr als einmal fragte er, was Kohler mit Natascha Schramm zu tun hatte.

»Jetzt lass mich doch erzählen«, wurde ich irgendwann ungeduldig. Da klappte er den Mund zu und hörte sich an, was ich zu berichten hatte. Seine Augen wurden immer größer, als er von meiner Suche nach Verena Retsch erfuhr und meinem Verdacht, dass Silvia Kohler und Verena Retsch ein und dieselbe Person waren. Und dass beide quicklebendig waren.

»Und du vermutest, dass Silvia Kohler das letzte halbe Jahr bei Natascha Schramm verbracht hat?«

Ich nickte. »Zumindest deutet alles daraufhin. Immerhin

kennen sie sich von früher und scheinen recht gut befreundet gewesen zu sein. Sagt Juliane Nusser.«

»Juliane Nusser? Etwa *die* Juliane Nusser?«

»Ich weiß nicht, was du mit *die* meinst«, sagte ich schnippisch.

»Na, die Schauspielerin.« Er hörte sich ehrfürchtig an, was mir einen Stich versetzte. »Woher kennst du sie?«

»Ich habe sie heute Morgen im Büro getroffen und vorhin mit ihr telefoniert«, antwortete ich und versuchte, lässig zu klingen.

Marks Augen wurden größer. »Was hat sie mit den anderen Frauen zu tun?«

»Sie kennen sich alle von der Schule. Stell dir vor, auch für eine Juliane Nusser gilt die Schulpflicht.«

Mark schüttelte den Kopf. Es dauerte, ehe er weitersprach.

»Das stärkt unsere Theorie von einer Beziehungstat.«

»Warum? Dass die beiden ein lesbisches Paar sind, hat nur die Nachbarin behauptet.«

»Und ein paar andere auch.«

»Haben sie sie zusammen gesehen?«, gab ich giftig zurück. »Das waren nur spießige Nachbarinnen. Ist eine Frau zu solcher Gewalt überhaupt fähig?«

Mark zuckte mit der Schulter. »Wenn Wut und Hass groß genug sind, warum nicht?«

Ich war mir nicht sicher. Diese ganze Theorie einer Beziehungstat war für mich an den Haaren herbeigezogen. »Wenn das wirklich Silvia Kohler war, war sie verheiratet, bevor sie verschwunden ist.«

»Das muss aber nichts heißen«, gab Mark zurück. »Was uns unweigerlich zum nächsten Verbrechen führt: Warum täuscht sie ihren Tod vor?«

Ich zuckte mit der Schulter. »Darum können wir uns kümmern, wenn wir den Mord aufgeklärt und sie gefunden haben. Ich denke, dann kriegen wir Antworten auf alle restlichen Fragen. Ich habe so meine Vermutungen.«

Mark legte das Besteck zur Seite und fuhr sich mit der Hand durch das Haar. »Puh, ich glaube, ich brauche einen Schnaps.«

»Bloß nicht«, entfuhr es mir.

»Gibt es etwas, das ich wissen sollte?«

Ich grinste. »Ich habe dir nicht die ganze Geschichte vom Bodensee und der Pensionswirtin erzählt. Sagen wir mal so, ich bin erst heute Morgen heimgekommen.«

Bevor er nachfragen und ich das weiter vertiefen konnte, klingelte sein Handy. Die Nachricht, die er erhielt, schien nicht nach seinem Geschmack. Das Gespräch war kurz und er steckte das Smartphone mit grimmiger Miene in die Tasche zurück.

»Was ist los?«

»Die Autobahn ist dicht. Massenkarambolage bei Merklingen. Da geht nichts mehr. Leider ist es auf der Alb nicht besser. Überall liegen Fahrzeuge im Graben, sie kommen kaum hinterher.«

Ich schwieg. Mir war nicht gerade unbehaglich, aber wohl fühlte ich mich auch nicht.

»Das heißt, wir bleiben hier«, fügte er hinzu und sah mich über den Tisch hinweg an. Seine Stimme duldete keinen Widerspruch und mir wurde heiß. Ein Kribbeln breitete sich in mir aus. Er griff nach meiner Hand. In seinen Augen blitzte es verräterisch. »Ich könnte mir Schlimmeres vorstellen.«

Ich mir nicht. Oder doch?

»Du sagst gar nichts.«

Ich schluckte. Meine Kehle fühlte sich staubtrocken an. Hastig griff ich nach meinem Glas. Auch, um Zeit zu gewinnen. »Was soll ich sagen?« Meine Selbstbeherrschung kippte gerade lachend hinter mir vom Stuhl.

Ein Glück, dass mein Telefon klingelte und diese Überlegungen auf später verschob. Ausgerechnet Andreas. Ich wollte nicht, dass Mark das mitbekam. Das war albern, zwischen mir und Andreas war alles geklärt. Aber die beiden mochten sich nicht. Und ich wollte kein Öl in ein kleines Flämmchen gießen.

»Was gibt's?«, fragte ich und drehte mich zur Seite, während Mark mich interessiert musterte.

»Du hast etwas, das ich brauche.«

»Hä?«, fragte ich dämlich. Was sollte das sein? Unser Techtelmechtel war im Sommer gewesen. Selbst wenn er etwas bei mir vergessen hatte, hätte er es mittlerweile geholt.

Er schwieg einen Moment und ich wartete. Während Mark mich weiter beobachtete.

»Du hast etwas mitgenommen neulich. Aus Strass.«

Jetzt endlich fiel der Groschen. Die ›Blaue Träne‹ lag sicher verstaut in meinem Kleiderschrank. »Wofür brauchst du das?«

»Ich bin auf der Zielgeraden.«

Ich biss mir auf die Unterlippe. Was hieß das? Ich traute mich aber nicht zu fragen. Mark tat zwar unbeteiligt, trank einen Schluck und guckte sich scheinbar gelangweilt im Gastraum um, aber er verfolgte unser Gespräch. Wie sollte er sich dem entziehen, wenn er neben mir saß? Wir brauchten keinen zweiten Fall, den wir zusammen bearbeiteten. Andreas würde das allein machen. Er bekam das hin.

»Wann? Ich kann hier leider nicht weg im Moment.«

»Das ist nicht gut. Gar nicht gut. Sobald wie möglich. Wann kommst du zurück?«

Ich räusperte mich. »Nicht vor morgen.« Seine hochgezogene Augenbraue konnte ich förmlich vor mir sehen.

»Gibt es da etwas, das ich wissen sollte?« Er klang amüsiert.

»Nein.«

»Prinzessin, mach nichts, das ich nicht auch tun würde.«

»Hatte ich nicht vor«, presste ich zwischen zusammengebissenen Zähnen hervor. »Reicht es dir morgen?«

»Hm. Je eher, je besser.«

»Dann musst du es selbst holen.« Wer konnte wissen, wie lange das Wetter anhalten würde? Ich hatte kein Problem damit, dass Andreas die ›Blaue Träne‹ holte. Daran, dass er meine neue Sicherheitstür aufbekam, zweifelte ich nicht einen Moment.

»Wo?«

»Im Kleiderschrank.«

Aus dem Hörer drang ein Gurgeln. »Etwas Besseres ist dir nicht eingefallen? Unter der Unterwäsche?«

»Zwischen den Pullis.«

Mark verfolgte meinen Monolog zunehmend interessiert und mit hochgezogenen Brauen. In seinen Ohren musste seltsam klingen, was ich von mir gab.

»Soll ich wirklich rein?«

»Ich erlaube es dir«, sagte ich großzügig. Vielleicht war es besser, die ›Blaue Träne‹ loszuwerden. »Ach ja, ich habe eine neue Tür.«

»Prinzessin, die Tür, die ich nicht aufbekomme, muss erst noch erfunden werden.«

»Pfff«, gab ich von mir. Angeber. »Wie weit bist du?«

»Fast fertig.«

Andreas hörte sich äußerst zufrieden an. Ich glaubte ihm. Und war froh, ein Problem weniger zu haben.

»Hol es raus. Und Finger weg von meiner Unterwäsche!«

»Würde ich nie tun.« Er legte auf.

»Probleme?«, wollte Mark wissen und sah mich mit schräg gelegtem Kopf an.

Ich schüttelte den Kopf. Das Letzte, was ich wollte, war, ihm zu erklären, warum mein Gesprächspartner seine Finger aus meiner Unterwäscheschublade lassen sollte. Also murmelte ich etwas davon, dass Sebastian ein Geschenk abholen wollte. Daran, dass Mark mir einen durchdringenden Blick aus dunklen Augen zuwarf und mich intensiv musterte, merkte ich, dass er mir kein Wort glaubte.

Unsere Aufmerksamkeit wurde abgelenkt. Die Bedienung nahm unsere leeren Teller vom Tisch. »Derf's no ebbes sei?«

Mark nickte aufgeräumt. »Ich hätte gern einen Obstler und die Dame ein Glas Wein. Und dann brauchen wir ein Zimmer für die Nacht. Die Autobahnen sind dicht.«

Sie runzelte die Stirn. »I woiß net, ob i do no was macha ka. Send schon a baar mehr Gäschd komma. A Dobbelzimmer?«

Mark nickte eifrig, während ich entsetzt »Nein!« rief. Sie sah uns an, als wären wir verrückt, dann eilte sie mit sorgenvoller Miene davon.

»Was?« Mark sah mich an. »Hast du Angst vor mir? Es gibt nichts an dir, das ich nicht schon ausführlich bewundert hätte. Im Gegenteil. Ich würde mich gern davon überzeugen, dass alles noch so ist, wie es war.«

In meinem Bauch tanzten die Schmetterlinge Tango und Röte schoss mir ins Gesicht, dass ich die Augen niederschlug.

Mark lachte schallend.

Die Bedienung kehrte zurück und verkündete, dass sie nur noch ein Doppelzimmer habe. Sie wären ausgebucht, weil viele Durchreisende spontan beschlossen hatten, die Autos abzustellen und nicht weiterzufahren. Vernünftig, aber für mich nicht hilfreich.

Ein weiterer Mann kam zur Tür herein, klopfte sich den Schnee von den Schultern und ließ seinen Blick durch den Raum wandern. Bei unserem Tisch blieb er schließlich hängen und musterte mich eindringlich. Wenn er das letzte Zimmer nahm, ehe wir uns entschieden hatten, durften wir die Nacht auf der Bank im Restaurant verbringen. Das war nun wirklich das Letzte, was ich wollte.

Mark schien ähnliche Gedanken zu hegen. »Nehmen wir«, sagte er hastig und ich nickte nur noch schwach. Damit war das entschieden. Der Fremde durfte die Nacht auf der Bank verbringen.

Ich wollte es doch auch, redete ich mir ein und biss auf meine Unterlippe, während ich überlegte, was für Unterwäsche ich trug.

»Das ist wie im schlechten Film«, murmelte ich.

»Und doch Realität.« Mark grinste. »Kriege ich trotzdem ein Date?«

»Ein Doppelzimmer heißt nicht, dass wir …«

»Was?«

»Du weißt schon.« Ich wurde rot, was Mark mit einem Grinsen quittierte.

Den Rest des Abends unterhielten wir uns über den Fall. Ich hatte Mark eine ganze Menge neuer Erkenntnisse geliefert. Unser gemeinsames Ziel war es nun, Silvia Kohler zu finden. Damit konnten zwei Verbrechen geklärt werden: Zum einen erhofften wir uns zu erfahren, was mit Natascha geschehen war, zum anderen war das Vortäuschen des eigenen Todes ebenfalls eine Straftat. Motiv hin oder her.

Silvia war in Ulm untergetaucht. Vermutlich hatte das Auftauchen ihres Mannes sie aufgeschreckt und zur Flucht gezwungen. Fraglich, ob sie überhaupt noch in Ulm war. Doch wo sollte sie hin? Sie hatte offenbar niemanden mehr, dem sie sich anvertrauen konnte. Das Leben im Untergrund war nicht einfach.

Gegen halb zehn nahmen wir den Zimmerschlüssel in Empfang und gingen nach oben. Mit jedem Schritt, den wir uns dem Zimmer näherten, wurde mir mulmiger zumute. In meinen Ohren rauschte es und meine Knie wurden zunehmend wackelig. Auch Mark war plötzlich schweigsam.

Als er den Schlüssel ins Schloss steckte, drehte er sich zu mir um. Obwohl es im Flur dunkel war, konnte ich sein Gesicht im einfallenden Licht der Straßenlaterne gut erkennen. Das Grinsen war verschwunden, seine Augen wirkten dunkler als sonst.

»Jule, wenn du das nicht magst, ist es okay.« Das Sprechen schien ihm schwerzufallen. »Ich weiß, dass du es nicht einfach gehabt hast in letzter Zeit. Ich lasse dir alle Zeit, die du brauchst. Ich möchte nur, dass du weißt, dass ich dich vermisst habe. Und dass ich für dich da bin. Egal, was passiert.«

Ich antwortete nicht, der dicke Kloß in meinem Hals hinderte mich daran. Ich konnte mich nicht daran erinnern, dass irgendjemand jemals etwas zu mir gesagt hatte, das schöner gewesen war. Meine Knie wollten nachgeben und ich machte einen Schritt auf ihn zu. Ich legte meinen Kopf an seine Brust, schloss die Augen und atmete tief ein.

Einen Moment blieben wir so stehen, dann hob er mit dem Zeigefinger mein Kinn und zwang mich, ihn anzusehen. Der Blick, mit dem er mich bedachte, war das Bezauberndste, was mir je passiert war. Ich reckte ihm meinen Kopf entgegen und öffnete die Lippen in Erwartung seines Kusses.

Als seine Lippen meine trafen, schloss ich die Augen und fühlte nur noch ihn. Vergessen waren die letzten Monate, vergessen die Selbstbeherrschung, die brav die Klappe hielt. Vielleicht war sie ohnmächtig geworden.

Mark öffnete die Tür, ohne dass wir unseren Kuss unterbrachen. Es war nicht das wilde Verlangen, das uns beim letzten Mal überfallen hatte. Sein Kuss war sanft und unendlich zärtlich, als wolle er nichts falsch machen.

Als wir im Zimmer standen, löste er sich von mir, um Licht zu machen. Die Einrichtung war nichts Besonderes. Bauernmöbel, die einen rustikalen Charme hatten, ein breites Bett, das in einladendem Weiß strahlte. Mark ging darauf zu und knipste eine der Nachttischlampen an. Ich folgte ihm mit meinem Blick, als er zurück zur Tür ging und das Deckenlicht ausschaltete.

Zufrieden nickte er. »Das gefällt mir besser.«

Er zog mich an seine Brust und ich ließ nur zu gern geschehen, dass sein Mund meine Lippen fand. Der Kuss war atemberaubend. Er ließ sich Zeit, erkundete jeden Zentimeter meiner Lippen, der Wangen und meines Halses. Ich seufzte wohlig und genoss, dass sich die Wärme, die in meinem Bauch ihren Ursprung gefunden hatte, über den ganzen Körper ausbreitete. Als seine Hände unter meinen Pulli glitten, meinte ich, in Flammen zu stehen.

Ohne Umschweife fiel er zu Boden, die Jeans folgte. Und ich dankte dem Himmel, dass ich nach dem Duschen nicht den Sport-BH aus Baumwolle, sondern die dunkelblaue Kombi mit Spitzenbesatz angezogen hatte.

Vorsichtig ließ er mich auf das Bett gleiten und richtete sich auf, um sein Hemd auszuziehen. Ich konnte ein Seufzen beim Anblick seines nackten Oberkörpers nicht unterdrücken.

Kurz überlegte ich, wo das hinführen sollte in nächster Zeit. Als ich seine Haut auf meiner spürte, waren diese Gedanken vergessen. Es war egal. Ich wusste, wo das in dieser Nacht hinführte. Und das reichte mir für den Moment. Wie eine Ertrinkende erwiderte ich seinen Kuss und ließ geschehen, dass auch der Rest unserer Wäsche auf dem Boden landete.

Wo immer seine Hände und Lippen mich berührten, hinterließen sie eine brennende Spur auf meinem Körper. Bis wir verschmolzen, meinte ich, in Flammen zu stehen.

Mark ließ sich Zeit und brachte mich an den Rand des Wahnsinns. Als die Welle über mir zusammenbrach, war ich längst an einem anderen Ort.

Auch Mark keuchte kurz darauf und ich hörte seinen Herzschlag gegen meine Brust hämmern. Eine Zeit lang lagen wir beieinander und ich klammerte mich an ihm fest. Als er mein Zucken bemerkte, machte er sich sacht von mir los und sah mich besorgt an.

»Jule, was ist los? Weinst du etwa?«

Ich konnte nicht antworten, weil ich von Schluchzern geschüttelt wurde. Das Gefühl hatte mich mitgerissen und mich selbst überrascht. Die Tränen waren nach oben gestiegen und hatten sich nicht zurückhalten lassen. Obwohl ich selbst nicht wusste, warum ich weinte, strömten sie nur so über mein Gesicht.

Mark küsste sie mir von den Wangen. »Jule, sag was, du machst mir Angst.«

»Ich … Ich weiß es nicht … Es ist einfach …«

Da nahm er mich fest in den Arm und barg meinen Kopf an seiner Schulter. Er hielt mich eine lange Zeit, bis die Tränen versiegt waren. Dann legte er sich auf den Rücken. Er brauchte nichts zu sagen, ich kuschelte mich in seine Armbeuge und legte den Kopf auf seine Schulter. Sein Arm glitt über meinen Rücken und immer wieder spürte ich seine Lippen auf meinem Haar oder meiner Stirn.

*

Kurz hatte er erwogen, sie gleich an Ort und Stelle zu erledigen. Er musste nur wissen, in welchem Zimmer sie sich aufhielt. Dann würde er warten, bis sie schlief und es hinter sich bringen. Er hatte es einmal getan, er würde es wieder tun.

Doch das Schicksal meinte es nicht gut mit ihm. Sie saß mit einem Mann am Tisch, als er den Gastraum betreten und sich unauffällig umgesehen hatte. Er hatte keine Ahnung, wo der plötzlich aufgetaucht war. Er musste auf sie gewartet haben, als sie gekommen war. Dann hatten sie einen Zimmerschlüssel entgegengenommen. Bestimmt vögelten die zwei da oben. Und er saß im Auto und fror.

Er hatte sich nicht mehr getraut. Zwei waren zu viel. Mit ihr wäre er fertig geworden, selbst wenn sie aufgewacht wäre. Er hätte nur schneller sein müssen. Aber der Typ war geballtes Testosteron. Aus jeder Pore seines Körpers strahlte er Wachsamkeit aus. Und der Blick, mit dem er sie maß, sagte ihm, dass er sein Leben für sie geben würde.

Ein Gutes hatte alles gehabt. Er hatte ihr Auto aufgebrochen. Das war gar nicht so einfach gewesen. Die Autos heutzutage ließen sich nicht mehr mit einem halben Tennisball knacken. Aber sie hatte wohl vergessen, die Alarmanlage einzuschalten. Das Risiko hatte er eingehen müssen.

Jetzt wusste er immerhin, dass sie Jule Flemming hieß und aus Ulm kam. Und dass sie Privatdetektivin war. Eine Adresse hatte er außerdem.

Er war sich nicht sicher, ob sie die Frau war, die ihn erpresste. Vielleicht suchte sie sie auch. Er verstand die Zusammenhänge nicht ganz. Was sollte sie sonst hier gesucht haben? Wenn er ihr auf den Fersen blieb und sie die Erpresserin fand, konnte er zuerst zuschlagen.

Oder sie war es doch. Dann konnte sie ihm nicht mehr davonlaufen. Er wusste, er würde es wieder tun, wenn es sein musste.

Zufrieden mit diesem Plan ließ er den Motor an und fuhr die nächste Pension an. Jetzt, da er wusste, wo sie wohnte, würde sie ihm nicht mehr entwischen. Und wenn er Glück hatte, bekam er für die Nacht ein Zimmer.

MONTAG

Es blieb nicht bei diesem einen Mal in der Nacht. Wir waren beide ausgehungert und ich hatte ihn mindestens ebenso sehr vermisst, wie er mich. Ich traute mich bloß nicht, das laut zu sagen.

Als ich am nächsten Morgen mein Gesicht im Spiegel betrachtete, lächelte ich. Ich hatte Schatten unter den Augen, aber es lag ein zufriedener Ausdruck darauf. Und plötzlich überkam mich die Zuversicht, dass alles gut werden würde. Irgendwie.

Kurz nach dem Frühstück musste ich meine Meinung revidieren. Gestärkt mit Kaffee, frischen Semmeln und Rührei trat ich neben Mark nach draußen in die winterliche Landschaft. Es hatte aufgehört zu schneien und die Sonne strahlte mit ihrer ganzen Kraft vom Himmel. Es war eiskalt.

Mark trat auf mich zu, zog mich an sich und küsste mich leidenschaftlich.

»Man sollte nicht meinen, dass wir gerade eine Nacht zusammen verbracht haben«, murmelte ich zwischen zwei Küssen.

Er küsste mich auf die Stirn und zwinkerte. »Ich kriege nicht genug von dir.«

In gespielter Entrüstung rümpfte ich die Nase. »Das war aber nicht der Deal. Du wolltest mich auf ein Date einladen.«

»Das können wir immer noch machen. Wie sieht es aus, hast du heute Abend was vor?«

Ich wackelte mit dem Kopf. »Lass uns abwarten, was unser Fall macht. Anschließend können wir immer noch weggehen. Mir schwebt Kino vor.« Ich hatte schon einen Film ins Auge gefasst: Ein Streifen mit Juliane Nusser.

Mark sah mich warm an und lächelte. »Weißt du, was du gerade gesagt hast?«

»Dass ich mit dir ins Kino möchte?«

»Nein. Du hast gesagt ›unser Fall‹.«

Ja, das hatte ich wohl. Ich konnte ein Grinsen nicht unterdrücken. So schnell ging es manchmal. Keine Ahnung, was passiert war, aber meine Hormone spielten verrückt.

»Komm heute Abend zum Essen vorbei, ich koche uns etwas Leckeres. Ins Kino können wir immer noch.«

»Hm, das klingt gut«, murmelte er an meinem Ohr, dass mir ganz warm wurde. »Was gibt es zum Nachtisch?«

»Lass dich überraschen.«

Er grinste. Ich wusste genau, was er dachte und wie sein Nachtisch aussah.

Wir lösten uns nur schwer voneinander. Aber schließlich ging jeder zu seinem Auto und schloss auf. Mir fiel zunächst nichts auf, weil das Auto mit Schnee bedeckt war. Ich musste zweimal hinsehen, weil ein kleiner Schneehaufen auf dem Beifahrersitz lag.

»Mark, komm mal her!«, verlangte ich und starrte wie hypnotisiert auf die kaputte Scheibe.

»Was ist los? Sehnsucht nach mir?« Er trat näher und folgte meinem Blick. »Oh …«

»Scheiße oh!«, sprudelte es aus mir heraus und ich drehte mich zu ihm um. »Da hat jemand meine Scheibe eingeschlagen!«

»Fehlt was?«

Mark, der praktisch Veranlagte. Ich kickte mit dem Fuß

gegen den Reifen. Mein neues Auto war kaputt! Der Wagen war nagelneu!

»Keine Ahnung«, brummte ich, als ich mich gefangen hatte. Ich zog die Tür auf und sah hinein. »War nichts drin«, sagte ich. »Kein Handy, keine Zigaretten, kein Notebook, keine CDs. Mein Notizbuch habe ich immer in meiner Tasche. Moment.« Ich bückte mich und hob ein paar Visitenkarten von mir auf, die im Fußraum verstreut lagen. Ratlos hielt ich sie Mark hin. »Das ist alles.«

»Solange nichts fehlt«, versuchte er, mich zu beruhigen.

Das funktionierte leider nicht. »Aber er oder sie weiß, dass ich Privatdetektivin bin. Ich bin GEFÄHRLICH!«

Mark grinste.

»Was?«

»Das glaube ich dir aufs Wort. Du hast einen irren Blick.«

»Warte nur ab, wozu dieser irre Blick fähig ist.« Nun musste ich doch schmunzeln. Das war es nicht wert.

»Dann bin ich ja froh, dass ich die Nacht überlebt habe.«

»Kannst du auch«, gab ich zurück und drehte mich weg, damit er nicht sah, dass ich lächelte.

Die Fahrt zurück nach Ulm war zugiger, als ich gedacht hatte. Obwohl die Heizung auf Hochtouren lief und die Sitzheizung alles gab, fror ich erbärmlich. Ich rief die Versicherung an und meldete den Schaden. Die Frage, ob er bei der Polizei aufgenommen worden war, beantwortete ich großzügig mit ›Ja‹. Immerhin war Mark bei der Polizei. Ich versprach, die erforderlichen Unterlagen nebst Bildern umgehend zu schicken, und rief anschließend beim Autohaus an. Sie stellten mir einen Leihwagen zur Verfügung, und ich brauchte nur die Autos zu tauschen, dann konnte ich nach Hause fahren und mich aufwärmen.

Allerdings nahm ich einen kleinen Umweg über meine Lieblingsmetzgerei und den Supermarkt, um mich für das Abendessen einzudecken.

Die ›Blaue Träne‹ war weg. Mich wunderte nicht, dass ich an der Tür keine Spur davon fand, dass jemand hier gewesen war. Andreas hatte keinen Schlüssel. Einerseits war es beunruhigend, wie leicht meine Tür zu knacken war. Andererseits war es schön zu wissen, dass ich ihn meinen Freund nennen konnte. Er würde mir immer zur Seite stehen, wenn ich ihn brauchte. Meine Zuversicht wuchs, dass er Cosimas Problem lösen würde.

Am Küchentisch brütete ich über meinen Notizen. Wo war Silvia Kohler alias Verena Retsch? Warum war sie überhaupt nach Ulm gekommen? Dass sie nach dem vorgetäuschten Tod zu Natascha Schramm gefahren war, konnte ich verstehen. Schließlich waren beide einmal befreundet gewesen. Aber warum hatte sie sich an Natascha gewandt und nicht an Juliane Nusser? Die ihr doch mittlerweile näher stand, wenn man ihren Erklärungen Glauben schenken durfte.

Gedankenverloren griff ich nach dem Schlüssel mit dem Bärenanhänger und ließ ihn um den Finger kreisen. Vermutlich sollte ich Mark sagen, dass ich ihn hatte. Das gehörte zu unserer neuen Abmachung.

Später, entschied ich. Wenn ich den Bericht für die Versicherung abholte. Als Bestechung sozusagen. Ich konnte mir vorstellen, dass sich seine Begeisterung darüber in Grenzen hielt.

Mein Blick fiel auf das Foto vom Ferienlager. Zwei junge Mädchen, Arm in Arm. Wer von beiden hatte das Herz darum gemalt? Und warum ›secrecy and love forever‹? Vielleicht lag ich daneben mit meiner Vermutung, dass es sich um einen hingekritzelten Spruch Pubertierender handelte? Was war mit ›secrecy‹ gemeint? Was hatte beide so miteinander verbunden, dass Silvia Jahre später nach dem vorgetäuschten Tod zu Natascha geflohen war und nicht zu Juliane? Juliane, wenn sie wirklich eine gute Freundin war, verfügte über die finanziellen Mittel, Silvia zumindest so weit zu helfen, dass sie das Land verlassen und ein neues Leben hätte anfangen können.

Oder wusste Juliane am Ende Bescheid? War sie deshalb nach Ulm gekommen?

Ich griff nach dem Smartphone und drückte die Taste für die Wahlwiederholung. Diesmal musste ich ewig warten, bis sie den Hörer in die Hand nahm. Sie klang atemlos, als sie sich meldete.

»Sie schon wieder! Sie wissen wohl nicht, dass ich mitten in einem Dreh stecke?«

»Das kann ich von hier aus leider nicht sehen. Wenn es Ihnen nicht passt, müssen Sie das Gespräch ja nicht annehmen.«

Sie stieß das mir bereits bekannte Prusten aus.

»Vielleicht werden Sie aber ein paar Minuten erübrigen können. Immerhin geht es um Ihre Freundin.«

»Die nicht mehr lebt.« Sie seufzte. »Aber gut. Etwas Zeit habe ich. Nicht viel, wir haben gerade Pause, ich bin in der Garderobe.«

»Das reicht mir. Wo versteckt sich Silvia Kohler?«, fragte ich ohne Umschweife.

Für einen Moment herrschte Schweigen in der Leitung.

»Wie bitte?« Ihre Stimme hatte den befehlsgewohnten Ton verloren. War ich am Ende auf der richtigen Spur?

»Kommen Sie, ich weiß, dass Silvia ihren Tod nur vorgetäuscht hat. Wo hält sie sich versteckt? Haben Sie ihr geholfen?« Ich war aggressiver als beabsichtigt. Vermutlich, weil mir ihre überhebliche Art auf die Nerven ging.

»Silvia lebt?« Sie flüsterte nur noch und ich geriet ins Wanken.

Sie war Schauspielerin, rief ich mir ins Gedächtnis. Sie war es gewohnt, überzeugend eine Rolle zu spielen.

»Ja, sie lebt«, entgegnete ich kalt. »Wo ist sie?«

»Ich habe keine Ahnung. Ehrlich. Was ist passiert?«

»Ach kommen Sie, hören Sie auf mit dem Theater! Haben Sie ihr geholfen?«

»Nein. Nein! Wie kommen Sie darauf?«

»Sie sind Ihre beste Freundin. Und Sie haben die nötigen Mittel, ihr zu helfen.«

»Was unterstellen Sie mir da?«

»Warum ist sie zu Natascha gefahren?«

»Zu Natascha? Ich verstehe überhaupt nichts mehr.«

Ich war geneigt, ihr zu glauben. Trotzdem wollte ich sie weiter in die Zange nehmen.

»Wussten Sie, dass Natascha ermordet worden ist?«

»Wie bitte?« Sie flüsterte.

Wir schwiegen einen Moment.

»Hören Sie, ich hatte keine Ahnung, dass Silvia lebt. Ich kann es immer noch nicht glauben. Und ich wusste nicht, dass sie zu Natascha gegangen ist.« Sie hörte sich verbittert an. Es musste ihr wehtun, dass Silvia nicht zu ihr gekommen war. Fast hatte ich Mitleid. »Ich weiß nicht, was das alles zu bedeuten hat.«

»Frau Nusser, ich habe noch ein paar Fragen. In Silvias Wohnung habe ich ein Foto aus dem Ferienlager 1999 gefunden. Eine von beiden hat ein Herz darauf gemalt und ›secrecy and love forever‹ draufgeschrieben. Wissen Sie, was es damit auf sich hat?«

Das Sprechen fiel ihr schwer, ich hatte Mühe, sie zu verstehen. »Ich weiß es nicht. Aber irgendwas ist damals vorgefallen. Natascha war kurz darauf in Behandlung und ist weggezogen. Und Silvia hat nie ein Wort darüber verloren, was sie erlebt hat. Sie war wie eine Auster, obwohl sie immer gern erzählt hat. Ich kann es mir nur so erklären, dass es mit dem Unfall dieses Betreuers zusammenhing.«

»Wissen Sie, was passiert ist?«

»Genau nicht. Er ist vom Heuboden gefallen und war schwer verletzt. Es hat ewig gedauert, bis er aus dem Krankenhaus kam. Er war querschnittsgelähmt.« Sie hörte sich abwesend an, als müsse sie erst ihre Gedanken sortieren.

Ich tippte mit dem Stift auf den Tisch. Dann hatte es mit dem Geheimnis doch etwas auf sich. Nur was?

»Und warum ist sie verschwunden?«, fragte ich weiter.

»Ich vermute, dass das mit ihrem Mann zusammenhing.«

»Weil er eifersüchtig war und sie verprügelt hat«, riet ich.

»Kann sein. Vermutlich sogar. Ich verstehe nur nicht, warum sie nie etwas gesagt hat.« Sie klang ratlos. »Ich hätte ihr doch geholfen. Ich hätte ihr den besten Anwalt besorgt, den es gibt. Scheidung und Feierabend.«

»Was ist mit Natascha passiert?«

Die Frage riss mich aus meinen Gedanken.

»Sie ist ermordet worden. Niemand weiß, warum, aber der oder die Täter sind äußerst rabiat vorgegangen.«

»Das war aber nicht Silvia, oder?« Ihre Stimme war kaum zu hören.

Was sollte ich antworten? Ich glaubte es nicht. Aber die Fakten sprachen eine andere Sprache. Und die Polizei bewertete das, was sie vorfand.

»Ich glaube nicht«, antwortete ich schließlich.

»Aber andere denken es?« Jetzt klang sie alarmiert.

Ich antwortete nicht.

»Halten Sie mich auf dem Laufenden?«

»So weit ich kann, gern. Ich hoffe, Sie mich auch.«

Ich legte mit einem unbehaglichen Gefühl auf. Wo war Silvia? Wer hatte Natascha umgebracht? Warum?

Noch immer betrachtete ich das Foto vor mir auf dem Tisch. ›Secrecy.‹ Was hatte es damit auf sich? Um welches Geheimnis ging es? Ich stand auf und holte mir die Liste der Teilnehmer, die Frau Dreiseitel mir gemailt hatte. Ich wurde das Gefühl nicht los, dass dieses Foto der Schlüssel zu dem Ganzen war. Was war damals im Ferienlager geschehen?

Die folgenden Stunden glichen der Suche nach der sprichwörtlichen Stecknadel im Heuhaufen. Es war nicht einfach, etwas über Ereignisse herauszufinden, die fünfzehn Jahre zurücklagen. Und Menschen zu finden, die daran beteiligt waren. Selbst die Möglichkeiten des Internets waren begrenzt. Zwischenzeitlich war ich recht gewieft darin, suchte nicht nur im Telefonbuch, sondern bediente mich der Logarithmen, die sozialen Netzwerken zugrunde lagen.

Ich telefonierte mir die Finger wund. Zunächst versuchte ich, die beiden Betreuer von damals ausfindig zu machen. Doch das war eine Fehlanzeige. Katja Sonder war nicht auffindbar, weder in Köln noch bei Facebook und Co. Und Carsten Heimbs, der querschnittsgelähmte Betreuer, war im Oktober gestorben.

Mühsam gelang es mir, einzelne Teilnehmer der Freizeit zu finden, aber keiner wusste, was damals geschehen sein könnte. Einig waren sich jedoch alle, dass ein tolles Ferienlager mit einem fürchterlichen Unfall geendet hatte.

Die Jugendlichen waren auf einem Bauernhof untergebracht gewesen und hatten beschlossen, eine Nacht auf dem

Heuboden zu verbringen. Einige von ihnen, darunter Natascha und Silvia, machten es sich mit dem Betreuer Carsten Heimbs dort oben bequem, während Katja Sonder mit den restlichen Jugendlichen im Schlafsaal war. Es musste mitten in der Nacht gewesen sein, als Carsten Heimbs vom Dachboden stürzte und verletzt am Boden liegen blieb.

Das Lager wurde vom Veranstalter daraufhin für beendet erklärt und die Jugendlichen nach Hause geschickt. Lange war der Betreuer nicht ansprechbar, es war nicht einmal klar, ob er durchkommen würde. Was sicher war, dass er einen bleibenden Schaden, die Querschnittslähmung, zurückbehalten würde. Er konnte sich an nichts aus jener Nacht erinnern. Vermutlich war er auf dem Weg zur Toilette gewesen und hatte die Leiter verfehlt.

Endlich erreichte ich eine ehemalige Teilnehmerin, die zwar nichts über jenen Vorfall wusste, aber eine Adresse und eine Telefonnummer der anderen Betreuerin, Katja Sonder, hatte. Sie lebte heute in den USA in Los Angeles, war verheiratet und arbeitete dort. Kein Wunder, dass ich sie nicht gefunden hatte.

Ich warf einen Blick auf die Uhr, rechnete und überlegte, wann ich sie anrufen konnte. Uns trennten neun Stunden. Dort war es gerade vier Uhr morgens. Ich würde den Anruf auf später verschieben müssen.

Ich stand auf und rieb mir den Nacken. Zeit, mich um das Abendessen zu kümmern. Die Ente gestern Abend war eine Herausforderung gewesen. Klassisch mit Rotkohl und Kartoffelknödeln wollte ich heute ein Entenbrustfilet à l'orange mit Semmelknödeln servieren. Dazu eine Bratapfelcreme, die ich selbst kreiert hatte, als Nachtisch. Und wenn ihm das nicht reichte, nun, ich würde meine schönste Unterwäsche anziehen. Diesmal war ich vorbereitet.

Ich hatte mich kaum in der Küche zu schaffen gemacht, da klingelte es an der Tür. Obwohl ich nichts Gutes ahnte, wer wollte um die Uhrzeit etwas von mir?, öffnete ich. Draußen stand Leon und grinste mich an. Im Schlepptau Hektor, der mit wedelndem Schwanz und hechelnd nur darauf gewartet hatte, an mir vorbei in die Wohnung zu flitzen. Und meine Mutter. Ich stöhnte innerlich auf. Alle drei auf einmal? Das war selbst für mich zu viel des Guten.

»Und? Alles klar?«, wollte Leon wissen und hielt mir die Hand zum Abklatschen entgegen.

Ich schlug pflichtschuldig ein und er marschierte an mir vorbei in die Küche. Von Hektor war nichts mehr zu sehen. Allerdings hörte ich aus dem Wohnzimmer verdächtige Geräusche. Meine Mutter hinderte mich daran nachzusehen, was los war. Sie blieb vor der Tür stehen und betrachtete mich mit schief gelegtem Kopf. Dann breitete sich ein wissendes Lächeln auf ihren Lippen aus.

»Du hattest Sex«, stellte sie fest, drückte mir einen Weihnachtsstern in die Hand und ging ebenfalls an mir vorbei.

Ich hustete. Einen Moment überlegte ich, ob ich einfach verschwinden sollte. Meine Jacke hing am Haken im Flur, mein Lederbeutel war in Griffweite, die Schlüssel für den Leihwagen lagen auf der Kommode. Ich hätte nur schnell machen und die Tür hinter mir zuziehen müssen. Leon und meine Mutter waren längst in der Küche, Hektor im Wohnzimmer.

Ich tat es nicht. Ich war eine gute Tochter. Auch wenn ich zwischendurch das Bedürfnis verspürte, meine Mutter auf den Mond zu schießen. Man redet mit seiner Mutter nicht über Sex. Das setzt unweigerlich das Kopfkino in Gang. Das Letzte, was ich wollte. Ging es noch peinlicher?

Ich schloss die Tür und ging langsam hinterher. Da saßen sie an meinem Küchentisch, steckten die Köpfe zusammen und flüsterten. Als sie mich bemerkten, sahen sie auf und kicherten. Warum nur hatte ich das Gefühl, dass hier gerade ein Komplott geschmiedet wurde? Bisher hatte ich nicht einmal gewusst, dass die beiden sich kannten. Geschweige denn, dass sie sich so gut verstanden.

Leon hatte rote Wangen und strahlte mich an, ehe er eine Tüte hinter dem Rücken hervorzauberte und auf den Tisch stellte. Es waren Plätzchen drin, oben war sie mit einer goldenen Schleife verschlossen, sogar ein Tannenzweig war daran befestigt. Er hatte sich richtig Mühe gegeben.

»Die sind von meiner Mutter«, verkündete er. »Soll ich dir bringen.«

Das war sehr nett von Barbara. Zeitweise war ich mir nicht sicher gewesen, ob sie noch mit mir redete. Eine Tüte Plätzchen zu Weihnachten war ein Friedensangebot. Ich machte eine geistige Notiz, dass ich für sie eine Kleinigkeit besorgen musste. Zwar kochte ich leidenschaftlich gern, auch im Backen war ich nicht schlecht. Aber für Plätzchen fehlte mir die Geduld. Ich würde auf Pralinen zurückgreifen. Es ging ja nur um die Geste.

Ich beäugte den Inhalt. »Was ist denn das?«, fragte ich und kniff die Augen zusammen. Auch Barbara schien nicht die Geduldigste zu sein.

Leon und meine Mutter wechselten einen schnellen Blick. Sie nickte ihm aufmunternd zu.

»Das weiß ich doch nicht«, brummte Leon. »Ich habe keine Ahnung, was sie gebacken hat. Sind aber lecker, probier mal! Hast du Schokoküsse?« Erwartungsvoll sah er mich an.

»Leider nein. Aber guck mal im Wohnzimmer. Ich habe neue Bücher gekauft. Vielleicht ist eines dabei, das dir gefällt. Ich glaube, mit Piraten und Rittern. Außerdem solltest du nach Hektor sehen. Nicht, dass er wieder Tapeten annagt. Oder sein Bein am Tischfuß hebt.«

Leon stieß einen Jubelschrei aus und stürmte zu meiner Erleichterung davon.

»Mit Hektor war ich gerade draußen«, rief er mir zu. »Keine Gefahr. Außerdem habe ich ihm einen Kauknochen mitgenommen. Den kann er zernagen.« Damit kehrte Ruhe im Zimmer nebenan ein.

Gleich darauf allerdings fragte ich mich, ob das wirklich so sinnvoll gewesen war. Meine Mutter betrachtete mich mit einer Mischung aus Wissen und Interesse. Das gefiel mir überhaupt nicht!

»Der Weihnachtsstern ist für dich. Damit es hier ein wenig weihnachtlicher wird.« Vielsagend ließ sie ihren Blick durch den Raum schweifen.

Ich hasse Weihnachtssterne. Bei mir sehen sie innerhalb kürzester Zeit wie blattlose Rechen aus. Außerdem sind sie giftig. Mein Verhältnis zu diesen Pflanzen hatte sich seit meinem Besuch bei Frau Burger nicht verbessert. Immerhin wusste ich jetzt, dass sie keinen Alkohol vertrugen. Empfindlich auch noch.

Ich stellte das Ungetüm auf das Fensterbrett. Mein Zugeständnis an die Weihnachtszeit war eine Kerze auf dem Wohnzimmertisch. Und damit mehr, als ich jemals zuvor gehabt hatte.

»Da hält er nicht lange. Er braucht es warm und darf nicht in Zugluft stehen.«

Umso besser, dann schaffte er es nicht einmal bis Heiligabend, wenn ich Glück hatte.

»Und?«, fragte sie scheinheilig. »Was tut sich so?«

Wollte sie mich auf den Arm nehmen? Ich stand auf und wandte mich den Orangen und Zitronen auf der Arbeitsplatte zu. Zuerst musste der Zucker karamellisieren und mit Wein abgelöscht werden.

»Mit wem hast du dich getroffen gestern Abend?«

Das Verhör hatte begonnen. Ich schloss die Augen. Es ging sie nichts an. Trotzdem war sie meine Mutter und ich hatte das Gefühl, dass ich sowieso nichts vor ihr verheimlichen konnte. So ein Mist! Wie kam ich aus der Nummer heraus? Wenn sie wusste, dass ich die Nacht mit Mark verbracht hatte, fing sie wieder mit diesem Enkel-Quatsch an.

»Ich war beruflich auf der Alb. In Wiesensteig.« Der Zucker wurde langsam flüssig in der Pfanne. Nicht mehr lange, und ich konnte den Wein dazugeben.

»Und mit wem warst du im Bett?«

Ich stieß an den Rand der Pfanne und fluchte, weil ich mir die Finger verbrannt hatte, während ich ein empörtes »Mutter!« ausstieß. Ich drehte den Wasserhahn auf und ließ kaltes Wasser über meine Hand laufen.

»Ach komm schon, ich sehe es dir an. Der Kommissar? Mark?«

Mir wurde heiß und kalt, und ich verspürte den dringenden Impuls, die Sache mit dem Mond abzukürzen und sie hier und jetzt zu erwürgen.

»Es war Mark«, gab ich schließlich brav zu und hasste mich dafür.

Ich sah sie zufrieden lächeln. Stand mir auf die Stirn getackert, dass ich letzte Nacht nicht mit Schlafen verbracht hatte?

»Fein. Ihr passt so schön zusammen. Dann dauert das nicht mehr lange. Hach, ich freue ich so! Ich wusste es! Ich habe schon Wolle gekauft.«

Ich drehte mich langsam um, schloss die Augen und zählte bis fünf, ehe ich sie öffnete. »Was hast du?«

Ein unschuldiger Blick streifte mich. »Wolle gekauft. Für Babysöckchen.«

Ich musste dringend aufs Klo, mich übergeben.

»Du kannst überhaupt nicht häkeln«, gab ich stattdessen zurück.

»Die strickt man auch.« Gefolgt von einem ›ts‹. »Gerlinde will mir zeigen, wie das geht. Sie hat immerhin sechs Enkel?«

Ich überhörte das Fragezeichen am Ende des Satzes, mit wie vielen sie rechnen durfte. Wer war Gerlinde? Ich wollte es nicht wissen.

Hinter mir roch es bereits und ich drehte mich panisch um. Himmel, der Zucker! Er war nicht nur flüssig, er war dunkelbraun. Ich griff nach dem Wein und gab einen großzügigen Schluck hinein. Es zischte und brodelte, spritzte hoch und mir auf die Arme.

»Fackelst du die Küche ab?«, wollte Leon wissen, der aus dem Wohnzimmer gelaufen kam.

Vielleicht konnte ich ihn in die gleiche Raumfähre stecken wie meine Mutter. Dann wurde ihnen beiden nicht langweilig. Und Hektor gleich dazu.

»Leon, sei so gut, sieh mal nach deinem Hund«, verlangte ich mit einem Anflug von Hilflosigkeit.

»Willst du die Plätzchen nicht probieren?«

In meiner Verzweiflung riss ich die kleine Tüte auf und stopfte mir einen Keks in den Mund. Nur, damit er Ruhe gab. Er schmeckte ähnlich wie das Zeug, das meine Mutter mir gestern vorgesetzt hatte. Tapfer kaute ich und schluckte hinunter. Barbara war keine hervorragende Bäckerin. Plätzchen an Weihnachten wurden überbewertet.

Leon sah mir zufrieden zu, wie ich das Gebäck kaute. Es wurde immer mehr im Mund und schließlich brauchte ich einen Schluck Wasser, um es hinunterzuspülen. »Wollt ihr auch?«, fragte ich, als ich wieder reden konnte.

Leon schüttelte den Kopf und zog mit einem »Ich muss mal nach Hektor schauen« ab. Meine Mutter ließ sich ein Glas vollschenken und schwieg. Ich drehte ihr den Rücken zu und rieb Orangen- und Zitronenschale ab. Das Schweigen wurde unangenehm. Ich überlegte fieberhaft, was ich Unverfängliches von mir geben konnte.

»Ist es etwas Ernstes?«, wollte meine Mutter wissen, bevor mir etwas einfiel.

Für einen Moment schloss ich die Augen und biss die Zähne zusammen.

»Ich weiß es nicht«, bekannte ich schließlich.

»Ihr passt so schön zusammen.«

Ich hörte die Hoffnung aus ihrer Stimme heraus. Warum war sie plötzlich so sehr daran interessiert, mich unter die Haube zu bringen?

»Weißt du, vielleicht kannst du dann deinen Beruf aufgeben. Ist doch sowieso nichts Richtiges. Und immer so gefährlich.«

Daher wehte also der Wind. »Was hast du gegen meinen Beruf einzuwenden?« Ich gab frischgepresste Säfte in die Soße und rührte um. »Er ernährt mich.« Diesen Seitenhieb konnte ich mir nicht verkneifen. Meine Mutter war Künstlerin. Zumindest behauptete sie das. Sie malte Bilder und lebte von deren Verkauf. Mehr schlecht als recht. Erst, seit sie einen Gönner aufgetan hatte, der ihre Bilder ausstellte, konnte sie sich damit über Wasser halten. Mehr aber auch nicht. Mich wunderte das nicht. Das Gekritzel eines Fünfjährigen war besser als das, was meine Mutter anfertigte.

»Er ist gefährlich. Du bist innerhalb kürzester Zeit zweimal fast ums Leben gekommen. Und Sebastian hast du auch in Gefahr gebracht.«

»Aber immerhin habe ich Papas Mörder gefunden.« Dass ich daraufhin in psychotherapeutischer Behandlung war, verschwieg ich. Ich brauchte nicht noch mehr Öl ins Feuer zu gießen.

»Trotzdem hättest du etwas anderes lernen können. Krankenschwester zum Beispiel, wie deine Tante Angelika.«

Das war das Letzte, wonach mir jemals der Sinn gestanden hatte. Nicht Tante Angelikas Beruf. Sie selbst. Sie war der Inbegriff der Langeweile und Spießigkeit.

»Wie auch immer, wenn du Mark heiratest, dann könntest du deinen Job aufgeben und dich um die Kinder kümmern.«

Welche Kinder? Wer hatte ihr nur diese fixe Idee eingeredet? Bei meinem Glück hatte sie schon das Aufgebot bestellt. Ich wusste selbst noch nicht einmal, wohin das mit Mark führte. Der Gedanke an Kinder verursachte mir vorübergehend Herzrasen.

»Mutter, können wir nicht das Thema wechseln?« Ich klang langsam verzweifelt und hatte keine Lust, das zu verbergen.

Ich ging zum Kühlschrank und nahm die Entenbrust heraus. Sie sollte Zimmertemperatur haben, bevor ich sie in die Pfanne legte.

»Was ist das?« Meine Mutter war aufgestanden und stand näher als mir lieb war hinter mir.

»Ente.«

»Warum?«

»Wie, warum?« Ich wandte mich um und sah ihr in die Augen.

Ein lauernder Blick traf mich. »Für wen kochst du?«

»Ich bekomme Besuch«, beschied ich sie und war nicht gewillt, ihr zu sagen, von wem.

Das brauchte ich auch nicht. Sie warf mir einen vielsagenden Blick zu und nickte zufrieden, ehe sie sich wieder hinsetzte. Ich stöhnte leise auf.

»Warum Fleisch?«

»Weil es mir schmeckt.« Oh bitte, lass den Tag an mir vorbeigehen, ohne dass ich etwas Unüberlegtes tue.

»Das ist ekelhaft. Ein totes Stück Fleisch.«

»Lebend wollte ich es auch nicht essen.« Ich war am Rande meiner Kräfte.

»Die Tiere leben unter erbärmlichen Bedingungen.«

»Tun sie nicht, glaub mir. Ich kenne den Metzger und ich versichere dir, dass das einmal eine glückliche Ente gewesen ist.«

Sie schnaubte und schwieg. Meine Mutter war überzeugte Vegetarierin. Im Grunde konnte ich das verstehen. Es war sicherlich gesünder. Es gab da nur ein kleines Problem: Ich aß zu gern Fleisch, als dass ich das durchziehen konnte. Ich hatte es versucht, aber festgestellt, dass das nichts für mich war. Allerdings achtete ich auf Qualität und darauf, dass ich wusste, wo mein Fleisch herkam.

»Du bist intolerant«, konnte ich mir nicht verkneifen zu sagen. »Ich verurteile dich ja auch nicht, weil du einen Apfel isst.«

»Das ist auch nicht das Gleiche.« Sie funkelte mich an. »Die Natur gibt so viele schöne Sachen her.«

»Enten zum Beispiel.«

»Ich kämpfe für die Rechte der Tiere!«

»Seit wann das denn?« Ich unterbrach meine Arbeit, Zwiebel für die Knödel kleinzuschneiden, und sah sie an.

Sie schwieg.

»Die sind vollgepumpt mit Chemie«, erwiderte sie und hob das Kinn.

»Mit was färbst du eigentlich deine Haare?«, fragte ich,

deutlich aggressiver als beabsichtigt, und betrachtete ihre rote Löwenmähne. »Mit Wasserfarben?«

Damit hatte ich ihr den Mund gestopft. Eine Weile arbeitete ich schweigend weiter, während meine Mutter am Tisch trotzig schwieg.

Tapsende Schritte hinter mir. Ich drehte mich um. Leon stand in der Tür, den Kopf gesenkt. Neben ihm erschien Hektor. Er machte keinen minder schuldbewussten Eindruck und setzte sich neben sein Herrchen. Den Kopf schief gelegt sah er mich aus dunklen Augen traurig an. Den Schwanz hatte er eingekniffen. Ich ahnte nichts Gutes.

»Äh, Jule, ich glaube, ich brauche einen Putzlappen.«

In meinem Kopf schrillten sämtliche Alarmglocken. »Was ist los?«, fragte ich langsam und überdeutlich.

»Hektor ist ein … kleines Missgeschick passiert.«

»Wie sieht das aus?« Ich konnte nicht verhindern, dass ich langsam hysterisch klang.

»Er hat ein bisschen Pipi gemacht.«

»Wohin?«

Schweigen.

»WOHIN?«

»Aufs Sofa.« Ich konnte ihn fast nicht verstehen. Er sah mich nicht an und jetzt blickte auch der Übeltäter auf den Boden.

»Das darf nicht wahr sein!«, stöhnte ich auf. »Das darf alles nicht wahr sein! Weckt mich bitte jemand auf und sagt mir, dass das alles nur ein böser Traum ist.«

»Ich habe es aber fast gleich gemerkt und ihn runtergeschubst«, rechtfertigte sich Leon.

Ich wollte das nicht hören. Das war alles nicht passiert.

»Den Rest hat er dann auf den Boden gemacht.«

Vom Tisch kam ein unterdrückter Laut und ich warf einen

schnellen Blick zu meiner Mutter. Sie starrte auf die Tischplatte, ihre Schultern zuckten verdächtig.

»Ich glaube, ihr geht jetzt besser. Alle«, verlangte ich mühsam beherrscht.

»Aber Jule, Hektor kann nichts dafür, er ist doch noch so klein«, wandte Leon in einem Anflug von Verzweiflung ein. »Er ist ein Baby.«

»Das habe ich gar nicht gesagt«, versuchte ich, ihn zu besänftigen. »Es ist nur so, dass ich heute Abend Besuch bekomme. Und Hundepipi auf dem Sofa ist da nicht so … praktisch.« Keine Knutscherei auf der Couch heute Abend.

Leon sah auf.

»Mark kommt zu Besuch«, schaltete sich meine Mutter ein und ein freudiges Strahlen überzog sein Gesicht. »Vielleicht heiraten die beiden.«

»Mutter!«, brüllte ich fast. »Verschwindet einfach!«

Sie erhob sich und nahm Leon an der Schulter. »Komm«, sagte sie und schob ihn Richtung Tür. »Ich glaube, es ist besser, wenn wir gehen.«

Oh ja, sonst bereute ich, heute Morgen überhaupt aufgestanden zu sein.

»Nimm dir einen Keks und trink eine Tasse grünen Tee dazu. Der ist gut gegen freie Radikale«, meinte sie beschwichtigend.

Ich dachte eher an Magenbitter. Wenn das so weiterging, wurde ich radikal.

Ich schob beide zur Tür hinaus und schloss sie sorgfältig hinter ihnen. Nach einem Blick durch den Spion sah ich gerade noch, wie sich die beiden abklatschten. Ich wollte gar nicht wissen, was sie ausgeheckt hatten, und ging zurück in die Küche. Kraftlos ließ ich mich auf den Stuhl fallen und verbarg das Gesicht in den Händen. Dann lachte ich hysterisch auf und begann im gleichen Moment zu schluchzen. Womit hatte ich das verdient?

Ich brauchte einige Minuten, bis ich mich gesammelt hatte. Dann holte ich den Putzeimer und versuchte, das Hundepipi zu beseitigen, ehe ich mich der toten Ente in der Küche zuwandte.

Mark war zu früh. Ich hatte mich gerade mit einer Tasse Kaffee an den Küchentisch gesetzt, als er klingelte. Das Essen war fast fertig und das Sofa sauber. Sogar frische Farbe auf die Wand hatte ich aufgetragen. Wenn man nicht genau hinsah, bemerkte man die von Hektor abgenagte Tapete fast nicht.

»Du bist zu früh«, sagte ich, als ich die Tür öffnete. »Ich habe noch nicht geduscht.«

Grinsend zog er mich an sich. »Ich hatte Sehnsucht nach dir. Und nach einer Tasse Kaffee aus deinem Automaten. Die Brühe auf dem Revier schmeckt nicht.« Er küsste mich, dass mir Hören und Sehen verging, und eine altbekannte Hitze breitete sich in meinem Bauch aus.

»Komm rein«, flüsterte ich mehr, als dass ich sagte. Mir war schon wieder so eigenartig. Ich kam mir vor wie ein pubertierender Teenager, der zum ersten Mal verliebt war. Marks Gegenwart verwirrte mich.

Er setzte sich an den Küchentisch, und ich versuchte, mein klopfendes Herz zu beruhigen. Warum war ich nur so aufgeregt? Wir kannten uns schon ewig. Und es war nicht so, dass wir uns nicht *gut* kannten. Ich hätte wetten können, dass Mark seit vergangener Nacht auch den letzten Quadratzentimeter meiner Haut gekostet hatte.

»Was möchtest du?«

»Latte macchiato, wenn es geht?«

Ich zuckte mit der Schulter. »Klar geht das.«

»Klar. Das ist ja auch ein toller Automat«, gab er trocken zurück. »Ich nehme an, du möchtest mir immer noch nicht sagen, wie du dazu gekommen bist?«

»Da nimmst du richtig an«, erwiderte ich ruhig. Zischend schoss aufgeschäumte Milch ins Glas. »Aber weil du es bist: Er war eine Dreingabe des Autohauses für das neue Auto.« Ich schenkte ihm ein nachsichtiges Lächeln und platzierte das Glas vor ihm auf dem Tisch, ehe ich mich zu ihm setzte.

»Haha«, machte er und schmollte.

»Apropos Auto«, fuhr ich fort. »Es gibt da eine Kleinigkeit, die ich von dir bräuchte.«

Er sah auf.

»Ich habe mit der Versicherung telefoniert. Wegen des aufgebrochenen Autos und der kaputten Scheibe. Sie brauchen einen polizeilichen Bericht und ich habe gesagt, dass ich den nachreiche.«

»Aber du hast es gar nicht zur Anzeige gebracht.«

»Warum auch?«, entgegnete ich und lächelte ihn an. »Die Polizei war ja da.«

»Du glaubst aber nicht, dass ich …?«

»Du bist ein Schatz«, strahlte ich und stand auf. »Du kannst in Ruhe deinen Kaffee austrinken und dir Gedanken über den Bericht machen. Ich bin gleich wieder da und erzähle dir, was ich herausgefunden habe. Nimm dir einen Keks. Die hat Leon vorhin vorbeigebracht. Ein Geschenk von seiner Mutter.«

Damit ließ ich ihn sitzen und ging ins Schlafzimmer, um frische Wäsche herauszusuchen. Ich wollte den Nachtisch hübsch verpacken.

Der geplante Nachtisch wurde dann eher zur Vorspeise, denn als ich aus der Dusche trat, stand Mark im Bad. Der

Blick dunkel verhangen, mit einem diabolischen Lächeln auf dem Gesicht, dass mir gleichzeitig heiß und kalt wurde.

»Jule, Jule, was machst du nur mit mir?«, seufzte er, als wir in meinem Bett lagen und uns dicht aneinander kuschelten.

»Ich bin mir keiner Schuld bewusst.«

»Ich bin nicht mehr zurechnungsfähig in deiner Gesellschaft.«

»Hm, ich verbuche das als Kompliment. Aber wenn es dich beruhigt, mir geht es ähnlich.«

»Wir waren so dumm«, flüsterte er und strich mit der Hand über meine nackte Schulter. Dann drückte er mir einen Kuss auf die Stirn. »Das hätten wir alles viel früher haben können.«

»Besser spät als nie«, seufzte ich. »Apropos spät, ich muss später nach LA telefonieren.«

Fragend sah er mich an und ich erklärte ihm, dass ich die Telefonnummer der Betreuerin des Ferienlagers von damals herausbekommen hatte.

»Und du glaubst, dass das zusammenhängt?« Er zweifelte, ich sah es deutlich.

»Ich bin mir sogar sicher.«

»Aha.«

»Na ja, fast.«

»Aha.«

Ich verpasste ihm einen Stoß gegen den Oberarm. »Was ›aha‹? Das ist die einzige Spur, die wir haben. Besser die als keine. Du suchst lieber ein Phantom.«

»Silvia Kohler ist kein Phantom. Zumindest nicht mehr. Dank deiner Hilfe.« Es klang nachsichtig, aber wenigstens war er bereit, das anzuerkennen.

»Sie zu suchen ist besser, als einer kalten Spur nachzugehen.«

Ich richtete mich auf und sah ihn von oben herab an. »Wir werden ja sehen, wer am Ende recht hat«, sagte ich und streckte ihm die Zunge heraus.

Er schnappte nach meinem Arm, ehe ich das Bett verlassen konnte. »Du bist eine kleine Hexe.« Schon wieder hatte er diesen Ausdruck in den Augen, der meine Beine schwach und meinen Magen flau werden ließ.

»Mark, du bist zum Abendessen gekommen«, erinnerte ich ihn und versuchte, mich loszumachen.

»Hm, die Vorspeise war schon mal nicht schlecht.«

»Dann sollten wir zum Hauptgang übergehen. Sonst kann ich nicht in LA anrufen. Und das wäre schade, immerhin ist das *meine* Spur.« Ich machte mich endgültig los und floh unter seinem Lachen in die Küche.

Ich brauchte nicht mehr viel zu machen. Die Soße hatte ich am Mittag fertiggemacht und die Knödel brauchten nur ein Bad im heißen Wasser zu nehmen. Lediglich die Entenbrust musste ich noch braten. Ich schnitt sie auf der Hautseite rautenförmig ein und legte sie in die kalte Pfanne.

Mark kam kurz darauf in die Küche. In den Augen ein zufriedenes Glänzen, dass mir warm ums Herz wurde. Sollte das mit uns am Ende doch etwas Vernünftiges werden? Meine Mutter würde sich freuen.

»Was ist das?«, fragte er und warf einen Blick in die Pfanne.

»Das war eine glückliche Ente. Und bevor du auf dumme Gedanken kommst, ich weiß, wo sie herumgelaufen ist.«

Irritiert sah er mich an.

»Entschuldige bitte. Meine Mutter ist Vegetarierin und setzt sich für den Tierschutz ein. Färbt sich aber die Haare mit Chemie.« Ich redete wirr, aber Mark kommentierte es nicht. Ich war ihm dankbar dafür.

»Ich habe Hunger«, stellte er stattdessen fest, als ich die ersten Knödel ins Wasser gleiten ließ.

»Dann nimm dir einen von Leons Keksen«, sagte ich.

»Die habe ich probiert, die sind nicht mein Fall. Schmecken ähnlich wie die von deiner Mutter. Vielleicht solltest du backen?«

»Aber keine Weihnachtsplätzchen. Dafür bin ich ungeeignet.«

Er öffnete den Kühlschrank und steckte den Kopf hinein. »Was gibt's zum Nachtisch?«

»Du bist verfressen. Bratapfelcreme. Und jetzt nimm die Nase aus dem Kühlschrank und mach lieber den Wein auf.«

Ich reichte ihm eine Flasche, während die Entenbrust in der Pfanne brutzelte und ein wunderbarer Duft durch die Küche zog. Zum Garziehen verfrachtete ich sie in den Backofen.

»Wollen wir doch mal sehen, welche Ente besser ist«, frohlockte ich, als ich das Fleisch aufschnitt. Es war zartrosa innen, die Haut schön knusprig.

Mark beäugte kritisch, was ich ihm auf den Teller tat. »Also, ich kenne Ente eigentlich nur klassisch mit Blaukraut und Kartoffelknödel.«

»Dann lass dich überraschen. Ich bin gespannt, was du sagst.«

Ich beobachtete ihn genau, als er den ersten Bissen nahm. Bedächtig kaute er, schluckte hinunter und tunkte ein Stück vom Knödel in die Soße.

»Und?«, fragte ich, weil ich es nicht mehr aushielt.

»Köstlich«, nickte er. »Die Ente war zu Lebzeiten wirklich glücklich, das schmeckt man. Und die Soße ist ein Gedicht.«

Ich nickte zufrieden und begann selbst zu essen.

»Du musst bei mir einziehen«, platzte es aus ihm heraus.

Erschrocken sah ich auf. Wie meinte er das? Niemals.

Als er meinen entsetzten Gesichtsausdruck sah, lachte er. »War ein Scherz. Aber ich könnte mich an dieses Essen gewöhnen. Du könntest mich jeden Tag mit einem tollen Gericht überraschen, wenn ich nach Hause komme.«

Wie bitte? »Und was soll ich arbeiten?«, gab ich zurück. Leicht verstimmt darüber, dass es doch nur ein Witz gewesen war. Auf der anderen Seite hatte ich mich genau davor gefürchtet. Was war nur los mit mir? Langsam zweifelte ich an meinem eigenen Verstand.

Mark zuckte mit der Schulter. »Solche Essen zu zaubern beansprucht bestimmt viel Zeit.«

Er hörte sich an wie meine Mutter.

In trauter Zweisamkeit beendeten wir unser Mahl, dann griff ich nach dem Telefonhörer. Mark schenkte uns Wein nach, während ich mit Katja Sonder telefonierte.

Sie war überrascht, vor dem Frühstück einen Anruf aus Deutschland zu bekommen und hatte Mühe, in die Muttersprache zurückzufinden. Zwei plärrende Kinder im Hintergrund vereinfachten die Sache nicht. Erst, als sie zum Telefonieren in ein anderes Zimmer ging und einen Scott auf Englisch bat, sich um die streitenden Schreihälse zu kümmern, konnte ich mein Anliegen vorbringen.

Mark beobachtete mich mit Interesse. Ich musste mich zusammenreißen, eine neutrale Miene zu bewahren, denn was ich erfuhr, verschlug mir den Atem. Es dauerte, bis Katja mit der Sprache herausrückte, aber schließlich meinte sie, niemandem mehr zu schaden, und so gab sie preis, was sie seit vielen Jahren mit sich herumtrug.

Als ich aufgelegt hatte, musste ich mich setzen und schüttelte den Kopf.

»Was? Was ist los?«, wollte Mark wissen. Neugierig sah er mich an. Er ahnte wohl, dass ich mehr erfahren hatte.

»Es ist nicht zu fassen!«

»Was denn?«

»Unglaublich!«

»Jule, wenn du es mir nicht gleich sagst …«

»Dann was?«, fragte ich und lächelte ihn süß an. »Das ist doch sowieso nur eine kalte Spur. Möchtest du Nachtisch? Habe ich selbst entworfen.« Ich stand auf und wandte ihm den Rücken zu. In meinem Gehirn arbeitete es. Die Informationen, die ich gerade bekommen hatte, fügten sich wie ein Puzzle zusammen. Ein paar Teile fehlten, aber das Bild wurde stimmiger.

Hinter mir hörte ich Mark aufschnaufen. »Ich versohle dir den Hintern, wenn du es mir nicht gleich sagst. Wir hatten einen Deal, erinnerst du dich?«

Ich wandte mich um. »Du brauchst überhaupt nicht neugierig zu sein«, wies ich ihn zurecht. »Ich mache deine Arbeit, falls du dich erinnerst. Und das war eine Spur, der du nicht nachgehen wolltest. Ohne mich hättest du sie sowieso nicht gehabt.« Ich holte die Creme aus dem Kühlschrank und stellte die Apfelmasse auf den Herd. »Allerdings, von dir den Hintern versohlt zu bekommen …«

Er war aufgestanden, ohne dass ich es bemerkt hatte, und umschlang meine Taille mit beiden Händen. Ich fühlte seinen Atem an meinem Ohr und seine Lippen auf meinem Hals.

»Du kleine Hexe«, raunte er und ich schnappte nach Luft. Mein Herzschlag beschleunigte sich. Wie hatte ich nur jemals geglaubt, ohne ihn auskommen zu können?

Ich war verwirrt über die Gefühle, die er in mir hervorrief. Das sah mir überhaupt nicht gleich. Ich, die kühle, berechnende Privatdetektivin, die geglaubt hatte, niemals mehr ihr Herz zu verlieren, hatte sich augenscheinlich Hals über Kopf verliebt. Alarmglocken begannen zu schrillen. Wenn das nur gutging. Schon einmal war mein Herz gebrochen, ein weiteres Mal würde ich nicht überleben.

Mark tat alles, um mich von diesen Gedanken abzulenken. Sein Kuss war pure Leidenschaft. Ich schmiegte mich an ihn und ließ seine Hände geschehen, die langsam unter meinem Pulli verschwanden und dort auf Wanderschaft gingen. Genau in dem Moment, als ich in Erwägung zog, den Nachtisch auf später zu verschieben, ließ er mich los. In seinen Augen blitzte es.

»So, und jetzt noch einmal. Was möchtest du mir sagen?« Sein Gesicht war meinem nicht weit entfernt, ich hätte mich nur auf die Zehenspitzen stellen müssen, um ihn zu küssen. Er atmete schwer, versucht aber, das zu überspielen.

»Schauspieler«, brummte ich und funkelte ihn an. »Dann halt nicht.« Ich wandte mich dem Nachtisch zu und verteilte die Mascarponecreme in durchsichtige Gläser. Das Bratapfelmus war mittlerweile heiß und fand den Weg auf die Creme. Am Ende garnierte ich alles mit gerösteten Mandeln und stellte meine Kreation auf den Tisch.

Mark setzte sich und beäugte mit kritischen Augen, was ich gezaubert hatte.

»Probier einfach«, verlangte ich und tauchte meinen Löffel ein. Der Clou war die kaltheiße Kombination mit den crunchigen Nüssen obendrauf.

Er schloss genießerisch die Lider. Ich hatte einen Volltreffer gelandet.

»Das ist himmlisch«, strahlte er mich an, ehe er ernst wurde. »So, jetzt aber. Spaß beiseite, was hast du herausgefunden?«

»Katja Sonder hat den Verdacht, dass der andere Betreuer, dieser Carsten Heimbs, einige der Kinder missbraucht haben könnte.«

»Wie bitte?« Er runzelte die Stirn. »Das ist furchtbar. Aber was hat das mit unserem Fall zu tun?«

Genau da war der Haken. Ich wusste es nicht. Noch nicht. »Ganz sicher ist sie sich nicht. Ein oder zwei Mädchen sind zu ihr gekommen und haben erzählt, dass er sie komisch angefasst habe.«

Zweifelnd sah er mich an.

»Es ging über das hinaus, was man als normal bezeichnen kann. Frau Sonder hatte einen begründeten Verdacht, zumal sich mehrere Kinder ihr anvertraut haben. Sie wollte die Leitung über die Vorfälle informieren, dann ist aber der Unfall passiert und niemand wusste, ob dieser Heimbs durchkommen würde. Darüber ist die Sache wohl in Vergessenheit geraten, beziehungsweise wollte sie nicht noch mehr Öl ins Feuer gießen, weil er gestraft genug war. Und den Kindern ist nichts passiert. Sie sagt selbst, sie war damals zu jung, um das Ausmaß abzuschätzen. Sie fühlte sich überfordert. Heute bereut sie das. Ich hatte das Gefühl, dass sie froh war, es jemandem erzählen zu können.«

»Und jetzt? Will sie das zur Anzeige bringen? Bisschen spät vielleicht, oder?«

»Heimbs ist im Oktober verstorben, eine Anzeige wird niemandem mehr etwas bringen.«

Wir schwiegen und aßen unseren Nachtisch.

»Und was hat das mit der toten Natascha und der untergetauchten Silvia zu tun?«, nahm er den Faden wieder auf.

Ich seufzte. »Ich habe keine Ahnung. Ehrlich. Aber irgendwie hängt das alles zusammen.«

Er zweifelte sichtlich.

»Überleg doch mal. Auf dem Foto aus Silvias Wohnung stand ›secrecy forever‹. Und das Herz war um ihre Köpfe gemalt. Irgendein Geheimnis ist damals geschehen, das die beiden miteinander geteilt haben. Vielleicht hat Heimbs eine von ihnen missbraucht? Und dann haben sie sich gewehrt. Vielleicht war der Unfall gar kein Unfall, sondern ein Anschlag?«

»Ein bisschen viele ›vielleichts‹«, brummte Mark.

»Aber es könnte sein«, gab ich störrisch zurück. Ich hatte das Gefühl, dass der Schlüssel zu allem dieses Foto war.

Der Nachtisch war aufgegessen. Mark lehnte sich zurück, die Hände über dem Bauch gefaltet. »Ich halte mich lieber an die Fakten«, sagte er.

Und ich mich an mein Gefühl. »Und deswegen glaubst du, dass Silvia Natascha umgebracht hat. Mit einer Gewalt, zu der nur ein Mann fähig ist.«

»Das stimmt doch gar nicht. Wenn das Überraschungsmoment auf ihrer Seite war, kann sie diese Kraft aufbringen, weil Natascha nicht damit gerechnet hat.«

»Und welchen Grund sollte sie bitte gehabt haben? Und komm mir nicht wieder mit dem Quatsch, dass die beiden ein Liebespaar waren.« Ich funkelte ihn an.

»Vielleicht hat Natascha gedroht, Silvia auffliegen zu lassen?«, gab Mark ruhig zurück. »Schon mal daran gedacht, was das für sie für eine Belastung gewesen ist, dass Silvia bei ihr eingezogen ist? Einfach so von heute auf morgen. Ohne Aussicht darauf, dass sich das ändert?«

Da hatten wir es. Schon waren wir dabei, uns in die Wolle zu geraten wegen eines Falles. Wie sollte das jemals ein gutes Ende mit uns nehmen? Ich seufzte und antwortete nicht.

»Lass uns deswegen bitte nicht streiten«, sprach Mark versöhnlich weiter. »Wir hatten so einen tollen Abend. Und noch eine tolle Nacht vor uns.« Das Lächeln, das er mir schenkte, gepaart mit dem Glitzern in seinen Augen, entfachte ein Feuer in meinem Bauch.

Er stand auf. »Ich habe eine Idee. Los, hoch mit dir.«

Ehe ich mich versah, zog er mich auf die Beine.

»Was soll das? Willst du ins Bett?« Ich grinste schief.

»Keine schlechte Idee, aber das heben wir uns für später auf. Du weißt ja, Vorfreude ist die schönste Freude. Nein, ich habe so viel gegessen, dass ich mir die Beine vertreten muss. Lass uns rüber zum Weihnachtsmarkt gehen und einen Glühwein trinken, bevor er schließt. Ein bisschen frische Luft schadet nicht.« Er gab mir einen Kuss auf die Stirn und drückte mich an sich. »Das ist es nicht wert, oder? Sieh mal, im besten Fall ergänzen wir unsere Erkenntnisse. Darüber zu streiten und uns den wunderschönen Abend verderben zu lassen, das lohnt sich nicht. Das Essen war wunderbar. Du bist die beste Köchin, die ich kenne.«

Er sah mir in die Augen und stupste mich auf die Nase, bevor er mich wieder küsste. Ich erwiderte den Kuss und mir wurde warm ums Herz. Einen Moment war ich versucht, den Mund aufzumachen und etwas Unüberlegtes zu sagen. Aber ich schluckte es schnell hinunter. Ein Rest Zurechnungsfähigkeit war mir wohl doch geblieben.

Wenig später gingen wir in Richtung Weihnachtsmarkt. Um uns herum tobte der Weihnachtswahnsinn mit Einkäufern auf der Suche nach passenden Geschenken, einem Baum oder auf dem Weg zu einer Firmenweihnachtsfeier. Alle schienen in Eile und niemand hatte einen Blick für die Umgebung. Dabei war die zauberhaft schön. Aber auch mir fiel das erst jetzt auf, wie ich beschämt zugeben musste.

Die Geschäfte erstrahlten in Weihnachtsbeleuchtung, die Schaufenster waren hübsch mit goldenen Päckchen und roten Schleifen dekoriert und überall standen Weihnachtsbäume, die in funkelndem Lichterglanz erstrahlten. Dazu war es kalt und hatte leicht zu schneien begonnen.

Mark hatte den Arm locker um meine Schulter gelegt, und ich schmiegte meinen Kopf an ihn. Ein Gefühl der Zufriedenheit erfasste mich, das ich schon lange nicht mehr gehabt hatte. Düfte nach gebratenen Würstchen und gebrannten Mandeln empfingen uns. Weihnachtsmelodien drangen an mein Ohr, je näher wir dem Weihnachtsmarkt kamen.

Wir bummelten in gemütlicher Eintracht durch die Gänge des Marktes und ließen uns von dem Gefühl der besinnlichen Stimmung mitreißen. Es gab so viel zu entdecken! Warum war mir das nicht früher aufgefallen? Ich geriet in Kauflaune und erstand ein paar Kleinigkeiten. Ich hatte noch keine Weihnachtsgeschenke besorgt, aber ein paar Menschen wollte ich bedenken.

»Zeit, dass wir uns aufwärmen«, verkündete Mark, der einige meiner Tüten trug.

Ich grinste in mich hinein. Vermutlich hatte er keine Lust mehr, mein Gepäckträger zu sein. Wir steuerten den Stand mit der Feuerzangenbowle an. Wenig später hielten wir dampfende Tassen in den Händen. Der flüssige Zucker tropfte zischend in die Tassen und der Duft war betörend. Der Inhalt auch.

Wir tranken eine zweite Tasse und unterhielten uns in zunehmend gelöster Stimmung. Die Arbeit spielte keine Rolle. Langsam gewöhnte ich mich an Mark an meiner Seite. Die Angst, die im Hinterkopf lauerte, wurde zunehmend in den Hintergrund gedrängt. Ich begann, das Gefühl zu genießen. Seine Nähe hatte etwas Beruhigendes. Er brachte mich zum Lachen, und ich merkte, wie gut mir das nach den vergangenen Monaten tat. Mark war für mich besser als jede Therapie.

Als der Weihnachtsmarkt seine Pforten für den heutigen Tag schloss, gingen wir langsam durch dichter werdenden Schneefall zurück nach Hause. Mitten in der Fußgängerzone hielt Mark an und nahm mich in den Arm. Sanft pustete er die Schneeflocken von meiner Nase und küsste mich zart.

»Ich könnte mich daran gewöhnen«, flüsterte er und ich versank im Blau seiner Augen.

Ich antwortete nicht, weil ich nicht wusste, was ich sagen sollte. Zu sagen, was ich fühlte, traute ich mich nicht. Noch nicht.

DIENSTAG

Wir ließen uns Zeit mit dem Aufstehen. Während Mark unter der Dusche stand, ging ich zum Bäcker und holte Laugenbrezeln. Dazu eine Tasse Kaffee, besser konnte der Tag nicht starten. Die Straßen waren dicht, eine dicke Schneedecke lag darauf, sodass der Verkehr nahezu zum Erliegen gekommen war. Die Räumfahrzeuge kamen kaum durch, und draußen war es ruhig für diese Uhrzeit. Die äußeren Umstände hatten das Leben zum Innehalten gezwungen. Als wenn es für die Welt zu hektisch geworden wäre und sie die Notbremse gezogen hätte. Es war an der Zeit, eine Pause einzulegen. Ich lächelte vor mich hin. Auch mir schadete es nicht, einen Gang zurückzuschalten.

Ich war gerade dabei, den Tisch zu decken, als Marks Handy klingelte. Es lag auf der Arbeitsplatte in der Küche.

»Mark?«, rief ich und hoffte, dass er mich über das Rauschen des Wassers hörte. Er antwortete nicht.

Ich zögerte und warf einen Blick auf das Telefon. Als ich erkannte, wer der Anrufer war, nahm ich das Gespräch kurzerhand entgegen.

»Guten Morgen, Jule.« Überraschung klang aus Jochens Stimme. Er hatte als einer der wenigen Kollegen von früher verstanden, warum ich nicht mehr im Dienst arbeiten wollte.

»Morgen!«, erwiderte ich fröhlich und schaltete die Kaffeemaschine ein. »Was kann ich für dich tun?«

»Ich suche Mark.«

»Das dachte ich mir«, antwortete ich trocken und grinste in mich hinein.

»Warum gehst du um diese Uhrzeit an sein Telefon?« Wie er die Worte betonte, zeigte mir, dass er auf der richtigen Spur war und gleich Fragen stellen würde.

»Jetzt denk mal ganz scharf nach.«

»Halleluja! Und ich dachte schon, das mit euch wird nie mehr was!«

»Na, jetzt aber. Gut Ding und so, du weißt.«

»Ja, ich weiß. Aber meine Nerven habt ihr damit reichlich strapaziert. Meint ihr etwa, ich habe das damals nicht mitbekommen?«

Das war mir neu. Von der Knutscherei auf der Party vor acht Jahren hatte doch niemand etwas erfahren? Zumindest war ich der Meinung gewesen. Offenbar hatte ich mich getäuscht.

»Ich war damals nicht blind, Jule. Und heute bin ich es auch nicht. Ich freue mich für euch, meinen Segen habt ihr.«

»Danke.«

»Ich muss mit Mark reden«, wurde er dienstlich. »Wir haben ein Auto gefunden, das wir seit längerer Zeit suchen.«

»Lass mich raten, es ist ein Audi, älteres Baujahr.« Ich gab ihm das Kennzeichen.

Einen Moment herrschte Schweigen in der Leitung. »Arbeitet ihr am gleichen Fall?«

»Nicht nur das«, verkündete ich stolz. »Wir arbeiten eng zusammen und haben uns noch nicht einmal gestritten deswegen.« Fast nicht.

»Eng zusammen, so.«

»Nichts ›so‹. Ist es das Auto? Es gehört Natascha Schramm. Wo ist es?«

Jochen antwortete nicht. Dann seufzte er. »Du würdest ja sowieso mitkommen.« Er gab mir eine Adresse in Söflingen und beschrieb mir den Weg, weil es nicht an der Straße lag.

»Wir kommen«, sagte ich. »Danke, Jochen.«

»Schon okay.«

Ich beendete das Telefonat und betrat das Badezimmer. Mark kam gerade aus der Dusche und mein Anblick erfreute ihn offenbar. Bevor ich etwas sagen konnte, trat er auf mich zu und nahm mich in den Arm.

»Schöne Frau, du hättest eine Viertelstunde früher kommen sollen, jetzt bin ich fertig.« Er küsste mich mit einer Leidenschaft, dass ich mich zwingen musste, mich aus seiner Umarmung zu befreien.

»Dafür ist keine Zeit. Zieh dich an, Frühstück gibt es im Auto. Sie haben Nataschas Auto gefunden.«

»Wo? Wann?«

»Irgendwo in Söflingen an der Blau. Versteckt unter einer Brücke, es steckt im Morast. Jochen hat gerade angerufen.«

»Bist du etwa an mein Handy gegangen?«

»Ich habe dich gerufen, aber du hast mich nicht gehört«, gab ich entschuldigend zurück. »Wenn es deine Freundin gewesen wäre, hätte ich das Gespräch nicht angenommen.« Ich streckte ihm die Zunge heraus und duckte mich. Als die Tür ins Schloss fiel, hörte ich, wie er etwas dagegen warf. Ich kicherte und ging zurück in die Küche.

Wenig später war Mark angezogen. Ich reichte ihm eine Tasse mit dampfendem Kaffee und eine Butterbrezel.

»Wir werden im Auto frühstücken müssen. Ich habe keine Ahnung, wie lange wir für den Weg brauchen.«

»Nicht allzu lange«, meinte Mark.

»Da wäre ich mir nicht sicher. Schau mal raus.«

Er warf einen Blick zum Fenster hinaus und pfiff leise.

»Hier«, ich reichte ihm den Schlüssel mit dem Bärenanhänger.

»Was ist das?«

»Der Autoschlüssel von Natascha Schramms Auto. Und bevor du jetzt schimpfst, ich wollte ihn dir geben, aber ich bin noch nicht dazu gekommen.«

»Jule, Jule«, sagte er.

»Was? Immer, wenn ich ihn dir geben wollte, bist du über mich hergefallen, und dann ging es nicht mehr.«

Seine Mundwinkel zuckten, er schüttelte den Kopf. »Ich werde mich künftig zurückhalten.«

»Untersteh dich«, gab ich zurück.

Vor der Tür trafen wir auf Leon, der mit einem großen Schulranzen bepackt auf dem Weg zur Schule war. Als er uns sah, erhellte ein Strahlen sein Gesicht.

»Mark!«, rief er erfreut und klatschte mit ihm ab. »Warst du die ganze Nacht hier?«

Für einen Moment blieb uns beiden die Sprache weg. Dann zwickte Mark ihn spielerisch in die Nase. »Ich weiß nicht, was dich das angeht, du kleiner Teufel.«

»Ich weiß es sowieso.« Leon grinste und wandte sich um, um wieder ins Haus zu gehen.

»Musst du nicht zur Schule?«, wollte ich wissen.

»Gleich«, rief er über die Schulter zurück. »Ich muss ganz dringend telefonieren. Das reicht schon noch.« Sprach's und verschwand im Inneren.

Wir sahen ihm nach und schüttelten den Kopf.

Für den Weg nach Söflingen brauchten wir eine knappe halbe Stunde. Die Fahrt glich einer einzigen Rutschpartie durch die Stadt. Der Weg zum Fundort des Autos war kaum befahrbar. Trotzdem folgte uns ein Auto. Der Fahrer gab sich nicht einmal Mühe, das zu verstecken. Ich hatte ihn erkannt und mein Ärger wuchs. Verschwunden war die Angst, die ich kürzlich verspürte hatte. Mark war bei mir und es war heller Tag.

Mehrere Streifenwagen standen da, außerdem das Auto des Staatsanwalts und ein Abschleppdienst.

Jochen empfing uns mit einem breiten Grinsen im Gesicht.

»Ein Wort und …«, drohte Mark knurrend, aber sein Gesichtsausdruck strafte seine Worte Lügen.

Er hob die Hände. »Ich sage nichts.«

»Was haben wir?«

Ich hielt mich im Hintergrund, während die beiden redeten, und beobachtete Kohler, der im Auto sitzen geblieben war und zu uns herüberstarrte. Kein Wunder, dass Silvia ihn verlassen wollte.

»Ein Spaziergänger hat heute Morgen das eingeschneite Auto gefunden. Er war mit seinem Hund Gassi. Das Fahrzeug steht wohl schon länger hier, aber erst jetzt ist ihm aufgegangen, dass damit etwas nicht stimmen könnte. Die Überprüfung des Kennzeichens hat ergeben, dass es sich um das vermisste Auto von Natascha Schramm handelt.«

»Sonst irgendwelche Spuren?«, wollte Mark wissen.

»Nichts. Selbst wenn etwas gewesen wäre, jetzt ist alles unter einer dicken Schneeschicht verborgen.«

Wir gingen näher und ich nahm Jochen zur Seite.

»Da hinten in dem Auto«, ich nickte mit dem Kopf kaum wahrnehmbar in die Richtung »sitzt jemand, den ich im Moment überhaupt nicht brauchen kann.«

Jochen warf mir einen durchdringenden Blick zu. »Gibt es ein Problem?«

»Nein. Aber es wäre schön, wenn ich ohne meinen Schatten heimfahren könnte. Die Verhältnisse sollten geklärt und geradegerückt werden.«

Jochen nickte langsam. »Ich frage mich, ob sein Verbandskasten auf dem aktuellen Stand ist. Und ob er Warnwesten im Auto hat.«

Ich zuckte mit der Schulter. »Vielleicht solltest du nachsehen.«

Jochen rief einen der Beamten zu sich, die den Fundort absicherten und gelangweilt herumstanden. Er machte ihn auf Kohlers Wagen aufmerksam und wechselte ein paar Worte mit ihm.

Zufrieden wandte ich mich ab. Auf Jochen war Verlass. Kohler brauchte einen Denkzettel, und wenn der Beamte gründlich war, würde er den bekommen.

Ich ging zu Mark hinüber. Der steckte probehalber den Schlüssel mit dem Bärenanhänger, den ich ihm gegeben hatte, ins Schloss. Wie nicht anders zu erwarten, ließ er sich drehen.

Der Auflauf, den das Auffinden des Fahrzeuges nach sich zog, war unbeschreiblich. Es wuselte nur so von Beamten, aber auch Schaulustigen. Der Staatsanwalt kam auf uns zu und schüttelte uns die Hand. Ich kannte ihn vom Sehen, hatte aber noch nie mit ihm zu tun gehabt.

»Georg Schreiber«, stellte er sich vor. »Wo hast du den Schlüssel her?«, wollte er an Mark gewandt wissen.

»Frag lieber nicht«, brummte er.

Ich sah zu Boden und betrachtete meine Schuhspitze. Schreiber ließ es dabei bewenden.

Wir sahen eine Weile schweigend zu, wie die Spurensicherung arbeitete. Als sie fertig waren, wurde der Audi auf den Abschleppwagen geladen und abtransportiert.

Mark schlug den Mantelkragen hoch. Auch ich fröstelte in der flirrenden Kälte, obwohl mittlerweile die Sonne schien. Für die Räumdienste ein Segen, endlich konnten sie ihrer Arbeit nachgehen.

»Ich muss ins Büro«, sagte Mark entschuldigend zu mir. »Gibt einiges zu tun.«

Ich nickte.

»Ich nehme dich mit«, mischte sich Jochen ein.

Unter den grinsenden Blicken der Kollegen verabschiedete ich mich von Mark. Eine kurze Umarmung, ein flüchtiger Kuss auf die Wange. »Darf ich heute Abend zu dir kommen?«, raunte er mir ins Ohr.

»Gern.«

»Kann aber spät werden.«

Ich lächelte. »Macht nichts, ich warte.«

Ich ging zurück zu meinem Auto und stellte zufrieden fest, dass der junge Beamte, der sich um Kohler kümmerte, sehr gründlich war. Im Augenblick untersuchte er das Warndreieck. Auf der Motorhaube lagen bereits die Warnwesten und der Verbandskasten.

»Jetzt muss ich noch die Profile der Winterreifen überprüfen«, sagte er gerade und warf Kohler einen entschuldigenden Blick zu, ehe er sich den Vorderreifen widmete.

»Die sind neu«, gab Kohler zwischen zusammengebissenen Zähnen zurück.

Ich lächelte ihm im Vorbeigehen freundlich zu, während der Streifenbeamte einen Profiltiefenmesser holte. Der Blick, den Kohler mir zuwarf, ließ das Blut in meinen Adern gefrieren. Wenn er gekonnt hätte, wäre er mir an die Gurgel gegangen, dessen war ich mir sicher. Ich bekam Gänsehaut, wandte mich ab und stieg in den Streifenwagen.

*

Sie hatten das Auto gefunden. Sie hatte aus sicherer Entfernung zugesehen, wie es abtransportiert worden war. Das bereitete ihr aber weniger Kopfzerbrechen als die Tatsache, dass er auch dort gewesen war. Sie hatte ihn gesehen.

Er war kurz nach dem Paar gekommen. Wie hatte das passieren können? Wie war er ihr auf die Spur gekommen?

Das war seltsam und sie musste sich in Acht nehmen. Auch weil sie nicht wusste, wer die beiden in dem anderen Fahrzeug gewesen waren. Sie hatten wie Beamte ausgesehen.

Im Auto würden sie nichts finden. Zumindest keine verwertbaren Spuren. Nichts, was sie nicht schon im Haus vorgefunden hatten. Sie wusste, dass das für sie nicht gefährlich war. Ihre Daten waren nirgends gespeichert und ohnehin würde niemand nach ihr suchen.

Trotzdem war es Zeit zu verschwinden. Sie würde das Geld nehmen und irgendwo ein neues Leben anfangen. Jetzt, da Natascha nicht mehr da war.

Sie gestattete sich einen Moment der Wehmut. Natascha war ihre Freundin gewesen. Die beste, die sie je gehabt hatte. Sie hatte ihr schon einmal aus der größten Not geholfen. Damals, als Carsten Heimbs über sie hergefallen war.

Wut wallte in ihr auf, als sie daran dachte, dass sie damals erst dreizehn Jahre alt gewesen waren. In der Nacht zuvor hatte er sich an Natascha vergangen, sie hatte es ihr später erzählt. Und dann wollte er über sie herfallen. Wenn Natascha ihn nicht im richtigen Zeitpunkt zurückgezogen hätte, hätte er sie missbraucht. Seine Hand war schon in ihrer Hose gewesen.

Natascha hatte heftiger an ihm gezerrt, als sie gewollt hatte. Zumindest hatte sie nicht beabsichtigt, ihn vom Dachboden zu stoßen. Es war ein Unglücksfall gewesen, wie sie ein ums andere Mal beteuert hatte. Sie waren so jung gewesen damals. Und hatten beschlossen, dieses Geheimnis für immer miteinander zu teilen. Heimbs hatte seine Strafe bekommen. Er würde keine weiteren Mädchen missbrauchen.

Was lag näher, als zu Natascha zu fliehen und dort Unterschlupf zu suchen, nachdem sie ihren Tod vorgetäuscht hatte? Es war ihr nicht schwergefallen, ihren Mann zu verlassen. Dass ihre Eltern glaubten, dass sie nicht mehr lebte, ließ sie seltsam unberührt. Im Grunde war ihr Vater nicht besser gewesen als ihr Mann. Bei Natascha hatte sie das Gefühl gehabt, endlich einen Hafen gefunden zu haben. Man hatte sie größtenteils in Ruhe gelassen. Vermutlich hatten sich die Nachbarn hinterrücks das Maul zerrissen, dass sie lesbisch waren. Aber das war ihnen egal.

Doch jetzt war Natascha tot. Umgebracht von diesem Schwein. Ihre einzige echte Freundin lebte nicht mehr.

Silvia kämpfte mit dem Kloß in ihrem Hals und drängte die aufkommenden Tränen mit Mühe zurück. Trotzig schnäuzte sie sich die Nase. Bisher hatte sie keine Ahnung gehabt, wie es weitergehen sollte. Aber wenn sie erst das Geld hätte, hätten sich ihre Probleme erledigt. Allerdings würde sie noch vorsichtiger sein müssen. Ihr Vorteil war, dass sie wusste, wer er war. Und dass sie ihn gesehen hatte. Er hingegen hatte keine Ahnung, wer sie war und wie sie aussah.

Es war an der Zeit, einen weiteren Anruf zu tätigen und einen Übergabeort auszumachen. Sie hatte sich lange Zeit umgesehen, um einen geeigneten Ort zu finden. Das Wetter spielte ihr in die Karten und schließlich hatte sie etwas Passendes gefunden.

Sie machte sich auf den Weg zu dem Münzfernsprecher, den sie entdeckt hatte. Ein Segen, dass es heutzutage überhaupt noch welche gab. Sie würde die Sache zu einem Ende bringen. Und dann ganz von vorne anfangen.

*

Er wusste nicht, was all das zu bedeuten hatte. Er war ihr auf Schritt und Tritt gefolgt und sie hatte es nicht gemerkt. Vielleicht lag es daran, dass sie ständig mit diesem Typ herumturtelte. Den anderen hatte sie sofort bemerkt. Ihre Kontakte mussten gut sein, denn der Beamte, der sich dem Fahrer widmete, war gründlich.

Er schuldete dem Mann ein Dankeschön. Sie hatte nicht damit gerechnet, einen weiteren Verfolger an den Hacken zu haben. Aber das zeigte ihm, dass er vorsichtiger sein musste. Wer der andere wohl war? Und warum folgte er ihr?

Sicher war er sich zwischenzeitlich, dass sie ihn nicht erpresste. Gerade hatte er einen weiteren Anruf erhalten. Und sie hatte nicht telefoniert, das hatte er deutlich erkennen können, als er hinter ihr hergefahren war. Es musste also eine andere Frau gewesen sein, die ihn gesehen hatte. Als Übergabeort hatte sie jedoch auch Ulm genannt. Was ging hier vor sich? Wie hing alles zusammen?

Er war nicht bereit, das Geld zu bezahlen. Allerdings ging es ihm gar nicht mehr darum. Das Ziel war ausschließlich, seinen Bruder zu rächen. Und wenn dazu nötig war, einen weiteren Menschen aus dem Weg zu räumen, würde er das tun.

Er konzentrierte seine ganze Aufmerksamkeit darauf. Die Privatdetektivin und ihren Verfolger blendete er aus.

*

Ich war von einer seltsamen Unruhe erfasst, die nur eines bedeuten konnte: Die Lösung lag direkt vor meiner Nase. Ich wusste nur noch nicht, wo. Und dieser Zustand machte mich verrückt.

Jochen hatte mich vor der Haustür aus dem Auto gelassen, Mark war ins Revier weitergefahren. Dass das Auto von Natascha gefunden worden war, bedeutete für ihn jede Menge neue Arbeit.

Kohler war noch beschäftigt gewesen, als wir den Fundort verlassen hatten. Der Beamte war sehr gründlich gewesen, hatte sich alles zeigen lassen und jedes Detail überprüft. Trotzdem wurde ich das Gefühl nicht los, dass mich jemand beobachtete. Mehrmals hatte ich einen Blick in den Rückspiegel geworfen. Ein schwarzer Passat älteren Baujahres war mir dreimal aufgefallen. Als wir jedoch in der Karlstraße anhielten, war er weg. Ich schalt mich paranoid und versuchte, den Vorfall zu vergessen. Das unangenehme Gefühl wurde ich trotz allem nicht los.

Oben in der Wohnung tigerte ich rastlos auf und ab. Selbst den Kaffee trank ich ohne Genuss, während meine Gedanken unablässig um den Fall kreisten. Noch immer war ich der Meinung, dass der Schlüssel zu allem das Foto war, genauer gesagt das Ferienlager, in dem Natascha und Silvia zusammen gewesen waren.

Ob an den Missbrauchsvorwürfen etwas dran war? Hatte sich Carsten Heimbs an den Mädchen vergangen? Dazu hatte ich nichts außer der Aussage von Katja Sonder. Die anderen Teilnehmer, mit denen ich gesprochen hatte, hatten nichts erzählt. Allerdings hatte ich nicht alle erreicht.

Vielleicht lag es daran, dass ich sonst keine Spur hatte, auf die ich mich konzentrieren konnte. Ich verbiss mich in die Theorie, dass das Ferienlager der Grund für die Vorkommnisse der vergangenen Tage war.

Weil in Los Angeles tiefe Nacht war, setzte ich mich an den Rechner und schrieb an Katja Sonder eine Mail. Ich bat sie, sich Gedanken über die Vorfälle zu machen und mir die kleinste Kleinigkeit zu erzählen, an die sie sich erinnerte. Außerdem wollte ich Näheres über Carsten Heimbs wissen. Ob es etwas gab, das mir weiterhalf, wusste ich im Moment nicht. Ich hatte selbst keine Ahnung, wonach ich suchte. Das würde ich vermutlich erst erfahren, wenn ich es gefunden hatte.

Ich legte den Kopf in den Nacken und versuchte, meine Schultern zu lockern. Mittlerweile hatte ich Kopfschmerzen und meine Kopfhaut prickelte. Ich wusste, dass der Fall kurz vor dem Abschluss stand. Die Anspannung war kaum erträglich.

Ich holte das Telefon und versuchte, die restlichen Teilnehmer vom Ferienlager anzurufen. Bei der ersten Telefonnummer meldete sich nur der Anrufbeantworter, diesmal hinterließ ich eine Nachricht mit der Bitte, mich zurückzurufen. Der nächste Teilnehmer war da, erinnerte sich aber an nichts. Auf meine vorsichtigen Fragen, ob er sich an besondere Vorkommnisse erinnern könnte, reagierte er verständnislos und erzählte mir, dass es das beste Ferienlager gewesen sei, an das er sich erinnern konnte. Sie hatten einen Wildwasserpark besucht, im Freien gegrillt und geschnitzt. Etwas, das er zu Hause nicht durfte. Außerdem hatten sie auf dem Dachboden eines alten Bauernhauses übernachtet, das war das Highlight gewesen. Heute würde das Stroh vermutlich pieksen. Er lachte gutmütig. Aber damals war es sehr romantisch gewesen. Dort habe er zum ersten Mal ein Mädchen geküsst und sei sehr glücklich gewesen.

Enttäuscht lehnte ich mich zurück. Eine Teilnehmerin stand noch auf der Liste. Vielleicht hatte Katja Sonder ein persönliches Problem mit Carsten Heimbs gehabt und versuchte nun, ihm nachträglich eins auszuwischen?

Das ergab keinen Sinn. Heimbs war tot. Selbst wenn nichts an den Vorwürfen dran war, sie schadeten ihm nicht mehr. Welchen Grund hätte sie zu lügen? Zumal sie längst nicht mehr in Deutschland lebte?

Auch der letzte Anruf war ein Reinfall. Wie sich herausstellte, war die Frau das Mädchen, das mein voriger Gesprächspartner geküsst hatte. Zwar hatten beide keinen Kontakt mehr, waren damals aber schwer verliebt gewesen, wie sie mir erzählte. Ob Carsten Heimbs sich ihnen genähert hatte? Darüber wusste sie nichts. Sie hatte ihn nicht gemocht und kaum Berührungspunkte gehabt. Ihr Ferienlager war von ihrer ersten großen Liebe beherrscht gewesen und hatte aus rosaroten Wolken bestanden. Sonst hatte sie nichts wahrgenommen. Ob ich nicht die Telefonnummer von jenem jungen Mann von damals hätte?

Klar, hatte ich. Durfte ich ihr aber nicht geben. Ich seufzte. Musste ich auch noch Amors Arbeit übernehmen? Als wenn ich mit meinem eigenen Liebesleben nicht genug beschäftigt wäre. Ich versprach trotzdem, ihre erste große Liebe noch einmal anzurufen und ihm mit ihrem Einverständnis ihre Telefonnummer zu geben. Darauf ließ sie sich ein und bedankte sich freudig.

Weil ich es sonst sicher vergaß, führte ich den Botendienst gleich aus. Mein Gesprächspartner war ehrlich erfreut und nahm die Rufnummer seiner ehemaligen Flamme gern entgegen.

Mehr konnte ich beim besten Willen nicht tun. Vielleicht hatte ich gerade zwei Menschen glücklich gemacht. Es war ein schönes Gefühl, meinen Fall brachte das jedoch kein Stück weiter.

Das Einfachste wäre natürlich, Silvia zu finden. Vermutlich würde sie sofort verhaftet werden. Mittlerweile galt sie offiziell als Tatverdächtige im Mordfall Natascha Schramm und die Polizei wollte in den kommenden Tagen an die

Öffentlichkeit gehen. Ich glaubte es noch immer nicht, aber sie war die Einzige, die alles aufklären konnte.

Als das Telefon erneut klingelte, zuckte ich zusammen, so sehr war ich in Gedanken vertieft und grübelte über Silvia und Natascha nach. Die Nummer war endlos lang und mir nicht bekannt.

»Flemming?«

Es knisterte kurz. »Katja Sonder, ich habe Ihre Mail gelesen.«

Ich warf einen Blick auf die Uhr. Es musste mitten in der Nacht sein in LA.

»Ich konnte nicht mehr schlafen«, sagte sie. »Es ist, als sei alles gestern gewesen. Das ist so lange her und trotzdem kam alles wieder hoch, als Sie angerufen haben.«

»Gibt es etwas, das Sie mir erzählen können?«

»Ich weiß es nicht«, sagte sie nach einem Moment des Schweigens. »Wonach suchen Sie?«

Ich seufzte. »Wenn ich das wüsste, wäre es einfacher. Ehrlich gesagt ist es für mich ein bisschen schwierig, keiner der Teilnehmer hat etwas über vermeintlichen Missbrauch gesagt.«

»Das wundert mich.« Frau Sonder klang ehrlich überrascht. »Dabei sind es einige gewesen.«

»Wer genau?«

Sie dachte einen Moment nach und nannte mir vier Namen. Einer davon war Natascha Schramm. Mit den anderen hatte ich bereits telefoniert, sie hatten nichts verlauten lassen. Allerdings hatte ich auch nicht explizit danach gefragt, weil die Sache mit dem möglichen Missbrauch erst nach dem Telefonat mit Frau Sonder aufgekommen war.

Ich strich mir mit der Hand über die Stirn und schloss für einen Moment die Augen.

»Können Sie mir sonst etwas über Carsten Heimbs erzählen?«

»Was wollen Sie wissen?«

»Alles, was Ihnen einfällt.«

»Viel gibt es nicht.« Sie wirkte ratlos. »Wir haben uns erst kurz vor dem Lager kennengelernt. Er war ein bisschen älter als ich. Mir kam er nett vor. Ich weiß noch, dass ich ihn bewundert habe.«

»Wofür?«

»Seine Eltern sind zwei Jahre zuvor bei einem Autounfall ums Leben gekommen. Damals hat er das Sorgerecht für seinen kleinen Bruder bekommen. Der war übrigens auch mit im Ferienlager. Ich fand es großartig, wie er das alles hinbekommen hat. Ist nicht selbstverständlich, dass das so funktioniert. Die Eltern haben ihnen einen Haufen Geld hinterlassen. Sie hatten eine gutgehende Firma. Irgendwas in der Nahrungsmittelbranche. Aber so viel kann es gar nicht geben, dass es den Verlust aufwiegt.«

Ich setzte mich kerzengerade auf und legte den Stift zur Seite.

»Sein Bruder?«, fragte ich gedehnt.

»Ja, er hieß Steffen.«

»Und er war mit im Ferienlager?«

»Ja, der Schock war schrecklich für ihn, als Carsten abtransportiert wurde. Er hat geschrien und geweint und war nicht mehr zu beruhigen. Er musste mit Gewalt vom Krankenwagen weggezerrt werden. Ich habe mich damals um ihn gekümmert. Also, in dieser Nacht. Es war fürchterlich. Wir standen alle unter Schock.«

»Wissen Sie, was aus ihm geworden ist?«

»Ich habe keine Ahnung. Ich nehme an, das Jugendamt hat sich seiner angenommen. Ich bin ja in die Staaten, um zu studieren. Ich habe nicht mehr verfolgt, was damals alles geschehen ist. Und ehrlich, ich war froh darüber. Für mich war das ganz schön heftig.«

»Das glaube ich Ihnen gern«, murmelte ich. In meinem Kopf drehten sich die Gedanken.

Ich dankte ihr für ihren Anruf und beendete das Telefonat. Steffen Heimbs hatte seine Eltern bei einem Autounfall verloren, als er ein Kind war. Der große Bruder hatte sich um ihn gekümmert, aber selbst einen schweren Unfall erlitten. Den er miterlebt hatte. Zum zweiten Mal war sein Halt weggebrochen und er war in die Obhut von Behörden gegeben worden. Nicht nur das, er hatte hautnah miterleben müssen, was mit seinem Bruder geschehen war.

Lag hier das Motiv für den Mord an Natascha Schramm? Sie und Silvia hatten ein Geheimnis geteilt. Und Silvia hatte bei Natascha Zuflucht gesucht, als sie ihren Tod vorgetäuscht hatte. Es musste also etwas Gravierendes gewesen sein, das sie bis zu Nataschas Tod miteinander verbunden hatte. Vermutlich hatten sie sich über die Jahre nie aus den Augen verloren. Hatten die beiden Carsten Heimbs vom Dachboden gestoßen? Um sich an ihm zu rächen? Für den Missbrauch?

Der Gedanke war ungeheuerlich. Zwei Mädchen, kaum dreizehn oder vierzehn Jahre alt. Wie verzweifelt waren sie gewesen?

Ich griff nach dem Telefonhörer und wählte Marks Nummer. Schon nach dem ersten Klingeln nahm er ab.

»Nenn es Intuition oder Gefühl oder was auch immer«, sprudelte es aus mir heraus. »Aber ich habe einen Verdacht.«

»Und der wäre?« Er klang skeptisch, was ich ihm nicht verübeln konnte.

»Der Betreuer, Carsten Heimbs.«

»Der angeblich Kinder missbraucht haben soll? Hat ihn sonst jemand beschuldigt, außer der anderen Betreuerin?«

»Nein. Aber ich habe auch nicht danach gefragt. Und mal ganz ehrlich, wer redet über so etwas? Das sind Kinder gewesen. Man hat ihnen damals nicht geglaubt, warum sollte man es heute tun? Zumal Carsten Heimbs mittlerweile tot ist.«

»Hm«, machte er unschlüssig. »Und deine Vermutung?«

»Heimbs hatte einen kleinen Bruder. Steffen. Die Eltern sind bei einem Autounfall ums Leben gekommen. Er ist bei Carsten aufgewachsen, bis es zu dem Unfall kam. Aber nicht nur das, er hat den Unfall sogar miterlebt. Wenn das kein Motiv ist, weiß ich auch nicht.«

»Und warum hat er Natascha nicht viel früher umgebracht?«, fragte Mark und ich stutzte ebenfalls. Meine schöne Theorie hatte ein großes Loch.

»Weil Carsten erst jetzt gestorben ist?«, schlug ich vor. Ich hörte selbst, wie zögerlich das herauskam. »Woran eigentlich?«

»Jule, ich habe keine Ahnung, das ist deine Spur.«

Wir schwiegen. Ich klopfte mit dem Stift ungeduldig auf meinen Block.

»Wie kommt ihr voran?«, fragte ich, um das Thema zu wechseln.

Mark seufzte. »So gut wie gar nicht. In dem Wagen konnten wir zwar DNA sicherstellen, aber nun muss geklärt werden, von wem. Sonst war nichts drin, was uns weiterhelfen könnte. Der Wagen wäre keinen Meter weit gekommen. Der Tank war leer.«

»Das ist nicht gut«, stellte ich fest.

»Nein, ist es nicht«, gab Mark zu.

»Was macht ihr jetzt?«

»Keine Ahnung. Du?«

»Ich denke, ich werde mich im Umfeld von Steffen Heimbs umsehen«, sagte ich und hoffte, dass er den Faden aufnehmen würde.

Es dauerte und ich unterbrach das Schweigen nicht. Schließlich seufzte Mark laut auf.

»Okay, wie sagtest du, heißt der Bruder?«

Ich atmete erleichtert auf und gab ihm durch, was ich wusste. Viel war es nicht, aber er kam schneller an Informationen als ich.

»Dafür bist du mir etwas schuldig.«

»Noch einen Nachtisch?«, fragte ich keck.

»Ich komme darauf zurück, verlass dich drauf.«

Ich hatte kaum aufgelegt, da klingelte es erneut.

»Sonja Wudlich, Sie hatten mir auf den Anrufbeantworter gesprochen?«, meldete sich zögerlich eine Frau am anderen Ende der Leitung.

Es dauerte einen Augenblick, bis der Groschen bei mir fiel. Die letzte Teilnehmerin des Ferienlagers. »Frau Wudlich, danke, dass Sie mich zurückrufen. Es geht um das Freizeitlager, das Sie im Juli 1999 besucht haben.«

Sie schwieg.

»Das war das, in dem der Betreuer Carsten Heimbs vom Dach gestürzt ist.«

»Ich erinnere mich«, antwortete sie ausweichend. »Wer sind Sie?«

»Ich bin Privatdetektivin aus Ulm und mit der Suche nach einer Person beauftragt worden, die in Zusammenhang mit dem Ferienlager steht. Mich interessiert, ob es damals irgendwelche Vorkommnisse gegeben hat, an die Sie sich erinnern.«

Sie zögerte, nur kurz, aber ich merkte es. »Nein, es war alles normal. Wir haben die Ferien dort verbracht, bis dieser Unfall geschehen ist, dann wurde es beendet und unsere Eltern haben uns abgeholt.«

Das unterschied sich in nichts von den Informationen, die ich bereits hatte.

»Frau Wudlich, ich möchte nicht in alten Wunden bohren. Aber im Laufe meiner Ermittlungen bin ich auf … mögliche Vorfälle in dem Ferienlager gestoßen.«

»Vorfälle?« Sie klang vorsichtig.

»Carsten Heimbs wurde des Missbrauchs beschuldigt. Das sind schwerwiegende Anschuldigungen. Er selbst kann dazu keine Stellung mehr nehmen, er ist verstorben. Trotzdem könnten die Informationen für mich wichtig sein. Ich möchte nichts Genaues wissen, und es ist nicht meine Absicht, in Vergangenem zu stochern. Aber wenn etwas an den Vorwürfen dran ist, muss ich das wissen. Ein einfaches Ja oder Nein reicht mir völlig. Ich verspreche Ihnen, ich lasse Sie in Ruhe.«

Das Schweigen dauerte eine gefühlte Ewigkeit. »Ja«, hauchte sie schließlich kaum hörbar in das Telefon.

Ich hatte den Atem angehalten und stieß ihn nun fast erleichtert aus. Augenblicklich kam ich mir schäbig vor, aber das untermauerte meine Theorie.

»Er hat einige von uns … angefasst«, erzählte Frau Wudlich von sich aus. »Auf eine Art und Weise, die über das Normale hinausging.«

»Waren nur Sie betroffen?«

»Nur ich? Pah! Nein, ich weiß von mindestens fünf anderen Kindern. Alles Mädchen.«

»Waren Silvia Mader und Natascha Schramm darunter?«, fragte ich aufs Geratewohl.

»Von Silvia weiß ich nichts, bei Natascha bin ich mir sicher. Das war eine Nacht vor dem Unfall. Sie war an dem Morgen völlig durch den Wind und hat nur geweint.«

»Etwas in der Art hatte ich vermutet«, gestand ich, um etwas zu sagen. Helfen konnte ich ihr nicht.

»Wir haben es der anderen Betreuerin gesagt. Katja hieß sie, glaube ich. Sie hat uns zuerst nicht geglaubt. Dann wollte sie sich darum kümmern. Als der Unfall geschehen ist, muss sie es wohl vergessen haben. Oder wollte nicht mehr.« Sie klang bitter.

»Frau Wudlich, können Sie sich erinnern, wer in dieser Nacht oben auf dem Heuboden geschlafen hat?«

Sie kramte lange in ihren Erinnerungen und nannte mir schließlich einige Namen. Darunter waren Natascha und Silvia.

Mir genügte das. Ich hatte ein Bild von dem, was sich damals abgespielt haben musste. Ich war der festen Überzeugung, dass entweder Natascha oder Silvia Carsten Heimbs vom Dachboden gestoßen hatte. Vielleicht beide zusammen. Und Steffen Heimbs musste Jahre später dahintergekommen sein. Warum auch immer, vielleicht hatte sein Bruder ihm auf dem Totenbett erzählt, was geschehen war. Steffen Heimbs hatte in Natascha und Silvia die beiden Menschen erkannt, die sein Leben nach dem Tod seiner Eltern ein zweites Mal zerstört hatten. Und beschlossen, seinen Bruder zu rächen und sie aus dem Weg zu räumen. Er musste davon ausgegangen sein, dass Silvia tot war. Schließlich hatte sie kurz zuvor einen Tauchunfall gehabt. Natascha hatte er jedoch erwischt. Und nicht gewusst, dass Silvia die ganze Zeit in der Nähe gewesen war.

Silvia war daraufhin Hals über Kopf mit Nataschas Auto verschwunden und bis Ulm gefahren. Weiter war sie nicht gekommen, weil der Tank leer gewesen war. Für mich klang das stimmig. Ich konnte mir ungefähr vorstellen, wie verzweifelt sie gewesen sein musste. Das bisschen Verlässlichkeit, das sie bei Natascha gehabt hatte, war verlorengegangen, und sie stand ohne alles da.

Eines musste man ihr lassen: Sie war zäher gewesen als die meisten in einer solch prekären Situation. Sie hatte es immerhin geschafft, Arbeit zu finden und eine Wohnung zu mieten. Bis die trügerische Sicherheit ein zweites Mal zusammengebrochen war und ihr einen unfreiwilligen Fernsehauftritt beschert hatte. So war der Ehemann ihr auf die Spur gekommen. Und Silvia wieder auf der Flucht.

Ich bedankte mich bei Frau Wudlich für die Informationen und versprach, ihren Namen aus sämtlichen Ermittlungen herauszulassen. Sie war mit diesem Thema fertig und wollte nicht mehr darüber reden.

Mir stellte sich nun die entscheidende Frage: Wo war Silvia? Es war ein Spiel gegen die Zeit. Sie steckte in der Klemme, weil alle Welt hinter ihr her war. Ihr Mann wusste oder ahnte zumindest mittlerweile, dass sie lebte. Die Polizei hielt sie für die Mörderin von Natascha und ich suchte sie ebenfalls. Wenn Steffen Heimbs dahinterkam, dass es eine Zeugin des Mordes gegeben hatte, würde er alle Hebel in Bewegung setzen, auch sie aus dem Weg zu räumen. Er hatte bereits einmal gemordet, er würde es wieder tun.

Ich konnte für Silvia nur hoffen, dass ich diejenige war, die sie zuerst fand.

*

Unruhe machte sich in ihr breit, je näher die Entscheidung rückte. In Kürze hatte sie mehr Geld, als sie jemals besessen hatte, und damit gehörten all ihre Probleme der Vergangenheit an.

In der Hütte war es warm, der Heizkörper lief auf Hochtouren. Sie musste nicht mehr sparsam mit dem Gas umgehen. Sie hatte sich Tee gekocht, zwei Mandarinen gegessen und ein bisschen Schokolade genascht. Ihr kam es vor wie ein himmlisches Mahl.

Wie es aussah, würde sich alles zum Guten wenden. Sie fragte sich, warum sie so nervös war. Vermutlich lag es daran, dass sie noch nie jemanden erpresst hatte. Es gab viele Dinge, die sie zum ersten Mal gemacht hatte im letzten halben Jahr. Und sie hoffte, dass sie diese Dinge nie wieder tun und erleben musste. Die Aufregung und die schlaflosen Nächte reichten ihr bis an ihr Lebensende.

Wenn sie nicht den verhängnisvollen Entschluss gefasst hätte, ihren Mann zu verlassen, wäre alles nicht passiert und Natascha noch am Leben. Dann würdest du aber immer noch zu Hause sitzen und darauf warten, dass er den nächsten Eifersuchtsanfall bekommt und dich zusammenschlägt, erinnerte sie sich. Sie hätte Juliane um Hilfe bitten sollen. Die hatte sowieso nie ein gutes Haar an Tobias gelassen.

Silvia seufzte tief auf und trank einen Schluck Tee. Heute Abend kannst du in den Zug steigen, versuchte sie, sich zu beruhigen. Sie wollte nach München fahren, dort ein Zimmer in einer kleinen Pension nehmen und in Ruhe überlegen, wie es weitergehen sollte. Letzte Nacht hatte sie davon geträumt, in einem fremden Land am Strand zu liegen. Einfach in der Sonne am Meer. Ein kühles Getränk in der einen Hand, ein gutes Buch in der anderen. Der Traum von einem sorgenfreien Leben.

Sonne. Wie sah die überhaupt aus? Sie hatte das Gefühl, seit Tagen kein Sonnenlicht mehr gesehen zu haben. Wie hielten das die Menschen in Ulm nur aus?

Bald war es vorbei. Heute Abend hatte sie Geld, war weg aus Ulm und konnte nicht nur ein ausgiebiges Bad genießen, sondern auch ein richtiges, warmes Abendessen. Vielleicht würde sie sogar ein Glas Wein dazu trinken. Und anschließend in einem richtigen Bett schlafen. Sie brauchte nur einen neuen Ausweis, aber auch das würde gelingen. München war kein schlechtes Pflaster, wenn sie niemanden fand, dem sie einen Ausweis stehlen konnte. Sie könnte sich vorsichtig am Bahnhof umhören, das würde sicher klappen. Südamerika hatte sie als Ziel auserkoren. Wohin genau, musste sie noch entscheiden. Vielleicht würde sie eine Rundreise machen und sehen, wo es sie hinverschlug.

Sie schloss die Augen und sah Bilder üppig grüner Wälder vor sich. Palmenhaine, zwischen denen sich kleine Bäche die Berge hinabschlängelten, dem Meer entgegen. Bunte, kleine Dörfer mit fröhlichen Menschen. Musik und Bars, Hotels und Urlauber am Strand. Und sie mittendrin in der Sonne. Gebräunt und einfach sie selbst. Sie würde sich nicht mehr verstecken müssen, weil niemand sie kannte. Das Leben im Untergrund hätte ein Ende. Sie konnte ganz von vorn anfangen.

Nur mühsam gelang ihr der Rückweg in die Realität. Silvia musste sich zwingen, die Augen zu öffnen. Die Geldübergabe lag noch vor ihr. Das war der letzte Schritt, dann würde sie diesen Abschnitt ihres Lebens endgültig hinter sich lassen. Es war der bisher schrecklichste gewesen. Danach hatte sie sich das Glück mehr als verdient.

*

Wo war Silvia? Ich konnte nicht mehr still sitzen und ging in der Wohnung auf und ab. Wo würde ich mich verstecken, wenn alle Welt hinter mir her war und ich eigentlich tot war?

Irgendwo, wo ich allein war. Silvia brauchte Essen, etwas zu trinken, ein Bett und ein Dach über dem Kopf. Bei den momentanen Witterungsbedingungen war das nicht einfach. Sie konnte schlecht in ein Hotel spazieren und sich einmieten. Vermutlich ging ihr langsam das Geld aus.

Außerdem suchte man nach ihr. Nicht nur ihr Mann und ich. Wenn meine Theorie stimmte, suchte außerdem ein Mörder nach ihr. Der Mann, der Natascha umgebracht hatte. Steffen Heimbs.

Das Telefon klingelte, ich zuckte zusammen. Doch es war nur Mark.

»Du hast sicher Sehnsucht nach mir.«

»Das auch.« Er klang angespannt, nach Scherzen war ihm nicht zumute. »Ich habe ein paar Erkundigungen zu Carsten und Steffen Heimbs eingezogen. Carsten Heimbs ist an den Folgen einer Medikamentenvergiftung gestorben. Er hat aufgrund der Querschnittslähmung jahrelang Schmerzmittel eingenommen und hatte daraus resultierend akutes Leberversagen.«

»Und der Bruder?«

»Sie standen sich bis zum Schluss sehr nahe. Steffen Heimbs war jeden Tag bei seinem Bruder und bei ihm, als er gestorben ist.«

»Für ihn war das sicher nicht einfach«, murmelte ich vor mich hin.

»Bestimmt nicht.«

»Glaubst du, an meiner Theorie ist etwas dran?«

Mark wog sorgfältig ab, ehe er antwortete. »Ich sage mal so, ich will es nicht ausschließen. Für mich ist Silvia Kohler der Schlüssel zu allem. Wenn wir sie haben, kriegen wir unsere Antworten.«

»Aber du hältst sie nach wie vor für verdächtig.«

»Ich muss jede Möglichkeit in Betracht ziehen. Das weißt du, Jule.«

Ich seufzte. Mark hatte recht. Zu schnell versteifte man sich auf eine Spur und ließ alles andere um sich herum aus den Augen. Das war gefährlich, das wusste ich. Dafür hatte ich zu lange bei der Polizei gearbeitet. Trotzdem war ich mir sicher, dass Silvia nicht die Mörderin von Natascha war.

»Habt ihr irgendwelche verwertbaren Spuren in dem Auto gefunden?«

»Immer noch nichts. Bis wir die Ergebnisse der DNA-Analyse bekommen, dauert es. Und um das Auto herum war nichts zu finden. Das Wetter der vergangenen Tage hat nahezu alles unbrauchbar gemacht. Das Auto steht sicher schon seit Wochen dort, und selbst wenn da etwas gewesen wäre, ist es sicher nicht mehr da. Die Gegend ist zu abgelegen.«

Abgelegen. Ja. Genau das, was Silvia brauchte.

Alarmiert unterbrach ich meinen Gang durch das Wohnzimmer. »Ist da nicht eine Schrebergartensiedlung nebenan?«

»Worauf willst du hinaus?«

»Wo würdest du untertauchen, wenn du verschwinden müsstest, aber nicht die Möglichkeit hättest, den Ort zu verlassen?«

»Glaubst du, sie ist dort?«

Ich zuckte mit der Schulter. »Warum nicht?«

»Ich wäre längst weg aus Ulm«, brummte Mark.

»Hast du darüber nachgedacht, dass sie gar nicht die Mittel dazu hat? Nein, ich glaube, sie ist noch hier.«

»Das halte ich für sehr vage.«

»Das ist mir egal«, antwortete ich verärgert und marschierte zur Garderobe. »Ich gehe sie suchen.«

»Jule, mach keinen Mist!«

»Hatte ich nicht vor. Du glaubst doch sowieso, dass sie nicht mehr in Ulm ist, oder? Dann kann ich sie ja suchen, wenn ich will. Passiert ja nichts, wenn sie nicht da ist. Ist ja nur meine Zeit im Eimer.« Ich klang schnippisch und hasste mich dafür. Aber ich konnte nicht anders. »Aber es ist allemal besser, als hier herumzusitzen und nichts zu tun.«

»Moment mal, es ist nicht so, dass wir nichts tun.«

Ich hielt inne. Schon waren wir mittendrin im schönsten Streit. Hörte das nie auf?

»Tut mir leid«, sagte ich leise.

»Mir auch.« Mark klang ehrlich. Und müde. »Ich möchte nur nicht, dass dir etwas passiert.«

Das war sehr rücksichtsvoll von ihm. »Was soll mir schon passieren? Selbst wenn ich sie finde, was du sowieso nicht glaubst, mit ihr werde ich schon fertig.«

»Vielleicht hat sie Natascha umgebracht«, hielt er mir entgegen.

»Vielleicht auch nicht.« Ich schlüpfte in meine Jacke. Genau das hatte ich vor herauszufinden.

Ich beendete das Telefonat, setzte meine Mütze auf und verließ die Wohnung.

*

Er biss die Zähne zusammen und legte auf. Es ging los. Gerade hatte sie angerufen und ihm gesagt, dass er nach Neu-Ulm in die Maximilian-Straße fahren sollte, dort würde er weitere Anweisungen erhalten.

Wo war nur diese verdammte Straße? Er griff nach dem Stadtplan, der auf dem Beifahrersitz lag, und ließ den Finger darübergleiten. Ulm war größer, als er angenommen hatte.

Neu-Ulm konnte man fast dazu zählen. Die beiden Städte waren nur durch die Donau getrennt.

Er fluchte vor sich hin. Das Letzte, was er jetzt brauchen konnte, war eine Schnitzeljagd. Er hatte sich seinen Plan sorgfältig zurechtgelegt, sofern ihm das möglich war. Keinesfalls würde er ihr sein Geld überlassen. Die Tasche, die er vorbereitet hatte, war mit Papierschnipseln gefüllt. Ohnehin diente sie nur der Wahrung des Scheins, weil er davon ausging, dass sie ihn beobachtete. Eine Million! War sie denn größenwahnsinnig?

Aber da hatte sie die Rechnung ohne ihn gemacht. Er war ja nicht bescheuert! Er würde tun, was von ihm verlangt wurde, und dann in einem sicheren Versteck warten, bis sie das Geld abholte. Sicher hatte sie nicht die technischen Möglichkeiten, ein Schienennetz samt Waggon zu basteln, wie der Kaufhaus-Erpresser Dagobert es einst gemacht hatte.

Es dunkelte, das kam ihm entgegen. Er musste da jetzt durch, dann war ein für alle Mal Schluss. Sie würde nicht davonkommen. Das Messer, das er auch für den Mord an Natascha Schramm benutzt hatte, war unter seiner Manteltasche verborgen. Ein gezielter Stoß und sie würde zusammenbrechen, ohne einen Ton von sich zu geben. Er musste nur das Überraschungsmoment nutzen und sie von hinten angreifen, wenn sie das Geld aus dem Versteck holte. Und wenn das nicht möglich war, würde er ihr folgen und sie unterwegs erledigen.

Die einzige Unsicherheit, die er hatte, war, dass er den genauen Ort nicht kannte. Das machte ihn fast wahnsinnig, ließ sich im Moment aber nicht ändern.

Endlich hatte er diese blöde Straße in Neu-Ulm gefunden. Bisher war es nicht nötig gewesen, er war überall hingekommen. Aber jetzt nahm er sich vor, bei nächster Gelegenheit ein Navi zu kaufen.

Grimmig startete er den Motor und legte den Gang ein.

*

Es wurde langsam dunkel. Seit über einer Stunde streifte ich durch die Schrebergartensiedlung und suchte nach verdächtigen Spuren. Nach aufgebrochenen Türen, nach Fußstapfen, die durch die Gärten zu einer Hütte führten, und allem, was mir sonst verdächtig erschien.

Zuerst hatte ich geglaubt, dass das einfach sein würde. Und mich beim ersten Garten gefreut, als ich eine Hütte gefunden hatte, in der Licht brannte und zu der Fußspuren führten. Vorsichtig war ich näher geschlichen und hatte einen Blick durch das Fenster geworfen. Um festzustellen, dass ein älteres Ehepaar nach dem Rechten sah und mir beinahe den Hund auf den Hals gehetzt hätte. Ich hatte mich mindestens genauso erschrocken wie sie und war schnell verschwunden, ehe sie die Polizei rufen konnten.

Dann hatte ich einige Gärten gefunden, in denen Spuren zu sehen waren. Jeden hatte ich untersucht, aber nichts gefunden. Eine Hütte war aufgebrochen gewesen, aber es lag nichts herum, das auf Silvia hindeutete. Ebenso konnte es sein, dass ein obdachloser Unterschlupf gesucht hatte. Ein benutzter Topf allerdings zeigte mir, dass sie vor nicht allzu langer Zeit verlassen worden war. Schimmel hatte sich noch keiner gebildet, das dauerte bei dem Wetter aber auch länger.

Insgesamt glich es der Suche nach der sprichwörtlichen Stecknadel im Heuhaufen und war ein nahezu aussichtsloses Unterfangen. Ich musste eine gehörige Portion Glück haben, wenn ich Silvia antreffen wollte. Falls ich nichts fand, wollte ich in der Nähe der aufgebrochenen Hütte bleiben. Wenn ich sie lange genug beobachtete, hatte ich vielleicht Erfolg und Silvia kehrte zurück.

Obwohl ich dick angezogen war, wurde mir langsam kalt. Es schneite längst nicht mehr, aber die hereinbrechende Nacht hatte die Temperatur auf deutlich unter null Grad fallen lassen. Außerdem hatte ich Hunger.

Ich wog ab. Wenn Silvia tatsächlich in der Hütte hauste, würde sie bald zurückkehren, um zu übernachten. Sie lief mir nicht weg. Mit leerem Magen allerdings war die Angelegenheit weit weniger lustig. Ich wollte mir zunächst etwas zu essen holen und dann zurückkommen.

*

Sie zitterte am ganzen Körper. Und es war nicht nur die Kälte, die sie frösteln ließ. Reiß dich zusammen, beschwor sie sich. Es ist bald vorbei. In Kürze hatte sie das Geld und konnte verschwinden.

Sie hockte in einem dichten Gebüsch am Wegrand und überprüfte noch einmal die Sicht. Für ihre Zwecke war es hervorragend geeignet. Gegenüber war der Mülleimer, etwas daneben die Straßenlaterne.

Sie hatte den Ort lange gesucht und sorgfältig ausgewählt. Zuerst hatte sie ihn auf den Klosterhof in Söflingen locken wollen. Dort gab es einen kleinen Brunnen, der tauglich gewesen wäre. Außerdem war es ein belebter Platz. Hier könnte er ihr nichts antun. Dann aber war ihr das Risiko zu groß gewesen. Wenn jemand ihn dabei beobachtete, wie er die Tasche oder den Koffer dort deponierte und womöglich das Geld nahm, war alles umsonst gewesen. Außerdem bestand ein gewisses Restrisiko, dass er sie angreifen könnte.

Nein, sie hatte etwas Besseres für ihre Zwecke gebraucht. Und auch gefunden. Hier würde nichts schiefgehen, da war sie sich sicher. Selbst wenn er sie dabei beobachtete, wenn sie das Geld nahm, und davon ging sie aus, konnte er ihr nichts anhaben, weil er zu weit weg sein würde. Und bis er hier wäre, war sie über alle Berge verschwunden. Den Nachmittag hatte sie damit zugebracht auszukundschaften, wohin sie ihre Fluchtroute wählen sollte. Sie war bestens vorbereitet, es konnte nichts schiefgehen.

Sie zog die Jacke enger um sich und stand auf. Zeit, den letzten Anruf zu tätigen.

*

Ein Glühwein wäre sicher auch nicht schlecht. Ich hatte die Schrebergartensiedlung hinter mir gelassen und war über den Klosterhof in Richtung meiner Lieblingskebabbude gegangen. Vor dem Innenhof hatte ich jedoch einige Stände entdeckt. Ein Mini-Weihnachtsmarkt mit Würstchen und warmen Getränken mitten in Söflingen. Unter einem herrlichen Weihnachtsbaum, der im festlichen Lichterglanz erstrahlte. In Anbetracht dessen, was ich vorhatte, entschied ich mich, auf Alkohol zu verzichten, und bestellte einen Kinderpunsch zu meinem Würstchen. Jetzt genoss ich beides und lauschte den Gesprächen um mich herum, die sich hauptsächlich um das bevorstehende Fest drehten, und sah den Kindern zu, die ausgelassen im Schnee tobten und Fangen oder Verstecken spielten.

Genüsslich biss ich von meinem heißen Würstchen ab und überlegte schon, ein zweites zu holen. Da blieb mein Blick an einer dick vermummten Gestalt haften, die durch die Buden schlich. Sie hatte den Kopf zwischen den Schultern eingezogen und die Mütze tief ins Gesicht gezogen. Wäre sie nicht frontal auf mich zugekommen, hätte ich vermutlich gar nichts bemerkt. Aber die Art, wie sie auf den Boden sah und sich immer wieder umblickte, ließ mich die Stirn runzeln und einen weiteren Blick auf sie werfen. Sie kam genau auf mich zu, sah mich kurz an und ging an mir vorbei.

Ich war mir nicht sicher, aber ich hätte Stein und Bein schwören können, dass das Silvia Kohler gewesen war! Einen Moment überlegte ich, dann ging ich hinter ihr her. Das Würstchen und den Kinderpunsch noch immer in der Hand.

Meine Gedanken drehten sich. Was sollte ich tun? Sie ansprechen? Und Gefahr laufen, dass sie abhaute? Oder lieber die Polizei rufen? Am Ende war sie es nicht und ich blamierte mich bis auf die Knochen.

Die Art allerdings, wie sie sich bewegte, deutete darauf hin, dass sie nicht nur Angst hatte. Sie wirkte, als wäre sie auf der Flucht. Sie sah sich immer wieder unauffällig um und ging hastig über die Straße. Direkt auf eine Telefonzelle auf der anderen Straßenseite zu, die vor einer Bäckerei stand. Sie öffnete die Tür, warf einen letzten Blick über die Schulter und schlüpfte hinein.

Ich blieb, wo ich war, und betrachtete die Auslagen eines Schaufensters. Ausgerechnet eines Friseurgeschäfts, aber es war hübsch dekoriert und einen zweiten Blick wert. Verstohlen sah ich zu ihr hinüber. Die Frau zog einen Zettel aus der Jackentasche, warf ein paar Münzen in den Fernsprecher und wählte. Offenbar hatte sie gleich zweimal die falschen Tasten gedrückt, denn sie legte auf und wählte erneut. Dann blies sie in ihre Hände und lauschte in den Hörer.

Vergessen war mein Würstchen, der Punsch war auch längst kalt. Das Gespräch war kurz und es schien nur Silvia zu reden. Zwischenzeitlich war ich mir sicher, dass es nur Silvia sein konnte. Sie wirkte verkrampft, als koste sie das Telefonat ihre ganze Kraft. Als sie zu Ende gesprochen hatte, legte sie auf und schloss für einen Moment die Augen. Im fahlen Licht der Zelle war das deutlich zu erkennen. Sie atmete ein paarmal tief durch, trat nach draußen und ging über die Straße zurück in Richtung Klosterhof.

Ich stand vor dem Friseursalon und hörte, wie sie hinter mir vorbeiging. Kurzerhand kippte ich den Rest vom Kinderpunsch und stellte die leere Tasse auf die Fensterbank. Vielleicht freute sich jemand über das Pfand, das er dafür bekam. Den Rest vom Würstchen stopfte ich mir in den Mund, dann folgte ich ihr und zog im Laufen das Handy aus der Tasche.

Ich blieb ein Stück zurück, damit sie mich nicht hörte, und wählte Marks Nummer. Er nahm beim ersten Klingeln ab.

»Mark? Hier ist Jule.«

»Jule? Wo bist du? Ich verstehe dich kaum.«

»Ich kann nicht lauter sprechen, sie hört mich sonst. Ich habe Silvia gefunden. Und irgendwas ist hier im Busch. Sie benimmt sich komisch.«

»Okay, wo bist du?«

»In Söflingen auf dem Klosterhof. Sie geht Richtung Blau, am Meinlohforum vorbei. Zurück zu den Schrebergärten. Ich glaube, ich habe ihr Versteck entdeckt.«

»Ich komme. Bleib, wo du bist, behalte sie im Auge, aber geh nicht zu nah ran. Wir kreisen sie ein. Da gibt es kaum Möglichkeiten zu verschwinden.«

Er legte ohne Verabschiedung auf und ich ließ das Smartphone zurück in die Tasche gleiten. Silvia ging an der Söflinger Stampfe vorbei. Ich hielt Abstand, wir waren allein und es war schwierig, ihr zu folgen, weil sie sich immer wieder umdrehte. Ich ging am Rand des Weges. Etwas weiter vorne waren die ersten Hecken der Schrebergärten, in deren Schatten ich mich unsichtbar machen konnte.

*

Sie hatte das Gefühl, verfolgt zu werden. Immer wieder drehte sie sich um. Vorhin war da eine Frau gewesen, die sie angesehen hatte, als sie telefoniert hatte. Sie kannte sie nicht, hatte sie aber noch einmal gesehen, als sie über den Hof gegangen war.

Sie ging an dem Flüsschen entlang und schien allein zu sein. Trotzdem war ihr unbehaglich zumute. Das liegt an der nervlichen Anspannung, versuchte sie, sich zu beruhigen. In einer guten Stunde ist alles vorbei. Vermutlich sogar schneller. Sie hatte keine Ahnung, wie lange er zurück brauchte von Neu-Ulm. Sie hatte ihn erst wegschicken müssen, nachdem er heute Morgen schon hier gewesen war. Sie wusste nicht, wie schnell es ihm gelang, am Treffpunkt zu sein. Und das Risiko, dass er vor ihr eintraf oder er sie sah, war ihr zu groß.

Es geht nichts schief. Er kommt, er legt das Geld ab und verschwindet. Der Ort war ideal für ihr Vorhaben. Es gab nur eine Brücke und die war ein paar hundert Meter weit weg. Er würde das Geld vor ihren Augen in dem Mülleimer deponieren, den Weg zurückgehen, die Brücke überqueren und auf der anderen Seite zurückkehren. So konnte sie sicher sein, dass er weit genug weg war, wenn sie das Geld holte. Im Grunde war es frech, was sie da tat. Er konnte sie sehen, wenn sie die Tasche an sich nahm. Und doch nichts machen. Selbst wenn er den Fluss bei den eisigen Temperaturen durchquerte, was sie nicht glaubte, brauchte er für den Weg zu lange, wenn er erst die Böschung auf der anderen Seite hochklettern musste. Bis dahin war sie über alle Berge. Sie hatte sich ihre Fluchtroute genau angesehen. Es gab mehrere Wege zurück zur Straße. Dort würde sich ihre Spur verlieren. Bis zum Bahnhof war es nicht weit und ein Taxi schnell gefunden.

Es wird alles klappen, beruhigte sie sich, und warf einen letzten Blick den Weg entlang. Nichts, da war niemand zu sehen. Sie atmete durch und kroch in das dichte Gebüsch am Wegrand. Heute Mittag hatte sie dafür gesorgt, dass überall Fußspuren im Schnee waren. Niemand würde sie hier vermuten. Sie hatte an alles gedacht.

*

Ich hatte sie nicht aus den Augen gelassen, was gar nicht so einfach gewesen war im Schatten der Büsche. Der Weg war kaum beleuchtet und von Bäumen überragt. Fast hätte ich verpasst, dass sie abgebogen war und ins Gebüsch verschwand. Was hatte sie vor? Hatte sie mich bemerkt? Hier konnte sie nicht weg, hinter ihr musste der Zaun eines Schrebergartens sein.

Ich wog ab, was ich tun sollte. Ihr hinterher? Oder lieber abwarten? Ich entschloss mich für Letzteres. Die Polizei war informiert und ihr Unterschlupf gefunden. Sie konnte hier nicht weg, also blieb ich, wo ich war. Ich konnte mir nicht vorstellen, dass sie mich bemerkt hatte.

Ich zog das Smartphone aus der Tasche und drehte mich mit dem Rücken zu ihr, damit sie den Schein des Telefons nicht sehen konnte. Mit klammen Fingern schrieb ich eine WhatsApp an Mark und informierte ihn über die Sachlage. Er musste das Handy in der Hand gehalten haben, seine Antwort kam prompt. ›Warte, wir sind gleich da. Wird alles abgeriegelt.‹

Viel gab es nicht abzuriegeln. Wenn sie sich links und recht auf dem Weg näherten, hatte sie keine Möglichkeit zu entkommen.

Die Kälte kroch mir die Beine hinauf und am liebsten hätte ich mich bewegt, um gegen den Frost anzukämpfen. Ich zwang mich zur Ruhe und ließ meinen Blick den Weg entlang schweifen. Von Silvia war nichts zu sehen. Aber von der anderen Seite kam jemand. Ich erkannte seine Umrisse im Schein der Straßenlaterne, die am Wegrand stand. Er kam rasch näher und trug einen Beutel in der Hand. Auch er benahm sich seltsam, sah sich immer wieder um, ging mal schneller, dann wieder langsamer. Was ging hier vor sich?

Jetzt blieb er stehen und blickte sich gründlich nach allen Richtungen um. Ich wagte nicht, mich zu rühren. In Silvias Versteck war es ebenfalls ruhig. Dann stopfte der Mann den Beutel in einen Mülleimer, der am Wegrand stand, und ging weiter. Wiederholt sah er sich um, den Blick auf den Abfalleimer geheftet. Seine Füße knirschten auf dem Schnee.

Und dann ging alles ganz schnell. Er musste mich gesehen haben und rannte auf mich zu. In seiner Hand blitzte etwas auf. Ich stieß einen Schrei aus und riss instinktiv die Hände nach oben. Über mir funkelte ein Messer, aus dem Augenwinkel sah ich Silvia aus ihrem Versteck stürzen, dem Mülleimer entgegen.

»Silvia!«, brüllte jemand hinter mir.

Es war nicht der Mann, dessen Handgelenk ich gepackt hatte und mit dem ich um das Messer rang. Er war stark, stärker als ich, aber er hatte nicht damit gerechnet, dass ich mich wehrte. Ich riss das Knie hoch und traf ihn am Oberschenkel. Für einen kurzen Moment war er abgelenkt und sackte in sich zusammen. Eisern hielt ich sein Handgelenk fest und versuchte, es zu drehen, um ihm das Messer zu entwenden.

An mir vorbei rannte ein weiterer Mann, es war kein Polizist. Er war in Richtung des Abfalleimers unterwegs.

»Silvia!«, brüllte er wieder.

Etwas in meinem Hirn sagte mir, dass das Kohler war. Noch immer war ich aber zu sehr damit beschäftigt, meinen Angreifer abzuwehren, der sich erholt hatte und wieder mit dem Messer auf mich losging. Ich riss das Knie noch einmal nach oben. Diesmal erwischte ich ihn und er klappte mit einem lauten ›Pfffff‹ zusammen. Blitzschnell trat ich auf seinen Arm. Es knackte, er schrie und ließ das Messer los. Schwer atmend stieß ich die Waffe zur Seite. Jetzt richtete ich meine Aufmerksamkeit auf die beiden anderen Personen, die ebenfalls miteinander rangen. Es waren Silvia und Tobias Kohler. Sie lag am Boden, er war über ihr und hatte die Hände um ihren Hals gelegt. Auf der Erde lag die Tasche, die sie zuvor aus dem Mülleimer genommen hatte. Sie war aufgegangen und Papierschnipsel waren über den Boden verstreut.

Plötzlich wurde es hell von beiden Seiten des Weges. Schwere Schritte stampften über den Pfad.

»Polizei! Bleiben Sie stehen! Die Hände so, dass wir sie sehen können!«

Wie Rehe im Scheinwerferlicht erstarrten wir alle. Ich blinzelte in die Maglite und versuchte, Mark auszumachen. Die Polizisten stürzten an mir vorbei, einer kümmerte sich um die Person, die vor mir auf dem Boden lag, die anderen trennten Silvia und Tobias Kohler.

Mark kam auf mich zu, die Augen schreckgeweitet. »Geht es dir gut?«

Ich nickte und lehnte mich an seine Schulter.

Es war weit nach Mitternacht, als Mark endlich zu mir kam. Er sah müde aus und sank auf einem Stuhl am Küchentisch zusammen. Wortlos holte ich ein Bier aus dem Kühlschrank und reichte es ihm, nachdem ich es wie gewohnt am Tisch geöffnet hatte.

»Was für eine Nacht!«, sagte er und schüttelte den Kopf.

»Erzähl«, bat ich, weil ich keine Ahnung hatte, was eigentlich vorgefallen war. »Wer hat Natascha umgebracht?«

Er sah auf. Seine Augen waren dunkel. Einen Moment musterte er mich, dann seufzte er.

»Du hattest recht. Steffen Heimbs hat Natascha umgebracht. Noch wissen wir nicht alles, aber es kristallisiert sich langsam einiges heraus. Sein Bruder hat ihm auf dem Totenbett gestanden, dass eines der beiden Mädchen ihn in jener Nacht vom Dachboden gestoßen hat. Ob er sein Gewissen erleichtern wollte oder warum er es ausgerechnet jetzt erzählt hat, weiß ich nicht. Bei Steffen Heimbs sind auf jeden Fall die Sicherungen durchgebrannt.« Mark nahm einen tiefen Schluck.

»Wusste er von dem Missbrauch?«

Er zuckte mit der Schulter. »Ich weiß es nicht. Selbst wenn, Steffen hätte es nicht geglaubt, sein Bruder war für ihn ein Heiliger. Aber er hatte die Schuldigen gefunden und wollte sich nicht nur rächen, er wollte um jeden Preis verhindern, dass das Ansehen seines Bruders in den Schmutz gezogen wurde und jemand ausplaudern konnte, was damals geschehen war.«

»Also hat er Natascha aufgesucht.«

Mark nickte. »Womit er allerdings nicht gerechnet hat, war, dass Natascha nicht allein auf dem Hof war. Silvia war bei ihr untergekrochen, nachdem sie ihren Tod vorgetäuscht hatte. Sie kam spät nach Hause und musste miterleben, wie er Natascha umgebracht hat. Sie hat erzählt, dass sie ihr nicht helfen konnte, Heimbs muss wie ein Irrer auf sie eingestochen haben. Als er wegging, war Natascha tot. Aber Silvia hatte sich das Kennzeichen seines Passats gemerkt.«

Ich zuckte hoch. »Moment mal, ein schwarzer Passat? Älteres Baujahr?«

Mark nickte. »Zwölf Jahre alt.«

Ich schüttelte den Kopf. »Ich habe ihn gesehen. Zuerst, als ich von Nataschas Hof kam, in der Nacht, als wir eingeschneit wurden in Wiesensteig. Da ist er mir entgegengekommen. Und heute Morgen, als Jochen mich nach Hause gebracht hat, hatte ich das Gefühl, dass uns jemand folgt. Ich habe mehrfach einen schwarzen Passat gesehen.« Jetzt brauchte ich auch ein Bier.

»Silvia ist nach Ulm gefahren. Weiter hat das Benzin nicht gereicht und sie hatte ja auch kein Bargeld mehr.«

»Gestrandet also. Wie hat sie es eigentlich geschafft, diesen Unfall vorzutäuschen?«

Mark zuckte mit der Schulter. »So weit sind wir noch nicht, das wird sich in den nächsten Vernehmungen ergeben.«

»Was für ein dämlicher Zufall, dass ihr ausgerechnet der Fernsehbericht zum Verhängnis wurde.«

»Ja, sie hatte Arbeit gefunden und eine Bleibe. Als Verena Retsch. Aber dann tauchte ihr hysterischer Mann auf und hat behauptet, dass er sie auf dem Weihnachtsmarkt gesehen hat. Wenn dir nicht etwas seltsam vorgekommen wäre, wäre vermutlich alles im Sand verlaufen.« Er nahm einen weiteren Schluck aus seiner Flasche.

»Ich verstehe aber nicht, warum alle sich heute Abend an der Blau getroffen haben.«

»Das ist ganz einfach: Silvia brauchte Geld und hat beschlossen, den Mörder zu erpressen. Ein Hinweis von ihr hätte ausgereicht und wir hätten die DNA am Tatort mit Heimbs abgleichen können. Sie war wohl mehr als überrascht, als sie erfahren hat, wer es war. Sie hat sich erinnert, dass Carsten und Steffen Heimbs nicht gerade arm waren, die Eltern haben bei ihrem Tod eine Menge hinterlassen. Also hat sie in ihrer Verzweiflung den Preis erhöht und wollte ihn richtig ausnehmen, um irgendwo anders ein neues Leben anzufangen. Sie wollte weg aus Deutschland, damit nicht noch ein dummer Zufall passieren konnte.«

»Dann sind wir heute Abend also mitten in die Geldübergabe geplatzt.«

Mark nickte. »Heimbs hatte aber nicht die Absicht, Silvia das Geld zu überlassen. Vielmehr wollte er einen weiteren Mitwisser aus dem Weg räumen. Es hätte nicht geklappt, denn Silvia wollte warten, bis sie ihn auf der anderen Seite der Blau gesehen hätte. Das war ganz schön clever, Heimbs hätte es nicht so schnell geschafft und mit ansehen müssen, wie sie mit der Tasche verschwunden wäre. Allerdings war kein Geld in dem Beutel, sondern nur Papier.« Er seufzte.

»Heimbs muss mich für die Erpresserin gehalten haben und hat mich deshalb fast erstochen.« Ich schauderte, als mir bewusst wurde, wie knapp das gewesen war. Etwas war mir aber noch unklar. »Und warum ist Kohler wie aus dem Nichts aufgetaucht? Ich habe aufgepasst, ihn aber nicht gesehen. Ich wusste ja, dass er mir folgt.«

»In dem Fall konntest du es nicht wissen. Er hatte einen Sender in deiner Tasche versteckt.«

»In meiner Handtasche? Geht's noch?« Ich sprang auf und holte meinen Lederbeutel. Kurzerhand kippte ich den Inhalt auf den Tisch. Und tatsächlich, ganz unten kam er zum Vorschein. Klein und unscheinbar.

»Ts«, machte Mark und grinste mich an. »Den hätte ich auch nicht gefunden in dem Saustall.«

»Also bitte, meine Handtasche ist kein Saustall!«, gab ich empört zurück.

Mark stand auf und streckte sich. Dann nahm er mich in den Arm und küsste mich.

»Ich bin hundemüde«, erklärte er und ich spürte seinen Atem an meinem Hals. Mir wurde eigentümlich warm und ich lehnte mich gegen ihn. »Alle drei sitzen in Untersuchungshaft, um den Rest muss sich der Staatsanwalt kümmern. Ich schlage vor, wir gehen ins Bett. Unsere Arbeit ist vorläufig getan.«

Ich nickte. Meine war auf jeden Fall erledigt. Auf Mark kam noch einiges zu, aber das konnte bis morgen warten.

Er sah mich ernst an. Ich erwiderte seinen Blick. »Jule, ich bin froh, dass dir nichts passiert ist.« Einen Moment hielt er inne. »Ich liebe dich.«

Wärme breitete sich in mir aus. Erfasste meinen Bauch, meinen Kopf und mein Herz. Immer weiter stieg sie und hüllte mich in einen wohligen Mantel ein. Es war so logisch, so einfach. So normal. »Ich dich auch«, wisperte ich zurück.

DONNERSTAG

Als der Wecker kurz vor acht klingelte, war ich für meine Verhältnisse erstaunlich munter. Ich hatte einiges vor heute. Eine warme Dusche vertrieb die letzte Müdigkeit. Einen Moment überlegte ich, wie Silvia die Weihnachtstage verbringen würde. Im Gefängnis vermutlich. Ich konnte mir nicht vorstellen, dass ein Richter sie aus der Untersuchungshaft entließ. Sie war schon einmal verschwunden.

Aber das war nicht mein Problem. Meine Schwierigkeiten lagen vor mir auf dem Wohnzimmertisch. In Form von diversen Kleinigkeiten, die ich besorgt hatte und die liebevoll verpackt werden wollten. Heute Abend war Weihnachtsfeier im ›Jazz-Keller‹ und morgen Heiligabend.

Entgegen meinen sonstigen Gepflogenheiten hatte ich nicht nur Geschenke besorgt, es hatte mir sogar Freude bereitet. Längst wunderte ich mich darüber nicht mehr, ich ließ es einfach geschehen. Weil ich merkte, wie gut es mir tat.

Ich betrachtete den Berg, den ich besorgt hatte. Obenauf lag Spielzeug für Hektor. Und doch noch eine Lego-Kleinigkeit von Star Wars für Leon. Daneben eine Tüte mit weihnachtlichem Geschenkpapier und jede Menge Geschenkbänder und -schleifen.

Vielleicht sollte ich zuerst eine Tasse Kaffee trinken, bevor ich den Kampf mit den Päckchen aufnahm. Ich legte eine CD mit Weihnachtsliedern ein und machte es mir in der Küche mit einer Tasse Kaffee und der Zeitung gemütlich.

Gleich auf der ersten Seite sprang mich eine Schlagzeile an. ›Raubüberfall auf Juweliergeschäft in Ulm kurz vor der

Aufklärung‹, stand in großen Lettern zu lesen. Die Nachricht hatte es auf die erste Seite der Südwest Presse geschafft, im Regionalteil folgte ein ausführlicher Bericht.

Demzufolge stand die Polizei vor einem Rätsel. Vor wenigen Tagen war eine E-Mail von einem anonymen Absender eingegangen, der konkrete Hinweise auf den Verbleib der ›Blauen Träne‹ sowie den restlichen geraubten Schmuck gab. Weder die Absenderadresse noch die Wege, die die Mail gegangen war, ließen sich zurückverfolgen. Daraus schlossen die Behörden, dass es sich um Insiderwissen handelte.

Die Angaben hatten eine Adresse sowie zwei Namen enthalten. Bei einer der genannten Personen seien die Schmuckstücke im Keller zu finden, die zweite saß wegen eines anderen Delikts bereits im Gefängnis und war rechtskräftig verurteilt. Man war zu dem Schluss gelangt, dass man der Quelle Glauben schenken wollte. Eine Hausdurchsuchung hatte die geraubten Kostbarkeiten zutage gebracht und darüber hinaus Hinweise, dass beide Personen sich kannten und den Raub zusammen geplant hatten. Offenbar hatten sie sich nach dem Raub jedoch zerstritten, weil jeder die Beute für sich beanspruchte. Dann war Sven Römer im Gefängnis gelandet, und der andere Täter schwor, dass er die Schmuckstücke nicht hatte. Er konnte sich nicht erklären, wie sie in seinen Keller gelangt waren. Die Befragung beider unabhängig voneinander ließ aber nur den Schluss zu, dass sie den Raub gemeinsam begangen hatten. Beide verfügten über Insiderwissen und belasteten sich gegenseitig.

Man war nun auf der Suche nach dem Hinweisgeber, um nähere Informationen zu erhalten oder gar einen weiteren Täter zu identifizieren.

Ich war mir sicher, sie würden nichts finden. Andreas hatte die Spuren mehr als gut verwischt. Hinter diesen Punkt konnte ich getrost einen Haken setzen. Ich freute mich ehrlich für Cosima.

Zufrieden wandte ich mich dem Geschenkeberg im Wohnzimmer zu und wusste, dass er für mich im Moment die größte Herausforderung darstellte.

Bepackt mit Tüten und Taschen lief ich die Treppe hinunter. Die Wohnung war aufgeräumt und geputzt, und ich hatte sogar einen Baum besorgt und ihn geschmückt. Nur der Weihnachtsstern meiner Mutter hatte bereits alle Blätter verloren.

Ich war stolz auf mich, das hätte es in den letzten Jahren nicht gegeben. Mark und ich wollten Weihnachten zusammen bei mir feiern, da hatte ich mich nicht lumpen lassen. Auch meine Geschenke waren allesamt eingepackt und verziert. Man sah ihnen an, dass ich mir Mühe gegeben hatte. Ich tröstete mich mit dem Gedanken, dass die Verpackung sowieso schnell ab war und nur der Inhalt zählte.

Ich wunderte mich über mich selbst. Etwas war geschehen und ich wurde das Gefühl nicht los, dass das nicht unbedingt am Weihnachtszauber lag. Auch hing es nicht mit der abgeschlossenen Therapie zusammen. Vielleicht hatte ich mir in den letzten Jahren mit meinem Starrsinn selbst im Weg gestanden. Mark war es irgendwie gelungen, die Mauer, die ich um mich herum aufgebaut hatte, zu knacken. Es hatte schon im Frühjahr angefangen, als wir uns wiedergetroffen hatten. Es hatte stürmische Höhen und Tiefen gegeben, aber Anfang Dezember hatte er meinen Panzer mit einem Bulldozer eingerissen. Ich musste lernen zuzulassen. Und ich fand, ich war auf einem guten Weg. Vielleicht waren manche Dinge gemeinsam einfacher zu bewältigen, als wenn man ganz allein war. Auch wenn ich mich im Laufe der Jahre daran gewöhnt hatte und der Meinung gewesen war, dass ich das nicht brauchte.

Ich hatte keine Ahnung, was die Zukunft mit sich bringen würde. Aber wenn ich ihr keine Chance gab, würde ich es nicht herausfinden. Dass das mit uns nicht einfach werden würde, war klar. Aber zumindest einen Versuch war es wert.

»Hallo, Jule!« Leon fing mich vor seiner Wohnungstür ab. Schwanzwedelnd tauchte Hektor an seiner Seite auf und sah mich erwartungsvoll mit schief gelegtem Kopf an. »Wo gehst du hin?«

Ich lächelte ihn an. Die Vorfreude auf das Fest stand ihm deutlich ins Gesicht geschrieben. Die Augen glänzten, die Wangen waren gerötet. »Wir feiern ein bisschen im ›Jazz-Keller‹.«

»Kommt Mark auch mit?«

Ich holte Luft. »Ich weiß zwar nicht, warum dich das interessiert, aber ja, er wird mitkommen.«

Zufrieden strahlte er mich an. »Dann ist ja gut. Sag bitte deiner Mama einen schönen Gruß, dass ich mich freue.«

Verwundert überlegte ich, was das zu bedeuten hatte. Prüfend sah ich ihn an. So lange, bis er den Blick nicht mehr erwidern konnte und auf seine Schuhspitzen hinabsah. Dann wandte er sich um und wollte zur Tür hinein. Mir kam ein Verdacht, der so ungeheuerlich war, dass er eigentlich nicht wahr sein konnte.

»Du Leon, warte mal einen Augenblick.« Ich setzte meine Taschen ab und versuchte, ruhig zu bleiben.

Wie zu Eis erstarrt blieb er stehen, drehte sich aber nicht um. Hektor senkte den Blick, als erwarte er, dass er gleich geschimpft werde.

»Die Kekse, die deine Mutter mir neulich gegeben hat, was war denn da drin?«

Er sah mich noch immer nicht an. »Ich weiß es nicht. Ehrlich, ich habe keine Ahnung.«

An der Schulter drehte ich ihn um. Er sah mich nicht an. »Dann werde ich sie wohl nach dem Rezept fragen müssen.«

Jetzt blickte er auf. »Nein, nein, das darfst du nicht!« Die Angst stand ihm deutlich ins Gesicht geschrieben. »Sie ist gar nicht da, sie hat es sicher auch vergessen.«

Ich biss mir auf die Wange und versuchte ruhig zu bleiben. »Liegt das vielleicht daran, dass sie gar nicht von deiner Mutter waren?«

Tränen traten ihm in die Augen und augenblicklich tat er mir leid. »Jule, du darfst nicht schimpfen. Es war nicht meine Idee. Ich wollte das gar nicht. Aber dann habe ich gedacht, wenn du und Mark doch heiratet, wäre das ziemlich cool.«

»Du hattest sie von meiner Mutter«, grummelte ich. Das durfte nicht wahr sein! Ich würde meine Mutter nicht nur auf den Mond schießen. Der Mars war noch zu nah! »Was habt ihr da reingebacken?« Mit Schaudern erinnerte ich mich meiner nicht mehr kontrollierbaren Gefühle in puncto Mark. Das komische Ziehen in meinem Inneren, die Hitze, die mir in den Kopf gestiegen war.

»Ich weiß es nicht«, sagte Leon leise. »Wir haben uns neulich im Flur getroffen und geredet. Ich habe ihr erzählt, dass Mark da war.«

Das musste Wasser auf ihre Enkel-Mühlen gewesen sein. Sie hatte sich einen unschuldigen kleinen Jungen gekrallt, der zufällig zur falschen Zeit am falschen Ort gewesen war, und ihn für ihre Zwecke eingespannt. Ich wollte gar nicht wissen, was sie verbacken hatte, so seltsam, wie die Kekse geschmeckt hatten. Eigentlich hätte ich von selbst draufkommen müssen, als Leon mir ›seine‹ Kreation der Plätzchen gebracht hatte. Weil sie ein wenig anders ausgesehen und auch nicht genau gleich geschmeckt hatten, hatte ich sie arglos gegessen. Der Himmel wusste, welche Kräuter und Gewürze sie darin verbacken hatte.

Meine Mutter hatte alle paar Wochen einen neuen Spleen. Nach ihrer Schamanen-Ausbildung war sie eine Zeitlang Gothic gewesen und schwarz gekleidet herumgelaufen, das Gesicht bleich geschminkt. Schon immer hatte sie mit Kräutern experimentiert. Bei der Ernsthaftigkeit, mit der sie all das aber betrieb, war nicht auszuschließen, dass sie sich im Mischungsverhältnis vertat oder Sachen verarbeitete, die für den Otto Normalverbraucher nicht bekömmlich oder gar giftig waren. Ich sollte ihr das Zeug in den Rachen stopfen und sie zwingen, alles aufzuessen.

»Leon«, begann ich ruhig und musste mich zusammenreißen. »Ich weiß nicht, was dir meine Mutter erzählt hat. Aber für die Zukunft so viel: Glaub ihr nichts. Kein Wort von dem, was sie sagt, ist wahr.« Ich spürte, wie ich mich in Rage redete und mich kaum noch zügeln konnte. »Sie ist eine Hexe.« Ich atmete tief durch und zwang mich zur Ruhe. Am Ende bekam der Junge Angst. »Außerdem kann man Liebe nicht mit Kräutern erzwingen, die man jemandem ins Essen mischt. Das ist kompletter Blödsinn.«

»Aber es hat doch funktioniert«, warf er zaghaft ein.

»Doch nicht, weil wir die Kekse gegessen haben!« Ich musste Mark unbedingt fragen, ob er Schäden davongetragen hatte. »Sieh mal, Leon, Liebe ist etwas zwischen zwei Menschen, das man nicht greifen kann. Das gibt es oder eben nicht. Es hängt mit Vertrauen zusammen, mit sich aufopfern.« Himmel, wie sollte ich dem Jungen das erklären? »Es gibt sicher jemanden, für den du alles tun würdest. Selbst wenn es dir schadet.« Fragend sah ich ihn an. Er nickte langsam. »Siehst du, das ist Liebe. Und nur weil man irgendwelche Kekse isst, ist das nicht plötzlich so.« Ich suchte händeringend nach einem Vergleich, um ihm zu erklären, was ich meinte. »Gibt es eine Lehrerin, die du gar nicht magst?«

Er nickte inbrünstig. »Die Mathe-Maier. Die guckt immer wie ein Rabe und hat eine Brille auf der Nase, über die sie ständig drüberguckt. Sie mag keine Kinder.«

Damit war ich zufrieden. »Und jetzt stell dir vor, jemand würde dir und der Mathe-Maier die Kekse zum Mittagessen geben. Würdest du dich dann in sie verlieben?«

Leon schüttelte entsetzt den Kopf und begann zu kichern. »Niemals.«

»Siehst du. Das meine ich. Entweder es ist da, oder es ist nicht da. Plätzchen ändern daran nichts.«

Wir schwiegen, Leon schien ernsthaft nachzudenken. Ich sammelte meine Taschen mit den Weihnachtsgeschenken auf und wollte mich auf den Weg machen.

»Jule?«, hielt mich seine piepsige Stimme zurück. »Ist deine Mama wirklich eine Hexe?«

Jetzt hatte ich ihm doch Angst gemacht. Das hatte ich nicht gewollt. »Ja«, sagte ich trotzdem voller Überzeugung. »Aber keine Sorge, keine gefährliche. Nur eine dämliche.«

Das Donnerwetter, auf das sie sich einstellen konnte, hatte sich gewaschen! So einfach würde sie mir nicht davonkommen. Was hatte sie sich nur dabei gedacht? Bei meinem Glück war da nicht nur ein Pseudo-Aphrodisiakum drin gewesen. Die Chancen hatten nicht schlecht gestanden, mich mit Halluzinogenen zu vergiften.

Ich grummelte noch immer vor mich hin, als ich zu Mark ins Auto stieg.

»Alles in Ordnung?«, fragte er, nachdem er mich mit einem stürmischen Kuss begrüßt hatte. Prüfend sah er mich an.

»Ach, meine Mutter.«

»Was hat sie schon wieder angestellt?« Mark amüsierte sich königlich über unser Verhältnis.

Wenn er wüsste, womit sie ihn hatte vergiften wollen. Und zu welchem Zweck. Vielleicht war es besser, wenn ich es ihm nicht sagte.

»Hast du dich in letzter Zeit irgendwie komisch gefühlt?«, fragte ich sicherheitshalber trotzdem.

Er wandte mir den Kopf zu. In seinen Augen blitzte es, ein Lächeln umspielte seine Lippen. »Komisch? Jule, in deiner Anwesenheit kann man sich gar nicht normal fühlen.«

Ich ließ das unkommentiert stehen. Keine bleibenden Schäden durch unbedachten Plätzchenkonsum, diagnostizierte ich und brütete weiter vor mich hin.

Ob es jene Nacht in Wiesensteig überhaupt …?

Ich verwarf den Gedanken schnell, ehe ich ihn weiter vertiefen konnte. Die Dinge waren gut so, wie sie waren.

Der Parkplatz vor dem ›Jazz-Keller‹ war nahezu leer. Im Inneren herrschte heimelige Stimmung. Lou hatte sich alle Mühe gegeben. Ein großer Weihnachtsbaum stand auf der Bühne, Kerzenlicht tauchte den ohnehin stimmungsvollen Raum in warmes Licht. Ein Buffet war seitlich aufgebaut. Enge Freunde und gute Gäste von Lou waren da, saßen in den wenigen Sesseln, die vor der Bühne standen. Eine gemütliche kleine Feier ohne das sonstige Heckmeck.

Ich griff nach Marks Hand. Ich hatte keine Ahnung, ob es ihm gefiel oder nicht. Aber ich merkte, wie wichtig mir war, dass er sich hier wohlfühlte. Plötzlich schien mir alles wichtig, was damit zusammenhing, dass er an meinem Leben teilhaben sollte. Die meisten meiner Freunde kannte er. Aber nicht zu allen war das Verhältnis gut. Fanny mochte er. Lou war ihm suspekt, weil der Barbesitzer ein Auge auf ihn geworfen hatte. Fast schien es, als habe der unerschrockene Mark Angst vor meinem Freund.

Sein Verhältnis zu Cosima war gespalten. Und Andreas mochte er einfach nicht. Vermutlich war das so ein Eifersuchtsding zwischen Männern. Ich wollte das nicht weiter vertiefen und Mark keinesfalls vom Techtelmechtel zwischen Andreas und mir vor ein paar Monaten erzählen. Dabei war das mehr Therapie für uns beide gewesen als irgendetwas sonst.

Wir wurden überschwänglich begrüßt. Vor allem Lou stürzte sich förmlich auf uns. Vielmehr auf Mark, der augenblicklich schrumpfte und versuchte, hinter mir in Deckung zu gehen. Es nutzte nichts. Wie ein Wiesel war Lou um uns herum und hatte Mark an seine Brust gerissen, um ihm links und rechts ein Küsschen auf die Wange zu drücken. Sie hatten sich lange nicht gesehen, was Lou wortreich bedauerte.

Kaum zu glauben, dass Mark ihn vor etwas mehr als einem halben Jahr des Mordes bezichtigt hatte. Dieser Verdacht hatte Mark und mich zusammengeführt. Streng genommen musste ich Lou dankbar sein.

Ich schüttelte den Kopf. Langsam bekam ich Angst vor meiner Sentimentalität. Ich griff nach Marks Hand und befreite ihn aus Lous Klauen, um ihn hinter mir her an die Bar zu ziehen.

»Müssen wir hierbleiben?«, flüsterte Mark mir zu und ich lachte unwillkürlich über seinen Gesichtsausdruck.

»Keine Angst, ich beschütze dich.«

Cosima saß an einem der vorderen Tische und starrte mit entrücktem Gesichtsausdruck in das Glas, das vor ihr auf dem Tisch stand. Es sah nach Glühwein aus. Selten hatte ich sie so dämlich grinsen sehen. Ob das damit zusammenhing, dass Andreas ihr die ›Blaue Träne‹ und den Erpresser vom Hals geschafft hatte?

Fanny stand hinter der Bar, die Arme vor der Brust verschränkt und den Kopf schief gelegt. Sie hatte es sich nicht nehmen lassen, selbst Cocktails zu mixen. Sie duldete niemanden in ihrem Reich, auch wenn Lou mit Engelszungen auf sie eingeredet hatte, sich den Abend freizunehmen. Ihre Lippen zierte ein breites und zufriedenes Lächeln. »Ach ne«, kommentierte sie und wirkte zufrieden. »Was darf's denn sein?«

»Ich nehme von dem Zeugs, das Cosima hat. Das scheint das Leben einfacher zu machen.« Und war garantiert nicht so gefährlich wie das, was meine Mutter uns untergejubelt hatte.

»Das ist ein ›Wilderer‹. Kann ich nur empfehlen.« Fanny zwinkerte. »Cosimas Zustand liegt aber nicht unbedingt an dem Getränk.«

Ich nickte. Dann war also alles zu ihrer Zufriedenheit ausgegangen. Ob sie das Engagement in München annehmen würde? Ich horchte in mich hinein, was das in mir hervorrief. Noch vor wenigen Wochen hätte ich mich darüber gefreut. Jetzt, da ich ein wenig hinter ihre Fassade hatte blicken dürfen, war ich zwiegespalten. Ich glaube, mir würde etwas fehlen, wenn sie nicht mehr hier wäre. Schon allein deshalb, weil ich niemanden mehr hätte, mit dem ich streiten konnte.

Fanny grinste und nickte vielsagend. Ich hatte keine Ahnung, was das zu bedeuten hatte, aber im Moment war es mir egal. Ich wollte Mark mit einem Drink versorgt wissen, an dem er sich festhalten konnte.

»Erzähl«, raunte Fanny mir zu, während sie mit den Flaschen und Gläsern hantierte. »Ich möchte jedes Detail wissen. Je schmutziger, desto besser.« Sie grinste.

»Der Kenner schweigt und genießt«, beschied ich ihr mit

einem Lächeln. Dabei konnte ich mir das Grinsen kaum verkneifen.

»Weißt du«, meinte Fanny und beugte sich vor, damit Mark sie nicht verstehen konnte. »Für einen aberwitzigen Moment lang habe ich gedacht, dass du und Andreas …« Sie grinste anzüglich, schüttelte dann aber den Kopf. »Jetzt weiß ich ja, dass das nicht stimmt.«

Bitte? Woher wollte sie das wissen?

Ich stieß mit Mark an. Es war Glühwein. Mit Jagertee. Wie konnte man das nur mischen? Aber das Ergebnis schmeckte hervorragend. Für den Abend genau das Richtige. Auch Mark schien sich langsam zu entspannen. Fannys indiskrete Fragen wehrte ich ab. Wir würden später darüber reden. Wenn Mark nicht mehr dabei war.

Lou kam auf mich zu und drückte mir das Mikro in die Hand.

»Jetzt aber«, bettelte er. »Bitte. Du hast so lange nicht hier gesungen. Und wir sind quasi unter uns.«

Er brauchte mich nicht zu überreden. Ich lächelte in mich hinein. Ich hatte das Singen vermisst. Ich hatte den ›Jazz-Keller‹ vermisst. Und meine Freunde. Höchste Zeit, dass ich aus meinem Loch gekrabbelt war. Eigentlich war es egal, mit wessen Hilfe.

Mein Blick kreuzte Cosimas. Sie lächelte und ich forschte in ihrem Gesicht, ob es ehrlich war. Ich konnte nichts entdecken, das mich daran zweifeln ließ, dass sie es mir nicht von Herzen gönnte. Was ging hier vor? Lag das an der Weihnachtszeit?

Ich stand auf der Bühne und schloss die Augen. Gitarrenklänge drangen an mein Ohr, die ersten Töne von ›I believe in father Christmas‹. Für mich eines der schönsten Weihnachtslieder, die ich je gehört hatte. Die Musik transportierte Stimmung und Hoffnung gleichermaßen.

Ich ließ mich durch das Lied tragen und genoss das Gefühl, das sich in mir ausbreitete. Ich ließ es zu. Für mich etwas Neues. Es war nicht wirklich schlecht.

Das Orchester setzte ein. War Schnee an Weihnachten versprochen worden? Ich hatte keine Ahnung. Draußen lag eine dicke Schicht, wie es jeder sich zum Fest wünschte. Die Musik schwoll an, der Chor setzte ein, meine Stimme spielte mit beidem. Alles, was Weihnachten für mich war, verkörperte dieses Lied.

Die letzten Töne verklangen, ich lauschte ihnen nach und genoss das befreiende Gefühl, endlich wieder zu singen.

Das Publikum klatschte, Lou kam zu mir auf die Bühne. Er hatte feuchte Augen und herzte mich überschwänglich. »Es ist so schön, dass du wieder da bist.« Jetzt schluchzte er und wischte sich Tränen von der Wange.

Ich war auch froh, wieder hier zu sein. Das letzte halbe Jahr hatte ich für mich gebraucht, aber jetzt war es gut. Für einen Moment kämpfte ich untypischerweise mit einem Kloß im Hals. Es gelang mir nur mit Mühe, ihn zurückzudrängen. Aber zwischenzeitlich waren mir derartige Entgleisungen ja nicht neu. Ich würde mich daran gewöhnen.

Mit unsicheren Schritten stakste ich von der Bühne. Direkt in Marks Arme, die mich umschlossen. Nur zu gern barg ich meinen Kopf an seiner Schulter und ließ mir Komplimente ins Ohr flüstern. Cosima kam auf uns zu und Mark entließ mich widerwillig aus seiner Umarmung.

»Das war so toll«, hauchte sie.

Noch vor zwei Wochen wäre ihr ein derartiger Satz nicht über die Lippen gekommen. Und wenn doch, hätte sie ein Messer hinter dem Rücken versteckt, um es mir in die Brust zu rammen. Nichts davon war der Fall. Ihre Augen glänzten und langsam fragte ich mich, ob sie Drogen nahm.

Wir gingen zurück zu unseren Tischen. Die Drinks waren wie durch Zauberhand aufgefüllt worden und aus den Boxen erklang Weihnachtsmusik. Lou eröffnete das Buffet und wir warteten, bis der erste Ansturm vorüber war.

Andreas betrat die Bar. Verspätet. Ich schüttelte den Kopf über sein Aussehen. Zwar war die Hose schwarz und das lange Haar im Nacken zu einem Pferdeschwanz zusammengebunden. Aber ich bekam große Augen. Seine hagere Gestalt zierte ein weißes Hemd! Noch nie hatte ich ihn helle Farben tragen sehen.

Ich hatte beschlossen, mich über nichts mehr zu wundern, dazu war zu viel passiert in letzter Zeit. Aber jetzt war ich geneigt, über das nahende Ende der Welt zu sinnieren.

Seine Augen leuchteten, ein Lächeln umspielte seine Lippen. Ich schüttelte den Kopf. War ich betrunken? Wie viel Alkohol war in Fannys ›Wilderer‹?

Andreas nickte mir zu, passierte aber unseren Tisch, ohne uns weiter Beachtung zu schenken. Nicht einmal für Mark hatte er einen Blick übrig, der ihn misstrauisch in Augenschein nahm. Zielstrebig steuerte er auf den Tisch zu, an dem Cosima saß. Sie sah zu ihm auf und wirkte noch entrückter.

Was zum Teufel …?

Ohne Umschweife beugte er sich zu ihr hinunter und küsste sie innig auf die Lippen.

Für einen Moment hörte die Welt auf, sich zu drehen. Wie bitte? Was hatte ich angerichtet? Andreas und Cosima? Um Gottes willen, schalte jemand das Kopfkino aus! Warum hatte ich ihm diesen Fall zugeschanzt?

Da half nur eines: Essen. Ich ging zum Buffet. Noch immer schüttelte ich den Kopf. Ich konnte es nicht glauben! Ich tat mir gerade Nudelsalat und Fleischküchle auf, als eine Stimme an meinem Ohr mich zusammenzucken ließ.

»Prinzessin«, raunte Andreas mir ins Ohr und ich zuckte zusammen.

Was war los? Bisher hatte ich seinen Blick immer zehn Meter, bevor er neben mir stand, auf mir ruhen gespürt. Ich fuhr herum.

»Kannst du mir das erklären?«, fauchte ich ihn an. Heftiger, als ich beabsichtigt hatte.

Er gab sich gar keine Mühe, das Offensichtliche zu leugnen, und zuckte mit der Schulter. Ein bisschen verlegen wirkte er. »Was soll ich sagen?«

Ich schüttelte den Kopf. »Nichts.« Ich wollte keine Details. Himmel, bloß nicht!

»Und du?«, fragte er und warf einen grinsenden Blick zu Mark hinüber, der über seiner Tasse hing und einen recht zufriedenen Eindruck machte.

Ich zuckte ebenfalls mit der Schulter. »Es ist, wie es ist.«

Einträchtig bedienten wir uns am Tomatensalat, der mit Mozzarella und Basilikum dekoriert war.

»Glaubst du, das liegt an der Weihnachtszeit?«, fragte er mich nach ein paar Augenblicken des Schweigens.

»Der Gedanke ist mir auch schon gekommen.«

»Dann ist es bald vorbei?«

Ich fing Marks Blick auf. Er lächelte mich an. In den Augen eine Mischung aus Vertrauen und ungezügelter Lust.

Ich hoffte nicht. Und was ich fühlte, spiegelte sich in Andreas' Augen, der zu Cosima hinübersah. Sie winkte und lächelte ihn liebevoll an.

Hoffentlich nicht. Auch wenn ich mich an diesen Anblick erst gewöhnen musste.

ENDE

NACHWORT UND DANKSAGUNG

Bevor ich mich bei all denen bedanke, die mir eine große Unterstützung beim Schreiben dieses Romans waren, möchte ich ein Wort zu der Telefonzelle in Söflingen verlieren.

Nun ist es heute nicht mehr ganz einfach, im Zeitalter von Handys und Smartphones öffentliche Münzfernsprecher zu finden. Aber es gibt sie noch! Wenn auch meine Tochter mich kürzlich etwas seltsam angesehen hat, als ich ihr erklärt habe, wofür sie benutzt werden. Wirklich verstanden hat sie es wohl nicht und ich kann es ihr nicht verdenken.

Ich bin mir sicher, dass es auch in Ulm-Söflingen irgendwo noch eine Telefonzelle gibt. Wenn auch nicht an der Stelle, an der ich sie platziert habe. Man möge es mir nachsehen, aber genau dort habe ich sie gebraucht und mir die Freiheit herausgenommen, sie dort anzusiedeln.

Es ist Zeit, wieder Danke zu sagen. Denn einmal mehr waren viele Menschen an dem Roman beteiligt, wenn auch der Schreibprozess als solcher ein einsamer ist.

Wenn meine Kollegin Melanie Lahmer nicht gewesen wäre, hätte sich die Geschichte in eine ganz andere Richtung entwickelt. Ellenlange E-Mails und schließlich konzentriertes Arbeiten auf dem schnuckeligen Dachboden haben den Krimi zu dem gemacht, der er ist. Ich finde, das Ergebnis kann sich sehen lassen. Melle, ich danke Dir von ganzem Herzen! Die Arbeit mit Dir war nicht nur großartig, ich habe auch die Zeit bei Euch sehr genossen.

Meinen lieben Schreibmädels aus Bad Nauheim, Emilia Licht, Christine Bendik und Gertraude Fydrich, danke ich für die seelische und moralische Unterstützung. Sie sind nicht nur Kolleginnen, sondern mittlerweile gute Freundinnen. Mädels, ich freue mich auf das nächste Treffen!

Das Thema Tauchen war ein großes in diesem Roman. Ich bin früher selbst getaucht und weiß um die Gefahren bei diesem Sport. Obwohl ich früher Leistungsschwimmerin war und man annehmen sollte, dass mich das Element Wasser nicht so schnell aus der Ruhe bringt, wurde auch mir beinahe der Wasser-Nasen-Reflex zum Verhängnis. Ich weiß also, wovon ich rede. Das ist schon eine Weile her und Tauchen mit Nitrox gab es damals noch nicht. Unterstützt beim Planen jenes Tauchunfalls hat mich mein Schriftstellerkollege Linus Geschke, der selbst ein hervorragender Taucher ist. Es gibt auf der Welt kaum ein Tauchrevier, das er nicht kennt. Linus, ganz herzlichen Dank! Letzte Hand angelegt hat meine Kollegin Ute Barreis, mit der ich den Tauchunfall auf der kurzweiligen Fahrt zur Frankfurter Buchmesse 2015 noch einmal durchgesprochen habe.

Linus Geschke zeichnet sich außerdem dafür verantwortlich, dass ich Frau Dreiseitel ihren Dialekt in den Mund legen konnte. Vermutlich hat er sich kaputtgelacht, als er meine leidlichen Bemühungen gelesen hat. Er war zu höflich, das zu sagen. Linus, noch einmal herzlichen Dank!

Zwar bin ich selbst in Ulm geboren und aufgewachsen, und obwohl Wiesensteig nicht allzu weit entfernt liegt, spricht man dort anders als in Ulm. Was würde ich nur ohne Familie Stark machen? Dass sie die schwäbischen Passagen gelesen und verbessert haben, war ungemein hilfreich. Aber nicht nur das. In Worte zu fassen, was ihr uns bedeutet, geht nicht, deshalb lasse ich das einfach so stehen. Ich habe Euch tief in mein Herz geschlossen.

Yasmine Blender danke ich nicht nur für ihre Unterstützung und Freundschaft, sondern für's englische Brainstormen. Das hat die Geschichte authentischer gemacht.

Wenn ich jemanden vergessen habe, so war das keine Absicht. Man unterhält sich mit vielen Freunden und Kollegen und jedem Einzelnen gebührt ein Dankeschön.

Herausheben möchte ich ›echt klang‹, die mich bei meinen Lesungen begleiten. Manu und Micha, das sind unbezahlbare Abende mit Euch!

Der größte Dank gilt meiner Familie. Mein Mann Thorsten leidet mit mir und erträgt mit einer Engelsgeduld, wenn ich einmal wieder vor mich hinstarre und geistig abwesend bin, weil ich entweder überlege, wie ich jemanden glaubhaft umbringe oder darüber sinniere, wie ein Verbrechen aufgelöst werden kann. Und meine Kinder bringen immer Verständnis auf, wenn ich sage ›Moment, nur noch das Kapitel‹. Und dann werden doch ein paar Absätze mehr daraus.

Aber all das wäre nicht möglich, ohne Sie, liebe Leserinnen und Leser! So viel Zuspruch, wie ich jedes Mal erhalte, ist unglaublich. Über jede einzelne Mail und Rückmeldung freue ich mich riesig und ich verspreche, auch weiterhin alles zu beantworten. Ich hoffe, ich konnte Sie auch mit diesem Roman wieder gut unterhalten und Ihnen ein paar spannende Lesestunden bescheren.

Feldsalat mit warmen Pilzen und Orangenvinaigrette (2 Personen)

Feldsalat
100 g Speck
1 Zwiebel
200 g braune Champignons
evtl. getrocknete Chilischoten

1 EL weißer Balsamicoessig
Salz
1 TL Senf
1 TL Honig
1 EL Walnussöl
3 EL Kürbiskernöl
Saft einer halben Orange

Feldsalat waschen und auf Küchenkrepp abtropfen lassen.

Etwas Olivenöl in einer Pfanne erhitzen, Speck und Zwiebel darin anbraten und geschnittene Pilze dazugeben. Mit Zitronensaft beträufeln.

Salz in Balsamicoessig durch Schlagen auflösen. Senf und Honig dazugeben und gut verrühren. Dann Walnussöl und Kürbiskernöl nach und nach dazugeben und aufschlagen, bis eine Emulsion entsteht. Saft einer ½ gepressten Orange dazugeben.

Salat mit der Vinaigrette vermengen. Dann die gebratenen Pilze mit dem Speck und den Zwiebeln unterheben und nach Geschmack fein zerstoßene Chilischoten darüber geben.

*

Entenbrustfilet à l'orange mit Semmelknödel (2 Personen)

Entenbrustfilet

Für die Soße:
50 g Zucker
250 ml Wein
250 ml Entenfond
Saft und Schale von 2 Orangen
Saft und Schale einer halben Zitrone
20 ml Orangenlikör
50 g Butter
25 ml Portwein
evtl. Mondamin

Für die Semmelknödel:
4 alte, trockene Semmel (200 g)
½ Zwiebel
gehackte Petersilie
Butter
200 ml Milch
Salz, Pfeffer, frische Muskatnuss

Entenbrustfilet auf der Hautseite rautenförmig einschneiden und auf der Hautseite ungewürzt in die kalte Pfanne legen. Kein zusätzliches Fett dazugeben. Braten, bis die Haut kross ist, dann wenden und weitere zwei Minuten braten.

Im Backofen bei 120°C fertig garen.

Für die Soße Zucker in einer Pfanne erhitzen, bis er flüssig ist. Mit Wein ablöschen, gekauften Entenfond dazugeben und etwas einkochen lassen. Orangen- und Zitronensaft hinzufügen, dann Orangenlikör und Butter. Wenn die Butter vergangen ist, Schalenabrieb unterrühren und kurz aufkochen lassen. Mit Salz und Pfeffer abschmecken.

Für die Semmelknödel Semmel in dünne Scheiben schneiden und in eine Schüssel geben. Butter in der Pfanne zerlassen und gehackte Zwiebel mit Petersilie kurz darin anschwitzen. Milch dazugeben und erhitzen. Milch über die geschnittenen Semmeln geben und durchweichen lassen. Eier und Gewürze zugeben und zu einem Teig verarbeiten. Falls er zu feucht ist, evtl. Semmelbrösel dazugeben. Mit nassen Händen 4 Knödel formen und in kochendem Salzwasser 20 Minuten garziehen lassen.

*

Grüner Kobold

Saft einer Orange (ca. 11 cl)
3 cl Blue Curaçao
20 cl Sekt
2 Eiswürfel

Orangensaft und Blue Curaçao in ein Glas geben, Eiswürfel dazu und mit Sekt auffüllen.

*

Wilderer

Zu gleichen Teilen Glühwein und Jagertee (kein Konzentrat!) erhitzen, nicht kochen. In Glühweintassen heiß servieren.